Petra Bunte

Weil jede Minute zählt

CW Niemeyer

Sophie

„Ach nee, nicht schon wieder!“, stöhnte Alex neben mir auf. Er schaltete mit einem frustrierten Seufzer einen Gang runter, lenkte so weit wie möglich rüber an den Fahrbahnrand und rollte langsam auf das Stauende zu. Vor uns nichts als Bremslichter, so weit das Auge reichte. Und das jetzt schon zum dritten Mal, seit wir in Hamburg losgefahren waren.

„Jede Wette, dass da wieder nichts ist und nur so ein blöder Lückenspringer alle zum Bremsen gezwungen hat“, grummelte mein bester Freund weiter vor sich hin. Seine Laune hatte mittlerweile den Tiefpunkt erreicht, und das wollte bei Alex etwas heißen, denn er war einer der geduldigsten Menschen, die ich kannte. Aber er hatte vollkommen recht, es war einfach nur nervig. Egal, wie schön die Stunden in Hamburg gewesen waren – auch ich wollte jetzt einfach nur nach Hause, schließlich musste ich morgen früh um halb zehn wieder einigermaßen fit im Laden stehen, um mich freundlich lächelnd mit den manchmal seltsamen Bücher-Wünschen meiner Kunden auseinanderzusetzen. Doch laut Navi lagen zwischen mir und meinem Bett noch ganze 83 Kilometer. Von der Zeit ganz zu schweigen, wenn es mit diesem elenden Stop-and-go so weiterging.

„Das schaffen wir jetzt auch noch“, versuchte ich Alex und irgendwie auch mich selbst zu trösten. „Wenn du recht hast, müsste es dann ja schnell wieder weitergehen. Immerhin besser als eine Vollsperrung, oder?“

„Hmhmm“, murmelte er und fuhr langsam wieder an, nur um im nächsten Moment schon wieder stehen zu bleiben. Geräuschvoll stieß er die Luft aus, verschränkte die Arme über dem Lenkrad und starrte grimmig durch die Windschutzscheibe auf die Blechlawine vor uns. „Wer hatte eigentlich die bescheuerte Idee, ausgerechnet an diesem Sonntag nach Hamburg zu fahren? War doch eigentlich klar, dass auf der Autobahn die Hölle los ist, wo alle aus dem langen Himmelfahrtswochenende zurückkommen.“

Oh, oh! Ich hatte schon die ganze Zeit darauf gewartet, dass so etwas kommen würde. Oder besser gesagt, ich hatte es befürchtet, denn der eigentliche Grund für seine miese Laune lag nicht am stockenden Verkehr, sondern in der Antwort auf genau diese Frage.

Ich presste die Lippen aufeinander und zog es vor zu schweigen. Wir wussten beide, dass es seine Idee gewesen war, und zwar mit einer ganz bestimmten Absicht. Eigentlich hätte dieses Wochenende nämlich ganz anders laufen sollen, und zwar so, dass seine Freundin Isabelle genau hier und jetzt auf diesem Beifahrersitz sitzen würde und nicht ich. Dass die beiden sich einen schönen Tag in Hamburg gemacht hätten, inklusive dem Musical-Besuch, den Alex ihr zum 25. Geburtstag schenken wollte. Deshalb genau dieser Sonntag, auch wenn es das lange Himmelfahrtswochenende war. Doch dann war alles anders gekommen, als Alex vor vier Wochen feststellen musste, dass sich seine große Liebe bevorzugt auf andere Weise beschenken ließ – und zwar nicht von ihm. Im ersten Moment wollte er die Tickets in tausend Fetzen zerreißen, doch nachdem ich es geschafft hatte, ihn einigermaßen aus seinem Liebeskummer-Elend herauszuholen, hatte er trotzig beschlossen, stattdessen mit mir nach Hamburg zu fahren, weil er wusste, dass ich Musicals mindestens so sehr liebte wie seine mittlerweile Ex-Freundin. Und wahrscheinlich auch, um Isabelle eins auszuwischen.

Ich betrachtete Alex nachdenklich von der Seite und fragte mich zum bestimmt hundertsten Mal, ob das wirklich so eine gute Idee gewesen war. Das Musical war toll gewesen, gar keine Frage, und wir hatten auch sonst viel Spaß miteinander gehabt, seit wir heute Morgen um fünf losgefahren waren und in Hamburg angekommen als Erstes den Fischmarkt unsicher gemacht hatten. Aber immer wieder waren da diese Momente, in denen ich spürte, dass seine Gedanken zu ihr wanderten und der Schmerz zurückkam. So wie jetzt gerade.

Dieses blöde Miststück! Alex war so ein lieber Kerl, und was tat sie? Machte seit Monaten hinter seinem Rücken mit einem anderen rum und erklärte das damit, dass ihr Alex einfach zu brav wäre. Toll! Statt froh zu sein, dass sie jemanden hatte, der sie über alles liebte und ihr jeden Wunsch von den Augen ablas, schmiss sie sich lieber einem Typen an den Hals, der ja angeblich so viel aufregender war. Irgendwie war mir das zu hoch. Wenn man auf Abenteuer stand, dann merkte man doch nicht erst nach über zwei Jahren, dass Alex dafür nicht der Richtige war, oder?

Ich jedenfalls hätte ihn mit Kusshand genommen. Hätte – Konjunktiv. Denn irgendeine höhere Macht hatte einen anderen Plan für uns, der besagte, dass wir wie Geschwister aufwachsen und uns bitte schön auch entsprechend fühlen sollten. Wir waren zwei Einzelkinder, die der Zufall oder das Schicksal oder was auch immer im Alter von vier bzw. fünf Jahren in dieselbe Straße einer Neubausiedlung gespült hatte. Seitdem hatten wir mehr oder weniger unser komplettes Leben miteinander verbracht. Alex war der große Bruder, den ich nie hatte, ich seine kleine Schwester. Und selbst in den Wirren der Pubertät hatte sich daran nichts geändert – abgesehen von einem einzigen Kuss, als wir zwölf waren, doch den konnte man wohl eher als wissenschaftliches Experiment einordnen, weil wir einfach mal wissen wollten, wie sich das so anfühlte. Aber der große Funke blieb aus und kam auch später nicht mehr. Natürlich war ich trotzdem eifersüchtig, als Alex seine erste Freundin hatte, und andersrum ging es ihm ziemlich offensichtlich genauso. Aber auf einer anderen Ebene halt. Wir waren und blieben Kumpel und Kumpeline, mit allen Höhen und Tiefen und Streit und Versöhnung und Beinahe-aus-den-Augen-verlieren, als Alex zum Studieren wegging und ich ein Jahr später mit der Ausbildung anfing. Aber zum Glück eben nur beinahe, denn wieder war es eine höhere Macht, die uns letztendlich 70 Kilometer von unserer Heimat entfernt noch einmal in derselben Stadt landen ließ. Egal, was passierte, wir waren füreinander da und wussten, dass wir uns aufeinander verlassen konnten. Wer brauchte da schon Liebe? Das ging doch am Ende eh immer nur schief, während dieser eine nur für uns bestimmte Deckel zur selben Zeit vielleicht am ganz anderen Ende der Welt herumirrte und nach seinem Topf suchte.

Ich verscheuchte die trüben Gedanken schnell und atmete tief durch, bevor es noch schlimmer wurde mit dem Selbstmitleid. Wir waren doch gerade erst 26 bzw. 27. Der Richtige würde schon irgendwann kommen, und die richtige Frau für Alex auch. So lange machten wir zwei Singles halt zusammen das Beste aus unserem Leben. Und sei es am späten Abend auf der Autobahn im Stau.

Alex schaute tief in Gedanken versunken durch die Frontscheibe nach draußen, als wären die Rücklichter vor uns das Faszinierendste, was er je gesehen hatte. Aber es war ja auch total spannend: Mal gingen die Bremslichter aus, dann wieder an, während wir in Schrittgeschwindigkeit Meter für Meter vorwärtskrochen.

Ich musste lächeln, streckte den Arm aus und knuffte Alex aufmunternd in die Seite. „Hey. Ist es schön da, wo du gerade bist? Gib's zu, du lässt dir das Musical noch mal durch den Kopf gehen und singst im Stillen Udo-Jürgens-Lieder“, neckte ich ihn.

„Um Gottes willen!“

„Ich war noch niemals in New York“, trällerte ich und grinste ihn herausfordernd an.

Mir war von Anfang an klar gewesen, dass er sich nur aus Liebe zu Isabelle auf genau dieses Musical eingelassen hatte, aber ein kleines Teufelchen in mir konnte es sich einfach nicht verkneifen, ihn ein bisschen damit aufzuziehen. Nicht wegen Bella, sondern weil er vorher so viel gejammert hatte, warum er sich das eigentlich antat, und es ihm in Wirklichkeit dann doch gefallen hatte. Ich hatte es genau gesehen.

„Sophie!", bettelte er gequält. „Hör auf damit! Den Ohrwurm werde ich nie wieder los."

„Okay", lenkte ich ein und verstummte. Zumindest für ein paar Sekunden, dann sagte ich: „Wenn das hier noch lange dauert, müssen wir, glaub ich, unterwegs mal was zu essen organisieren. Mir ist gerade total nach was Süßem. Kuchen oder so."

Ich machte eine kunstvolle Pause, in der ich mir das Grinsen einfach nicht verkneifen konnte. Alex hatte es gesehen und hob drohend den Zeigefinger. „Tu's nicht!"

Gleichzeitig lachen und singen war echt schwer, aber irgendwie brachte ich kichernd ein „Aber bitte mit Sahne" heraus.

Alex schüttelte geschlagen den Kopf. „Hat dir eigentlich schon mal jemand gesagt, dass du eine Nervensäge bist?"

„Ja, du. Zu unseren besten Zeiten so ungefähr zehn Mal am Tag. Aber du liebst mich trotzdem und wirst es immer noch tun, wenn du schon alt und grau bist."

Ich schaute ihn so treuherzig an, dass auch Alex endlich lachen musste. „Da sei dir mal lieber nicht so sicher", meinte er schmunzelnd.

„Oh doch! Und übrigens gab es Zeiten, in denen du darum gebettelt hast, dass ich dir was vorsinge."

„Ja, klar", konterte er amüsiert. „Alle meine Entchen und so was, als wir im Kindergarten waren."

Ich grinste ihn vergnügt an.

Alex seufzte ergeben. „Okay, Deal: Sing so viel du willst, aber nicht Udo Jürgens, einverstanden?"

„Okay."

Das war mein Alex – immer bereit für einen Kompromiss, bei dem alle zu ihrem Recht und einem Stück vom Glück kamen. Zufrieden lehnte ich mich in meinem Sitz zurück und ließ meinen Blick aus dem Seitenfenster schweifen, während sich in mir die Teufelchen zur Beratung zusammenrotteten. Einmal musste ich ihn noch ärgern, dann würde ich wieder Ruhe geben, versprochen!

„Nun lass es schon raus!", sagte Alex, der mich natürlich viel zu gut kannte und längst durchschaut hatte, dass ich wieder etwas ausbrütete.

Ich machte ein unschuldiges Gesicht. „Was denn?"

„Das Lied. Ich kann dein ‚Alle meine Entchen' doch schon hören, bevor du überhaupt den Mund aufmachst."

Mist! Er kannte mich wirklich definitiv zu gut.

„Spielverderber!"

Jetzt war er es, der mich angrinste und die Rücklichter vor uns dabei einen Moment zu lange aus den Augen ließ, denn plötzlich hupte es hinter uns. In diesem einen Augenblick hatte sich die Schlange vor uns natürlich wieder in Bewegung gesetzt und rollte erstaunlicherweise sogar zügig voran. Alex gab dem Fahrer hinter uns ein versöhnliches Handzeichen und beeilte sich, den Anschluss zu kriegen.

Einen Grund für den Stau konnten wir, wie von ihm prophezeit, nicht mehr erkennen, aber Hauptsache, es ging endlich weiter. Auch das Navi erwachte zum Leben und kündigte uns eine neue Ankunftszeit für 23:18 Uhr an. Knapp zwei Stunden später, als ursprünglich geplant. Na toll! Ich hätte doch mit einer meiner Spätschicht-

Kolleginnen tauschen sollen, um etwas mehr Schlaf zu bekommen. Aber nun war es zu spät.

Den Rest der Strecke kamen wir zum Glück ohne Stau durch. In einer Baustelle wurde es noch einmal etwas eng, aber gleich dahinter konnte Alex wieder Gas geben. Zwei Abfahrten weiter, dann hatten wir es endlich geschafft. Ich selbst hasste Autobahnfahrten und wäre alleine definitiv mit dem Zug nach Hamburg gefahren. Aber so hatte ich ja Alex, und der war so ein guter und umsichtiger Fahrer, dass ich mich bei ihm wahrscheinlich selbst bei Tempo 200 noch wohlgefühlt hätte. Wo er aber nie hinkam. Braver Junge halt.

Ich dehnte und streckte meinen verspannten Nacken und schaute hinaus in die Nacht. Der Lkw-Verkehr hatte jetzt am späten Sonntagabend wieder deutlich zugenommen und reihte sich auf der rechten Spur teilweise viel zu eng aneinander, während wir fast nur auf der Mittelspur unterwegs waren und den Rasern die ganz linke Fahrbahn überließen. In Gedanken war ich schon zu Hause in meiner kleinen Dachgeschosswohnung und überlegte, ob ich gleich vorm Schlafengehen tatsächlich noch etwas essen sollte oder nicht. Da sah ich aus dem Augenwinkel plötzlich das Blinklicht an dem Lkw halbrechts vor uns, und im nächsten Moment nicht nur das Blinklicht, sondern das ganze große Ungetüm, das dabei war, von der rechten auf die mittlere Spur rüberzuziehen, um einen anderen Lastwagen zu überholen. Genau dahin, wo wir gerade waren, denn der Fahrer hatte uns anscheinend nicht gesehen.

„Pass auf!", rief ich Alex zu, doch der hatte es auch schon bemerkt und suchte fluchend nach einem Ausweg.

Es gab allerdings keinen. Seitlich vor uns der Lkw, hinter uns und links neben uns überall Autos. Sein Blick flackerte hektisch hin und her, und ich bekam es mit der Angst zu tun. Doch zum Nachdenken blieb keine Zeit mehr. Alex drückte auf die Hupe, um den Lkw-Fahrer auf uns aufmerksam zu machen, aber es war zu spät. Bis der sein Monstrum auf die rechte Spur zurückgelenkt hätte, wären wir längst in ihn hineingekracht. Das war auch Alex bewusst, der gleichzeitig voll in die Bremse trat. Eine letzte, winzige Chance, einem Zusammenstoß zu entgehen. Aber was ihm vorne glückte, musste hinten noch längst nicht funktionieren. Es gab einen mächtigen Ruck, der uns ins Schleudern brachte, dann einen Stoß von der Seite und schließlich knallten wir schräg in das Heck des Lkw. Plötzlich waren da nur noch Metall, das über Metall knirschte, quietschende Bremsen, splitterndes Glas und eine ohrenbetäubende Stille in dem Moment, als Alex' Golf zum Stehen kam.

Für einen kurzen Augenblick war ich benommen. Als ich wieder zu mir kam, waren direkt vor meiner Nase der Airbag, der schon wieder zischend in sich zusammenfiel, und eine vollkommen demolierte Windschutzscheibe, die aussah, als würde sie jeden Moment in tausend Teile auseinanderbrechen.

„Alex?", flüsterte ich ängstlich.

Eine Antwort bekam ich nicht. Langsam richtete ich mich auf und drehte den Kopf, um nach meinem Freund zu schauen. Er hatte die Augen geschlossen und sah aus, als würde er bloß von seinem Gurt aufrecht gehalten. Der

Kopf hing ihm runter auf die Brust und überall war Blut. So viel Blut.

„Alex?!“, rief ich hysterisch und rüttelte ihn vorsichtig am Arm. „Alex, sag was! Bist du okay?“

Natürlich war er das nicht. Aber ein winzig kleines Lebenszeichen hätte mir schon gereicht. Verzweifelt streckte ich die Hand aus und wollte an seinem Hals nach dem Puls fühlen. Doch meine Finger zitterten so sehr, dass ich es einfach nicht schaffte.

„Alex, was ist mit dir?“, stieß ich mit brüchiger Stimme hervor und überlegte fieberhaft, was ich tun sollte. Aus einer fernen Erinnerung wirbelten Begriffe wie stabile Seitenlage, Druckverband und Wiederbelebung durch meinen Kopf, nur wie ging das noch mal und wie sollte ich das überhaupt anstellen, solange Alex da so in seinem Gurt hing? War denn da niemand, der uns helfen konnte?

Ich guckte nach vorne, doch durch das Spinnennetz, das einmal eine Windschutzscheibe gewesen war, war kaum etwas zu erkennen. Das Seitenfenster auf der Fahrerseite existierte quasi nicht mehr und wurde zur Hälfte von der Plane des Lastwagens verdeckt. Nur auf meiner Seite war die Sicht frei und ich sah in einigem Abstand einen weiteren Lkw und Menschen danebenstehen. Mit bebenden Fingern schnallte ich mich ab und versuchte die Tür zu öffnen. Sie klemmte, aber zumindest einen Spaltbreit bekam ich sie auf und rief um Hilfe. Es dauerte eine gefühlte Ewigkeit, dann kamen zwei Männer, zerrten an der Tür, bis sie sie weit genug offen hatten, und fragten, wie es mir ging und ob ich Schmerzen hatte.

Schmerzen? Ich? Nein. Sie sollten sich um Alex kümmern!

Einer der beiden bat mich vorsichtig auszusteigen und beugte sich dann über den Beifahrersitz hinweg, um den Zündschlüssel abzuziehen und nach meinem Freund zu sehen. Ich lehnte mich mit weichen Knien ans Auto und schloss die Augen.

Bitte, bitte, bitte, er darf nicht tot sein! Helft ihm doch, bitte!

„Wir kriegen ihn da so nicht raus", hörte ich den Mann sagen. „Aber die Rettungskräfte sind unterwegs und müssten jeden Moment hier sein." Er tauchte wieder aus dem Wageninneren auf, hielt kurz inne und betrachtete irgendetwas ein Stück neben meinem rechten Auge. „Sind Sie wirklich okay?"

„Ja", krächzte ich heiser und wollte mich an ihm vorbeidrängen, um wieder zu Alex zu kommen.

Der Mann wirkte etwas unentschlossen, warf einen Blick in die Runde und sagte dann: „Ihr Mann oder Freund hat eine ziemlich große Wunde am linken Oberschenkel. Schaffen Sie es, ihm die zuzudrücken, bis die Sanitäter da sind? Dann kann ich noch schnell nach den verletzten Kindern da drüben gucken."

Er wies mit dem Kopf irgendwo schräg hinter mich, wohin der andere anscheinend auch schon wieder verschwunden war. Ich nickte schwach und folgte seinem Blick, ohne jedoch etwas von dem wahrzunehmen, was ich sah. Heile Autos, kaputte Autos, Lastwagen, Menschen, die herumliefen, Menschen, die herumstanden – alles verschwamm zu einer undefinierbaren Masse, denn jede einzelne meiner Gehirnzellen war auf Alex konzentriert. Also stieg ich wieder in den Wagen, zog auf Ansage dieses Mannes mein Halstuch runter und drückte Alex damit die blutende Wunde zu.

„Halt durch!", flüsterte ich weinend. „Bitte, bitte, halt durch, Alex! Es wird alles wieder gut."

Und dann begannen die längsten Minuten meines Lebens. Die Rettungskräfte müssten jeden Moment hier sein, hatte der Mann gesagt. Aber sie kamen nicht. Ich konnte sie hören. Das Martinshorn unzähliger Wagen hallte durch die Nacht. Trotzdem tauchte niemand bei uns auf. Ich hörte draußen jemanden fluchen und verstand so etwas wie: „Wo bleiben die denn?", und: „Nun steht nicht so blöd da rum, sondern tut was!"

Ich drehte mich etwas mühsam in meinem Sitz um, um nach hinten aus dem Fenster zu gucken, ohne den Druck auf Alex' Oberschenkel zu verringern. In der Ferne konnte ich das Blaulicht sehen und atmete erleichtert auf. Gleich würden sie endlich hier sein und Alex helfen!

Doch eine weitere quälende Ewigkeit verging, in der nichts passierte. Wieder drehte ich mich um und sah, dass das Blaulicht kein Stück weiter vorwärtsgekommen war. Was war denn da los? Hier war der Unfall, verdammt, nicht da hinten!

Verzweifelt wandte ich mich wieder Alex zu, der immer noch keinerlei Lebenszeichen von sich gegeben hatte, und beschwor ihn weiter in einem nicht enden wollenden Mantra, dass er durchhalten sollte.

Moritz

Es war eine dieser trügerisch ruhigen Nachtschichten in der Rettungswache, bei der nach dem routinemäßigen Fahrzeugcheck erst mal lange Zeit gar nichts passierte. Die Kollegen von der Tagschicht hatten kurz vor Dienstende eine 80-jährige Frau mit Kreislaufproblemen in die Klinik gebracht, aber sonst hatten auch sie nicht sonderlich viel zu tun gehabt.

„Das ist bestimmt nur die Ruhe vor dem Sturm", unkte mein Kollege Chris, als wir uns gegen neun eine Pizza vom Lieferdienst kommen ließen. Und nicht nur, dass wir diese sogar selbst entgegennehmen konnten. Nein, wir konnten sie ausnahmsweise sogar auch ohne Unterbrechung essen. Doch letztendlich sollte Chris natürlich wie so oft mit seiner Prophezeiung recht behalten. Allerdings hatte selbst er nicht kommen sehen, in was für einen Sturm wir in dieser Nacht geraten würden.

Der Alarm ging um 22:56 Uhr los, und zwar das volle Programm für beide Rettungswagen und auch die Kollegen von der Feuerwehr. In Windeseile schlüpfte ich in meine Jacke und Sicherheitsschuhe, sprang zu Chris in den Rettungswagen und nahm per Funk von der Leitstelle die Informationen zum Einsatz entgegen: Schwerer Verkehrsunfall auf der Autobahn zwischen den Anschlussstellen Nordstadt und Zentrum bei Kilometer 264, drei beteiligte Pkw, ein Lkw, mehrere Leicht- und Schwerverletzte, genaue Anzahl unklar. Darunter eine eingeklemmte Person, zwei Kinder. Der Notarzt und weitere RTW aus der Südstadt waren zur Unterstützung unterwegs.

Ich bestätigte die Meldung, atmete tief durch und wappnete mich innerlich gegen das, was da vor uns lag. Inklusive Zivildienstzeit und Ausbildung war ich jetzt seit fast elf Jahren im Rettungsdienst unterwegs und hatte schon so manches gesehen, aber wirklich Routine war es deshalb noch lange nicht. Besonders wenn Kinder betroffen waren. Ich sah, wie Chris mit dem Kiefer mahlte und wusste, dass es ihm genauso ging. Hoch konzentriert raste er mit Blaulicht und Martinshorn Richtung Autobahn, um uns so schnell wie möglich zum Unfallort zu bringen.

Im Rückspiegel sah ich, dass die Polizei an der Abfahrt Nordstadt schon dicht gemacht hatte und den Verkehr über die Bundesstraße umleitete. Aber wer weiß, wie lang der Stau dort vorne schon war, immerhin war gerade das lange Himmelfahrtswochenende vorbei und so manch einer auf dem Rückweg aus dem Kurzurlaub. Vor uns fuhren der Bulli der Einsatzleitung und einer der großen Feuerwehrwagen. Am Stauende angekommen wurden sie langsamer und schlängelten sich teilweise in Millimeterarbeit durch die Rettungsgasse.

„Siehst du schon was?", fragte Chris, als wir für einen Moment zum Stillstand kamen.

„Nein." Ich schüttelte den Kopf und reckte den Hals, um neben uns zwischen zwei Autos hindurch einen Blick auf das Schild mit der Kilometerangabe werfen zu können. „Es sind auch noch drei Kilometer. Die Leitstelle hat den Unfall bei 264 gemeldet, und wir sind gerade erst bei 261."

„Na toll." Mein Kollege zog ärgerlich die Stirn in Falten, und ich wusste genau, was er dachte. Wahrscheinlich hatte irgendein Idiot mal wieder nicht kapiert, wie das mit der Rettungsgasse ging, damit wir mit unseren Fahrzeugen durchkamen. Doch bevor einer von uns etwas sagen konnte, ging es schon weiter und wir atmeten erleichtert auf. Bei solchen Einsätzen zählte jede einzelne Minute, und je schneller wir am Ort des Geschehens waren, umso bessere Chancen hatten die Verletzten.

Ein Stück weit ging es relativ flott voran, dann bremsten die Kollegen von der Feuerwehr erneut.

„Na, das läuft ja heute", murmelte Chris und trommelte mit den Daumen ungeduldig auf dem Lenkrad herum.

Wir warteten, doch nichts passierte. Chris griff zum Funkgerät und rief die Leitstelle.

„Leitstelle hört."

„Fragt doch bitte mal die Kollegen von der Feuerwehr, was bei denen da vorne los ist?", verlangte er. „Wieso geht es nicht weiter?"

„Leitstelle an alle: Die Rettungsgasse ist dicht bzw. nicht existent. Es müssen erst ein paar Fahrzeuge umrangiert werden", hörten wir die Antwort über Funk und wechselten einen ungläubigen Blick. Das war anscheinend nicht nur ein Vollpfosten, der es nicht kapiert hatte, sondern gleich mehrere. Hauptsache, das ging nicht den Rest der Strecke so weiter.

„Wo haben die eigentlich ihren Führerschein gemacht?", knurrte Chris.

Ich schenkte mir eine Antwort darauf und sah auf die Uhr: 23:12 Uhr. Schon 16 Minuten seit der Alarmierung und wer weiß wie viele seit dem Unfall. Scheiße!

„Vielleicht sollte ich mir die Ausrüstung schnappen und schon mal zu Fuß losgehen", bemerkte ich, als sich in den nächsten fünf Minuten immer noch nichts tat. Und das war kein Sarkasmus, sondern mein bitterer Ernst. Da waren Menschen, die unsere Hilfe brauchten, und wir saßen hier und drehten Däumchen. Das konnte es doch echt nicht sein.

Chris schnaubte humorlos. „Gute Idee. Ist ja auch nur ein Kilometer oder so. Und ich fürchte, so viel kannst du gar nicht tragen, wie du bei der Meldung da vorne brauchen wirst."

Zähneknirschend musste ich ihm recht geben und seufzte resigniert, als ich im Funk hörte, wie die Leitstelle versuchte, die Kollegen der anderen Rettungswagen über die Gegenrichtung umzuleiten. Leider vergeblich, denn sie waren schnell gewesen und standen längst hinter uns im Stau.

Dann tat sich endlich was und der Feuerwehrwagen vor uns setzte sich in Bewegung. Langsam rollten wir hinter ihm her nach halbrechts rüber auf die Standspur. Die Kollegen von der Feuerwehr hatten offensichtlich alles gegeben, um verschiedenste Fahrzeuge so umzudirigieren bzw. über die Standspur am Unfall vorbei wegzulotsen, dass hier ein Weg frei wurde und wir endlich an den Einsatzort ranfahren konnten. Zwei der Feuerwehrmänner standen immer noch am Straßenrand und blockierten den folgenden Verkehr, als hätten sie Angst, dass jemand auf die Idee kommen könnte, unsere neu geschaffene Rettungsgasse für das eigene Weiterkommen zu nutzen und damit wieder alles dicht zu machen.

Ich streckte ihnen durch das Fenster den hochgereckten Daumen entgegen und konzentrierte mich wieder auf das, was vor uns lag. Und das war ein ziemlicher Trümmerhaufen aus drei beschädigten Autos, von denen eins unter dem Heck eines Lkw klemmte. Ringsherum stand eine ordentliche Menge an Schaulustigen, und ich hätte wetten können, dass irgendwo zwischen ihnen garantiert wieder mindestens einer war, der sein Smartphone gezückt hatte und die Szene fotografierte oder filmte. Es war zum Kotzen! Genau wie die Uhrzeit, zu der ich der Leitstelle unser Eintreffen am Einsatzort meldete: 23:21 Uhr.

Als hätten wir auch nur den Hauch einer Chance, die verlorene Zeit wieder aufzuholen, sprangen Chris und ich aus dem Rettungswagen, schnappten uns in Rekordzeit unsere Notfallausrüstung, streiften uns ein Paar Handschuhe über und machten uns an die Arbeit. Mit geschultem Auge verschaffte ich mir einen Überblick über den Unfallort und sah, dass die Jungs von der Feuerwehr schon ihr Werkzeug auspackten, um damit den Wagen zu befreien, der unter dem Heck eines Lkw eingeklemmt war. Auf dem Beifahrersitz saß eine junge Frau, die hysterisch schrie und eine blutende Kopfwunde hatte. Ein Stück dahinter stand ein Wagen mit eingedrückter Front, der dem verunglückten Golf offensichtlich hinten draufgefahren war und ihn damit ins Schleudern gebracht hatte, und dessen Fahrer abgesehen von einem Schock auf den ersten Blick unverletzt zu sein schien. Auf der linken Spur kümmerten sich zwei Ersthelfer um eine Familie, die anscheinend auch mit nur leichten Verletzungen davongekommen war.

Da wir jetzt mehr oder weniger alle gleichzeitig eingetroffen waren, stand der Einsatzleiter der Feuerwehr wie ein Dirigent mitten im Geschehen und schickte Chris und mich zusammen mit dem Notarztteam zu dem eingeklemmten Wagen. Für den Fahrer konnten wir nicht viel tun, solange die Feuerwehrleute ihn nicht befreit hatten, aber zumindest die hysterische Beifahrerin musste schon mal dringend versorgt werden. Die Platzwunde am Kopf war auf den ersten Blick nicht gerade klein und musste vielleicht sogar genäht werden.

Ich war der Erste, der bei ihr war und sie fragte, ob sie alleine aussteigen konnte oder Schmerzen hatte. Sie schüttelte jedoch nur wild den Kopf mit den zerzausten und blutverkrusteten dunklen Locken und erklärte ganz eindeutig unter Schock stehend, dass sie auf keinen Fall hier wegkonnte und dem jungen Mann, der offensichtlich Alex hieß, die Wunde zudrücken musste.

„Mein Kollege übernimmt das für Sie", redete ich ihr gut zu, während Jan, der Kollege aus dem Notarztwagen, hinter ihr auf den Rücksitz krabbelte und versuchte, von dort schon einmal an den Fahrer heranzukommen. „Sie haben das bis hierhin ganz großartig gemacht, aber jetzt müssen Sie erst mal ein bisschen Platz für den Notarzt machen, weil wir von der anderen Seite im Moment noch nicht rankommen. Es wird nichts passieren, wenn Sie Ihren Freund für einen ganz kurzen Moment loslassen, okay?"

Ich schaute über sie hinweg zu dem jungen Mann auf dem Fahrersitz und hoffte inständig, dass wir überhaupt noch irgendetwas für ihn tun konnten. Es hatte ihn schon äußerlich ziemlich erwischt, da wollte ich über mögliche innere Verletzungen lieber gar nicht erst nachdenken. Doch ich versuchte mir nichts anmerken zu lassen und konzentrierte mich wieder auf die Frau. Sie nickte schwach, rührte sich jedoch keinen Millimeter von der Stelle.

„Kommen Sie! Ich helfe Ihnen raus. Und Ihre Verletzung gucke ich mir dann auch gleich mal an."

„Ich bin okay", widersprach sie energisch. „Alex braucht Hilfe, ich nicht!"

Anscheinend steckte sie so voller Adrenalin, dass sie tatsächlich nichts spürte und ihre Kopfverletzung in der Stresssituation noch gar nicht bemerkt hatte.

„Kommen Sie", wiederholte ich sanft und streckte ihr die Hand hin. Sie ignorierte sie allerdings und überraschte mich damit, dass sie urplötzlich das blutdurchtränkte Tuch am Oberschenkel des verletzten Fahrers losließ und schneller als gedacht aus dem Wagen stieg, als hinge auch ihr eigenes Leben davon ab, wenn nicht sofort jemand anders den Druck auf die Wunde übernehmen konnte. Wie erwartet geriet sie dabei ins Trudeln, und ich fing sie mit den Armen auf. Sie hatte selbst sicher schon einiges an Blut verloren, und durch die plötzliche Bewegung machte jetzt ihr Kreislauf schlapp.

„Langsam", ermahnte ich sie und half ihr, sich auf die Trage zu setzen, die Chris in der Zwischenzeit herangeholt hatte. Der Notarzt erfasste mit einem schnellen Blick die

Situation, gab uns ein Zeichen, dass er in ihrem Fall nicht erforderlich war, und wandte sich mit Jan zusammen dem wesentlich schwerer verletzten Fahrer zu.

„Wir werden jetzt Ihren Blutdruck messen und Ihre Wunde versorgen", erklärte ich währenddessen der jungen Frau vor mir. „Und wir werden Ihnen vorsichtshalber eine Halskrause umlegen. Haben Sie Kopf- oder Nackenschmerzen?"

So entschieden, wie sie den Kopf schüttelte, wohl nicht. Trotzdem konnte man ein Schleudertrauma bei solch einem Unfall nicht ausschließen, also legte ich ihr die Manschette um und sagte: „Wenn Ihnen irgendetwas wehtut oder Sie sich nicht gut fühlen, sagen Sie sofort Bescheid, okay?"

Sie nickte stumm und wollte sich auf dem Weg zum Rettungswagen immer wieder umdrehen, um einen Blick auf das Auto zu erhaschen, aus dem sie gerade ausgestiegen war. Doch das war mit der Halskrause nicht so einfach. Und es war auch sicher besser so, denn mir war klar, dass die Rettungsmaßnahmen an ihrem Freund massiv sein und sie nur noch mehr traumatisieren würden. Ganz zu schweigen von der Alternative.

Nachdem wir die junge Frau in unser Einsatzfahrzeug verfrachtet hatten, bat ich sie mit ruhiger Stimme, mich anzuschauen und fing an, die Wunde an ihrem Kopf zu desinfizieren und zu verbinden. Chris maß währenddessen den Blutdruck, der den Umständen entsprechend okay war. Trotzdem würden wir sie ins Krankenhaus bringen, weil sie mit ziemlich hoher Wahrscheinlichkeit an der Schläfe genäht werden musste. Und zur Kontrolle, denn meist waren diejenigen Verletzungen die schlimmsten, die man nicht auf Anhieb sehen konnte.

„Nein!", protestierte sie plötzlich wieder ziemlich kraftvoll. „Ich geh hier nicht weg! Ich will bei Alex bleiben!"

„Unsere Kollegen kümmern sich um ihn", erklärte Chris, während ich mühsam versuchte, diesem Energiebündel den Verband am Kopf zu befestigen. „Sie werden ihn aus dem Auto befreien und dann auch ins Krankenhaus bringen."

„Was ist mit ihm? Er ist doch okay, oder?" Ihr Blick irrte wild zwischen uns hin und her, und ich versuchte wie so oft diese Angst und Verzweiflung nicht an mich herankommen zu lassen. In Momenten wie diesem war es manchmal wirklich schwer, aber wenn man sich nicht von diesem Job zerstören lassen wollte, musste man einfach eine gewisse Schutzmauer um sich herum errichten.

„Sie tun alles, was sie können, um ihm zu helfen", versuchte ich sie sanft zu beruhigen. Für uns war das immer noch Routine, denn wir kannten wirklich unzählige Varianten, wie Patienten, Unfallopfer oder Angehörige in so einer Stresssituation reagierten und ihre Angst oder Hilflosigkeit auch gerne mal an uns ausließen. Aber das, was als Nächstes kam, war anders.

Die junge Frau riss den Kopf hoch und funkelte mich wütend an. „Und wenn es zu spät ist?!", schrie sie mich plötzlich an. „Wir haben da schon eine Ewigkeit gesessen und gewartet! Wo wart ihr, verdammt?! Warum wart ihr nicht schneller hier?! Warum?!" Sie hob die Hände, die sie zu Fäusten geballt hatte, und fing an, damit auf meinen Brustkorb einzuhämmern. Immer und immer wieder.

Jeder Einschlag ein anklagendes Warum. Warum, warum, warum …

Die Frage an sich war nicht neu, denn wenn man in einer Notsituation auf Hilfe wartete, kamen jedem von uns Minuten wie Stunden vor, sodass wir als Rettungskräfte in der Regel einfach darüber hinwegsahen. Doch hier und jetzt war ich so schockiert von ihrem Angriff, dass ich im ersten Moment gar nicht reagierte. Dann versuchte ich ihre Handgelenke einzufangen und presste meine aufgebrachte Patientin in wahrscheinlich ziemlich unprofessioneller Art und Weise an mich, um die Attacke zu beenden. Kraftlos sackte sie an meiner Brust zusammen und brach in ein haltloses Schluchzen aus.

Chris stand genauso perplex wie ich daneben und wusste anscheinend auch nicht, was wir als Nächstes tun sollten. Normalerweise hätten wir sie jetzt einfach auf der Trage festgeschnallt und ins nächste Krankenhaus gefahren. Aber das hier war nicht normal. Sie hatte so recht mit ihren Anschuldigungen, und das schockierte mich am meisten, auch wenn wir überhaupt nichts dafür konnten. Schon auf den ersten Blick war klar gewesen, dass jede einzelne Minute, in der wir untätig im Stau festgesessen hatten, eine Minute zu viel gewesen war. Jede Minute eine Minute, die über Leben und Tod entscheiden konnte. Jede Minute eine Minute, in der es weniger Hoffnung gab. Jede Minute eine Minute, die alles zerstörte.

Ich blickte über ihren Kopf hinweg aus dem kleinen Seitenfenster raus zum Unfallort, sah, wie der Notarzt mit einem vernichtenden Kopfschütteln wieder aus dem zerstörten Wagen auftauchte, und spürte, wie es in mir anfing zu brodeln. Am liebsten hätte ich auch gerade um mich geschlagen und auf den- oder diejenigen eingeprügelt, die uns den Weg versperrt hatten. Doch ich versuchte mich mühsam zu beherrschen. Ich hatte hier einen Job zu erledigen! Da war diese aufgelöste junge Frau mit ihrer Platzwunde und hoffentlich nichts Schlimmerem, die meine Hilfe brauchte und keinen Rettungsassistenten, der sich als Racheengel aufspielte.

Ich atmete tief durch und konzentrierte mich wieder auf meine Arbeit. Das heftige Schluchzen an meiner Brust war inzwischen verebbt und zu einem leisen Schniefen geworden, sodass ich das Häufchen Elend in meinen Armen vorsichtig von mir schob. Wir waren beide völlig blutverschmiert, aber zumindest für mich war das nichts Neues, also ignorierte ich es einfach.

Ich erklärte ihr noch einmal, dass wir sie jetzt ins Krankenhaus bringen würden und zog die Gurte um ihren Körper herum fest. Sie wich meinem Blick aus und nickte stumm, soweit man das mit der starren Halskrause als ein Nicken bezeichnen konnte. Es war, als hätte sie beim Weinen alle Kraft verloren, und wie sie so apathisch vor sich hinstarrte, wünschte ich mir beinahe, sie würde lieber wieder auf mich einschlagen.

Chris ging nach vorne, um uns in der Klinik anzumelden und fuhr schließlich los, während ich hinten bei unserer Patientin sitzen blieb und fragte, ob sie ihre Krankenversichertenkarte dabei hatte.

„In meiner Tasche im Auto", antwortete sie matt. Über ihre Wange rollte eine einzelne Träne, die sie jedoch gar nicht zu bemerken schien.

„Können Sie mir dann vielleicht so ein paar Fragen beantworten?"

Wieder nickte sie nur, ohne mich anzusehen.

„Okay. Es geht nur um ein paar Daten für den Papierkram. Los geht's mit dem Namen."

„Sophie Wattenberg."

„Sophie mit ph?"

„Hmhmm."

„Okay …". Nacheinander fragte ich sie nach Geburtsdatum, Adresse, Krankenversicherung und ein paar weiteren Vorgaben auf meinem Tablet, die von dort sofort ans Krankenhaus übermittelt wurden. So wusste die Notaufnahme schon mal, womit sie es zu tun bekam, und wir waren zumindest für eine Weile von diesen bohrenden Warum-Fragen abgelenkt.

Als wir fertig waren und ich auch einen kurzen Bericht über ihre Verletzung übermittelt hatte, bog Chris gerade in die Straße zum Krankenhaus ein. Ich wandte mich zu der jungen Frau um, die jetzt einen Namen hatte, und bemerkte, dass sie mich gedankenverloren ansah – oder besser gesagt durch mich hindurchsah.

„Er wird es nicht schaffen, oder?"

Ihre Frage zerriss mir fast das Herz, vor allem, weil ich die Antwort ja schon kannte. Und dieser Blick aus ihren blauen Augen, in denen so viel Hoffnungslosigkeit lag, gab mir den Rest. Wie oft war ich schon in genau dieser Situation gewesen? Wie oft war mir genau diese Frage schon gestellt worden? Doch all die Jahre im Rettungsdienst hatten sich scheinbar gerade in Luft aufgelöst, und ich saß da wie ein dämlicher Praktikant, der keine Ahnung hatte, was er tun sollte, oder wie er diese Emotionen an seiner professionellen Hülle abprallen lassen konnte. Warum, verdammt?! Abgesehen von der zeitlichen Verzögerung und ihrer Wut war es doch ein Einsatz wie jeder andere auch! Aber genau das hatte die Welt offenbar aus den Angeln gehoben und verkehrt herum wieder zusammengesetzt.

„Ich weiß es nicht", sagte ich leise und schaffte es nicht, ihr dabei in die Augen zu schauen. Zum Glück kam in diesem Moment der Rettungswagen zum Stehen, und Chris zog schon Sekunden später die hintere Tür auf.

Der Rest war eigentlich Routine: Die Patientin an das Klinikpersonal übergeben, Papierkram erledigen, den Rettungswagen säubern und desinfizieren, Material nachfüllen, vielleicht noch einen Kaffee aus dem Automaten ziehen, wieder einsatzbereit melden und wenn sonst nichts anlag erst mal zurück zur Wache. Aber anders als sonst konnte ich diesen Einsatz nicht einfach im Kopf als erledigt abhaken und unbeschwert weitermachen. Dieser letzte Blick von Sophie, als wir sie im Schockraum ablieferten, ließ sich einfach nicht abschütteln. Es war, als flehte sie mich mit den Augen an, zurückzufahren und ihren Freund zu retten. Und ich hätte nichts lieber getan als das. Doch es war zu spät.

Ich spürte, wie sich mein Magen schmerzhaft zusammenzog und die unterdrückte Wut wieder zum Vorschein kam. 25 Minuten bis zum Einsatzort. Laut Statistik mindestens 15 Minuten zu viel. Ganze 15 elende Minuten!

„Alles klar bei dir?", riss mich Britta, die Klinikangestellte an der Anmeldung, aus den Gedanken. „Du siehst heute ziemlich mitgenommen aus. Ich hab schon von dem Unfall gehört. Hast du jemanden gekannt, der dabei war?"

„Was? … Ich … Nein", antwortete ich zerstreut und reichte ihr das Formular rüber, das ich gerade ausgefüllt hatte. „Wir sind nur zu spät gekommen", fügte ich dann leise hinzu.

Sie sah mich mitfühlend an. „Ach, Moritz. Wie lange machst du den Job jetzt schon? Du weißt doch, dass es nicht immer gut ausgeht. Aber ihr habt getan, was ihr konntet."

„Ich fürchte, so einfach ist das diesmal nicht."

Britta wollte noch etwas sagen, doch da hatte ich mich schon umgedreht und war Richtung Toilette verschwunden. Ich brauchte jetzt dringend einen Schlag kaltes Wasser ins Gesicht, um wieder zu mir zu kommen, aber wirklich besser machte es das auch nicht. Genauso wenig wie die Nachbesprechung später auf der Wache.

Aus einer seltsamen Gefühlsanwandlung heraus rief ich anschließend meine Freundin an, was ich sonst nie tat. Schon gar nicht mitten in der Nacht.

„Mo?", fragte Julia verschlafen. „Ist etwas passiert?"

„Nein", beruhigte ich sie sanft, obwohl alles in mir Ja schrie. „Ich wollte nur deine Stimme hören."

„Um diese Zeit?"

Ja, um genau diese Zeit! Doch als ich ihre Empörung hörte, schimpfte ich mich einen Idioten. Es war weit nach Mitternacht, meine Freundin musste morgen früh arbeiten und sie war ohnehin wenig begeistert von meinem Job und den damit verbundenen Nachtschichten und Überstunden. Was also hatte ich mir eigentlich von einem Anruf bei ihr versprochen?

„Tut mir leid, Julie", sagte ich ernüchtert. „Schlaf weiter … Ich liebe dich."

„Hmhmm … auch", murmelte sie und bevor ich Tschüss sagen konnte, hatte sie schon aufgelegt.

Wie gerne wäre ich jetzt bei ihr gewesen, hätte mich an ihren warmen Körper geschmiegt und in ihren Armen wenigstens eine Weile die düsteren Gedanken vergessen. Aber Wunsch und Wirklichkeit lagen leider gerade meilenweit auseinander. Reglos starrte ich auf mein Handy und beobachtete, wie die Uhr von 01:43 auf 01:44 umsprang. Noch etwas mehr als fünf Stunden Dienst. In der Wache war es ruhig geworden. Die anderen hatten sich anscheinend eine Runde aufs Ohr gehauen, in der Hoffnung, dass nicht gleich der nächste Alarm losging. Alle, bis auf einen, denn plötzlich tauchte Chris im Türrahmen zum Aufenthaltsraum auf und sagte: „Hier steckst du. Alles okay mit dir?"

Ich zuckte mit den Schultern. „Hatte schon bessere Nächte."

„Wem sagst du das." Er kam rüber und ließ sich neben mir auf das Sofa fallen. „Ganz schön scheiße gelaufen heute."

Es war eine Feststellung, keine Frage, also musste ich auch nicht darauf antworten, und für eine Weile schwiegen wir einfach in stiller Einigkeit vor uns hin.

Chris und ich waren seit zwei Jahren ein eingeschworenes Team und mussten nicht viel reden, um uns zu verstehen. Wenn nicht gerade einer von uns krank war, Urlaub oder seinen freien Tag hatte, waren wir als Stammbesetzung zusammen mit dem Rettungswagen unterwegs und wussten, dass wir uns im Einsatz blind aufeinander verlassen konnten. Mit der Zeit war daraus eine echte Freundschaft entstanden, auch wenn wir außerhalb der Arbeitszeit eher selten miteinander zu tun hatten. Deshalb konnte ich normalerweise auch mit niemandem so gut über solche Erlebnisse reden wie mit Chris. Aber heute wussten wir beide nicht, was wir sagen sollten.

„Die Kleine hat dich ganz schön fertiggemacht, was?", bemerkte Chris schließlich in unser Schweigen hinein.

Ich war nicht sicher, ob das einfach nur eine neutrale Aussage war, oder ob er sich innerlich köstlich darüber amüsierte, dass unsere Patientin so auf mich eingedroschen hatte. Ein Blick hätte gereicht, um es herauszufinden, aber ich schaffte es einfach nicht, den Kopf zu heben.

„Sie hatte doch recht", konterte ich lahm. „Und ich frage mich die ganze Zeit, was gewesen wäre, wenn ein Teil von uns schon zu Fuß vorausgelaufen wäre."

„Hör auf damit, Momo!" Chris klang plötzlich ernst und ich spürte seinen bohrenden Blick auf mir. „Was hätte das denn geändert? Ihr Freund war eingeklemmt und so schwer verletzt, dass er es wahrscheinlich eh nicht geschafft hätte."

„Das kannst du nicht wissen. Wenn wir es frühzeitig geschafft hätten, ihn zu beatmen, oder ihm einen Zugang zu legen oder …"

„Wenn, wenn, wenn! Es ist gelaufen, Momo! Ja, wir waren zu spät da, aber wir können nichts dafür, und das weißt du. Du hast gehört, was Rolf gesagt hat: Auf den letzten 600 Metern war das ein heilloses Chaos, weil die einen wussten, wie die Rettungsgasse geht, die anderen aber meinten, quer auf den Standstreifen ausweichen zu müssen, dann jemand mal gucken wollte, ob er von etwas weiter links rüber vielleicht sehen konnte, was vorne vor sich geht und fast eine vierte Stauspur aufgemacht hätte. Die sind schuld, nicht du oder ich oder sonst wer von uns."

„Natürlich weiß ich, dass wir nichts dafür können!", platzte es aus mir heraus. „Aber deshalb ist es trotzdem scheiße! 25 Minuten bis zu Kilometer 264! 25 Minuten, Chris, das ist ein schlechter Witz! Normalerweise brauchen wir höchstens die Hälfte der Zeit. Und das Problem ist ja nicht nur, dass diese Idioten es nicht gebacken gekriegt haben, eine Rettungsgasse zu bilden. Du hast vergessen, diese Schlaumeier zu erwähnen, die meinten, sie könnten sich gleich mit durchmogeln, um wegzukommen, statt uns erst mal fahren zu lassen! Wie krank ist das denn bitte? Und vor allem, wo sind die jetzt? Auf Nimmerwiedersehen verschwunden in ihre heile Welt, in der es ja zum Glück immer nur die anderen erwischt! Ich hab grad echt so eine Scheißwut und wünsche diesen Schwachköpfen, dass sie selbst mal irgendwo verrecken, weil die Rettung nicht zu ihnen durchkommt!"

Chris pfiff leise durch die Zähne. „Wow. Momo, so kenn ich dich ja gar nicht."

„Ich mich auch nicht", murmelte ich mehr zu mir selbst als zu ihm. Dann stand ich auf und verdrückte mich nach draußen an die frische Luft, alleine mit meiner Wut und den quälenden Warum-Fragen, auf die niemand außer den besagten Idioten eine Antwort wusste. Hätte ich geraucht, wäre jetzt wahrscheinlich der richtige Zeitpunkt für eine Zigarette gewesen. Aber so setzte ich mich nur auf die Bank hinter der Fahrzeughalle, legte den Kopf in den Nacken und schaute rauf in den sternenklaren Himmel.

Ich hatte meinen Job immer geliebt, trotz der elenden Arbeitszeiten und dem Stress, trotz der vielen Einsätze, bei denen man nichts mehr tun konnte, trotz all der Beschimpfungen und Widerstände, auf die man bei so manchem Patienten oder Angehörigen stieß. Es gehörte einfach dazu, und die vielen geglückten Einsätze und Zeichen der Dankbarkeit glichen es zum Glück jedes Mal wieder aus. Ich konnte nur hoffen, dass es diesmal auch wieder so sein würde. Aber sicher war ich mir nicht.

Nur eine Sache wusste ich genau: Diese Sophie und den wilden Gefühlssturm in ihren Augen würde ich wohl nicht so schnell vergessen können.

Sophie

Als ich Alex das erste Mal sah, war ich vier Jahre alt und kam gerade mit meiner Mutter vom Einkaufen nach Hause. Er stand etwas verloren mit einem Fußball im Arm ein Stück weiter die Straße rauf auf dem Bürgersteig und beobachtete fasziniert, aber irgendwie auch ein bisschen verschreckt, die Möbelpacker, die eine große Kiste nach der nächsten aus ihrem Transporter ins Haus trugen.

„Hallo!", rief ich schon von Weitem, weil ich mich so freute, endlich ein anderes Kind in meinem Alter hier zu entdecken.

Der fremde Junge drehte sich um, schien etwas enttäuscht zu sein, dass ich ein Mädchen war, und lächelte dann aber doch schüchtern. Später zog Alex mich immer wieder damit auf, dass er sich ja nur mit mir abgegeben hätte, weil es weit und breit keinen anderen Spielkameraden gegeben hatte. Doch in Wirklichkeit waren wir schon zwei Stunden später ein Herz und eine Seele, nachdem ich ihn in unseren Garten zum Spielen mitgenommen hatte, während seine Eltern die neue Wohnung in Ordnung brachten.

Solange wir beide dort wohnten, hatte es vielleicht durchschnittlich drei Wochen im Jahr gegeben, in denen wir uns nicht gesehen hatten. Und das auch nur, weil er oder ich im Urlaub oder auf Klassenfahrt gewesen war. Als

Alex' Mutter krank wurde und mehrere Monate lang öfter im Krankenhaus als zu Hause war, hatte er sogar mehr oder weniger bei uns gewohnt, was seine lieben Mitschüler dazu brachte, unsere Namen zu einem zu machen und uns nur noch Alphie zu nennen. Neunjährige konnten so bescheuert sein. Ich fand das damals überhaupt nicht witzig und hätte mich manchmal am liebsten geprügelt deswegen. Aber mein lieber, geduldiger Alex sagte immer nur: „Lass sie. Die sind nur neidisch, dass sie selbst nicht so eine tolle Freundin haben." In solchen Momenten ging mir das Herz auf.

Erst als wir in die Pubertät kamen und Alex seine erste Freundin hatte, änderte sich das. Plötzlich hatte er wenig Zeit für mich. Trotzdem hielt unsere Verbindung, denn immerhin hatten wir ja unsere gemeinsamen zwanzig Minuten morgens im Schulbus. Und schneller als gedacht hatte sich das mit der Freundin dann eh wieder erledigt.

Ich verstehe bis heute nicht, wie es passieren konnte, dass wir uns aus den Augen verloren haben, als Alex wegging zum Studieren. 70 Kilometer waren doch echt nicht die Welt, und es gab Telefon und Internet und was weiß ich noch alles. Umso glücklicher war ich, als eines Tages plötzlich aus dem Nichts ein Anruf von ihm kam, in dem er mir von dem neuen Einkaufszentrum bei sich in der Stadt erzählte, in das auch die Filiale einer großen Buchhandlung einziehen würde. Er wusste von seinen Eltern, dass ich nach der Ausbildung nicht übernommen worden war und einen Job suchte, und während er mir das alles erzählte, war es, als wären wir nie getrennt gewesen. Er lotste mich durch die Stadt, als ich mein Vorstellungsgespräch hatte. Er half mir, meine Wohnung zu finden, strich mit mir die Wände, schleppte Möbel und Kisten hoch in den dritten Stock. Und er war wieder mein Alex, der sich um mich kümmerte, mich seinen Freunden vorstellte, mich neckte und veralberte und in der fremden Stadt nie alleine ließ. Natürlich sahen wir uns nicht jeden Tag, so wie früher, aber das mussten wir auch nicht. Hauptsache, wir hatten uns wieder und da reichte es schon zu wissen, dass wir den anderen jederzeit anrufen oder treffen konnten. Statt zu schmollen, freute ich mich, wenn er glücklich verliebt war. Und wenn einer von uns Liebeskummer hatte, zogen wir das gemeinsam durch. Kurz gesagt: Es war perfekt, so wie es war.

Aber jetzt war Alex tot.

Ich hatte es die ganze Zeit befürchtet, geahnt, gewusst, doch offiziell erfahren hatte ich es erst später, als meine Eltern im Krankenhaus ankamen, um mich abzuholen, und ich in den Armen meiner Mutter heulend zusammenbrechen konnte.

Sie sagten, bei der Schwere der Verletzungen hätte er keine Chance gehabt. Sie sagten, es wäre eine unglückliche Verkettung der Umstände gewesen: Der Lkw, dessen Fahrer uns im toten Winkel nicht gesehen hatte; der Opel-Fahrer hinter uns, der zu dicht aufgefahren war, um rechtzeitig bremsen zu können; der Familien-Van neben uns, der so schnell gewesen war, dass er uns nach dem Aufprall des Opel wie ein Pingpongball von der linken Spur zurück in den Lkw geschleudert hatte. Sie sagten auch, ich hätte unglaubliches Glück gehabt.

Glück?! Was sollte denn daran bitte Glück sein, dass ich meinen allerersten, allerbesten, allerliebsten Freund für alle Zeiten verloren hatte?

Die Woche nach dem Unfall und auch die Beerdigung rauschten wie im dichten Nebel an mir vorbei. Meine Eltern nahmen mich mit zu sich nach Hause in meine kleine Heimatstadt – in unsere Heimatstadt, in der auch Alex' Eltern immer noch ein Stück die Straße rauf wohnten. Im ersten Moment wollte ich mich genau deshalb weigern mitzufahren, im nächsten zog es mich in selbstzerstörerischer Absicht wie magisch in Alex' altes Zimmer, wo ich mich stundenlang in seinem Jugendbett vergrub und zwischen Verzweiflung und Nicht-wahrhaben-Wollen hin und her schwankte.

Irgendwann kam die Wut dazu. Die Wut auf den Lkw-Fahrer, auf den Opel-Fahrer, auf den Van-Fahrer, auf die Rettungskräfte, die zu spät gekommen waren – einfach auf alles und jeden. Aber Wut war gut. Wut war so viel besser als diese furchtbare Trauer und der Schmerz, dass Alex nie mehr wiederkommen würde. Doch auch sie ließ zwischendurch immer wieder mal nach und wurde von Phasen abgelöst, in denen ich einfach nur heulte oder apathisch ins Leere starrte.

Meine Eltern hatten keine Ahnung, wie sie mich trösten sollten. Aber wie auch? Es gab keinen Trost. Trotzdem war ich froh, dass sie da waren, und sie waren auch die Einzigen, die ich in diesen Tagen an mich heranließ. Bei der Arbeit hatte ich mich krankgemeldet und alle wussten, dass ich einen Unfall gehabt hatte. Von Alex wussten sie nichts. Außer meiner liebsten Kollegin und Freundin

Chiara, die grundsätzlich nur Kiki genannt werden wollte, und die wusste, dass wir beide zusammen unterwegs gewesen waren. Sie bombardierte mich mit Nachrichten und Anrufen, doch ich schaffte es einfach nicht, darauf zu reagieren. Bis sie sich an ihrem freien Tag die 70 Kilometer auf den Weg machte und plötzlich in meinem alten Kinderzimmer vor mir stand. Als sie ankam, waren es noch zwei Stunden bis zur Beerdigung. Ohne ein Wort breitete Kiki die Arme aus und wir klammerten uns heulend aneinander. Was ich nicht wusste, war, dass sie in den letzten Tagen sämtliche Wattenbergs bei uns in der Stadt abtelefoniert hatte, und nachdem sie die richtigen gefunden hatte, lange mit meiner Mama geredet hatte. In mir pochte das schlechte Gewissen, weil ich mich nicht bei ihr gemeldet hatte, doch sie wischte es mit einer Handbewegung beiseite und war einfach für mich da.

Kiki und ich kannten uns, seit wir vor vier Jahren zusammen in der nagelneuen Buchhandlung in diesem nagelneuen Einkaufszentrum angefangen hatten. Gemeinsam hatten wir den Laden mit eingeräumt und uns in der fremden Stadt eingelebt und waren seitdem nicht nur beruflich, sondern auch privat ein Herz und eine Seele. Deshalb kannte sie natürlich auch Alex – hatte ihn gekannt – und auch wenn sie es bis heute abstritt, war ich mir sicher, dass sie ganz am Anfang sogar etwas in ihn verliebt gewesen war.

„Zu der Zeit hab ich doch noch gedacht, dass er schwul ist", gab Kiki dann immer gerne zurück. „Andernfalls muss man ja nicht ganz dicht sein, wenn man mit so einem heißen Typen nur befreundet sein will."

„Du liest einfach zu viele von diesen Schnulzen-Romanen“, war meine Standardantwort darauf, was meistens in großem Gelächter endete, denn Kiki hatte tatsächlich eine Schwäche für diese herzschmerztraurigschönen Liebesromane, in denen der beste Freund halt gerne mal schwul war.

Jetzt gerade war uns allerdings alles andere als nach Lachen zumute. Mein völlig unschwuler bester Freund war tot und ich ein heulendes Wrack, das es gerade so schaffte, die Beerdigung zu überstehen, ohne Alex ins Grab hinterherzuspringen. Er konnte mich doch nicht einfach so alleine lassen! Soweit ich mich zurückerinnern konnte, war er immer, immer, immer da gewesen. Und jetzt? Wer sollte mich denn jetzt warnen, wenn ich mich mal wieder in den falschen Typen verliebt hatte? Wen sollte ich anrufen, wenn der Fernseher streikte? Wer half mir, meine Lieblings-Lasagne aufzuessen, wenn ich wieder gnadenlos zu viel davon gekocht hatte? Wer brachte mir noch spätabends einen Berg Schokolade, wenn ich Liebeskummer hatte? Bei wem konnte ich mich über meine manchmal echt ätzenden Kunden auskotzen? Und wer würde mich aus diesem tiefen Loch herausholen, in das ich nach dem Unfall gefallen war? Kiki war zwar eine richtig gute Freundin, aber Alex ersetzen konnte sie nicht. Dafür war er ihr zu viele Jahre voraus und kannte mich mitunter sogar besser als ich mich selbst. Wahrscheinlich fühlte es sich deshalb auch so an, als hätte ich nicht nur ihn verloren, sondern einen Teil von mir selbst gleich mit.

Nichtsdestotrotz musste ich der Tatsache ins Auge sehen, dass sich die Welt trotz Alex' Tod weiterdrehte, und ich zumindest einigermaßen mitmachen musste, wenn ich nicht komplett abstürzen wollte. Doch das war gar nicht so einfach. Besonders nicht dort, in meiner alten Heimat, in der jede Ritze und jeder Winkel voller Erinnerungen steckte, und ich neben meiner eigenen Trauer auch die seiner Eltern ertragen musste. Die Hoffmanns waren für mich immer so etwas wie eine zweite Familie gewesen, so wie meine Familie es auch für Alex gewesen war. Nur dass ich jetzt noch da war und Alex nicht und ich mich deswegen furchtbar schlecht fühlte. Mir war schon klar, dass das völliger Blödsinn war, schließlich hatte ich den Unfall nicht verursacht, genauso wenig wie Alex. Aber Gefühle waren halt nicht logisch. Und letztendlich blieb ich trotzdem dort, denn die Alternative wäre gewesen, alleine in meinen eigenen vier Wänden zu hocken und mir die Augen auszuheulen, doch das wollte ich noch viel weniger.

Die Woche ging vorbei, und am Ende des langen Pfingstwochenendes brachten mich meine Eltern zurück in meine Wohnung. Am Dienstag hatte ich bei meinem Hausarzt einen Termin zum Fäden ziehen, und auch meine Krankmeldung lief dann aus. Doch erst, als ich schon beim Arzt im Sprechzimmer saß und er mich fragte, ob er das Attest verlängern sollte, fiel mir auf, dass ich bisher keinen Gedanken daran verloren hatte, wieder zur Arbeit gehen zu wollen oder können oder müssen. Also zuckte ich nur hilflos mit den Schultern und spürte, wie mir die Tränen kamen, weil ich mit einer so einfachen Frage schon überfordert war. Das reichte dem Arzt jedoch, um mir wortlos eine weitere Krankmeldung für den Rest der Woche auszustellen.

Ziemlich verloren saß ich anschließend in meinem Auto und überlegte, was ich jetzt tun sollte. Direkt wieder zu meinen Eltern fahren? Oder hierbleiben? Ratlos betrachtete ich die Bescheinigung in meiner Hand und beschloss, erst mal meine Pflicht zu erfüllen und meinem Chef mitzuteilen, dass er noch weiter auf mich verzichten musste. Das Einkaufszentrum war ganz in der Nähe und ich musste eh in die Apotheke, also konnte ich die Krankmeldung auch gleich persönlich abliefern.

Ich zögerte einen Moment, kratzte dann all meine Willensstärke zusammen und machte mich auf den Weg. Es würde nicht leicht werden, meine Kollegen wiederzusehen, die in der Zwischenzeit bestimmt von Kiki erfahren hatten, was passiert war. Ich wollte nicht von ihnen mit Mitleid überschüttet und wie ein rohes Ei behandelt werden. Aber drum herumkommen würde ich eh nicht, egal ob nun heute oder nächste Woche oder wann auch immer.

Im Laden angekommen versuchte ich möglichst unbemerkt bis nach hinten ins Büro durchzukommen, doch dabei hatte ich nicht mit Kiki gerechnet. Als hätte sie geahnt, dass ich heute hier auftauchen würde, sprang sie mir schon fast an der Tür entgegen und zog mich in eine feste Umarmung.

„Hey! Was machst du denn hier? Bist du nicht heute noch krankgeschrieben?“

„Hmhmm“, murmelte ich und hielt die Bescheinigung vom Arzt hoch. „Und den Rest der Woche auch.“

„Ehrlich gesagt hatte ich das gehofft", erklärte sie mit ernster Miene. „Du siehst völlig fertig aus."

Schweigend presste ich die Lippen aufeinander und kämpfte wieder mühsam gegen die Tränen an. Kiki betrachtete prüfend die beiden schmalen Tape-Streifen an meiner Schläfe, die jetzt statt eines Pflasters über meiner Narbe klebten, und seufzte schwermütig: „Ach, Süße."

Im selben Moment kam unsere Kollegin Inga vorbei, zog mich in einer dramatischen Geste an sich und sagte: „Oh Sophie, du Arme. Es tut mir so leid. Geht es dir gut? Das sieht ja schlimm aus."

Mir fehlten die Worte, um darauf zu antworten. Zum einen war Inga nicht gerade eine meiner Lieblingskolleginnen und immer etwas theatralisch in ihrer Art. Zum anderen ging es mir ganz bestimmt nicht gut, und wenn sie meinen Kratzer an der Schläfe schlimm fand, dann hätte sie erst mal Alex sehen sollen. Warum hatte ich dumme Nuss eigentlich nicht dran gedacht, den Personaleingang zu nehmen? Dann hätte ich mir solche Kommentare vielleicht ersparen können. Doch zum Glück rettete Kiki mich, indem sie knochentrocken bemerkte: „Du müsstest vor allem den anderen sehen."

Und damit meinte sie natürlich nicht Alex, sondern tat so, als hätte ich mich geprügelt. Sie zwinkerte mir verschwörerisch zu, und in einem anderen Leben hätte ich jetzt losgeprustet vor Lachen. In diesem Leben reichte es jedoch nur für ein müdes Lächeln, aber ich wusste, dass Kiki trotzdem verstand, wie dankbar ich ihr dafür war. Zu Hause mit mir zu heulen und zu leiden war das eine, aber hier vor all den Leuten war mir ihre charmant-freche

Art wesentlich lieber, und ich war jetzt schon froh, sie in meiner Nähe zu wissen, wenn ich dann doch bald wieder arbeiten musste.

Inga machte keine Anstalten, sich wieder zu verdrücken, also entschuldigte ich mich und machte mich auf den Weg ins Büro. Mein Chef hatte zum Glück nicht viel Zeit zum Reden, sprach mir sein Beileid aus, nahm die Krankmeldung kommentarlos zur Kenntnis und wünschte mir alles Gute, bevor er schon wieder von einem Anruf aus der Zentrale abgelenkt wurde. Mir war es nur recht so, und ich wollte gerade schon wieder durch den Personalausgang verschwinden, als ich im Flur auf Marleen traf, eine unserer ältesten Kolleginnen, die uns immer mit den leckersten Dingen verwöhnte, weil sie am Wochenende angeblich mal wieder viel zu viel gebacken hatte. Von daher hätte es mich nicht gewundert, wenn sie plötzlich ein Stück Torte als Trostpflaster für mich hervorgezaubert hätte. Doch entweder hatte sie heute keins, oder sie spürte, dass es mit meinem Appetit zurzeit nicht weit her war. Trotzdem überredete sie mich, noch kurz mit in den Pausenraum zu kommen, und nachdem wir uns einen Moment durch zähen Smalltalk und die Wie-geht-es-dir-Frage gequält hatten, wagte sie es schließlich, mich nach dem Unfall zu fragen. Und ich schaffte es tatsächlich irgendwie, ihr zu antworten, ohne gleich wieder in Tränen auszubrechen.

„Wirklich schlimm", meinte Marleen seufzend. „Und dann diese Geschichte mit der Rettungsgasse. Ich dachte, das kann ja wohl nicht wahr sein, als ich das in der Zeitung gelesen habe."

Ich sah sie überrascht an. „Was meinst du damit?“

„Na, hast du das denn gar nicht mitgekriegt? Die im Stau haben da doch alles blockiert, sodass die Feuerwehr nicht durchkam.“

Ich schüttelte den Kopf und hatte plötzlich eine furchtbar trockene Kehle. Nein. Mal abgesehen davon, dass ich seit der Nachricht über Alex’ Tod eigentlich gar nichts mehr wirklich mitgekriegt hatte, wohnten meine Eltern auch in einem ganz anderen Landkreis mit einer anderen Tageszeitung, in der von dem Unfall keine Rede gewesen war. Und meine eigenen Zeitungen lagen unberührt in einem Stapel auf meinem Küchentisch, nachdem meine Nachbarn sie in den vergangenen Tagen zusammen mit einem Haufen Werbung vor meiner Wohnungstür gehortet hatten.

„Ich war bei meinen Eltern und bin erst seit gestern Abend wieder hier“, erklärte ich leise. „Was stand denn in dem Artikel?“

„Die Einzelheiten weiß ich leider gar nicht mehr so genau. Als ich es gelesen habe, wusste ich ja nicht, dass du dabei warst und dein Freund …“ Marleen brach ab und verstummte.

Ich spürte eine Träne über meine Wange rollen und wischte sie hastig weg. Doch es kam noch eine und noch eine. „Schon okay“, flüsterte ich mit brüchiger Stimme, und als ich merkte, dass mir wieder eine der großen Heulattacken bevorstand, stand ich auf und flüchtete am Ende des Flurs zur Toilette. Aufgewühlt sank ich auf den Klodeckel und ließ den Tränen freien Lauf. Die Rettungsgasse war blockiert? Deshalb waren die Rettungskräfte nicht durchgekommen? Deshalb musste Alex sterben? Seine Eltern mussten doch bestimmt von der Polizei davon erfahren haben. Oder hatten sie es mir vielleicht sogar erzählt, und ich hatte es nur nicht wahrgenommen in meiner Verzweiflung?

Es klopfte an der Tür und Marleen versuchte sanft, mich zum Rauskommen zu überreden, doch ich wollte jetzt niemanden hören und sehen und war froh, als sie es aufgab und verschwand. Mit zitternden Fingern zog ich mein Handy aus der Tasche und wollte im Internet nachgucken, was in diesem Artikel gestanden hatte, aber unsere bescheuerte Tageszeitung stellte nur die ersten paar Zeilen frei zur Verfügung, danach musste man bezahlen, wenn man weiterlesen wollte. Verdammt!

Mein Blick blieb an dem Bild hängen, das dem Artikel vorangestellt war. Ein Foto vom Unfallort, das gemacht worden war, nachdem man Alex schon aus dem Autowrack geborgen hatte … als er schon tot war.

Rettungsgasse blockiert – kein Durchkommen – zu spät. Wild wirbelten die Worte in meinem Kopf herum, bis ich es nicht mehr aushielt. Ich musste nach Hause und diesen Artikel lesen, oder Alex' Eltern anrufen oder beides. Schwungvoll riss ich die Toilettentür auf und wäre beinah mit Kiki zusammengeprallt, die im selben Moment an die Tür klopfen wollte. Erschrocken wich sie zurück, nur um gleich darauf einladend die Arme auszubreiten.

„Alles okay, Süße?", fragte sie sanft. „Marleen hat mich gerufen, weil sie meinte, dass es dir nicht gut geht, aber das ist wahrscheinlich die Untertreibung des Jahres, hm?"

Ich nickte und heulte ihr ohne Rücksicht auf Verluste das T-Shirt voll. „Ich … Marleen hat mir von der Sache mit der Rettungsgasse erzählt … Ich … Ich muss nach Hause und mir angucken, warum … wie es sein konnte, dass …“

„Hey, ganz ruhig“, versuchte sie mich zu besänftigen. „Was ist denn passiert?“

Ich erzählte ihr von dem Zeitungsbericht, und meine Freundin, die anscheinend auch noch nichts davon gehört hatte, sah mich mit großen Augen an. „Ist nicht wahr, oder?“

„Ich fürchte doch“, stieß ich verzweifelt hervor. „Ich hab doch selbst gesehen, dass da Blaulicht war, aber einfach nicht näher kam. Was, wenn Alex … Ich meine … Er wäre vielleicht noch am Leben, Kiki!“

Sie zog mich fester in ihre Arme und sagte: „Jetzt beruhig dich, Süße. Hör zu, ich hab noch Überstunden und versuche den Chef zu bequatschen, ob ich heute eher gehen kann. Dann komm ich zu dir und wir gucken uns das zusammen an, okay?“

Ich schüttelte traurig den Kopf. „Das ist lieb von dir, aber ich fahre gleich wieder nach Hause.“

Die Aussage war ein bisschen doppeldeutig, aber Kiki wusste, dass auch nach vier Jahren mein Zuhause immer noch bei meinen Eltern war.

„Dann telefonieren wir aber nachher“, ermahnte sie mich streng. „Und tu mir einen Gefallen und komm heile dort an, okay? So wie du grad durch den Wind bist, möchte ich dich am liebsten gar nicht fahren lassen.“

Ich nickte stumm und ließ mich noch einmal fest von ihr umarmen. Dann machte ich mich auf den Weg und fuhr zunächst wieder in meine Wohnung, um ein paar Sachen für die Woche bei meinen Eltern einzupacken – und diesen Artikel zu lesen, von dem Marleen gesprochen hatte.

Auf dem Küchentisch wartete der Zeitungsstapel auf mich. Stummes Papier, das doch so viel zu sagen hatte, so viel Leid enthielt und so viel Schmerz anrichten konnte. Im Laufschritt war ich die drei Stockwerke zu meiner Wohnung hochgerannt, doch jetzt setzte ich mich beinahe wie in Zeitlupe an den Tisch, griff nach den Zeitungen und suchte die Ausgabe vom Dienstag nach dem Unfall heraus. Ich schloss kurz die Augen, um mich vor dem zu wappnen, was ich gleich zu sehen kriegen würde. Meine Hände zitterten und mir war schlecht vor Angst. Warum auch immer, schließlich war ich dabei gewesen, da konnte das hier ja wohl kaum schlimmer sein! Und trotzdem hatte ich so unglaublich Schiss davor, noch irgendetwas Neues zu erfahren, was meine Welt erneut zum Einsturz bringen würde.

Ein letztes Mal durchgeatmet, dann blätterte ich um und das Foto vom Unfallort stach mir wieder ins Auge. Ich versuchte es zu ignorieren und fing mit Tränen in den Augen an, den Text zu lesen.

In der ersten Hälfte stand das, was ich schon wusste bzw. was ich selbst erlebt hatte. Doch die zweite Hälfte war mir neu und enthielt das, was Marleen angedeutet hatte: Einen Bericht darüber, dass die nachfolgenden Fahrzeuge im Stau nicht in der Lage gewesen waren, eine Rettungsgasse zu bilden und so das Durchkommen der Rettungskräfte verhindert hatten. Von etwa einer Viertelstunde Zeitverzögerung war dort die Rede und vom unmöglichen Verhalten der Autofahrer, die sogar noch versucht hätten, vor der Feuerwehr die mühsam geschaffene Durchfahrt für sich zu nutzen. „So etwas habe ich in meiner ganzen Laufbahn nicht erlebt", wurde der Einsatzleiter der Feuer- und Rettungswache Nord zitiert.

Was dort nicht stand, war, dass sie Alex hätten retten können, wenn sie früher da gewesen wären. Niemand sagte das, aber ich wusste es einfach! Hatte es von Anfang an gewusst, nur dass sich jetzt das letzte Puzzleteilchen dazugefügt hatte, das erklärte, warum sie zu spät gekommen waren.

Verzweifelt ließ ich die Zeitung sinken, schlug die Hände vors Gesicht und heulte um all die Wenns und Hätte und Könnte und Würde. Eigentlich hätte ich längst schon keine Tränen mehr haben dürfen, doch irgendwo in mir gab es offenbar eine Quelle, die nie versiegte und immer wieder Nachschub lieferte. Gleichzeitig hatte die Wut, die seit dem Unfall in mir flackerte, einen Brandbeschleuniger bekommen – und ein neues Ziel, denn diese Rettungsgassen-Blockierer hatte ich bisher nicht auf dem Schirm gehabt. Dafür traten sie jetzt umso deutlicher hervor, und ich war mir ziemlich sicher, niemals jemanden so sehr gehasst zu haben wie diese namen- und gesichtslose Meute. Sie waren schuld daran, dass die Rettungskräfte zu spät bei uns gewesen waren. Sie waren schuld daran, dass Alex gestorben war. Und im selben Moment, in dem mich die Wut darüber zu ersticken drohte, stieg plötzlich heiße Scham in mir auf. Mir fiel der Rettungssanitäter ein, der sich um meine Kopfverletzung gekümmert hatte – und damit auch die Tatsache, dass ich vollkommen ungerechtfertigt auf ihn eingeschlagen hatte. Oh mein Gott! Ich hatte mich aufgeführt wie eine Furie, dabei konnte er doch überhaupt nichts dafür! Konnte mich bitte jemand aus diesem verdammten Albtraum erlösen?

Wie aufs Stichwort klingelte mein Handy und meine Mutter rief an. Erlösen konnte sie mich allerdings nicht. Im Gegenteil. Sie bestätigte auch noch die Sache mit der Rettungsgasse.

„Warum habt ihr mir denn nichts davon erzählt?", wollte ich schniefend wissen.

„Aber das haben wir doch. Oder besser gesagt, du warst dabei, als Matthias uns von seinem Gespräch mit der Polizei berichtet hat", erklärte sie. „Du warst allerdings so fertig, dass du es anscheinend nicht richtig mitbekommen hast."

Ja, so musste es wohl gewesen sein. Und wo ich jetzt so darüber nachdachte, erinnerte ich mich daran, dass sich Alex' Vater am Tag nach dem Unfall schrecklich über irgendetwas aufgeregt hatte. Wahrscheinlich genau das.

„Soll ich zu dir kommen, Phi?", fragte meine Mutter sanft, als ich nur weinte, statt etwas zu sagen. „Ich kann Jutta fragen, ob sie den Dienst mit mir tauscht."

„Nein", erwiderte ich leise. „Ich komme zu euch. Der Arzt hat mich die ganze Woche krankgeschrieben."

„Okay." Sie zögerte. „Kannst du fahren? Sonst holt Papa dich nachher lieber ab."

„Nein, geht schon. Ich heule mich noch zu Ende aus, und dann mach ich mich langsam auf den Weg."

„Pass auf dich auf, hörst du?"

Die Sorge in ihrer Stimme schnürte mir die Kehle zu. Aber ich konnte ihr glaubhaft versichern, dass ich wirklich in der Lage war zu fahren, und hatte selbst nicht den geringsten Zweifel daran. Zum Glück hatten meine Eltern direkt nach dem Unfall darauf gedrängt, dass ich mich gleich wieder hinters Steuer setzte, bevor ich überhaupt auf die Idee kommen konnte, Angst davor zu entwickeln. Und überraschenderweise hatte es sogar funktioniert. Doch als ich schließlich unterwegs war und mich auf einer breit ausgebauten Bundesstraße einem Lkw näherte, musste ich feststellen, dass es nicht ganz so einfach war, wie ich gedacht hatte. Die Straße wurde zweispurig, und es wäre ein leichtes gewesen, diesen blöden Lkw zu überholen, aber ich schaffte es einfach nicht. Zu groß war die Angst, dass er plötzlich nach links rüberziehen könnte, so wie der auf der Autobahn. Also blieb ich dahinter, tuckerte mit maximal 70 km/h den Rest der Strecke nach Hause und fragte mich, ob das ab jetzt immer so laufen würde.

Später auf dem Friedhof erzählte ich Alex davon und konnte ihn direkt vor mir sehen, wie er mich auslachen und als kleinen Angsthasen verspotten würde. Und wie er mich dann in mein Auto scheuchen würde, um mit mir ein paar Lkw-Überholmanöver zu üben. So, wie er es mit anderen Dingen vor ein paar Jahren getan hatte, als ich ganz frisch den Führerschein hatte und er mir mit seiner unglaublich fortgeschrittenen Fahrpraxis von immerhin einem Jahr helfen wollte wie ein Großer.

Lächelnd wischte ich mir die Tränen von den Wangen und beichtete ihm schließlich auch mein schlechtes Gewissen wegen meiner ungerechtfertigten Attacke auf den Rettungssanitäter. Es nagte an mir, dass ich meine Wut an diesem unschuldigen jungen Mann ausgelassen hatte, der mir doch nur helfen wollte. In meiner Erinnerung tauchte ein Paar tiefdunkler, brauner Augen auf, in denen eine unglaubliche Ruhe, Konzentration und Geduld gelegen hatte, obwohl ich mich aufgeführt hatte wie eine Furie.

Ich versuchte mir vorzustellen, wie das für ihn und seine Kollegen gewesen sein musste, helfen zu wollen, aber einfach nicht durchzukommen. Und wie vielleicht alles ausgegangen wäre, wenn sie früher bei uns gewesen wären. Der Gedanke daran ließ mich die ganze Woche nicht mehr los.

„Ich muss mich bei ihm entschuldigen", sagte ich zu Kiki, als ich am Sonntagabend wieder zu Hause war und wir mit einer Tasse Tee zusammen auf meiner Schlafcouch lümmelten.

Ich hatte beschlossen, am nächsten Tag auf jeden Fall wieder zur Arbeit zu gehen, denn so langsam aber sicher fiel mir zu Hause die Decke auf den Kopf. Statt immer wieder dieselben Gedanken zu wälzen, wollte ich mich lieber mit etwas ablenken, das mich nicht ständig an Alex erinnerte, und das ging wohl am ehesten in der Buchhandlung. Ganz so einfach war das zwar auch nicht, schließlich hatten wir vier Jahre gemeinsam in dieser Stadt verbracht und Alex hatte mich in dieser Zeit oft genug von der Arbeit abgeholt, sodass sein Geist auch hier herumschwirrte. Doch dem musste ich mich stellen, wenn ich nicht kündigen und irgendwo anders komplett neu anfangen wollte. Und das wollte ich definitiv nicht. Aber laut Kiki waren jetzt, drei Wochen vor den Sommerferien, schon genug Leute unterwegs, um Schulbücher zu bestellen oder sich mit Urlaubslektüre einzudecken, die mich schon ordentlich auf Trab halten würden.

Meine Freundin sah mich überrascht an. „Bei wem? Dem Sani?"

Ich nickte.

„Meinst du nicht, dass der so was gewohnt ist", überlegte sie laut.

„Was? Dass er von einem durchgeknallten Unfallopfer für etwas verprügelt wird, für das er gar nichts kann?"

„Nein … Aber, ich meine … Mit solchen Extremsituationen hat er doch bestimmt öfter zu tun. Der hat das bestimmt schon längst abgehakt und wieder vergessen."

„Aber ich kann das nicht", gestand ich leise. „Ich war so ungerecht zu ihm, Kiki. Stell dir doch mal vor, du willst einfach nur deinen Job machen und Leben retten und gerätst dann in so eine Scheißsituation. Vielleicht … Vielleicht hat er sich genauso gefragt, ob er Alex noch hätte helfen können. Und dann kommt da jemand wie ich und haut ihm all die Zweifel und Was-wäre-wenns noch mal extra um die Ohren. Ich muss mit ihm reden. Das bin ich ihm einfach schuldig. Und … vielleicht ist er ja auch derjenige, der mir endlich sagen kann, ob Alex unter anderen Umständen eine Chance gehabt hätte."

Meine Freundin kaute nachdenklich auf ihrer Unterlippe. „Und was hast du jetzt vor? Wie willst du ihn finden? Weißt du seinen Namen?"

Genau diese Fragen hatte ich schon die ganze Woche hin und her gewälzt, hatte versucht, mich an jedes einzelne Detail aus der Unfallnacht zu erinnern und hatte wieder und wieder den Zeitungsartikel gelesen. Es gab genau einen Hinweis: Ich musste zur Rettungswache Nord.

Moritz

„Morgenthal!“, hörte ich jemanden quer durch die Waschhalle meinen Namen brüllen.

Ich schaute meinen Kollegen Hendrik an und verdrehte genervt die Augen. Adrian – niemand sonst nannte uns grundsätzlich alle beim Nachnamen.

„Hier!“, rief ich zurück und steckte den Kopf durch die Seitentür des Rettungswagens nach draußen. „Was schreist du denn so rum? Ich bin doch nicht taub.“

„Dein Typ wird verlangt“, erklärte Adrian jetzt in normaler Lautstärke. „Vorne im Büro.“

„Jetzt? Worum geht's denn?“

„Keine Ahnung. Rolf hat mich nur losgeschickt, dich zu holen. Irgend 'ne junge Frau will dich sprechen.“

Eine junge Frau? Ich runzelte die Stirn und überlegte. Keine Ahnung, wer das sein sollte oder worum es gehen könnte. Julia war es bestimmt nicht, die war gestern Morgen für drei Tage zu einer Weiterbildung gefahren. Und bevor sie hier in der Wache auftauchte, müsste ohnehin etwas sehr, sehr Dringendes passieren.

„Sieht sie gut aus?“, schaltete sich Hendrik grinsend dazwischen. „Sonst kann ich das auch gerne übernehmen.“

„Joa, schon“, meinte Adrian gedehnt. „Mittelgroß, mittelschlank, dunkle Haare, Brille, Beine bis zum Hintern.

Nur die Körbchengröße konnte ich so schnell nicht erkennen."

„Haha", grummelte ich wenig amüsiert. Die Beschreibung sagte mir immer noch nichts. Außerdem war es gerade ein extrem schlechter Zeitpunkt für Besuch, egal welcher Art. „Ich brauch hier noch ein paar Minuten. Sag ihr, sie soll warten oder eine Telefonnummer dalassen, dann melde ich mich später."

„Aye, aye, Sir", erwiderte Adrian und zog ab.

Hendrik lachte. „Ziemlich schlechtes Timing für Damenbesuch, hm?"

Ich blickte an mir herunter und verkniff mir einen Kommentar dazu. Mein Aussehen und mein Geruch sprachen für sich, nachdem wir vorhin eine verunglückte Radfahrerin mit einem gebrochenen Arm und einer Gehirnerschütterung ins Krankenhaus gebracht hatten, der leider in einem äußerst ungünstigen Moment so schlagartig übel geworden war, dass mir mindestens eine Hand gefehlt hatte, um ein Unglück zu verhindern. Seit wir zurück waren, schrubbten wir unseren Rettungswagen, und ich konnte es kaum erwarten unter die Dusche zu kommen.

„Wie weit bist du denn auf deiner Seite?", wollte Hendrik wissen, der heute statt Chris mit mir zusammen Dienst hatte.

Ich schaute mich prüfend im Wagen um. „Sauber ist jetzt glaub ich alles. Aber wir müssen Material nachfüllen."

„Dann zisch ab", erklärte mein Kollege großzügig. „Ich mach das schon. Soll ich mir Zeit lassen?" Er grinste wieder anzüglich, dabei wusste er genau, dass ich eine feste Freundin hatte.

„Bitte!", gab ich dennoch zurück. Ein bisschen Luft vor dem nächsten Einsatz wäre großartig, und wenn ein Alarm reinkam, konnten auch erst mal die Kollegen vom zweiten RTW übernehmen.

Die Dusche war ein Segen und ich fühlte mich wie ein neuer Mensch, als ich anschließend in frischer roter Rettungshose, dunkelblauem Poloshirt und mit noch nassen Haaren zu unserem Wachleiter ins Büro ging.

„Die junge Frau sitzt vorne in der Sonne und wartet auf dich", erklärte Rolf, ohne von seinem Computer aufzublicken, und deutete mit dem Kopf in die entsprechende Richtung.

„Hat sie etwas gesagt, worum es geht?"

„Irgendwas wegen dem Chaos-Unfall auf der Autobahn. Und ihrer Beschreibung nach kann sie eigentlich nur dich meinen."

Aha? Ich war gespannt und machte mich auf den Weg nach draußen. Der Chaos-Unfall auf der Autobahn, wie wir ihn im Nachhinein getauft hatten – ausgerechnet. Mittlerweile musste das schon wieder knapp drei Wochen her sein. Ein paar Tage lang hatte ich richtig daran zu knabbern gehabt und mich gefragt, ob wir etwas anders oder besser hätten machen können, oder wie man so etwas beim nächsten Mal verhindern könnte. Doch nachdem bei den folgenden Einsätzen auf der Autobahn wieder alles mehr oder weniger gut funktioniert hatte, hatte ich den Vorfall so langsam als einmalige Sache und erledigt abhaken können. Und jetzt also Damenbesuch wegen genau dieser Geschichte.

Schlagartig tauchte das Bild der jungen Frau vor mir auf, die ich am Unfallort versorgt hatte und die ihre Verzweiflung über unser spätes Eintreffen an mir ausgelassen hatte. Ob sie es war? Aber warum? War sie gekommen, um noch mal auf mich einzuschlagen, weil wir ihren Freund nicht gerettet hatten, obwohl ich doch versprochen hatte, dass die Kollegen alles tun würden, was möglich war? Das hatten sie ja auch, aber es hatte leider nicht gereicht. Und falls ja, warum erst jetzt? Hatte es sie etwa doch schlimmer erwischt, als wir auf den ersten Blick vermutet hatten?

Mittelgroß, dunkle Haare. Die Beschreibung passte, auch wenn ich mich nicht an eine Brille erinnern konnte, aber vielleicht hatte sie die ja auch bei dem Unfall verloren oder an dem Tag Kontaktlinsen getragen oder was weiß ich.

Mit einem mulmigen Gefühl trat ich durch die Tür nach draußen. Sie saß etwas seitlich mit dem Rücken zu mir und hatte ihre dunklen Locken diesmal zu einem lockeren Dutt hochgesteckt, doch ich erkannte sie sofort und überlegte, wie ihr Name war.

„Hey", sagte ich leise, um sie nicht zu erschrecken.

Als sie sich umdrehte, entdeckte ich die restlichen Spuren ihrer Verletzung an der Schläfe und blickte anschließend in ein paar traurige blaue Augen, die mir nur allzu bekannt vorkamen. Da fiel mir auch wieder ein, wie sie hieß.

„Sophie, richtig?", vergewisserte ich mich vorsichtig und konnte die Überraschung sehen, dass ich sie mit ihrem Namen angesprochen hatte.

Vor meinem inneren Auge tauchten die Bilder des Einsatzes auf. Ihre Verzweiflung. Ihre Wut. Und ihr Blick, als sie ganz richtig vermutet hatte, dass ihr Freund es nicht schaffen würde. Scheiße! Und ich hatte gedacht, ich hätte den Fall abhaken können, dabei hatte er offensichtlich ganz dicht unter der Oberfläche gelauert und nur darauf gewartet, wieder hervorgeholt zu werden.

„Woher weißt du … ich meine, Sie …", riss mich ihre Stimme aus den Gedanken und für einen Moment schien sie selbst vergessen zu haben, warum sie überhaupt hier war.

„Du, ist schon in Ordnung", unterbrach ich sie lächelnd, schließlich war sie gerade drei oder vier Jahre jünger als ich, wenn ich mich richtig erinnerte. Und soweit ich das auf den ersten Blick beurteilen konnte, war das hier auch keine Angelegenheit, die streng nach Vorschrift behandelt werden musste. Ich deutete auf die Bank. „Darf ich?"

„Ja … klar." Sophie rückte ein Stück zur Seite, schien sich wieder zu sammeln und fing von vorne an. „Okay, also … Ich bin nur etwas überrascht. Merkst du dir immer die Namen deiner Patienten, oder wie immer ihr uns nennt?"

Sie sah mich fragend an und ich war froh, dass heute etwas anderes in ihrem Blick lag als diese furchtbare Panik. Ich hatte keine Ahnung, warum sie hier war, aber ich wusste, dass ich alles tun würde, um ihr keine weiteren Schmerzen zu verursachen. Im Gegenteil, ich wünschte mir sogar, sie zum Lächeln bringen zu können, und bevor ich wusste, was ich tat, hörte ich mich sagen: „Nein, nicht alle. Nur die, von denen ich schon mal verprügelt wurde."

Es sollte ein Scherz sein, ein lockeres Geplänkel mit einem verschwörerischen Augenzwinkern, doch als sie den Kopf senkte und verlegen zu Boden schaute, hätte ich mir am liebsten die Zunge abgebissen.

Momo, du bist einfach ein Vollidiot!

„Tut mir leid", sagte ich leise. „Das war blöd."

„Nein." Sophie schüttelte den Kopf und blickte langsam wieder zu mir auf. „Ist schon okay. Deshalb bin ich ja hier. Ich meine … Ich … Ich habe in der Zeitung gelesen, warum ihr so lange gebraucht habt bis zum Unfallort und dass du absolut nichts dafür kannst und darum … Ich wollte mich bei dir entschuldigen. Es tut mir leid, dass ich dich so beschimpft und auf dich eingeschlagen habe, aber ich stand völlig neben mir und hatte solche Angst um Alex und …"

„Hey … Mach dir keinen Kopf deswegen", beruhigte ich sie sanft. „Das war für uns alle eine extreme Situation, und ehrlich gesagt hätte ich in dem Moment auch am liebsten um mich geschlagen."

Auf ihren Lippen zeichnete sich ein winzig kleines Lächeln ab, doch in ihren Augen kam es nicht an. In mir regte sich etwas, denn auch wenn ich ihre Entschuldigung so locker abgetan hatte, berührte sie mich doch sehr. Das war mir noch nie passiert, und so manch ein Arschloch könnte sich daran gerne ein Beispiel nehmen. Überhaupt lieferten wir in 99 Prozent der Fälle die Leute im Krankenhaus ab und hörten danach nie wieder etwas von ihnen oder was aus ihnen geworden war. Aber das hier fühlte sich gerade unglaublich gut an, und ich wünschte nur, dass ihre einzige Sorge ein attackierter Rettungsassistent wäre.

„Es tut mir übrigens sehr leid, dass dein Freund es nicht geschafft hat", sagte ich leise in das entstandene Schweigen hinein.

Sophie presste die Lippen fest aufeinander und kämpfte gegen die Tränen an, doch es war vergeblich. Sie wandte sich ab, damit ich sie nicht weinen sah, dabei hatte sie in ihrer Situation doch jedes Recht dazu. Schweigend zog ich eine Packung Taschentücher aus meiner Hosentasche und reichte sie ihr. Inoffizielle Ersthelfer-Ausstattung, aber immer sehr nützlich.

„Danke", murmelte sie schniefend, und ich konnte mich gerade so beherrschen, ihr tröstend einen Arm um die Schulter zu legen. Sie kratzte so schon genug an meiner Schutzmauer.

Als sie sich wieder einigermaßen beruhigt hatte, knetete sie nervös die Taschentuchpackung in ihren Händen und atmete tief durch. Ich spürte, dass sie etwas sagen wollte, und ließ ihr Zeit, bis sie so weit war. Im Stillen hoffte ich, dass Hendrik tatsächlich langsam machte und uns noch nicht wieder einsatzbereit gemeldet hatte.

„Ist das öfter so?", fragte Sophie schließlich zögernd. „Dass ihr nicht durchkommt, weil einer im Weg steht? Oder gleich mehrere?"

Ich schaute über den Hof rüber in einen blühenden Irgendwas-Strauch der Nachbarn und dachte über die richtige Antwort nach. „Es ist unterschiedlich", versuchte ich mich dann an einer Erklärung. „Die meisten Leute wissen nicht, wie sie richtig reagieren sollen, wenn wir von hinten angeschossen kommen, weil sie uns zu spät bemerkt haben und dann hektisch werden. Und das mit der Rettungsgasse auf der Autobahn klappt auch mal mehr und mal weniger gut. Aber …“ Ich brach ab und hatte keine Ahnung, wie ich auf den Punkt kommen sollte, ohne ihr wehzutun.

„Aber ihr habt sonst nie so lange gebraucht wie bei uns“, brachte Sophie meinen Satz traurig zu Ende.

Ich schluckte schwer und nickte. „Ja. So war es leider.“

Als ich ihr den Kopf zuwandte, sah ich eine dicke Träne über ihre Wange kullern, doch diesmal schaffte sie es, die Fassung zu bewahren. Sie schaute mir sogar fest in die Augen und brachte meine professionelle Hülle damit immer mehr ins Wanken. Bis sie mir mit der nächsten Frage den Rest gab.

„Hättet ihr Alex vielleicht helfen können?“

Die Frage welche, die ich mir selbst in jener Nacht Hunderte von Malen gestellt hatte. Doch eine Antwort gab es darauf nicht. Der Notarzt hatte Nein gesagt, aber wirklich wissen konnte auch er es nicht. Es spielten einfach zu viele Faktoren eine Rolle, die wir nicht beurteilen konnten, weil wir nicht wussten, wie lange dieser Alex schon bewusstlos gewesen war, wie lange er nicht mehr geatmet hatte, wie viel Blut er verloren hatte und so weiter. Außerdem hatten wir es fast alle schon erlebt, dass Menschen, die wir beinahe aufgegeben hätten, es plötzlich doch noch geschafft hatten.

Ich hätte Sophie einfach dieses Nein weitergeben können, und sie hätte ohne dieses ewige Was-wäre-wenn vielleicht ihren Seelenfrieden gefunden. Aber mein Bauchgefühl sagte mir, dass sie mir eh nicht glauben würde, und beim Blick in ihre unergründlich tiefen blauen Augen, in denen so viel Trauer und Verletzlichkeit lagen, schaffte ich es aus einem unerklärlichen Grund auch gar nicht erst, sie anzulügen. Also blieb mir wieder nur ein hilfloses: „Ich weiß es nicht", nur dass ich es diesmal wirklich nicht wusste.

Ich rechnete damit, dass Sophie enttäuscht den Blick senken und sich verabschieden würde, doch stattdessen sah sie mich weiter eindringlich an.

„Und was glaubst du?"

Verdammt, die Frau machte mich fertig! Könnte ich jetzt nicht vielleicht doch bitte einen dringenden Einsatz haben? Aber der Pieper an meiner Hose blieb stumm. Aufgewühlt riss ich meinen Blick von ihrem los, um mich nicht noch mehr darin zu verlieren, legte den Kopf in den Nacken und atmete tief durch.

„Ich glaube, dass uns allen die Chance genommen wurde, es herauszufinden", sagte ich schließlich leise Richtung Himmel.

Hätte uns einer meiner Kollegen belauscht, läge er wahrscheinlich vor Lachen am Boden bei meinem Geschwafel. Aber es war genau das, was ich dachte und woran ich glaubte und was sich durch Sophies Auftauchen wieder wie ein Stachel schmerzhaft in mein Bewusstsein bohrte. Seltsamerweise war ich ihr nicht einmal böse deswegen oder wünschte, sie wäre geblieben, wo sie war. Nein. Sie berührte mich einfach, und wenn ich daran dachte, was sie gerade durchmachte, sehnte ich mich in die Arme meiner Freundin, weil ich mir einfach nicht vorstellen wollte, wie es sich anfühlen würde, sie zu verlieren.

Für einen Moment blieb es neben mir still. Dann sagte Sophie leise: „Danke. Danke, dass du so ehrlich warst … und überhaupt für alles."

Ich drehte den Kopf zu ihr und lächelte. „Gerne. Ich wünschte nur, ich hätte mehr tun können."

„Ich auch", flüsterte sie kaum hörbar. „Aber die haben alles kaputt gemacht."

Sie musste nicht erklären, wen sie mit „die" meinte. Wir wussten es beide, und ich spürte, wie es in mir wieder anfing zu brodeln.

„Weißt du, ob sie wenigstens dafür bestraft werden?", hörte ich Sophie.

Autsch! Die nächste Frage, auf die es nur eine schmerzhafte Antwort gab. Zögernd schüttelte ich den Kopf.

„Werden sie nicht? Oder weißt du es nicht?", hakte sie nach.

Ich atmete tief durch und fuhr mir hilflos mit der Hand durch die Haare. „Es weiß niemand, wer das war", gab ich vorsichtig zurück. „Die Kollegen von der Feuerwehr mussten uns einfach Platz schaffen und hatten keine Zeit, darauf zu achten, wer da richtig oder falsch stand oder wo der- oder diejenigen schließlich abgeblieben waren. Es ist genau wie bei unterlassener Hilfeleistung. Du siehst die Meute da stehen und gaffen, aber kriegst keine Gelegenheit, sie dafür zur Rechenschaft zu ziehen. Und am Ende bist du nur froh, wenn du die Verletzten schneller im Krankenhaus hast, als die sie bei YouTube hochladen können."

An Sophies Gesichtsausdruck sah ich, dass ich viel zu viel gesagt hatte und verfluchte mich dafür, dass ich mich so gehen lassen hatte. Doch sie schluckte tapfer und begann erneut damit, ihre aufgewühlten Gefühle an den restlichen Taschentüchern auszulassen.

„Dann ist also alles, wie es ist. Niemand hat Schuld und alle machen weiter, als wäre nichts gewesen", sagte sie mit brüchiger Stimme. „Die Blockierer sowieso, aber auch die anderen. Sie sagen, es war eine Verkettung unglücklicher Umstände, also wird der Lkw-Fahrer nicht bestraft, weil er uns im toten Winkel nicht gesehen hat, der Fahrer hinter uns nicht, weil nicht nachgewiesen werden kann, wie dicht er hinter uns war, und der Wagen auf der anderen Spur auch nicht, weil es an der Stelle keine Geschwindigkeitsbegrenzung gab und er rasen konnte, wie er wollte. Nur Alex, der nichts falsch gemacht hat, musste dafür bezahlen."

Sie fing wieder an zu weinen. Diesmal schaffte ich es nicht, mich zurückzuhalten und zog sie sanft in meinen Arm. Im ersten Moment versteifte sie sich, doch dann wich die Anspannung aus ihrem Körper, und sie ließ ihrem Kummer freien Lauf. Ich wollte ihr so gerne helfen, ihr etwas Tröstendes sagen, aber ich wusste, dass alles nur leere Floskeln gewesen wären und ließ es bleiben. Stattdessen hielt ich sie einfach nur still fest, bis sie sich einigermaßen beruhigt hatte.

„Tut mir leid." Schniefend richtete sie sich wieder auf, wischte sich mit der Hand die Tränen von der Wange und wirkte plötzlich furchtbar verlegen. „Ich sollte jetzt besser gehen. Ich wollte dir nur sagen, wie leid es mir tut. Und mich bei dir bedanken. Das hätte ich schon längst tun sollen, aber … Die letzten zweieinhalb Wochen waren ziemlich schlimm für mich."

„Alles gut“, erwiderte ich lächelnd. „Ehrlich gesagt bin ich solche Nettigkeiten wie Entschuldigungen überhaupt nicht gewohnt, also mach dir um mich keinen Kopf.“

Um ihre Mundwinkel zuckte der zarte Ansatz eines Lächelns, während sie mich für einen Moment gedankenverloren ansah. Schließlich atmete sie tief durch, gab mir die Packung mit den zerknautschten Taschentüchern zurück und stand auf.

„Also dann … Mach's gut, und … ich wünsche dir, dass du immer gut durchkommst bei deinen Einsätzen.“

Ich stieß ein kleines, bitteres Lachen aus. „Ja, das wünsche ich mir auch.“ Ich sah sie an und spürte, wie meine Schutzmauer wackelte und bröckelte. Als sie so verloren und zerbrechlich dastand, hätte ich sie zu gerne wieder tröstend in die Arme genommen, aber das wäre definitiv zu weit gegangen. Stattdessen strich ich ihr kurz mit der Hand über den Oberarm und sagte: „Pass auf dich auf. In der Regel hoffe ich nämlich, meine Patienten nicht wiederzusehen … jedenfalls nicht beruflich.“

Da! Wieder dieses Zucken auf ihren Lippen. „Besonders die, die dich verprügeln, was?“, konterte sie, und für einen winzigen Augenblick erkannte ich die humorvolle und lebensfrohe Sophie in ihr, die sie vor dem Unfall gewesen sein musste.

„Besonders die, die sich danach so nett entschuldigen“, gab ich augenzwinkernd zurück.

Sophie lächelte schüchtern und warf mir einen langen, undefinierbaren Blick zu. „Tja dann … Tschüss“, sagte sie schließlich leise, drehte sich um und ging.

Ich schaute ihr hinterher und stand immer noch genauso da, als sie schon längst in ihr Auto gestiegen und weggefahren war. In meinem Kopf schwirrten tausend Fragen herum, die mich allesamt gar nicht zu interessieren hatten. Wo ging sie jetzt hin? Wer war für sie da? Hatte sie Familie und Freunde in der Nähe, die sich um sie kümmerten? Oder war sie vielleicht nur wegen ihres Freundes hier in der Stadt gelandet und musste jetzt alleine mit allem klarkommen? Wer war sie überhaupt und was machte sie?

Das geht dich einen Scheiß an, Momo!, rief ich mich selbst zur Ordnung. Wenn du dir jedes Mal so einen Kopf um deine Patienten machst, kannst du dich bald selbst einliefern!

Aber das hier war nicht wie jedes Mal. Und auch wenn ich sie wahrscheinlich nie wiedersehen würde, wusste ich, dass sich spätestens jetzt dieser Chaos-Unfall und vor allem Sophie für alle Zeiten in mein Gedächtnis eingebrannt hatten.

Ich zuckte erschrocken zusammen, als plötzlich Hendrik hinter mir stand und mir auf die Schulter schlug. „Na, die traurige Schönheit scheint dich ja ganz schön mitgenommen zu haben“, meinte er grinsend. „Wer war das?“

Wie aus einem tiefen Traum gerissen drehte ich mich zu ihm um und sagte: „Unsere Patientin von dem Chaos-Unfall, die ihren Freund verloren hat.“

„Die, die auf dich eingedroschen hat?“ Hendrik sah mich ungläubig an.

„Hmhmm.“

Er lachte. „Na, von der würde ich mich auch gerne verprügeln lassen.“

„Blödmann", knurrte ich ärgerlich und wandte mich zum Gehen.

„Oh, oh. Da hat aber gerade jemand einen Anfall von Beschützerinstinkt oder so was. Was sagt denn deine Julia dazu?"

„Halt einfach die Klappe!" Ich ließ die Tür der Rettungswache hinter mir zufallen und ging in die Küche, um mir einen Kaffee zu holen. Anschließend griff ich nach meinem Handy und schickte Julia eine Nachricht.

Vermisse dich und freu mich, wenn du morgen Abend wieder hier bist. Kuss, Mo.

Wie erwartet musste ich auf eine Antwort warten, weil sie noch in ihrem Weiterbildungskurs saß und das Handy sicher ausgeschaltet hatte. Liebevoll betrachtete ich ihr Foto auf dem Display und fragte mich, ob sie genauso verzweifelt und verloren aussehen würde, wenn ich nicht mehr da wäre. Dann schimpfte ich mich einen Idioten, dass ich überhaupt darüber nachdachte, und hoffte, dass es nie so weit kommen würde.

„Ich hab uns übrigens wieder einsatzbereit gemeldet!", rief Hendrik in meine Gedanken hinein, als er an der offenen Küchentür vorbeiging, und keine fünf Minuten später gingen unsere Pieper los. Ich stürzte meinen restlichen Kaffee runter, ging meine Jacke holen und war auf makabere Weise froh, dass da jemand war, der unsere Hilfe brauchte und mit dem ich mich ablenken konnte.

Sophie

Ich wusste nicht so genau, was ich mir von dem Gespräch mit dem Rettungssanitäter versprochen hatte, aber ich war froh, dass ich es gemacht hatte. Er konnte mir zwar auch nicht sagen, ob Alex ohne die blockierte Rettungsgasse eine Chance gehabt hätte, aber irgendetwas an seiner Art hatte mich trotzdem getröstet. Schon allein, wie ehrlich er zu mir gewesen war. Und wie sehr er selbst offensichtlich an diesem verkorksten Einsatz zu knabbern hatte. Im tiefsten Inneren war ich davon überzeugt, dass er es geschafft hätte, Alex zu retten – wenn er nur die Chance dazu bekommen hätte. Wahrscheinlich war das völliger Blödsinn, schließlich war auch er nicht allmächtig. Aber es fühlte sich gut an, daran zu glauben. Dabei kannte ich nicht einmal seinen Namen, wie ich später feststellte, als Kiki mich mit Fragen löcherte. Na ja, wahrscheinlich würden wir uns eh nie wieder sehen. Das hoffte ich zumindest genauso wie er, denn so etwas wie den Unfall mit Alex wollte ich nicht noch einmal erleben. Im Gegenteil. Ich musste diesen erst mal verarbeiten und lernen damit klarzukommen, denn zumindest mein Leben ging irgendwie weiter.

Es war eine dieser beliebten Floskeln, die ich in den Tagen nach dem Unfall so oft gehört hatte, dass ich schreiend hätte weglaufen können: Das Leben geht weiter. Na klar. Aber es war ein Leben ohne Alex, und das tat so schrecklich weh. Vor allem, als seine Eltern kamen und wir zusammen seine kleine Wohnung ausräumten. So viele Erinnerungen. So viel Schmerz über das, was wir verloren hatten. Es war die Hölle. Nur bei der Arbeit gelang es mir, fast völlig abzuschalten, und sehr zur Freude meines Chefs stürzte ich mich auf die Kunden und war froh, wenn ich nicht mit einem: „Ich will nur gucken", abgewiesen wurde. Dort war ich in meinem Element, konnte tatsächlich lächeln, kleine Scherze machen und mit Begeisterung Bücher an den Mann bzw. die Frau bringen. Bis der Feierabend kam, oder noch schlimmer das Wochenende oder mein freier Tag. Dann war ich plötzlich wieder die Sophie, die nicht wusste, wo sie mit ihrer Trauer hinsollte und sich einsam in ihrer Wohnung verkroch. Natürlich versuchten Kiki und meine Eltern alles, um mich da rauszuholen, aber sie waren halt nicht immer da. Ohne Alex war alles so trostlos und öde, und wenn ich nicht gerade alte Fotos von uns durchstöberte, vergrub ich mich in meinen Büchern, die mir zumindest für eine Weile eine schönere Welt vorgaukelten. Eine Welt, in der es keine toten Winkel, falschen Abstände, unverantwortlichen Raser oder blockierten Rettungsgassen gab.

Überraschenderweise wurde es tatsächlich besser. Nicht viel, aber jeden Tag ein kleines bisschen. Wie sagte man so schön: Die Zeit heilt alle Wunden. Eine bescheuerte Floskel, bei der ich mich am Anfang gefragt hatte, wer diesen Schwachsinn erfunden hatte. Jemand, der sich in den Finger geschnitten hatte? Dann mochte es vielleicht zutreffen. Aber eine seelische Wunde wie meine nach Alex' Tod konnte damit unmöglich gemeint sein. Sie heilte nicht. Sie verblasste höchstens, so wie die Narbe an meiner Schläfe. Sie wurde nach außen hin immer weniger sichtbar und war doch da.

Nichtsdestotrotz versiegten die Tränen allmählich, die Albträume vom Unfall wurden weniger und das Gespräch mit dem Sanitäter legte mein Gehirn sozusagen zu den Akten. Kurz gesagt: Die blöde Floskel tat ihren Dienst, indem der Schmerz jeden Tag ein winzig kleines bisschen weniger wurde und sich ein erster hauchdünner Schorf über meine Wunde legte. Bis fünf Wochen nach dem Unfall plötzlich ohne Vorwarnung jemand daherkam und ihn wieder runterriss – ausgerechnet da, wo ich es am wenigsten erwartete.

Es war Samstagvormittag, im Laden wurde es langsam voll, und auf der Suche nach beratungswilligen Opfern pendelte ich in meiner Abteilung von einem Kunden zum nächsten. Ich hatte schon ein paar richtig nette Gespräche gehabt und war guter Dinge, als ich hoch motiviert auf einen jungen Mann zusteuerte, der mit dem Rücken zu mir am Romane-Regal stand. Er war groß und ganz gut trainiert, hatte dichte dunkle Haare, die mit etwas Gel gebändigt worden waren, und schaute mit schief gelegtem Kopf die Buchreihen durch, als hoffte er darauf, etwas ganz Bestimmtes zu finden.

„Hallo. Kann ich Ihnen vielleicht helfen?", sprach ich ihn von der Seite an und setzte mein Ich-bin-gerne-für-Sie-da-Buchhändlerinnen-Lächeln auf.

„Ja, vielleicht." Er löste die Augen vom Regal, richtete sich wieder gerade auf und drehte sich zu mir um.

Im ersten Moment hätte ich ihn ohne seine leuchtend rote Rettungsdienstkleidung fast nicht erkannt. Doch als sich unsere Blicke begegneten und er gleichzeitig überrascht: „Sophie“, sagte, traf es mich wie ein Stromschlag. Der Sanitäter! Schlagartig wurde ich in eine andere Zeit und an einen anderen Ort katapultiert. Dorthin, wo Blaulicht und Blut und Angst und Wut waren und seine Arme, die mich fest umklammert hielten, um mich zu beruhigen.

„Hey“, brachte ich schwach hervor und zwang mich mühsam zum Weiteratmen. Am liebsten wäre ich weggelaufen und hätte mich in einer stillen Ecke verkrochen, aber ich stand hier mitten im Laden, und er war dann jetzt wohl mein Kunde.

„Arbeitest du hier?“, hörte ich ihn wie aus weiter Ferne sagen, und in jeder anderen Situation hätte ich wahrscheinlich darüber lachen müssen, weil das doch wohl ziemlich eindeutig war. Aber so wurde es nur ein dünnes Lächeln, mit dem ich antwortete: „Sieht so aus. Wär sonst etwas komisch, einfach so die Leute anzuquatschen, oder?“

Er lachte leise. „Okay, das war eine blöde Frage.“ Seine Augen tasteten prüfend mein Gesicht ab, und ehe er es aussprach, wusste ich, was als Nächstes kommen würde.

Tu es nicht!, flehte ich ihn im Stillen an. Bitte! Sag mir einfach nur, welches Buch du suchst!

Aber er tat es natürlich doch und fragte: „Wie geht es dir?“

Ich senkte den Kopf und würgte den Kloß in meiner Kehle runter. Es war immer dieselbe Frage und immer derselbe mitleidige Ausdruck, egal wer in den letzten fünf

Wochen vor mir gestanden hatte. Mit dem Unterschied, dass er ein völlig Fremder war. Und auf eine Art doch wieder nicht. Wie hätte es denn sonst sein können, dass mich alleine sein Anblick so dermaßen aus der Bahn werfen konnte? Doch wohl nur, weil mit ihm die Erinnerung an die schlimmsten Minuten meines Lebens verbunden war. Und genau deshalb ging es mir in diesem Moment so schlecht wie lange nicht mehr. Aber das konnte ich ihm ja wohl kaum so sagen.

„Nächste blöde Frage", brachte ich stattdessen so leise heraus, dass ich nicht sicher war, ob er mich überhaupt verstanden hatte.

Für einen kurzen Augenblick blieb es still, dann sagte er: „Tut mir leid."

„Schon okay." Ich atmete tief durch und überlegte fieberhaft, was ich als Nächstes tun oder sagen sollte, um ihn so schnell wie möglich wieder loszuwerden. Doch das war leichter gesagt als getan, denn wir standen immer noch mitten im Samstagstrubel in der Buchhandlung und ich hatte hier einen Job zu erledigen.

„Können Sie mir sagen, wo ich den neuen Roman von Lucinda Riley finde?", wurde ich prompt von einer älteren Dame aus den Gedanken gerissen. Wie so oft ohne eine Begrüßung oder ein höfliches Abwarten, bis ich mit dem Kunden vor mir fertig war. Doch heute war ich ausnahmsweise einmal dankbar statt ärgerlich über die barsche Unterbrechung.

„Gleich da vorne im Bestsellerregal, ganz oben auf Platz drei", antwortete ich wie automatisch und zeigte lächelnd in die entsprechende Richtung. Die Frau rauschte glücklich davon, und ich konnte – oder musste – mich wieder auf meinen Sanitäter konzentrieren.

„Und du?", sagte ich so locker wie möglich. „Was suchst du Schönes?"

Er schaute kurz neben sich ins Regal, als fragte er sich das auch gerade. Anscheinend war ich nicht die Einzige, die von der überraschenden Begegnung etwas aus dem Tritt gebracht worden war.

„Was Leichtes, Lustiges", sagte er schließlich. „So was wie Hummeldumm oder Macho Man, was man im Dienst bei einem Alarm schnell in die Ecke werfen kann und wo man nachher doch schnell wieder reinfindet."

„Okay." Ehrlich gesagt hätte ich auf etwas völlig anderes getippt. Irgendwas Spannendes mit einem gut recherchierten Thema wie von Marc Elsberg oder Andreas Eschbach vielleicht. Keine Ahnung wieso, schließlich kannte ich ihn überhaupt nicht. Aber er machte einfach den Eindruck, als würde ihn so etwas interessieren. Allerdings war seine Erklärung auch absolut logisch. Er konnte ja schlecht schnell das Kapitel zu Ende lesen, weil es gerade so spannend war, während jemand dringend seine Hilfe brauchte.

Ich holte das erste Buch hervor, hielt es ihm hin und fing an, ihm etwas dazu zu erzählen. Zum Glück fühlte ich mich in dem Genre ziemlich sicher, denn einer meiner Kollegen las sehr viel in dieser Richtung und versorgte mich immer bestens mit Kurzzusammenfassungen und seinem Urteil dazu. Und wie es aussah, schien ich den Geschmack dieses jungen Mannes damit voll getroffen zu haben.

„Klingt gut“, meinte er, als er mir das Buch aus der Hand nahm. „Hast du vielleicht weitere Bücher in der Art?“

„Na klar.“ Ich griff zum nächsten Titel und entspannte mich allmählich wieder. Hier war ich in meinem Element und konnte ihm von liebevollen Trotteln und dem Kampf um ihre Herzensdame oder gutgläubigen Chaoten im Job-Wahnsinn erzählen, die mit meinem eigenen Seelenleben nichts zu tun hatten.

Als er nach der dritten Empfehlung immer noch mehr forderte, warf ich ihm einen irritierten Blick zu und versuchte herauszufinden, ob ihm meine Auswahl doch nicht so richtig zusagte oder ob er mich einfach weiter beschäftigen wollte. Aber er ließ sich nichts anmerken und lächelte mich nett und erwartungsvoll an. Also machte ich weiter, freute mich, wenn ich ihn mit meinen Erläuterungen zum Lachen bringen konnte und vergaß für einen Moment beinahe, wer er war. Als er schließlich schon fünf Bücher im Arm hielt, konnte ich es mir jedoch nicht länger verkneifen und fragte schmunzelnd: „Sag mal, meinst du, du kannst dich bei so viel Auswahl überhaupt entscheiden? Oder hörst du mich einfach gerne reden?“

„Wieso? Darf man bei euch etwa nur ein Buch auf einmal kaufen?“ Er versuchte eine ernste Miene dabei aufzusetzen, doch das amüsierte Funkeln in seinen Augen verriet ihn.

Ich musste lachen. „Nein. Alles gut. Wenn du damit am Ende auch an der Kasse landest, können wir gerne bis Feierabend so weitermachen.“

Er zwinkerte mir vergnügt zu. „Meinetwegen gerne. Ich fürchte nur, meine Freundin hat was dagegen. Aber diese hier nehme ich auf jeden Fall."

„Alle?", entfuhr es mir völlig unprofessionell, weil ich damit nicht gerechnet hatte.

Er lächelte. „Na klar. Weißt du, wie lang so eine 12-Stunden-Schicht sein kann, wenn nicht viel los ist?"

„Nach einer ersten Hochrechnung würde ich mal schätzen, so zwölf Stunden etwa", gab ich amüsiert zurück und erschrak beinah über mich selbst. Das war die alte Sophie gewesen, die das gesagt hatte. Die schlagfertige Sophie von vor dem Unfall, die solche Plänkeleien und witzigen Wortgefechte geliebt und sich auf diese Art besonders mit Alex bis zum Gehtnichtmehr duelliert hatte. Und die in dem Scherbenhaufen nach seinem Tod verschüttgegangen war.

In den Augen meines Gegenübers sah ich, dass auch er das bemerkt hatte, obwohl er mich überhaupt nicht kannte. Sein Blick wurde sanft, und ich musste schnell weggucken, bevor mir die Tränen kamen.

„Ich bin jedenfalls sicher, dass es sehr kurzweilige zwölf Stunden werden", hörte ich ihn sagen, und war dankbar, dass er einfach weitermachte, als wäre nichts gewesen. „Ich werde dir dann berichten, wie es war, wenn ich Nachschub holen komme."

Mein Herzschlag geriet für einen Moment ins Stolpern. Hatte er gerade Nachschub gesagt? Im Sinne von wiederkommen?

Bitte lass mich an dem Tag freihaben!, dachte ich, denn ich war gerade nicht sicher, ob ich das noch mal durchstehen würde. Ich schaffte es aber, mir nichts davon anmerken zu lassen, hob den Kopf und lächelte ihn an. „Gerne. Dann wünsche ich dir mal nicht allzu viele Unterbrechungen."

Er zuckte unbekümmert mit den Schultern. „Es gibt solche und solche Tage."

Es war sicher einfach nur eine Aussage, nach dem Motto: Es gibt Tage, an denen es mehr Rettungseinsätze gibt, und solche, an denen es weniger sind. Ganz neutral und für ihn wahrscheinlich das Normalste der Welt, so wie es auch bei uns Tage mit netten Kunden gab, und solche, an denen sich scheinbar alle Miesepeter verabredet hatten. Was ich allerdings hörte war: Es gibt Tage, an denen alles glatt läuft, und solche, wie den Sonntag nach Himmelfahrt. Und prompt kippte die Stimmung wieder und dieser schmerzhafte Klumpen in meinem Bauch war zurück. Ich war wieder dort, am Unfallort, sah ihn als Sanitäter vor mir, wie er mit seinem Verbandsmaterial herumhantierte, und plötzlich drängte sich ein Gedanke in mein Bewusstsein, den ich in den letzten Wochen schon öfter hin und her gewälzt hatte.

Ich schluckte entschlossen die Tränen runter und sah ihn an. „Kann ich dich noch etwas fragen?"

„Ja klar", antwortete er mit einem erwartungsvollen Lächeln.

„Also … Ich würde gerne einen Erste-Hilfe-Kurs machen", erklärte ich zögernd. „Beziehungsweise mal wieder auffrischen. Weißt du, wo ich das am besten machen kann? Hier im Center werden die zwar auch ab und zu für uns Mitarbeiter angeboten, aber den Termin habe ich gerade verpasst."

Der Sani musterte mich für einen unerträglich langen Augenblick nachdenklich, und ich spürte, wie angespannt er auf einmal war. Aber warum? Was war denn so komisch an meiner Frage? Er müsste doch eigentlich total dafür sein, wenn das jemand lernen wollte.

„Sophie", sagte er schließlich sanft. „Sei mir nicht böse, aber … ich glaube, dass du das nicht tun solltest. Nicht jetzt, solange das mit dem Unfall noch so frisch ist."

„Aber gerade deshalb", versuchte ich ihm meine Absicht verzweifelt zu erklären. „Bei dem Unfall hab ich doch erst gemerkt, dass ich keine Ahnung mehr davon habe. Ich meine … wenn ich schon etwas für Alex getan hätte, bis ihr dagewesen seid … vielleicht wäre es dann anders ausgegangen."

„Nein, Sophie." Er schaute mir fest in die Augen. „Es tut mir leid, wenn ich dir die Illusion nehmen muss, aber du hattest keine Chance, solange dein Freund eingeklemmt im Auto saß. Selbst wir hätten nicht viel tun können, bis die Feuerwehr ihn da rausgeholt hatte."

„Wirklich nicht?", vergewisserte ich mich geknickt.

Er schüttelte mitfühlend den Kopf.

Einerseits war ich froh, dass ich damit einen dieser quälenden Was-wäre-wenn-Gedanken abhaken konnte. Andererseits … keine Ahnung. Wahrscheinlich hatte ich einfach gehofft, es nach einem Lehrgang beim nächsten Mal wirklich besser machen zu können. Aber unter solchen Umständen ja offensichtlich nicht.

„Ich würde es trotzdem gerne wieder lernen", sagte ich leise. „Mein letzter Kurs ist bestimmt vier Jahre her, und … wer weiß, ob nicht irgendwas passiert und es dann vielleicht anders ist und ich wirklich helfen kann. Ich will nur einfach nie wieder so hilflos danebensitzen."

Er lächelte schwach. „Das kann ich verstehen. Und ich bin froh über jeden, der so denkt wie du. Aber bitte vertrau mir einfach, wenn ich dir sage, dass es im Moment zu früh dafür ist. In dem Kurs werden so viele Dinge angesprochen, die dich sofort an den Unfall erinnern werden, und es wird die Hölle für dich sein, solange du das nicht verarbeitet hast."

Ich presste die Lippen aufeinander und senkte den Kopf. Als wenn ich das jemals verarbeiten könnte! Er hatte ja keine Ahnung. Aber es war lieb, dass er sich so um mich sorgte.

Mühsam drängte ich die Tränen zurück und atmete tief durch. „Verrätst du mir trotzdem, wo es solche Kurse gibt? ... Für später halt", fügte ich hinzu, und hoffte, dass ich einigermaßen überzeugend dabei klang.

Er zögerte kurz, gab sich dann aber einen Ruck und erklärte: „In der Rettungswache Süd in der Jahnstraße ist unser Schulungszentrum. Da werden einmal im Monat Kurse für Führerscheinbewerber und auch für Erste Hilfe am Arbeitsplatz angeboten. Die genauen Termine findest du auf der Internetseite."

„Okay ... Danke."

„Da nicht für." Er schaute mich weiterhin so intensiv an, als wollte er mich mit den Augen beschwören, mir unbedingt Zeit damit zu lassen. Aber das mit der Zeit war so eine Sache. Wer wusste denn, ob ich nicht nächste Woche in einen anderen Notfall geriet. Schließlich hatte mir der Unfall mit Alex nur allzu schmerzhaft gezeigt, wie schnell plötzlich alles anders sein konnte. Je eher, desto besser also, egal was der Sani sagte. Und ich war geradezu erleichtert, dass die Kurse in der Wache Süd stattfanden und nicht direkt vor seiner Nase in der Wache Nord. Dann würde er eh nicht mitbekommen, was ich wann machte oder nicht. Genau genommen wäre es mir sowieso am liebsten, ich würde ihn überhaupt nicht mehr wiedersehen, denn das hier gerade war schon aufwühlend genug.

Ich sah, dass er etwas sagen wollte, doch im selben Moment tauchte eine junge Frau neben ihm auf und fragte: „Schatz, bist du so weit? Wir müssen langsam los, wenn wir rechtzeitig bei meinen Eltern sein wollen."

Ich atmete erleichtert auf. Gleich würde der Spuk wieder zu Ende sein. Verstohlen beobachtete ich, wie er seiner Freundin erklärte, dass er nur noch bezahlen musste, und sie ihm etwas in einer ihrer vielen Taschen zeigte. Sie sah gut aus, wie ich neidlos feststellen musste. Lange, seidig blonde Haare, schlank, modisch gekleidet und mit einem wirkungsvollen, aber nicht zu auffälligen Make-up. Die beiden gaben ein schönes Paar ab. Und so fürsorglich, wie ich den Sani bisher erlebt hatte, konnte ich mir vorstellen, dass er seine Freundin geradezu auf Händen trug. So ein Glückspilz! Hauptsache, sie wusste das auch zu schätzen und war nicht am Ende so eine falsche Schlange wie die Freundin von Alex.

Ich merkte, dass meine Gedanken gerade in eine völlig falsche Richtung abdrifteten, doch bevor ich mich selbst dafür zur Ordnung rufen konnte, wurde ich von einem Kunden angesprochen, der ein Buch bestellen wollte. Als ich mit ihm rüber zum Computer ging, warf ich einen kurzen Blick zurück zu meinem immer noch namenlosen Sanitäter, der dastand und mich ansah, als hätte er nur darauf gewartet, dass ich mich zu ihm umdrehte. In seinen Augen lag Bedauern darüber, dass wir so auseinandergerissen wurden, doch schließlich hielt er seine Bücher in die Höhe und rief: „Danke für die gute Beratung! Und bis zum nächsten Mal. Ich werde Sie weiterempfehlen."

Sie? Ich war nicht sicher, ob es einfach nur an der Weiterempfehlungs-Floskel an sich lag, oder ob er vor seiner Freundin verheimlichen wollte, dass ich nicht einfach nur irgendeine Buchhändlerin war. Sein Augenzwinkern deutete allerdings auf Ersteres hin.

„Viel Spaß damit", gab ich lächelnd zurück und konzentrierte mich dann auf meinen Kunden, während der Sani zur Kasse rüberging. Am Info-Terminal warf ich einen verstohlenen Blick auf die Uhr. Kurz vor eins. Gott sei Dank! In ein paar Minuten hatte ich Pause, und die hatte ich auch gerade dringend nötig.

Als ich mit meinem Kunden fertig war und ihn in ein schönes Wochenende verabschiedet hatte, atmete ich tief durch und war in Versuchung, mich nach dem Sanitäter umzuschauen. Doch da stand Kiki plötzlich neben mir.

„Wer war denn das vorhin?", wollte sie wissen. „Das sah ja aus, als wenn der junge Mann dich gar nicht mehr aus seinen Fängen lässt. Zwischendurch dachte ich schon, ich müsste dich vor ihm retten, weil du so verzweifelt ausgesehen hast."

Ich stieß geräuschvoll die Luft aus und schüttelte den Kopf. „Nein, musstest du nicht. Er ist selbst Retter … der aus der Unfallnacht."

„Der Sani, den du verkloppt hast?", fragte sie ungläubig, riss den Kopf Richtung Kasse herum und machte einen langen Hals.

„Geht's noch auffälliger?", zischte ich ihr zu.

Kiki schaute neugierig zurück zu mir. „Du hast mir gar nicht erzählt, dass er so gut aussieht."

„Was?! … Spinnst du? Als wenn ich dafür ein Auge gehabt hätte! Außerdem … Wozu denn? Du hast doch einen Freund. Und er eine Freundin."

„Trotzdem", beharrte sie. „Also erzähl, was hat er so gesagt?"

Ich suchte gerade nach einer passenden Antwort, um sie abzuwimmeln, als das ein Kunde mit einem E-Reader-Problem für mich übernahm.

„Kannst du, bitte?", bat ich meine Freundin, denn das würde bestimmt länger dauern. „Ich hab jetzt Pause."

„Na klar", erwiderte sie und wandte sich freundlich lächelnd dem Kunden zu. Jedoch nicht, ohne mir vorher einen Blick zuzuwerfen, der bedeutete, dass ich ihr später unbedingt alles erzählen musste. Und zwar restlos alles.

Ich atmete tief durch und machte mich auf den Weg zum Pausenraum. Unterwegs ließ ich meinen Blick noch zur Kasse schweifen und dann nach draußen, wo der namenlose Rettungs-Sani gerade seine Bücher in der Tasche seiner Freundin verstaute. Kiki hatte recht, er sah wirklich ziemlich gut aus. Genau mein Typ eigentlich, aber allein die Tatsache, dass mir das bisher nicht aufgefallen war, zeigte, dass ich für so etwas zurzeit überhaupt keinen Kopf hatte. Mal ganz abgesehen davon, dass er erstens eine Freundin hatte und mich zweitens ohnehin für immer und ewig nur an den Unfall erinnern würde.

„Sophie!", riss mich Jenny, die Kollegin von der Kasse, aus meinen Gedanken und hielt ein Stück Papier in die Höhe. „Das hat grad jemand für dich dagelassen", erklärte sie, als ich bei ihr angekommen war.

Ohne nachzuschauen wusste ich, dass es nur von meinem Sanitäter sein konnte. Mit klopfendem Herzen nahm ich den Zettel entgegen und flüchtete nach hinten. Was wollte er? Er war supernett, gar keine Frage. Aber hatte er nicht schon genug meinen letzten Zufluchtsort aufgewühlt, den ich bisher noch gehabt hatte? Schlimm genug, dass er jederzeit wieder hier hereinspazieren und mein Seelenleben durcheinanderbringen konnte.

Ich ließ mich auf einen Stuhl fallen und faltete mit zitternden Fingern das Stück Papier auseinander. Wann hatte er das überhaupt geschrieben? Er war doch nur an der Kasse gewesen und dann zu seiner Freundin rausgegangen. Blöd aber auch, dass Kiki mich abgelenkt hatte, sonst hätte ich es vielleicht gesehen.

Liebe Sophie, stand da in einer ordentlichen, aber schwungvollen Männerhandschrift. *Tut mir leid, dass wir so unterbrochen wurden. Ruf mich an, dann können wir noch mal in Ruhe über den Ersthelfer-Kurs reden, okay? Halt die Ohren steif! Moritz.* Darunter hatte er seine Nummer geschrieben.

Moritz hieß er also. Das passte zu ihm.

Ich las die Nachricht erneut und spürte, wie mir eine Träne über die Wange lief. Dann noch eine. Und noch eine. Hörte das denn niemals auf? Und was erwartete dieser Moritz jetzt von mir? Dass ich ihn anrief, damit er mich davon abbringen konnte, den erstbesten Kurs zu buchen? Der hatte gut reden! Er wusste schließlich, was im Notfall zu tun war und würde niemals so schrecklich nutzlos danebensitzen, wenn seine Freundin Hilfe bräuchte.

Oh, Alex, dachte ich verzweifelt. Warum bist du nicht mehr hier? Du würdest mich verstehen und könntest mir sagen, was das Richtige ist.

Weinend zerknüllte ich den Zettel und stopfte ihn achtlos in meine Hosentasche. Dann putzte ich mir schniefend die Nase und holte unentschlossen meine Tasche aus dem Spind. Eigentlich hatte ich vorgehabt, mir vom Asia-Imbiss etwas zu essen zu holen. Doch zum einen war mir gerade der Appetit vergangen. Und zum anderen hatte ich Angst, Moritz im Center erneut über den Weg zu laufen. Also nahm ich mir nur meinen Joghurt aus dem Kühlschrank, setzte mich damit an den Tisch und googelte nebenbei die Termine der nächsten Erste-Hilfe-Kurse.

Moritz

Die Begegnung mit Sophie in der Buchhandlung ging mir einfach nicht aus dem Kopf. Und die Tatsache, dass sie nicht anrief, machte es nur noch schlimmer. Sie hatte so verletzlich gewirkt, als sie über den Unfall gesprochen und mich schließlich nach den Ersthelfer-Kursen gefragt hatte. Und gleichzeitig so entschlossen, dass sie meine Warnungen wahrscheinlich eh in den Wind schießen würde. Das verursachte mir echte Magenschmerzen. Als Rettungsdienstler wussten wir, wie sich so ein Trauma, wie Sophie es erlebt hatte, auswirken konnte – auch Wochen später noch. Und ich wollte es ihr so gerne ersparen, aufs Neue zusammenzubrechen, wenn die Kurs-Theorie und ihre schlimmen Erinnerungen aufeinanderprallten. Aber ich wollte auch nicht wieder bei ihr in der Buchhandlung auflaufen und sie damit bedrängen. Sie glaubte vielleicht, ich hätte es nicht bemerkt, aber ich hatte genau gesehen, wie entsetzt sie gewesen war, als ich so unverhofft vor ihr aufgetaucht war. Sie tat mir so leid. Und genau das war der Grund, warum wir diese Geschichten nicht so nah an uns ranlassen sollten. Aber in Sophies Fall war es dafür wohl definitiv zu spät.

Ich versuchte so gut es ging die Gedanken an sie zu verdrängen und mir einzureden, dass sie alt genug war, um zu wissen, was sie tat. Doch tief in mir rumorte es weiter und ich nahm es als ein schicksalhaftes Zeichen, dass Chris und ich in der folgenden Woche nach einem Krankentransport ins Altenheim auf dem Rückweg für unseren Wachleiter etwas von der Wache Süd abholen sollten.

„Ich geh schon", erklärte ich eilig, als Chris den RTW auf dem Hof zum Stehen brachte. Ich sprang aus dem Wagen und ging ins Verwaltungsgebäude, um den Karton für unseren Chef in Empfang zu nehmen. Es war die Gelegenheit für einen kleinen Plausch mit Carina, einer der Sekretärinnen, die ich noch aus meiner Ausbildungszeit kannte, und keine zehn Minuten später wusste ich – natürlich inoffiziell –, dass Sophie sich für den nächsten Ersthelfer-Kurs am 14. Juli angemeldet hatte. Ich hatte die Termine zwar längst gegoogelt und es mir schon gedacht, aber jetzt hatte ich Gewissheit.

„Das hat aber lange gedauert", bemerkte Chris, als ich wieder zu ihm in den Rettungswagen stieg.

„Hm?", murmelte ich immer noch gedankenverloren. „Sorry. Hatte noch was zu erledigen."

Er lachte. „Lass mich raten, du musstest erst noch ein paar von Carinas leckeren Keksen naschen."

Nee. Mist. Das hatte ich vor lauter Sophie ganz vergessen. Aber das würde ich Chris lieber nicht auf die Nase binden, also grinste ich nur und sagte: „Können wir dann?"

Zurück in unserer eigenen Rettungswache schnappte ich mir als Erstes die Dienstpläne der kommenden zwei Wochen und suchte nach dem 14. Juli. *Morgenthal: Frei.* Es musste ein weiterer Wink des Schicksals sein, auch wenn ich noch nicht genau wusste, was ich damit anfangen sollte. Ich musste völlig bescheuert sein, überhaupt darüber nachzudenken!

Und doch schwang ich mich letztendlich an besagtem Freitag auf mein Fahrrad und fuhr zur Rettungswache Süd – ohne Plan oder auch nur eine Vorstellung, was ich sagen wollte, wenn ich Sophie dort traf. Es war einfach nur ein Gefühl, dem ich folgte, aber in meinem Job hatte es noch nie geschadet, auf seinen Bauch zu hören. Und Sophie war ja schließlich auf irgendeine verquere Weise Teil meines Jobs. Oder?

Carina staunte jedenfalls nicht schlecht, mich nach so kurzer Zeit schon wieder zu sehen, und nachdem ich ihr anvertraut hatte, warum ich hier war, dachte ich diesmal auch daran, ein paar ihrer legendären Kekse zu vernaschen. Irgendwie musste ich die Zeit ja schließlich rumkriegen, denn unterwegs hatte ich beschlossen, Sophie ihr Ding durchziehen zu lassen und mich nur dann zu zeigen, wenn es wirklich schiefgehen sollte. Vielleicht war sie ja auch viel stärker, als ich dachte und spazierte nach dem Kurs ohne mit der Wimper zu zucken raus. Dann würde ich ebenfalls gehen, und sie würde nie erfahren, dass ich überhaupt hier gewesen war.

Lange Zeit sah es wirklich danach aus, und ich fragte mich, was ich Depp eigentlich gerade tat? Hatte ich an meinem freien Tag nichts Besseres zu tun, als im Schulungszentrum der Wache rumzuhängen? Nur wegen einer fremden jungen Frau, die mich einmal zu viel mit ihren traurigen blauen Augen angeschaut hatte? Ich wollte lieber nicht darüber nachdenken, was Julia davon halten würde, und war froh, als irgendwann am Mittag einer meiner alten Ausbilder des Weges kam und mich in ein Gespräch verwickelte, ob ich mich nicht zum Notfallsanitäter weiterbilden wollte. Den Beruf des Rettungsassistenten, wie ich ihn gelernt hatte, gab es nämlich für Neueinsteiger in der Form nicht mehr, sondern wurde seit einer Weile durch den höher qualifizierten Notfallsanitäter abgelöst. Und mit nur ein paar zusätzlichen Prüfungen könnte ich diesen Status auch erreichen. Tatsächlich hatte ich schon einmal daran gedacht, weil es mich immer mehr frustrierte, dass ich im Einsatz für jedes simple Medikament und jede noch so einfache Spritze erst einen Notarzt anfordern musste, und so ließ ich mir jetzt bereitwillig alles darüber erzählen. Damit hatte es wenigstens doch noch Sinn gemacht, dass ich hergekommen war. Dankbar winkte ich dem Ausbilder schließlich mit einem Stapel Prospekte und Anmeldeformulare zum Abschied hinterher und stibitzte bei Carina noch einen Keks.

Ich hatte gerade zu Ende gekaut und runtergeschluckt, als hinter uns im Gang eine Tür zufiel und ich ein verzweifeltes Schluchzen hörte, bei dem sich prompt die Härchen auf meinen Armen aufstellten. Ich wechselte einen vielsagenden Blick mit Carina und schaute dann um die Ecke. Sophie hatte sich gleich neben dem Schulungsraum an der Wand herunterrutschen lassen und kauerte wie ein Häufchen Elend auf dem Boden, das Gesicht zwischen den Knien verborgen, die Arme fest um den zitternden Körper geschlungen.

„Ich glaube, du hast einen Einsatz“, sagte Carina leise, die um ihren Tresen herumgekommen war, um zu sehen was los war.

Ich nickte stumm und schluckte schwer. Ja, den hatte ich. Und als ich Sophie dort so sah, wünschte ich mir, dass mein verdammtes Bauchgefühl einmal nicht recht gehabt hätte.

Sophie

Ich hätte auf ihn hören sollen. Ich hätte diesen Moritz wirklich anrufen und mich von ihm aufhalten lassen sollen. Ich hätte darauf vertrauen sollen, was er gesagt hatte. Aber nein, ich dumme Nuss musste es ja besser wissen! Und jetzt konnte ich sehen, was ich davon hatte. Dabei hatte alles so gut angefangen, und ich hatte es irgendwie geschafft, Alex auszublenden und mich nur darauf zu konzentrieren, was ich wissen und tun musste, wenn ich es mit einem Notfall zu tun bekam. Eine bedrohliche Situation erkennen, den Notruf absetzen, die Atmung kontrollieren, stabile Seitenlage, Druckverband anlegen – alles hatte ich irgendwie hingekriegt, auch wenn es teilweise echt hart gewesen war. Aber dann …

Verzweifelt schluchzte ich auf und hatte das Gefühl, keine Luft zu bekommen, weil der Kloß in meiner Kehle zu groß war. Es tat einfach alles nur weh. Zitternd und schniefend und japsend kauerte ich mich so klein wie möglich auf dem Boden zusammen und hoffte, dass niemand vorbeikommen und mich so finden würde. Denn ich schaffte es auch nicht, wieder aufzustehen und zu gehen.

„Sophie?", hörte ich plötzlich jemanden sagen. „Alles gut. Ich bin bei dir. Ganz ruhig und tief einatmen und wieder ausatmen. Dann wird es gleich besser."

Ohne Widerstand folgte ich der Anweisung, ohne zu wissen, von wem sie kam. Aber ich war hier in einer Rettungswache, also war die Wahrscheinlichkeit ziemlich hoch, dass derjenige wusste, was er da sagte. Ich spürte Hände auf meinen Schultern, die mich jedoch nicht stützten oder in eine bestimmte Richtung zogen oder schoben, sondern einfach nur da waren und mir ein Gefühl von Sicherheit gaben, dass ich nicht alleine war.

„So ist es gut. Einatmen und ausatmen. Ganz in Ruhe."

Die Stimme hatte etwas Beruhigendes und irgendwie auch Vertrautes, aber in meiner Verzweiflung konnte ich sie nicht zuordnen und registrierte nicht einmal, dass sie mich vorhin mit meinem Namen angesprochen hatte. Erst nachdem ich ein paar Mal tief durchgeatmet hatte, hob ich den Kopf, um zu sehen, wem sie gehörte. Und schlagartig vergaß ich gleich wieder, wie das mit dem Atmen ging.

„Du?!" Ungläubig starrte ich den jungen Mann vor mir an und glaubte an eine Fata Morgana. Es konnte doch gar nicht sein, dass dieser Moritz plötzlich hier war. Warum sollte er? Es war die falsche Wache. Und er hatte ja nicht mal seine Rettungsklamotten an. Das musste ich mir einbilden. Mein Hirn spielte mir wahrscheinlich gerade einen Streich und dachte sich, wenn es mich schon an den Unfallort zurückschickte, dann gehörte der Sani auch gleich mit dazu. Wurde ich jetzt langsam völlig verrückt?

„Ja, ich", sagte er sanft. „Nicht erschrecken, Sophie. Ich will dir nur helfen."

„Aber … Wieso … Ich meine … Was machst du hier?"

„Das ist jetzt nicht wichtig." Er sah mich an und streckte mir die Hand entgegen. „Komm, ich helfe dir hoch."

„Ich kann nicht“, flüsterte ich heiser, denn es fühlte sich an, als wären meine Beine aus Pudding.

„Doch, du kannst. Du musst es nur wollen.“

Ich blickte zu ihm auf und entdeckte in seinen dunklen Augen so viel Ruhe und Kraft, dass ich ihm wie eine Marionette meine Hand reichte, in der Hoffnung, dass bei der Berührung etwas davon zu mir rüberfließen würde.

Moritz zog mich hoch und legte seine andere Hand an meinen Rücken, als hätte er Angst, dass ich sonst gleich wieder zusammensackte. „Alles okay?“

Ich presste die Lippen aufeinander und nickte. Abgesehen davon, dass ich scheinbar gerade halluzinierte, schon. War er mein Schutzengel oder so was?

„Willst du mir erzählen, was passiert ist?“, fragte er vorsichtig.

„Nichts ist passiert“, erwiderte ich, während mir schon wieder Tränen über die Wangen liefen. „Du hattest einfach nur recht. Ich hätte noch nicht herkommen sollen.“

„Ja … leider. Aber du hast lange durchgehalten.“

„Hmhmm.“ Ich wischte mir mit der Hand über die Wangen, doch es war zwecklos. Die nächste Heulattacke stand schon in den Startlöchern, und ich versuchte verzweifelt, an Moritz vorbei einen Fluchtweg zu entdecken. Wo waren denn noch die blöden Toiletten? Ich konnte ihm doch nicht schon wieder ein T-Shirt vollheulen. Was auch immer er gerade hier machte, er hatte sicher anderes zu tun, als sich mit mir seelischem Wrack zu beschäftigen. Doch bevor ich mich auch nur einen Zentimeter von ihm wegbewegen konnte, verstärkte er seinen Griff und hielt mich fest.

„Lass es raus. Danach wird es dir besser gehen."

Ich weiß nicht warum, aber ich glaubte ihm jedes Wort. Er war so unglaublich lieb zu mir, dabei war er ein völlig Fremder. Das konnte doch gar nicht echt sein, oder? Vor lauter Gefühlswirrwarr vergaß ich sogar schon fast, warum ich eigentlich vorhin zusammengebrochen war, und fragte ihn lachend und weinend gleichzeitig: „Lernt ihr so was auch an eurer Retter-Schule?"

„Sehe ich so aus, als wäre ich gerade im Dienst?", konterte er lächelnd.

„Nein. Umso verrückter ist es, was du hier gerade tust."

Er lachte leise. „Wenn ich dich jetzt auch noch frage, ob wir vielleicht ein Stück die Straße runter einen Kaffee trinken wollen, hältst du mich dann für völlig übergeschnappt?"

„Auf jeden Fall." Wir sahen uns an und mussten beide lachen.

„Wollen wir trotzdem?", wiederholte er seine Frage. „Oder willst du doch noch deinen Kurs zu Ende bringen?" Moritz deutete mit dem Kopf zur Tür des Schulungsraums.

Ich senkte den Blick und schüttelte den Kopf. „Nein. Ich … Lieber nicht."

Allein beim Gedanken daran schnürte sich wieder meine Kehle zu. Mal ganz abgesehen davon, dass mein Abgang vorhin wahrscheinlich ziemlich peinlich gewesen war.

Er erkannte, dass es die Antwort auf den zweiten Teil seiner Frage gewesen war, und als hätte er meine Gedanken gelesen, fragte Moritz, ob ich noch irgendwelche Sachen im Raum hatte. Tatsächlich hatte ich meine Tasche dort stehen lassen, woraufhin er anbot, sie zu holen und mich beim Kursleiter abzumelden. Er war wirklich ein Engel. Wenn da nur nicht dieser bittere Beigeschmack gewesen wäre, dass ich bei seinem Anblick auch wieder den Unfallort vor mir sah.

Wir trennten uns kurz, und während er im Schulungsraum verschwand, machte ich mich auf den Weg zur Toilette. Vor dem Waschbecken betrachtete ich mein Spiegelbild und stöhnte innerlich auf. Ich sah furchtbar aus. Gerötete Augen, fleckige Wangen und überall verschmierte Mascara. Und so wollte er mit mir in ein Café gehen? Wie er vorhin selbst gesagt hatte – er war völlig übergeschnappt. Ich musste an seine Freundin denken, wie sie neulich in der Buchhandlung so perfekt gestylt an seiner Seite aufgetaucht war, und stieß ein amüsiertes Schnauben aus. Mir war schon klar, dass das hier nur eine Mitleidsnummer war und er der große Held mit Helfersyndrom. Vielleicht sollte ich doch lieber einfach nach Hause fahren und noch ein bisschen alleine in mein Kissen weinen. Aber ein dumpfes Bauchgefühl sagte mir, dass Moritz das nicht zulassen würde. Warum auch immer. Also zog ich ein Taschentuch aus meiner Hosentasche und machte mich daran, die schlimmsten Spuren meines Zusammenbruchs zu beseitigen.

Ein paar Minuten später saßen wir zusammen im hintersten Winkel eines gemütlichen Cafés.

„Warum tust du das?“, fragte ich Moritz, nachdem die Bedienung unsere Bestellung aufgenommen hatte und wieder gegangen war.

„Was?“

„Das hier." Ich legte die Getränkekarte zur Seite und sah ihn an. „Eine Heulsuse, die doch eh nicht auf dich hört, zum Kaffee einladen zum Beispiel."

Ich hätte erwartet, wieder dieses leise Lachen von ihm zu hören, doch es blieb aus. Stattdessen musterte er mich mit ernster Miene und sagte: „Ich glaube einfach, dass du jetzt nicht alleine sein solltest."

„Aber woher willst du denn wissen, dass ich …", setzte ich an zu protestieren, verstummte jedoch, als ich seinen Blick sah. Es war, als könnte er damit bis in mein tiefstes Inneres gucken, und da war es wohl nicht so schwer zu erraten, dass zu Hause tatsächlich nur meine Kuscheldecke auf mich wartete. Irgendwie unheimlich.

„Ist ja auch egal", fuhr ich fort und fing an, die Zuckertütchen in ihrer Schale neu anzuordnen, damit meine Hände beschäftigt waren. „Ich dachte nur, dass du heute bestimmt eigentlich was Besseres vorhattest."

Er lächelte und schüttelte den Kopf. „Bis jetzt nicht."

„Schon klar", gab ich amüsiert zurück. „Wahrscheinlich hast du auch noch gewusst, dass ich genau heute hier bin und zusammenbrechen würde, oder?"

„Vielleicht."

Kein Lachen, kein Funkeln in den Augen, stattdessen ein leichtes Zögern und dieses Vielleicht. Mein Herzschlag geriet für einen Sekundenbruchteil aus dem Takt und schien genauso verwirrt zu sein wie mein Kopf. Vielleicht? Ernsthaft? Das konnte doch gar nicht sein. Ich lachte nervös und hatte keine Ahnung, was ich denken sollte.

Zum Glück kam in diesem Moment die Kellnerin mit seinem Cappuccino und meiner Chai Latte zurück. Moritz rückte seinen Stapel mit verschiedenen Unterlagen zur Seite, um Platz für die Getränke zu machen, und als mein Blick darauf fiel, atmete ich erleichtert auf. Es gab also doch eine logische Erklärung, weshalb er dort gewesen war.

„Willst du eine Weiterbildung machen?", fragte ich neugierig und war froh, endlich mal ein tränenfreies Thema mit ihm gefunden zu haben.

Er nickte langsam. „Ich denke zumindest darüber nach, ja."

„Was macht man denn da so? Gibt es noch unterschiedliche Abstufungen vom einfachen Sani zum Ober-Sani oder so was?"

Moritz lachte. „Ja, sozusagen." Und dann erzählte er von Rettungssanitätern, Rettungsassistenten und Notfallsanitätern, die sich darin unterschieden, wie umfangreich die jeweilige Ausbildung war und was sie mit ihrem Status anschließend tun oder eben nicht tun durften. Ich musste ihn ziemlich verwirrt angesehen haben, denn am Ende sagte er: „So wie dir geht es vielen, die diese Unterschiede gar nicht kennen und alles in einen Topf werfen. Wir sind halt Sanis und fertig."

„Das hab ich tatsächlich auch gedacht", gab ich zerknirscht zu.

„Kein Problem", meinte er lächelnd. „Woher soll man das auch wissen? In der Regel sind die Leute ja froh, wenn sie nichts mit uns zu tun haben."

„Hmhmm. Schon irgendwie." Schnell verdrängte ich das Bild vom Unfallort vor meinen Augen und versuchte das Gespräch wieder in sicherere Bahnen zu lenken. „Das heißt also, du willst dann jetzt den Sprung nach ganz oben machen?"

„Ja und nein. Ich will nur das aufholen, was die neuen Kollegen heutzutage sowieso lernen."

„Das klingt, als wärst du uralt", bemerkte ich schmunzelnd.

„Vielleicht bin ich das ja auch. Ich habe immerhin noch gelernt, wie man Einsatzprotokolle per Hand schreibt." Moritz zwinkerte mir vergnügt zu, und während er weiter erzählte, hörte ich ihm fasziniert zu und versuchte mir vorzustellen, was er in diesem Beruf wohl so Tag für Tag erlebte und wie viel Verantwortung dahintersteckte. Vor allem, wenn dann noch so jemand wie ich daherkam und auf ihn einschlug.

Gedankenverloren rührte ich mit dem Löffel in meinem Glas herum und merkte gar nicht, als Moritz aufhörte zu reden. Erst als er mich an der Hand berührte und sanft: „Sophie?", sagte, kehrte ich zurück ins Hier und Jetzt und sah ihn an.

„Es war die Rettungsgasse", sagte ich leise und ohne jeden Zusammenhang. „Das war das Thema, bei dem ich vorhin nicht mehr konnte. Ich ... Mike, der Kursleiter, hat darüber gesprochen, wie wichtig sie ist und wie man sie richtig macht, und dann hat er von ... dann hat er von dem Unfall erzählt ..." Meine Stimme versagte den Dienst, und ich kämpfte mühsam gegen den Kloß in meinem Hals an. Eine Träne rollte mir über die Wange, aber ich wollte jetzt nicht schon wieder heulen.

Moritz griff nach meiner Hand und drückte sie beruhigend. „Ich weiß."

Natürlich wusste er es. Er wusste alles. Vielleicht war er doch allmächtig? Vielleicht hatte er vorhin aber auch einfach nur mit diesem Mike darüber gesprochen.

Ich betrachtete unsere Hände auf dem Tisch und atmete ein paar Mal tief durch, bis ich mich wieder einigermaßen gefasst hatte. Wir mussten nicht weiter darüber reden, denn wir wussten beide nur allzu gut, was bei eben diesem Unfall passiert war. Doch da war noch etwas, was mir seit ein paar Tagen auf der Seele brannte, und bevor es mir überhaupt bewusst war, waren die Worte schon heraus: „Hast du das mit dem Busunfall in Bayern gehört?"

Ich blickte zu Moritz auf und sah, wie er mit betroffener Miene nickte.

Anfang letzter Woche war auf der A9 in Oberfranken ein Reisebus verunglückt und komplett ausgebrannt. Es gab 18 Tote und war das Thema in den Nachrichten, vor allem die Frage nach der Ursache.

„Es war dasselbe wie bei uns, oder?"

Er zögerte. „Du meinst, weil sie gesagt haben, dass die Rettungsgasse zu schmal war und dadurch wertvolle Zeit verloren gegangen ist?"

„Ja", antwortete ich traurig. „Es war natürlich nicht der Grund für den Unfall, aber vielleicht dafür, wie er ausgegangen ist, oder? Nur offiziell kann wahrscheinlich wieder niemand sagen, ob die Opfer anders eine Chance gehabt hätten."

Er sah mich an, und seine tiefbraunen Augen waren wenn möglich noch eine Spur dunkler geworden.

„Weißt du", redete ich weiter, bevor er etwas sagen konnte. „Ich weiß selbst nicht, was schlimmer ist: Wenn unser Unfall ein trauriges Einzelschicksal wäre und wir einfach nur zur falschen Zeit die falschen Leute hinter uns im Stau hatten. Pech für uns und Fall erledigt. Oder wenn es tatsächlich immer wieder überall passiert, weil das dann doch bedeutet, dass etwas nicht mehr mit dieser Welt stimmt, in der ein paar Idioten, die das mit der Rettungsgasse nicht hinkriegen, dafür verantwortlich sind, ob jemand überlebt oder nicht."

„Sophie", begann er sanft, als wollte er mich davon abhalten, noch mehr in meiner eigenen Wunde herumzustochern.

„Tut mir leid", unterbrach ich ihn, während in mir ein wahrer Orkan an Gefühlen tobte. „Ich … vergiss es einfach. Ich will dir nicht schon wieder die Ohren damit vollheulen. Wir kennen uns überhaupt nicht, und du hast gerade frei und willst wahrscheinlich auch mal was anderes hören, als irgendwelche Unfallgeschichten. Außerdem … Es bringt ja eh nichts, sich darüber aufzuregen."

Ich zog meine Hand aus seiner zurück und umklammerte damit mein inzwischen halb leeres Glas, als könnte mir so eine blöde Chai Latte den Halt geben, den ich schon vor Wochen verloren hatte.

„Ich kann dich so gut verstehen", sagte er leise.

„Gar nichts kannst du", flüsterte ich traurig. „Oder hast du es selbst schon mal erlebt? Von der anderen Seite, meine ich?"

Er schüttelte niedergeschlagen den Kopf, was ziemlich schräg war, weil er doch eigentlich glücklich sein sollte, dass der Kelch bisher an ihm vorübergegangen war.

Anschließend breitete sich Stille zwischen uns aus.

„Du hast recht, ich hab heute frei", sagte Moritz schließlich zögernd. „Aber du kannst mir gerne so viel die Ohren vollheulen, wie du willst. Wenn du noch über den Unfall reden willst oder über deinen Freund oder …"

„Nein", unterbrach ich ihn kopfschüttelnd und spürte, wie sich alleine bei der Erwähnung von Alex ein schmerzhafter Klumpen in meinem Magen bildete. Ich wusste, wenn ich erst anfangen würde, über ihn zu reden, dann würde ich nie wieder damit aufhören. Und dafür war dieser Fremde, egal wie nett er war, nun wirklich nicht der Richtige.

„Das ist lieb von dir", brachte ich mit brüchiger Stimme hervor. „Aber ich glaube, ich fahre jetzt besser nach Hause."

Moritz sah mich nur an und machte dabei einen ziemlich geknickten Eindruck, als wollte er nicht, dass ich jetzt schon ging. Warum? Warum tat er sich das hier an? Warum ging er nicht selbst einfach nach Hause zu seiner Freundin in sein eigenes, hoffentlich glückliches Leben, statt sich von meinem Elend mit runterziehen zu lassen? Musste er als Rettungssanitäter – sorry, Rettungsassistent – das nicht eigentlich viel besser können mit dem Abschalten nach Feierabend? Man musste doch sonst irgendwann bekloppt werden, wenn man an jedem Fall weiter so herumknabberte wie er offensichtlich an meinem.

Ich konnte diesen Blick kaum ertragen und stand auf.

„Hast du meine Nummer noch?", wollte er wissen.

Ich war drauf und dran Nein zu sagen, wusste aber, dass er sie mir dann noch mal gegeben hätte, also konnte ich auch gleich bei der Wahrheit bleiben und nickte zögernd. „Ja. Aber …“ Ich suchte nach den richtigen Worten, um ihn nicht vor den Kopf zu stoßen, doch das war gar nicht so einfach. „Ich werde dich nicht anrufen, Moritz. Danke, dass du für mich da warst, und … du bist echt ein Schatz. Aber ich glaube, es ist für uns beide besser, wenn wir versuchen, irgendwie mit diesem Thema abzuschließen und unsere eigenen Wege gehen.“

Seine Antwort war ein kleines, bitteres Schnauben, das wohl so was wie „Als wenn das so einfach wäre“ bedeuten sollte. Ha! Was hätte ich denn dann erst sagen sollen? Der war lustig! Aber irgendwie auch süß.

Moritz sagte jedenfalls nichts weiter dazu. Stattdessen sahen wir uns einfach nur noch an, keine Ahnung für wie lange, bis ich schließlich meinen Blick von ihm losriss, leise: „Mach's gut“, murmelte und ging.

Ich wollte nur noch weg von ihm. Und ich wollte bleiben und von ihm in den Arm genommen werden. Ich wollte nie wieder etwas mit ihm zu tun haben, weil er mein Seelenleben so komplett auf den Kopf stellen konnte und es einfach nur wehtat. Und ich wollte ihn wiedersehen und mit ihm reden und von ihm getröstet werden, weil er einfach so ein Typ war, dem man vertraute und den man auf Anhieb mögen musste.

Es war eine verdammte Zwickmühle, und während ich mich Schritt für Schritt von ihm entfernte, war ich so verwirrt wie nie zuvor.

Daran konnte auch Kiki nichts ändern, als sie nach ihrem Feierabend noch bei mir vorbeikam, um zu hören, wie es beim Erste-Hilfe-Kurs gelaufen war. Im Gegenteil.

„Das glaubst du doch wohl selbst nicht, dass der zufällig da war!“, rief sie aufgeregt. „So viel Zufall kann es gar nicht geben, dass er ausgerechnet heute da auftaucht, um sein Weiterbildungs-Dings zu machen.“

„Ach ja?“, gab ich mit einer Gereiztheit zurück, die ich mir selbst nicht erklären konnte. „Und was sollte sonst der Grund dafür sein? Weil er mich mal wieder heulen sehen wollte, oder was?“

„Vielleicht steht er ja auf dich“, gab meine Freundin grinsend zurück.

„Na klar. Wo er ja bisher auch nur meine absolute Schokoladenseite kennengelernt hat. Mal ganz abgesehen davon, dass er eine Freundin hat, und … Ach, was soll dieser Schwachsinn überhaupt? Es war Zufall. Punkt.“

Kiki gluckste leise, während ich still vor mich hin grummelte und mir wünschte, dass ich mir da tatsächlich so sicher wäre, wie ich meiner Freundin weismachen wollte.

Moritz

Als Sophie ging, fühlte es sich an, als hätte sie gerade mit mir Schluss gemacht. Was natürlich völliger Blödsinn war. Und natürlich hatte sie recht damit, dass es besser wäre, wenn wir uns nicht mehr hören oder sehen würden und uns wieder um unser eigenes Leben kümmerten. Aber warum kam es mir dann gleichzeitig so falsch vor?

Ich konnte ihre traurigen blauen Augen einfach nicht vergessen, und noch viel weniger das, was sie gesagt hatte: Dass irgendetwas nicht mehr mit dieser Welt stimmen konnte, in der ein paar Idioten, die das mit der Rettungsgasse nicht hinkriegten, dafür verantwortlich waren, ob jemand überlebte oder nicht. Sie hatte so recht damit!

Und auch der Busunfall in Bayern bekam noch einmal eine neue Bedeutung, nachdem sie ihn erwähnt hatte. Natürlich hatte ich davon gehört. Und natürlich hatte ich gedacht, dass das ja wohl nicht wahr sein konnte. Aber jetzt saß der Gedanke daran wie ein Stachel in meinem Kopf fest. Keine Ahnung, wie ich es an diesem Abend noch schaffte, mir Julia gegenüber nichts anmerken zu lassen und mit ihr den 30. Geburtstag ihrer Schwester zu feiern. Aber als ich am Samstagmorgen aufwachte, war er sofort wieder da, sodass ich mich irgendwann aus dem Bett schlich, mich mit einem Kaffee ins Wohnzimmer setzte und mir meinen Laptop schnappte, um noch einmal die

Berichte über das Unglück zu googeln. Sehr ergiebig war das zwar nicht, weil immer noch nach der eigentlichen Unfallursache gesucht wurde und die zu schmale Rettungsgasse eher nebenbei erwähnt wurde. Aber einige Internetseiten hatten einen Verweis auf ähnliche Artikel, und plötzlich stieß ich von einem Bericht auf den nächsten, in dem es um die Behinderung von Rettungskräften ging. Von wegen Einzelfall. Es passierte noch viel öfter, als ich gedacht hatte, und mir wurde immer elender zumute.

Mai 2017, auf der A6 bei Schwabach: Nach einer Serie von Auffahrunfällen, bei der ein Getränkelaster seine Ladung auf der Fahrbahn verteilt hat, muss der Fahrer eines Kleintransporters schwer verletzt mit dem Rettungshubschrauber in ein Krankenhaus geflogen werden. Auf der rechten Spur stehen dicht an dicht Lkw, die erst umrangiert werden müssen, um eine Rettungsgasse zu schaffen. Einige Autos sind verlassen, weil die Fahrer mit ihren Handys Schnappschüsse machen wollen. Etwa 60 bis 80 Gaffer müssen am Ende zurückgedrängt werden, zahlreiche Platzverweise werden ausgesprochen.

März 2017, auf der A643 bei Mainz: Ein Kleintransporter übersieht das Stauende und fährt auf einen BMW auf, zwei Schwerverletzte. Diejenigen, die vorbildlich eine Rettungsgasse bilden, werden von anderen hupend und schimpfend überholt. In die freie Lücke drängeln sich einzelne Fahrzeuge und blockieren die Gasse somit wieder. Ein Autofahrer hängt sich sogar direkt hinter den vorbeifahrenden Abschleppwagen, um im Stau besser vorwärtszukommen.

Noch mal März 2017, auf der A5 bei Weiterstadt: Ein 49-jähriger Arbeiter stürzt auf einem gesperrten Abschnitt der Autobahn von einem Baugerüst fünf Meter in die Tiefe auf die Fahrbahn und verletzt sich schwer. Zunächst wird im Stau auf das Signal „Bitte Rettungsgasse bilden" der Polizei Platz gemacht für zwei Rettungswagen und ein Fahrzeug der Feuerwehr. Danach jagen ein paar Schlaumeier den Rettungskräften hinterher, um schneller durch den Stau zu kommen und machen alles dicht für weitere Rettungsfahrzeuge. Für die Rettungskräfte bedeutet das 800 Meter Fußweg mit Equipment. Feuerwehrleute, die die Autofahrer auf ihr Fehlverhalten ansprechen, können sich noch dumme Sprüche anhören. Der Bauarbeiter kann währenddessen von einem zufällig in der Gegenrichtung im Stau stehenden Notarzt versorgt werden.

Und so weiter, und so weiter. Besonders in den letzten Monaten schienen diese Fälle von blockierten Rettungsgassen dramatisch zugenommen zu haben, und es wurden erste Forderungen laut, die Strafen dafür drastisch zu erhöhen. Was auch immer man sich unter drastisch vorstellen mochte, denn die bisherigen 20 Euro waren ja wohl ein Witz. Andererseits … wem wollte man diese Strafe denn aufbrummen? Wir hatten im Notfall wirklich anderes zu tun, als zu gucken, wer die bösen Blockierer waren!

Ich fuhr mir aufgewühlt mit den Händen durch die Haare und starrte fassungslos auf den Bildschirm. Das hier war gerade ein Albtraum, oder? Allein die Vorstellung, 800 Meter zu Fuß mit der schweren Notfallausrüstung laufen zu müssen, war völlig absurd. Geschweige denn, wie man anschließend den Patienten in den Rettungswagen kriegen und abtransportieren sollte. Hallo?! Ging's noch?! Dachten diese Schwachköpfe vielleicht auch einmal daran, dass es auch sie sein könnten, die da verunglückt waren?

Ich betete im Stillen, dass Sophie sich nicht ebenfalls hingesetzt hatte und die Stichworte „blockierte Rettungsgasse" ins Internet eingegeben hatte. Wie würde sie sich erst fühlen, wenn sie sah, dass die Welt noch viel verkehrter war, als wir dachten? Was für eine Scheiße!

„Mo?"

Ich zuckte erschrocken zusammen, als Julia plötzlich vor mir stand. Sie sah wie immer unglaublich sexy aus in ihrem knappen Schlafshirt und mit den verstrubbelten Haaren. Doch die übliche Reaktion meines Körpers darauf blieb heute aus.

„Morgen", murmelte ich halbherzig und griff nach meiner Kaffeetasse, um mich an irgendetwas festhalten zu können. Sie war mittlerweile kalt.

„Was machst du da?", wollte sie wissen, rutschte neben mich auf das Sofa und warf einen Blick auf den Bildschirm.

Ich spürte, wie sie sich versteifte, und wusste, dass das nicht gut ausgehen würde.

„Du hast frei, Mo", erinnerte sie mich tadelnd. „Warum guckst du dir da auch noch so einen Scheiß an? Kannst du nicht mal abschalten?"

Ich versuchte es ihr zu erklären. Versuchte ihr von Sophie und dem Unfall zu erzählen, der alles ausgelöst hatte. Aber meine Freundin wollte nichts davon hören.

„Wir haben endlich mal wieder ein ganzes Wochenende zusammen frei, und ich dachte eigentlich, wir könnten das miteinander genießen", beschwerte sie sich.

„Aber das können wir doch auch."

„Nein, Mo." Sie lachte bitter auf. „Meinst du, ich hab nicht gemerkt, dass du seit gestern Nachmittag schon die ganze Zeit mit den Gedanken woanders bist? Wahrscheinlich kann ich ja noch froh sein, dass es dabei um deine Rettungsgeschichten geht und nicht um diese junge Frau selbst."

Das hatte gesessen. Ich schaute Julia ungläubig an. „Was soll das denn heißen?"

„Erklär du es mir! Was ist so besonders an ihr, dass du wegen irgendeinem Unfall, wie du sie eigentlich ständig erlebst, so ein Theater machst?"

„Das habe ich dir doch gerade erzählt. Es war eben kein Unfall wie jeder andere", gab ich ungeduldig zurück, doch ich spürte schon, dass ich damit vor eine Wand lief. Ich liebte meine Freundin wirklich über alles, aber wenn es um meinen Job ging, wurde es regelmäßig kritisch.

Als wir uns vor dreieinhalb Jahren auf der Party eines gemeinsamen Bekannten kennengelernt und Hals über Kopf ineinander verliebt hatten, war sie noch mächtig beeindruckt davon gewesen und hatte allen stolz erzählt, dass ich ein Lebensretter war. Doch dann war der Alltag dazugekommen, und sie hatte feststellen müssen, dass ihr großer Held ziemlich unregelmäßige Arbeitszeiten und keinen verlässlichen Feierabend hatte, und zudem manchmal auch eine Weile brauchte, bis er im Kopf von einem Einsatz zurück war. Das gefiel ihr natürlich weniger gut, aber es gehörte nun einmal dazu. Mit der Zeit hatten wir beide gelernt damit umzugehen, doch das, was ich hier gerade tat, verstieß eindeutig gegen die Spielregeln. Ich hätte wissen müssen, dass ich mich lieber nicht dabei hätte erwischen lassen sollen.

Julia zog ärgerlich die Stirn kraus und stand auf. „Ich geh Frühstück machen“, erklärte sie knapp und verschwand in der Küche.

Mit einem frustrierten Seufzen fuhr ich den Laptop runter und starrte noch einen Moment gedankenverloren auf den schwarzen Bildschirm. Ich wünschte, Julia würde mich verstehen und wir könnten einfach darüber reden, was mir die ganze Zeit durch den Kopf ging. Aber das würde wohl nicht passieren, und wenn ich nicht den ganzen Tag eine schmollende Freundin an meiner Seite haben wollte, sollte ich jetzt auch lieber aufhören, darüber nachzudenken.

Ich ging rüber zu ihr in die Küche, schlang von hinten die Arme um ihre Taille und küsste sie zärtlich in den Nacken. „Nicht böse sein“, sagte ich leise. „Ich weiß, ich bin manchmal ein Idiot. Aber ich bin dein Idiot, und ich liebe dich.“

Julia versuchte es zu unterdrücken, aber ich spürte das leise Lachen trotzdem und atmete erleichtert auf.

„Was hältst du davon, wenn wir nachher zum See rausfahren und auf ein leckeres Stück Torte zum Mühlencafé laufen?“, schlug ich versöhnlich vor. Die Sonne strahlte schon jetzt von einem wolkenlosen Himmel herunter, und meine Freundin liebte das urige Ausflugscafé am hinteren Ende des Sees.

Sie drehte sich in meinen Armen um und bedachte mich mit einem strengen Blick. „Nur, wenn du mir versprichst, dass du auch mit dem Kopf dabei bist."

Ich legte den Kopf schief und lächelte sie treuherzig an. „Versprochen", sagte ich und meinte es auch so. In der nächsten Woche hatte ich Nachtschicht und Gelegenheit genug, mir in Ruhe weiter den Kopf über Sophie und die Unfallberichte zu zerbrechen. Da würde ich es schon schaffen, mich in den nächsten Stunden nur auf meine Freundin zu konzentrieren.

Ihre Augen fingen wieder an zu strahlen, und sie drückte mir einen Kuss auf den Mund. „Möchtest du lieber ein gekochtes Ei oder Rührei?"

Ich schob die Hände unter ihr Shirt und zog sie noch ein Stück enger an mich heran. „Ehrlich gesagt hätte ich gerade Lust auf etwas ganz anderes", murmelte ich mit dem Gesicht an ihrer Halsbeuge. Wenn es etwas gab, mit dem ich ihr beweisen konnte, dass alle meine Sinne nur bei ihr waren, dann war es das.

„Mo!", schimpfte sie mit mir, aber als sie sich ohne Widerstand mit zahlreichen Küssen zurück Richtung Schlafzimmer schieben ließ, wusste ich, dass zwischen uns wieder alles in Ordnung war.

Tatsächlich schaffte ich es beinahe das ganze Wochenende, nicht mehr ins Grübeln zu verfallen, und wir genossen die gemeinsame Zeit, die wir hatten. Doch kaum war Julia am Montagmorgen zur Arbeit aufgebrochen, griff ich wieder nach meinem Laptop und quälte mich durch die Horrormeldungen von blockierten Unfallorten. Ich wusste selbst nicht warum, aber das Thema ließ mich einfach nicht los. Und immer wieder tauchten zwischendurch ein paar traurige blaue Augen aus meinem Gedächtnis auf. Was Sophie wohl gerade machte? Ob sie auch schon wieder im Laden stand und irgendjemandem ein paar Bücher ans Herz legte? Ich betrachtete den bisher noch unberührten Bücherstapel auf der Kommode, und als es Zeit für den Dienst wurde, griff ich nach dem Titel, den sie mir als Erstes empfohlen hatte, und steckte ihn in die Tasche.

„Kennst du die Seite nicht langsam schon auswendig?", fragte Chris zwei Stunden später, als wir im Aufenthaltsraum auf unseren ersten Einsatz warteten.

Im Gegensatz zu ihm hatte ich überhaupt nicht bemerkt, dass ich noch gar nicht angefangen hatte zu lesen, sondern schon seit ein paar Minuten geistesabwesend die immer gleiche Seite anstarrte. Er lachte leise. „Du bist ja ganz schön durch den Wind heute. Hat Julia dich so hart rangenommen an eurem langen Wochenende?"

„Nein", knurrte ich unwillig und legte das Buch zur Seite. Ich blickte auf, und als ich sah, dass wir alleine waren, erzählte ich ihm von der erneuten, nicht ganz zufälligen Begegnung mit Sophie und all dem, was mich seitdem beschäftigte.

Chris pfiff anerkennend durch die Zähne. „Wow. Die Kleine hat es dir ja echt angetan."

„Quatsch", grummelte ich. „Nicht sie, sondern die Tatsache, dass gerade irgendwas völlig schiefläuft in unserer Gesellschaft. Jetzt mal ehrlich, Chris … Bei den ganzen Meldungen krieg ich echt Schiss, auf die Autobahn rauszufahren und so etwas noch einmal zu erleben. Das kann es doch nicht sein, oder? Da muss doch mal jemand auf den Tisch hauen und sagen, dass es so nicht weitergehen kann."

Mein Freund und Kollege nickte nachdenklich. „Du hast ja recht. Aber wie du gerade selbst gesagt hast, haben wir keine Zeit, uns im Einsatz auch noch um diese Blockierer zu kümmern."

„Nein", unterbrach ich ihn energisch. „So weit sollte es ja auch gar nicht erst kommen. Den Leuten muss einfach mal klargemacht werden, wie sie sich zu verhalten haben und was es für Auswirkungen hat, wenn sie es nicht tun. Damit es gar nicht erst passiert. Und dafür reichen bestimmt nicht so ein paar blöde Brückenplakate mit Pfeilchen drauf, die dich an die Rettungsgasse erinnern sollen."

„Es ist immerhin ein Anfang."

Ich stieß ein verächtliches Schnauben aus. Ein Tempo-30-Schild vor einer Schule war auch ein Anfang. Und wer hielt sich daran?

Chris musterte mich eine Weile schweigend und fragte schließlich: „Warum machst du es nicht?"

„Was?"

„Na, den Leuten erklären, wie es läuft? Schreib einen Leserbrief an die Zeitung oder so was."

„Willst du mich verarschen?"

„Nein! Echt jetzt, Momo. So wie du gerade drauf bist, brauchst du ein Ventil, um mal Dampf abzulassen. Und wenn du willst, dass dich jemand hört, dann musst du dir dazu schon was anderes suchen als die vier Wände unserer Rettungswache, in der eh jeder weiß, worum es geht." Er deutete mit einer weitläufigen Geste um uns herum und sah mich dabei eindringlich an.

Ich schaute an ihm vorbei auf die Pinnwand, an der lauter Informationen und Flyer über Rettungsdienst-Themen und Blutspende-Termine hingen, und dachte nach. Wahrscheinlich hatte er recht. Wenn jeder nur still vor sich hin brodelte, würde sich gar nichts ändern. Und ich war mir sehr sicher, dass ich da nicht der Einzige war, nach all den Kollegen, von denen ich gelesen hatte, die es teilweise wesentlich schlimmer getroffen hatte als uns in unserer Chaos-Nacht.

„Aber ein Leserbrief?", überlegte ich skeptisch. „Was Altmodischeres ist dir jetzt nicht eingefallen, oder?"

Chris stöhnte auf. „Mein Gott, dann nimm halt das Internet. Mach einen öffentlichen Post bei Facebook oder Twitter oder was weiß ich was."

„Facebook?" Ich runzelte unwillig die Stirn. „Da hab ich mich schon vor Jahren wieder abgemeldet, weil mir diese ganze Freunde-Sammelei tierisch auf den Keks ging. Und solche Meldungen wie *Hilfe, mein Fingernagel ist eingerissen. Ich glaub, ich melde mich heute krank. Oder was meint ihr?*"

Das war natürlich übertrieben, aber es hatte tatsächlich reichlich Posts auf diesem Niveau gegeben, die mich schließlich davon überzeugt hatten, dass ich das nicht haben musste.

Chris schüttelte lachend den Kopf. „Du weißt aber schon, dass man das auch anders nutzen kann, oder? Guck dir die vielen Firmen und Organisationen an, die das als Kanal nutzen, um ihre Sachen zu veröffentlichen. Unter anderem übrigens auch unser lieber Arbeitgeber."

„Hm", brummte ich nachdenklich. Natürlich hatte ich schon mal was davon gehört, aber so wirklich fit war ich in den sozialen Medien nicht und hätte keine Ahnung, wie ich das anfangen sollte. Doch bevor ich mich outen und meinen Freund danach fragen konnte, gingen unsere Pieper los.

„Lass uns später noch mal drüber reden, du alter Hinterwäldler", meinte Chris, während wir uns unsere Jacken schnappten und in die Fahrzeughalle liefen. „Ich finde nämlich wirklich, dass du so was machen solltest, damit ich mir nicht immer alles alleine anhören muss." Er zog im Vorbeigehen den Stromstecker vom Rettungswagen, während ich mich schon nachdenklich hinter das Lenkrad schwang.

Chris meinte das anscheinend wirklich ernst mit seinem Vorschlag. Doch jetzt hatten wir erst einmal einen Einsatz zu erledigen. Und natürlich ging der mal wieder raus auf die Autobahn.

Sophie

Nach dem verunglückten Ersthelfer-Kurs verlor ich kein Wort mehr über Moritz oder das, was an diesem Nachmittag passiert war. Und zum Glück hatte ich auch vorher niemandem außer Kiki davon erzählt, sodass keiner auf die Idee kommen konnte, mich danach zu fragen, wie zum Beispiel mein Chef, der sich sicher gefreut hätte, einen weiteren offiziellen Ersthelfer für unsere Filiale melden zu können. Aber dazu hätte ich eine Bescheinigung vorlegen müssen, und die hatte ich nicht bekommen, weil mir der ganze wichtige Teil mit der Wiederbelebung fehlte. Irgendwann würde ich das bestimmt nachholen und den Kurs noch einmal machen. Später, so wie Moritz es mir von Anfang an geraten hatte.

Ich versuchte auch ihn zu vergessen und mein Leben wieder auf die Reihe zu kriegen – ohne Alex, ohne meinen Rettungsdienst-Schutzengel und ohne diese ständigen Was-wäre-wenn-Fragen. Außerdem war Hochsommer und es war viel zu schön, um sich in der Wohnung zu verkriechen und Trübsal zu blasen. Stattdessen drängte eine leise Stimme in mir, dass ich das tun sollte, was ich bei solch einem strahlenden Wetter immer am liebsten getan hatte, und diese Stimme wurde zunehmend lauter. Also überwand ich mich irgendwann und holte meine Inline-Skater hervor. Minutenlang starrte ich sie einfach nur an, versank in Erinnerungen und vergoss ein paar Tränen, denn das Inlineskaten war so ein gemeinsames Ding von Alex und mir gewesen.

Als wir Kinder waren, waren wir an manchen Tagen gefühlt nur auf Rollen unterwegs gewesen und hatten unsere Eltern manchmal zur Verzweiflung getrieben, wenn wir auch auf Schotterpisten oder im Supermarkt darauf bestanden hatten, die Dinger anzubehalten. Gleich hinter unserer Siedlung begannen die Felder, und die geteerten Wege dazwischen waren unser Reich. Dort konnten wir laufen ohne Ende und es kam kaum mal ein Traktor geschweige denn ein Auto vorbei. Wir liebten es, Wettrennen miteinander zu machen. Wir liebten es, uns gegenseitig das Rückwärts-Laufen und andere Tricks beizubringen. Wir liebten es, uns am anderen Ende der Felder am Waldrand erschöpft auf eine Bank fallen zu lassen und einfach nur zusammen zu sein. Und faszinierenderweise liebten wir das alles als Erwachsene auch noch. Als Alex bei meinem Umzug plötzlich die Inliner in die Hände gefallen waren, hatte er sie grinsend hochgehalten, und kaum, dass wir die letzten Kartons in die Wohnung geschleppt hatten, waren wir losgezogen und er hatte mir seine Lieblingsstrecke gezeigt, durch die Auen an einem Bach entlang aus der Stadt raus bis zu einem kleinen See und noch weiter durch die Wiesen dahinter. Unser neues Reich. Wenn es die Zeit erlaubte, hatten wir uns die Rollen untergeschnallt und waren zusammen losgelaufen, und schon allein die Vorstellung, es ohne ihn zu tun, tat furchtbar weh. Doch als ich es schließlich wagte, zu dem kleinen Parkplatz an den Auen fuhr, mir die Inliner anzog und erst zögernd, dann immer entschlossener einen Fuß vor den anderen setzte, machte es plötzlich klick und ich konnte mir nichts Schöneres mehr vorstellen. Zum einen war ich Alex auf einmal wieder ganz nah, aber auf eine gute Art und Weise, die nicht gleich wieder in einem Heulkrampf endete. Zum anderen packte mich plötzlich wieder dieses Glücksgefühl, das bei körperlicher Anstrengung entstand, und das in diesem Moment so intensiv war, dass ich schlagartig süchtig danach wurde. Diese Freiheit. Diese Leere im Kopf. Dieses Komplett-abschalten-können. Ich wollte es wieder und wieder spüren und wenn das Wetter es zuließ, machte ich mich nach der Frühschicht oder am Wochenende auf den Weg.

Als Kiki davon hörte, rümpfte sie nur die Nase. „Inline-Skaten? Oh Gott. Dazu muss man sich ja bewegen."

„Ja, das ist in der Regel ganz hilfreich", erklärte ich lachend.

„Also mir reicht es, wenn ich hier im Laden schon den ganzen Tag rumrenne." Meine Freundin schüttelte verständnislos den Kopf, sah mich an und lächelte dann. „Aber dir scheint das ja echt gut zu tun. Ich mache mir nur ein bisschen Sorgen, dass du dabei alleine bist. Du musst wieder mehr unter Menschen, Süße, bevor du als einsame alte Jungfer endest."

„Was denn?", protestierte ich. „War ich nicht am Samstag gerade erst mit dir und Ben im Kino und danach noch was trinken?"

„Ja. Nachdem ich tagelang gebettelt habe."

Ich atmete tief durch und zog es vor zu schweigen. Sie hatte ja recht. Aber es war halt auch nicht so prickelnd, den ganzen Abend als fünftes Rad am Wagen neben einem turtelnden Pärchen zu sitzen. Und die Alternativen waren eher mau. Früher war ich Teil einer ganzen Clique gewesen, die Alex während des Studiums um sich herum aufgebaut hatte. Doch mit seinem Tod war auch diese Verbindung gestorben. Und einen eigenen Freundeskreis hatte ich hier in den letzten vier Jahren außer Kiki nicht gefunden. Wie auch? Entweder hatte ich im Laden gestanden, war mit Alex und seinen Leuten unterwegs gewesen oder hatte die langen Wochenenden zu Hause bei meinen Eltern verbracht.

„Hey." Kiki stupste mich freundschaftlich in die Seite. „Jetzt machst du die nächsten zwei Wochen erst mal schön Urlaub, und dann gucken wir mal weiter. Ich hab zum Beispiel überlegt, mich Ende August für einen Zumba-Kurs anzumelden. Hättest du nicht auch Lust?"

Wie bitte?! Hatte meine Freundin gerade Zumba gesagt? Direkt nachdem sie mir erklärt hatte, dass ihr die Bewegung im Laden schon reichte? Ich versuchte ein Lachen zu unterdrücken, scheiterte allerdings kläglich.

„Was denn?", maulte Kiki beleidigt.

„Du weißt schon, dass man sich dabei auch bewegen muss, oder?"

„Ja-ha." Sie verdrehte die Augen. „Klugscheißerin! Also was ist? Immer dienstags. Ich hab da normalerweise frei, du wünschst dir eine Frühschicht und los geht's. Alleine mach ich das eh nicht, also bitte, bitte, bitte komm mit und tritt meinem inneren Schweinehund in den Hintern. Ich muss echt was machen, sonst werde ich diese Röllchen nie los."

Sie deutete anklagend auf ein klitzekleines bisschen Hüftgold.

„Na, wenn das so ist", kicherte ich amüsiert.

„War das ein Ja?"

„Hab ich überhaupt die Chance, Nein zu sagen, du Nervensäge?"

„Nö!" Sie fiel mir freudestrahlend um den Hals, und damit war es dann wohl beschlossene Sache. Aber ehrlich gesagt hatte ich vor Monaten selbst schon mal über Zumba nachgedacht, denn ich tanzte unglaublich gerne und powerte mich auch gerne mal aus. Einen Versuch war es also auf jeden Fall wert. Schon allein deshalb, weil ich noch dringend eine Alternative für Regentage brauchte, an denen ich mich nicht draußen mit den Inlinern verausgaben konnte.

Als Kiki mich also am nächsten Tag mit einem Zettel winkend empfing, war ich überzeugt davon, dass es sich dabei nur um ein Anmeldeformular für den Zumba-Kurs handeln konnte. Doch weiter hätte ich nicht danebenliegen können.

„Ich hab da was für dich", sagte sie grinsend und hielt mir erwartungsvoll das Stück Papier entgegen, das verdächtig nach einem unserer Abholfachzettel aussah, die wir den Kundenbestellungen zuordneten. Der Name darauf lautete Morgenthal, vom Vornamen konnte man nur noch ein M erkennen, weil das Feld dafür zu Ende war und schon die Kundennummer folgte.

Fragend schaute ich meine Freundin an. „Was soll das sein?"

„Der Schlüssel zu deinem Rettungs-Sani", erklärte sie triumphierend. „Er war vorhin hier und hat ein Buch abgeholt. Ich hab schon nachgeguckt. Name, Adresse, E-Mail-Adresse – alles da." Sie wedelte immer noch auffordernd mit dem Blatt vor meiner Nase herum.

Ich streckte zögernd die Hand danach aus, während mein Herz einen seltsamen Hüpfer außer der Reihe machte. Seit wir uns im Café voneinander verabschiedet hatten, hatte ich mühsam versucht, Moritz zu vergessen, so wie ich es andersrum auch von ihm gefordert hatte, damit wir es irgendwie schaffen konnten, die Erinnerung an den Unfall zu verdrängen und weiterzumachen. Also ich jedenfalls, denn für ihn war es ja nur ein Arbeitseinsatz gewesen – wenn auch kein ganz normaler. Nicht, dass das wirklich funktioniert hätte. Aber zumindest kriegte ich es mittlerweile einigermaßen hin, meine Gedanken schnell in eine andere Richtung zu zwingen, wenn sie mal wieder zu ihm abdrifteten. Bis jetzt.

„Hast du schon mal was von Datenschutz gehört?", versuchte ich vom eigentlichen Thema abzulenken und zog wesentlich weniger euphorisch als Kiki die Stirn in Falten.

Sie gluckste amüsiert. „Ein einfaches ‚Danke, Kiki' hätte auch gereicht. Also ich muss sagen, das ist echt ein Sahneschnittchen. Und total nett. Ich hoffe nur, dass er dieses Einsteigerbuch über Facebook für jemand anderen bestellt hat, denn sonst wäre er ja schon ein bisschen von gestern."

Ich stöhnte in komischer Verzweiflung auf, verkniff es mir allerdings, sie darauf hinzuweisen, dass es uns nichts anging, welche Bücher unsere Kunden bestellten und warum, denn ihre Antwort wäre ohnehin nur ein unbekümmertes: „Bleibt doch unter uns", gewesen. Stattdessen betrachtete ich diesen eigentlich so nichtssagenden Zettel in meiner Hand. Morgenthal war also sein Nachname. Moritz Morgenthal. Zweimal Mo. Irgendwie süß. Prompt sah ich ein paar dunkle Augen vor mir, in denen so viel Mitgefühl und Fürsorge lag, dass mir ein wohliger Schauer über den Rücken rieselte.

Ich schüttelte mich innerlich und blickte wieder zu Kiki auf. „Und was soll ich jetzt damit?", fragte ich unwillig.

Sie zuckte immer noch grinsend mit den Schultern. „Man kann ja nie wissen. Vielleicht musst du noch mal von ihm gerettet werden oder so und hast seine Nummer verloren. Dann kriegst du ihn wenigstens darüber noch."

„Wenn ich noch mal gerettet werden muss, rufe ich die 112", grummelte ich und wusste selbst nicht, warum sie mich plötzlich so nervte.

Kikis Mundwinkel rutschten enttäuscht nach unten. „Dann eben nicht. Ich hatte nur das Gefühl, dass das mehr zwischen euch ist, als nur so eine Retter-und-Unfallopfer-Geschichte."

„Ja, das ist es auch", stimmte ich ihr traurig zu. „Wenn du es genau wissen willst, gerät alles in mir in Wallung, sobald ich ihn nur sehe oder von ihm höre. Und weißt du auch warum? Weil ich dann sofort wieder da bin, am Unfallort, und Alex neben mir sitzt und stirbt." Beim Reden mischte sich immer mehr Ärger in meine Stimme und als ich schließlich fertig war, konnte ich diesen Gefühlssturm in mir kaum noch bändigen.

„Aber …" Sie brach ab und verstummte, bevor sie noch ein kleinlautes: „Sorry", hinterherschob.

Wir sahen uns schweigend an, als wir plötzlich von einem trällernden: „Guten Morgen, die Damen", unterbrochen wurden. Unsere Bereichsleiterin kam mit ausgestreckter Hand auf uns zu, um uns überschwänglich zu begrüßen. Mist! War das angekündigt gewesen, dass die heute kam? Unwillkürlich wanderte mein Blick an mir herunter. Ordentliche dunkelblaue Hose, dezentes Oberteil, alles okay. Blitzschnell faltete ich den Zettel zusammen und ließ ihn in meiner Jackentasche verschwinden, tauschte mit Kiki einen Auch-das-noch-Blick, schüttelte mit einem gezwungenen Lächeln die Hand meiner Ober-Chefin und verdrückte mich dann schnell nach hinten, um meine Sachen wegzubringen und mich für den Dienstbeginn zu rüsten.

Nur noch heute und morgen, redete ich mir im Stillen gut zu. Dann ist endlich Urlaub.

Den hatte ich mittlerweile dringend nötig, auch wenn ich gleichzeitig etwas Angst davor hatte. Zwei Wochen, in denen ich mich nicht mit der Arbeit ablenken konnte. Zwei Wochen, in denen ich nicht wie geplant mit Alex und seinen Freunden zu einem Open-Air-Konzert fahren würde. Zwei Wochen, in denen ich alleine mit meinen Gedanken war. Aber zum Glück waren da noch meine Cousine Hannah und ihre beiden Kinder, die mich gefragt hatten, ob ich für eine Woche mit ihnen ans Meer fahren wollte. Ihr Mann hatte kurzfristig den Job gewechselt und würde deshalb nicht mitkommen können, sodass Hannah beinah den ganzen Urlaub abgesagt hätte. Bis wir uns zu dieser Schicksalsgemeinschaft zusammengefunden hatten. Für ihre Zwillinge Leonie und Laura war ich seitdem die Größte. Und die beiden für mich, denn was hätte mich besser auf Trab halten können als zwei siebenjährige Mädchen, die mich beinah ununterbrochen vollplapperten?

Doch vorher musste ich meine letzten beiden Arbeitstage rumkriegen. Und durch das überraschende Auftauchen unserer Bereichsleitung und ihre tausend Anweisungen, was wir mal noch wo wie umräumen sollten, vergaß ich tatsächlich die Szene mit Kiki und dem Abholfachzettel. Meine Freundin erwähnte es auch mit keinem Wort mehr, wahrscheinlich weil sie Angst hatte, damit wieder in der Wunde herumzubohren. Und so schnappte ich mir am Abend meine Jacke, die ich wegen eines sonnigen Wetterumschwungs gar nicht mehr brauchte, hängte sie zu Hause achtlos an den Garderobenhaken, nahm sie erst eine Woche später wieder runter, um sie mit in den Urlaub zu nehmen, und dachte absolut nicht mehr daran, was dort in der Tasche steckte. Bis ich mich an unserem zweiten Abend am Meer zu einem Strandspaziergang aufmachte.

Den Tag über hatten wir mit den Kindern eine Wattwanderung gemacht, Sandburgen gebaut und Federball gespielt, doch die Mädels waren einfach nicht müde geworden und hatten immer noch mehr Action gefordert. Umso mehr genoss ich die Ruhe, als ich am Abend schließlich noch einmal alleine über den Deich spazierte und mir den Wind um die Nase wehen ließ. Der Strand war mittlerweile fast menschenleer. Plätschernd brachte die Flut das Wasser zurück, und ich blieb für einen Moment einfach stehen, atmete die salzige Nordseeluft ein und schaute raus auf den Horizont. Ich liebte das Meer und es war eine richtig gute Idee gewesen, mit Hannah und den Kindern herzukommen. Hier konnte ich tatsächlich ein bisschen abschalten und einfach nur mal die Seele baumeln lassen. Sogar etwas Farbe hatte ich schon bekommen, denn seit unserer Ankunft hatte ununterbrochen die Sonne geschienen, und bei meinem Hauttyp ließ die Bräune da nicht lange auf sich warten. Jetzt am Abend hatte der Wind allerdings merklich aufgefrischt, und ich war froh, dass ich vorsichtshalber meine Jacke übergezogen hatte. Gedankenverloren ließ ich meinen Blick über den Strand schweifen, beschloss dann wieder umzukehren und vergrub fröstelnd die Hände in den Taschen.

Als meine Finger das Stück Papier berührten, dachte ich im ersten Moment an einen alten Einkaufszettel. Aber als ich es hervorzog, um es in den nächsten Mülleimer zu werfen, und den Namen darauf entdeckte, verwandelte sich der Zettel in ein glühendes Stück Kohle. Jedenfalls fühlte es sich so an, als hätte ich mich gerade daran verbrannt.

Moritz! Schlagartig schossen mir wieder tausend Gedanken durch den Kopf, die ich doch gerade erst so mühsam verdrängt hatte. Seine besänftigende Stimme, mit der er mich aus dem zerstörten Auto locken wollte. Seine ruhigen Hände, mit denen er mir den Kopfverband anlegte. Sein ernster Blick, mit dem er mir nicht darauf antwortete, ob Alex es schaffen würde. Seine starken Arme, die mich mittlerweile mehr als einmal aufgefangen hatten.

Es war wie ein Schlag in die Magengrube, und ich verfluchte Kiki dafür, dass sie mir diesen verdammten Zettel gegeben hatte. Wozu sollte das schon gut sein? Dass ich jetzt hier am Meer stand, weit weg von allem, und von diesem Schmerz und der furchtbaren Trauer eingeholt werden konnte? Vielen Dank auch!

Aufgewühlt zerriss ich das Blatt Papier in winzig kleine Fetzen und versenkte sie im nächsten Mülleimer. Aber das, was darauf gestanden hatte, ließ sich nicht so einfach entsorgen und kreiste immer wieder in meinem Kopf herum. *Morgenthal, M. Digitale Welt für Einsteiger – Facebook.* Ob er wohl bei Facebook war? Oder ob er tatsächlich so von gestern war, wie Kiki gemeint hatte, und sich erst mal einlesen musste? Es wäre möglicherweise ein Leichtes, das herauszufinden. Aber warum wollte ich das überhaupt wissen?

Ich atmete tief durch und beobachtete einen Moment lang vollkommen reglos die ans Ufer rollenden Wellen, in der Hoffnung, dass mich das wieder etwas beruhigen würde. Aber Pustekuchen. Wie sollte das auch funktionieren, wenn im gleichen Rhythmus die Erinnerungen durch mein Hirn schwappten? Moritz – schwapp. Der Unfall – schwapp. Alex – schwapp. Wieder Moritz – schwapp.

Nein! Geh weg!

Verzweifelt wischte ich mir die Tränen aus dem Gesicht und schlich mit hängenden Schultern zurück zu unserer Unterkunft. Das war's dann wohl mit Abschalten und Seele baumeln lassen. Zwei Tage und ich war wieder zurück in diesem Scherbenhaufen, der sich mein Leben nannte.

Als ich in unserer urigen Ferienwohnung ankam, lag Hannah mit einem Buch und einer Tasse Tee auf dem Sofa und empfing mich mit einem erschrockenen: „Sophie! Was ist passiert?“

Statt zu antworten, fing ich wieder an zu weinen. Und in den nächsten zwei Stunden erzählte ich meiner Cousine alles, was mir seit dem Unfall auf der Seele lag. Hannah hörte mir geduldig zu und kaute anschließend einen Moment schweigend auf ihrer Unterlippe herum.

„Das mit dem Zettel ist ein Zeichen, Sophie“, meinte sie schließlich nachdenklich.

Ich stieß ein verächtliches Zischen aus. „Natürlich ist das ein Zeichen. Ein Zeichen dafür, dass ich mit meiner Freundin mal noch ein ernstes Wörtchen reden muss. Wie soll ich das denn bitte schön alles hinter mir lassen, wenn sie mir nur mit so einem blöden Zettel vor der Nase rumwedeln muss, und alles wieder da ist?“

„Du wirst das sowieso nie ganz vergessen können“, erwiderte meine Cousine sanft, aber bestimmt. „Und was, wenn das mit diesem Sanitäter wirklich noch nicht zu Ende ist? Wenn da noch etwas Größeres hintersteckt, als du denkst?“

„Quatsch! Was soll denn das sein?“

„Keine Ahnung. Aber irgendetwas muss es bedeuten, denn nichts passiert einfach nur so.“

Ich verdrehte innerlich die Augen. Hannah und ihr esoterisches Geschwafel. Für sie gab es keine Zufälle, sondern alles im Leben passierte immer aus einem ganz bestimmten Grund. Ich hätte ja zu gerne gewusst, welchen es dafür geben sollte, dass mein bester Freund sterben musste! Aber das konnte auch sie mir nicht erklären. Diskutieren war allerdings erfahrungsgemäß zwecklos, also gab ich nur ein undefinierbares Brummen von mir und zog mich kurz darauf in mein Schlafzimmer zurück. In meinem Lieblingsschlafshirt und mit Kuschelsocken kroch ich ins Bett und wollte vor dem Schlafen noch ein paar Seiten lesen, doch ich war mit den Gedanken überall, nur nicht bei meinem Roman.

Das ist ein Zeichen, Sophie!, hämmerte es in meinem Kopf herum. Immer und immer wieder. Bis ich es nicht mehr aushielt, und bevor ich wusste, was ich tat, holte ich meinen Laptop hervor, den ich eigentlich nur deshalb mitgenommen hatte, um mit Hannah ein paar Filme gucken zu können, wenn mal wieder nur Mist im Fernsehen lief, und loggte mich bei Facebook ein.

Es war ein uraltes Profil, zu dem Alex mich irgendwann mal bequatscht hatte, denn eigentlich war ich nicht so der Typ, der in sämtlichen sozialen Netzwerken unterwegs sein musste. Dementsprechend hatte ich meine Seite auch nie wirklich gepflegt, sondern eigentlich nur dazu genutzt zu gucken, was andere so machten. Und für das ich, wie immer, wenn ich anonym bleiben wollte, einen Fake-Namen verwendete. Die echte Sophie Wattenberg gab es bei Facebook nicht. Und wenn irgendjemand verstehen konnte, dass Moritz in der Hinsicht möglicherweise ziemlich von gestern war, dann war das wohl ich. Blieb also die Frage, ob er überhaupt dort zu finden war.

Ich atmete noch einmal tief durch und gab dann in die Suchzeile seinen Namen ein. Es gab viele Treffer für Morgenthal, allerdings keinen Moritz darunter. So viel dazu, ob dieser blöde Abholfachzettel ein Zeichen mit einer tieferen Bedeutung war! Hatte ich das nicht gleich gesagt? Also was zum Teufel machte ich hier eigentlich gerade?

Ich streckte die Hand aus, um mich bei Facebook auszuloggen, aber irgendwie entwickelten meine Finger auf dem Weg dorthin ein Eigenleben und tippten in die Suchzeile noch einmal die Worte „Moritz“ und „Rettungsassistent“ ein. Diesmal gab es genau einen Treffer, bei dem es sich natürlich auch um irgendeinen anderen Rettungsassistenten namens Moritz handeln konnte. Aber mein Bauchgefühl sagte mir, dass es niemand anderes als mein Sani war, und plötzlich war ich doch furchtbar neugierig, was ich auf seiner Seite entdecken würde. Entschlossen klickte ich den Link an, woraufhin mir als Erstes ein Rettungswagen mit Blaulicht ins Auge fiel. Vor Schreck klappte ich den Laptop zu und schnappte nach Luft. Mein Herz raste. Ich hatte mit dem privaten Moritz gerechnet, mit einem Steckbrief und ein paar albernen Fotos vielleicht. Aber Blaulicht?

Sei nicht blöd, Sophie!, schimpfte ich mit mir selbst. Er ist Rettungsassistent und das ist einfach nur sein Job! Als wenn du dich selbst nicht auch mit einem Haufen Bücher darstellen würdest!

Vorsichtig klappte ich den Deckel wieder auf, gab erneut mein Passwort ein und wappnete mich vor dem, was ich gleich zu sehen kriegen würde. Ich versuchte es zumindest, denn das, was ich schließlich las, riss mir völlig den Boden unter den Füßen weg.

Diese Seite ist für alle, die wie ich Lebensretter sind und täglich alles geben, um anderen zu helfen. Für alle, deren

Leben schon einmal gerettet wurde, aber auch die, die es leider nicht mehr geschafft haben. Und ganz besonders für alle, die durch unterlassene Hilfeleistung, Gaffen und Blockieren der Rettungskräfte verhindern, dass jemandem geholfen werden kann.

Mein Name ist Moritz, und ich selbst bin seit elf Jahren im Rettungsdienst unterwegs. Ich habe meinen Job immer geliebt und schon vieles erlebt, sowohl Gutes als auch Schlechtes. Aber seit einiger Zeit gibt es einen Trend, der mir Angst macht, und genau deshalb habe ich mich dazu entschieden, euch darüber aufzuklären. Denn anscheinend gibt es immer mehr Menschen,

… die nicht wissen, wie man eine Rettungsgasse bildet oder keine bilden wollen oder – noch schlimmer – sie für ihre eigenen Zwecke nutzen und keine Ahnung haben, was sie damit anrichten.

… die keine Erste Hilfe leisten, weil sie es nicht können, nicht wollen oder Angst davor haben, etwas falsch zu machen.

… die ihre Smartphones lieber dazu nutzen, Unfallopfer beim Sterben zu filmen oder zu fotografieren, statt damit Hilfe zu rufen und eben das zu verhindern.

… die gaffen und im Weg rumstehen und sich freuen, dass es nicht sie selbst erwischt hat, ohne darüber nachzudenken, wie es wäre, wenn sie selbst verletzt oder sogar tot dort liegen würden und alle nur zugucken.

Mir ist klar, dass ich mit dieser Seite nicht die Welt retten kann. Aber wenn auch nur einer meiner Leser dadurch zur Vernunft kommt, hat das Ganze schon seinen Zweck erfüllt. Trotzdem hoffe ich natürlich darauf, dass es mehr sind, und dass ihr es teilt und weiter verbreitet. Denn letztendlich ist es doch so: Der nächste Notfall könntest genau du sein! Und was, wenn dann nur alle im Weg rumstehen, filmen oder nichts anderes tun, als diejenigen zu behindern, die dir wirklich helfen wollen? Schon mal drüber nachgedacht? Falls nicht, dann solltest du dringend damit anfangen und unbedingt weiterlesen …

Mit jedem Wort schnürte sich mir die Kehle mehr zu, und irgendwann sah ich vor lauter Tränen nur noch einen verschwommen Buchstabenbrei. Fassungslos schüttelte ich den Kopf und fing noch mal von vorne an, doch das Ergebnis blieb dasselbe: Das hier war definitiv mein Moritz, und er hatte offensichtlich eine Facebook-Seite ins Leben gerufen, um sich in einem öffentlichen Appell an all jene zu wenden, die dafür verantwortlich waren, dass Alex und vielen anderen nicht mehr geholfen werden konnte. Mir war klar gewesen, dass ihn unser Unfall irgendwie mehr mitgenommen hatte als andere. Aber das hier? Das war einfach unglaublich!

Ein bittersüßer Schmerz machte sich in meiner Brust breit, und wie aus dem Nichts tauchten zwei sanfte, dunkle Augen vor mir auf.

„Wer bist du? Und warum tust du das?“, flüsterte ich gerührt, doch das Display meines Laptops gab mir keine Antwort. Das heißt, doch, irgendwie tat es das schon. Es stand ja alles da. Und als ich schließlich weiterlas, bekam ich eine Gänsehaut. Denn es handelte sich um niemand anderen als Alex und mich, auch wenn Moritz es so konkret nicht geschrieben hatte. In seinem Bericht ging es nicht um eine Zeit, einen Ort oder Namen, weil er solche Details wahrscheinlich auch gar nicht veröffentlichen durfte, sondern einfach nur um einen anonymen Unfall, bei dem wegen einer blockierten Rettungsgasse mindestens 15 Minuten wertvoller Zeit verloren gegangen waren.

15 Minuten, in denen der junge Mann vielleicht noch hätte gerettet werden können. Bei unseren Einsätzen zählt oft jede einzelne davon, manchmal sogar jede Sekunde. Für alle, die sich das vielleicht nicht vorstellen können, hier eine kleine Statistik (die im Übrigen auch gleichzeitig deutlich macht, wie wichtig es ist, Erste Hilfe zu leisten):

Pro Minute, die bei einem Herzstillstand vergeht, bis jemand mit den Wiederbelebungsmaßnahmen anfängt, verringert sich die Wahrscheinlichkeit, dass der Betroffene überlebt, um etwa 10 Prozent.

Das sind gerade einmal 10 Minuten Zeit. 10! Nicht 25, wie wir in dem Beispiel oben gebraucht haben, um zu ihm zu gelangen! Natürlich könnte man jetzt sagen, dass das Herz dieses jungen Mannes ja vielleicht gerade erst zwei Minuten vor unserem Eintreffen aufgehört hat zu schlagen. Aber glaubt ihr das wirklich? Ich nicht.

Noch Fragen also, wie es sich anfühlt, wenn man nicht nur die durchschnittlichen 8-12 Minuten bis zu einem Einsatzort braucht (je nachdem ob Stadt oder Land), sondern drei Mal so lange? Und das sage ich als Retter. Könnt ihr euch vorstellen, wie es sich da erst für die Opfer anfühlen muss?

Es war das erste Mal, dass ich dermaßen hilflos und wütend bei einem Einsatz war. Doch es kommt noch schlim-

mer, denn im Nachhinein musste ich feststellen, dass es bei Weitem nicht der erste Fall in dieser Art war. Beispiele gefällig?

Es folgte eine Reihe von Links zu irgendwelchen Nachrichtenportalen. Nicht sehr viele, aber trotzdem definitiv zu viele. Und das war sicher nur eine Auswahl von Fällen.

Zögernd verharrten meine Finger über dem Touchpad und ich überlegte, ob ich das wirklich sehen wollte. Aber ich steckte eh schon mitten in einem Hurrikan an Gefühlen, da kam es darauf wahrscheinlich auch nicht mehr an, also klickte ich den ersten Link an. Und den nächsten. Und den nächsten. Und ich konnte nicht mehr aufhören zu weinen.

Warum tust du dir das an?, wisperte eine leise Stimme in meinem Inneren.

Ja, warum eigentlich? Weil ich überhaupt erst damit angefangen hatte, mir die Seite von Moritz anzugucken, und es jetzt kein Zurück mehr gab! Ich wollte sehen, was er gesehen hatte. Ich wollte wissen, was er wusste. Und ich wollte verstehen, was ihn dazu gebracht hatte, dies alles ins Leben zu rufen. Also wischte ich entschlossen die Tränen weg und machte weiter, auch wenn mir der folgende Abschnitt alles abverlangte, denn Moritz schrieb:

Das ist ziemlich heftig, oder? Besonders diese Fälle, wo ein paar Schlaumeier meinen, in der Rettungsgasse wenden zu müssen oder selbst schnell mit durchzuhuschen. Leute, das kann nur schiefgehen und führt dann zu noch mehr Chaos! Also macht es lieber andersrum, denn je schneller die

Rettungskräfte vor Ort helfen können, desto schneller ist die Straße auch wieder frei. Für alle.

Nach diesem ganz speziellen Unfall bei mir auf der Autobahn hat eine der Betroffenen zu mir gesagt, dass sie nicht sicher ist, was schlimmer wäre: Wenn ihr Unfall ein trauriger Einzelfall war und es einfach nur Pech war, dass sie zur falschen Zeit die falschen Fahrer hinter sich im Stau hatte. Oder wenn es tatsächlich immer wieder überall passiert, weil dann doch irgendetwas nicht mehr mit dieser Welt stimmen kann, in der diese Rettungsgassen-Blockierer dafür verantwortlich sind, ob jemand überlebt oder nicht. Ich kann ihr da nur aus tiefster Seele zustimmen und hoffe, dass auch ihr kapiert, worum es hier gerade geht. Also helft mit, diese Welt wieder zurechtzurücken!

Und für alle, die vielleicht einfach nicht wissen, wie sie sich richtig verhalten sollen, hier noch einmal ein Crashkurs für die perfekte Rettungsgasse.

Es folgte die bildliche Darstellung einer zwei-, drei- und vierspurigen Autobahn, auf der zu sehen war, wer sich wo einzuordnen hatte. So, wie man es schon in der Fahrschule lernte: Die auf der linken Spur müssen ganz nach links rüber, der Rest so weit wie möglich nach rechts, wobei der Standstreifen in der Regel jedoch frei bleiben sollte.

Unwillkürlich sah ich Alex und mich wieder aus Hamburg nach Hause fahren, und wie er bei jedem Stau und stockenden Verkehr den Wagen sofort nach ganz außen gelenkt hatte. Er hatte also gewusst, wie es richtig geht, und auch ganz automatisch gemacht. Aber das nützte ihm jetzt auch nichts mehr.

Für einen Moment gab ich mich einfach meiner Trauer hin und weinte um meinen besten Freund, der mir so schrecklich fehlte und der jetzt hier sein und mich tröstend in den Arm nehmen sollte. Ich konnte mir genau vorstellen, wie er mit mir zusammen diese Seite ansehen würde und total begeistert davon wäre. Nur dass es diese Seite wahrscheinlich gar nicht geben würde, wenn die Rettungskräfte rechtzeitig bei uns angekommen wären und Alex nicht gestorben wäre. Wenn, wenn, wenn! Scheiße!

Schniefend krabbelte ich aus dem Bett, um mir eine neue Packung Taschentücher zu holen, putzte mir die Nase und schaute mir dann auch noch das YouTube-Video an, zu dem Moritz einen Link gepostet hatte. Es war ein Film, der 2016 im Miniatur Wunderland in Hamburg aufgenommen worden war und anhand der kleinen Modellautos und -figuren Szenen zeigte, wie es bei einem Feuerwehreinsatz über weite Strecken gut, aber zwischendrin eben auch schlecht lief mit der Rettungsgasse, weil Autofahrer ihren Wagen mittendrin stehen ließen, um mit dem Hund Gassi zu gehen oder die Kinder am Straßenrand Blumen pflücken zu lassen. Natürlich war das etwas überspitzt dargestellt, aber es sollte ja auch wirken. Und das tat es. Besonders beim zweiten Mal, denn erst jetzt fiel mir der Akku-ähnliche Balken oben im Bild auf und das blinkende Herz, das im Laufe des Films von Grün über Gelb zu Rot wechselte, bis kurz vor dem Erreichen des Unfallortes der Ladebalken leer war und ein intensives Piepen deutlich machte, dass es für die Opfer zu spät war. Zu spät. Wie bei Alex.

Sekundenlang starrte ich vollkommen reglos auf den Bildschirm, auf dem das Video weiterlief und zeigte, wie das mit der Rettungsgasse richtig ging, doch ich nahm es gar nicht mehr wahr, sondern hörte immer weiter diesen eindringlichen Piep-Ton. Zu spät. Zu spät, zu spät, zu spät.

Als ich wieder zu mir kam, schüttelte ich mich, um dieses schreckliche Bild von einem leblosen Alex wieder loszuwerden und betrachtete noch einmal vollkommen überwältigt die ganze Seite von oben bis unten. Moritz war nirgendwo selbst zu sehen, aber er hatte wirklich ganze Arbeit geleistet, und ich spürte, wie eine Welle der Dankbarkeit durch mich hindurchrollte. Und plötzlich wusste ich auch, was Hannah mit ihrem Zeichen gemeint hatte. Es hatte tatsächlich alles seinen Grund, denn hätte Kiki mir nicht den Zettel gegeben, hätte ich diese Seite möglicherweise nie entdeckt. Völlig verrückt irgendwie.

Ich scrollte wieder nach ganz unten und sah, dass es auch schon eine Reihe von Kommentaren gab. Viele positive, die Moritz lobten und dankten und ihn aufforderten, unbedingt mit dieser Seite weiterzumachen. Doch es waren auch ein paar ätzende dabei, die ihn als Weltverbesserer verspotteten und meinten, der tolle Rettungssanitäter sollte sich mal nicht als der große Held aufspielen. Arschlöcher! Wie wär's, wenn die mal damit anfangen würden, den Unterschied zwischen Rettungssanitäter und Rettungsassistent zu lernen? Grummelnd scrollte ich weiter und freute mich, als ich sah, dass solche Kommentare gleich Kontra von anderen bekamen. Gut so!

Ich las und las und las, und merkte, wie sich tief in mir etwas zusammenbraute und rauswollte. Etwas, das gesagt werden wollte. Etwas, das stärker war als jeder Zweifel, wie es danach weitergehen würde. Etwas, das sich unter dem Deckmantel meines falschen Facebook-Namens verstecken konnte. Und bevor ich noch zu Ende darüber nachgedacht hatte, hatte ich schon auf *„eigenen Kommentar verfassen“* geklickt.

Moritz

Stundenlang hatte ich gegrübelt und vor mich hin gebrütet, ob ich das mit der Facebook-Seite machen sollte oder nicht. Ich hatte mit Chris nächtelang diskutiert, wie sie aussehen könnte und welchen Zweck sie erfüllen sollte. Ich hatte mit unserem Chef abgeklärt, was ich auf einer solchen Seite veröffentlichen durfte und was nicht. Ich hatte mir ein Anleitungsbuch für Facebook bestellt, weil ich es wenn, dann richtig machen wollte – und leider vergeblich darauf gehofft, beim Abholen zufällig auf Sophie zu treffen. Ich hatte Julia das Ganze als ein Gemeinschafts-Projekt im Kollegenkreis verkauft und ein wenig begeistertes: „Wenn du meinst", dafür geerntet. Aber bei allen Zweifeln hatte ich von Anfang an gewusst, dass ich etwas tun musste. Etwas tun wollte. Für Sophie und ihren toten Freund und all die anderen da draußen.

Das Schreiben an sich ging dann fast wie von selbst und fand unter meinen Kollegen, die ich kurzerhand zu Testlesern machte, sofort volle Zustimmung und brachte mir einen Haufen Vorschläge und Ideen, was ich nach der Rettungsgasse als weitere Themen noch unbedingt bringen sollte. Ich musste sie geradezu bremsen in ihrer Euphorie und fühlte mich gleichzeitig wie ein kleiner Junge, der von der Lehrerin vor der ganzen Klasse für seinen Aufsatz gelobt wurde. Trotzdem machte ich mir vor Aufregung fast in die Hose, als ich die Seite schließlich vollkommen öffentlich online stellte.

Sofort tauchten darunter die ersten Kommentare auf, die natürlich in erster Linie von den lieben Kollegen stammten. Aber dann mischten sich auch außenstehende darunter, und mit jedem positiven Kommentar wuchsen mein Stolz und der Wille, weiterzumachen und meine Gedanken in die Welt hinauszuschreien. Egal was die Stänkerer sagten, denn die lieferten nur den Beweis dafür, dass es noch genug Schwachköpfe auf dieser Welt gab, deren Gehirnzellen mal reanimiert werden mussten. Natürlich hätte ich solche Kommentare auch löschen oder darauf antworten können. Doch das war mir irgendwie zu blöd. Stattdessen beobachtete ich lieber amüsiert, wie es von denen, die mir wohlgesonnen waren, ein paar gepfefferte Reaktionen hagelte.

Nur einen Wermutstropfen gab es an der ganzen Sache und das war die Tatsache, dass ich nicht wusste, ob auch Sophie meine Seite schon entdeckt hatte. Einerseits wünschte ich es mir, denn sie war schließlich der Auslöser dafür gewesen. Andererseits nicht, weil ich mir vorstellen konnte, wie schmerzhaft es für sie sein musste, damit wieder an den Unfall mit all seinen schrecklichen Details erinnert zu werden. Ich hatte allerdings auch keine Ahnung, wie ich das herausfinden oder sie auf die Seite aufmerksam machen sollte. Ich konnte ja schlecht zu ihr in die Buchhandlung gehen und sagen: „Übrigens, falls du es noch nicht gesehen hast, ich hab da mal eine Facebook-Seite für dich an den Start gebracht.“ Sie wollte vergessen. Sie wollte mich nicht mehr sehen. Und somit wollte sie erst recht nicht ausgerechnet von mir mit der Nase auf ihren schlimmsten Albtraum gestoßen werden.

Vergiss es, Momo!, ermahnte ich mich selbst. Du hast es für sie getan, und das muss reichen, auch wenn sie es vielleicht niemals sehen wird.

Soweit die Theorie. In der Wirklichkeit sah das natürlich anders aus, zumindest innerlich, denn niemand außer mir wusste, dass ich bei jedem einzelnen Wort, das ich geschrieben hatte, Sophie vor Augen gehabt hatte. Und das war auch besser so. Julia war ohnehin noch skeptischer als sonst, vor allem seit sie mitbekommen hatte, dass die Seite doch nur unter meinem Namen lief, und ich vermied es tunlichst, in ihrer Gegenwart nach neuen Kommentaren zu schauen. Für sie war das nach wie vor Teil meiner Arbeit und hatte zu Hause nichts zu suchen. Dass ich stattdessen neuerdings immer noch ein paar Minuten früher zum Dienst fuhr oder später nach Hause kam, schien sie nicht zu bemerken. Aber bei meinem ihrer Meinung nach blöden Job war es ja eh nichts mit festen Arbeitszeiten.

So saß ich auch am Montag knapp eine Woche nach Veröffentlichung meiner Seite nach Dienstende noch in der Rettungswache und schaute mir auf dem Smartphone die neuesten Kommentare an. Chris war ebenfalls noch da und vertilgte die Reste seiner asiatischen Nudeln, die tagsüber Opfer mehrerer Einsätze geworden waren. Es war ein anstrengender Tag gewesen, und ich war froh, dass ich morgen frei hatte.

„Und? Wie viele Likes hast du jetzt schon beisammen?", wollte mein Freund kauend wissen.

„Hm?", machte ich unkonzentriert, weil ich gerade in einen neuen, relativ umfangreichen Kommentar vertieft war. „Keine Ahnung."

Ohne ihn weiter zu beachten, las ich weiter und runzelte nachdenklich die Stirn. Das, was meine Augen sahen, passte irgendwie nicht zu dem, was mein Kopf sich dabei dachte. Ganz zu schweigen von meinem Herz, das plötzlich einen Gang zulegte.

„Hallo, Erde an Momo!", riss Chris mich aus den Gedanken. „Was ist los? Du guckst, als hättest du gerade ein Gespenst gesehen."

Wortlos schob ich ihm mein Smartphone rüber, damit er selbst den Kommentar von einer gewissen Marie Hanning lesen konnte. Ich selbst hatte ihn mittlerweile schon zweimal durch, und jedes Wort davon hatte sich in mir festgebrannt.

Man kann sich nicht vorstellen, wie sich so etwas für die Opfer anfühlt, hatte sie geschrieben. *Nicht, wenn man es nicht selbst erlebt hat. Ich konnte es auch nicht, bis ich plötzlich mittendrin war, und ich sage euch: Es ist die Hölle. Du sitzt da in diesem völlig zerstörten Auto, neben dir dein Freund, schwer verletzt und vollkommen reglos, und niemand kommt, um euch zu helfen. Von all den Menschen, die da hinter dir im Stau stehen, kommen gerade einmal zwei, die aber nichts machen können, weil dein Freund eingeklemmt ist und die Rettungskräfte der Feuerwehr braucht. Die Rettungskräfte, die du hören kannst. Deren Blaulicht du im Rückspiegel schon sehen kannst. Aber die einfach nicht bei dir ankommen, und du weißt nicht wieso. Du hast so schreckliche Angst und bist so verdammt hilflos, während Minute um Minute vergeht, in denen du deinem Freund nur noch beim Sterben zusehen kannst. Und nachher kann dir nicht einmal jemand sagen, ob er es geschafft hätte, wenn die Rettungskräfte schneller durchgekommen wären. Ich persönlich glaube ganz fest daran, aber leider wurde uns allen die Chance genommen, es herauszufinden.*

Ihr mit euren spöttischen Kommentaren sagt bestimmt, dass er eh keine Chance hatte. Aber genau ihr seid wahrscheinlich auch diejenigen, die eine Seite wie diese dringend nötig haben. Ich wünsche wirklich niemandem, dass er oder sie so etwas wie ich durchmachen muss. Aber dafür muss jeder seinen Teil beitragen. Und es kann doch echt nicht so schwer sein, eine einfache Rettungsgasse zu bilden, oder? Wer wirklich nicht weiß, wie es geht – siehe oben. Alle anderen: Hirn einschalten! Und auch, wenn man es sich nicht wirklich vorstellen kann: Denkt mal drüber nach, wie es wäre, wenn ihr da beim nächsten Mal eine gefühlte Ewigkeit sitzen müsst und niemand kommt euch zu Hilfe! Dann werdet vielleicht auch ihr die Arbeit der Rettungskräfte endlich mit anderen Augen sehen und für eine Seite wie diese unendlich dankbar sein – wenn ihr es denn dann noch könnt …

„Wow“, meinte Chris beeindruckt, nachdem er zu Ende gelesen hatte. „Das hat mal gesessen.“

„Hmhmm.“ Ich nahm mein Smartphone wieder von ihm entgegen und starrte erneut auf diesen Namen. Marie Hanning. Das konnte nicht sein. Ich hätte meine Seele dafür verwettet, dass es Sophie war, die diesen Kommentar geschrieben hatte.

„Hey." Chris fuchtelte mit der Hand vor meinem Gesicht herum. „Momo, jetzt bleib mal locker. Es war doch klar, dass es auch Opfer geben würde, die deine Seite lesen und dass das ziemlich schmerzhaft werden könnte. Aber sieh es doch mal so: Du hast denen hiermit auch eine Möglichkeit gegeben, mal Dampf abzulassen. Und wen der Kommentar von dieser Marie nicht beeindruckt, der muss echt ein Herz aus Stein haben."

Ich schüttelte langsam den Kopf und sah ihn an. „Das ist es nicht. Nicht nur."

„Was denn dann?"

„Das ist Sophie."

„Wie jetzt? Welche Sophie denn? Da steht doch ein ganz anderer Name drüber."

Ich stieß geräuschvoll die Luft aus und fuhr mir mit der Hand durch die Haare. „Ich weiß. Aber hast du nicht selbst gesagt, dass sich bei Facebook ständig Leute andere Namen geben? Und das hier ist die Sophie von unserem Chaos-Unfall."

Chris zog überrascht die Augenbrauen hoch, nahm mein Smartphone und las den Kommentar noch mal.

„Dass uns die Chance genommen wurde, es herauszufinden, habe ich original so zu ihr gesagt", erklärte ich meinem Freund. „Und auch der Rest passt einfach so gut zu ihr."

„Hm", machte er. „Also wenn das wirklich stimmt – Hut ab. Die hat echt Temperament."

Ich lächelte nur und schwieg.

„Und was hast du jetzt vor?“

„Keine Ahnung.“

Alles in mir drängte danach, ihr sofort zurückzuschreiben und ihr zu erklären, dass ich wusste, wer sie war. Aber würde ich mir damit nicht ein Eigentor schießen? Sie hatte doch gesagt, dass sie nichts mehr mit mir zu tun haben wollte. Und sie hatte mich in ihrem Kommentar auch nicht ein Mal direkt angesprochen, sondern sich genau wie ich an all die Übeltäter dort draußen gewandt.

In meinem Kopf fing ein Karussell von tausend Fragen an, sich zu drehen. Wie hatte sie meine Seite gefunden? Was hatte sie beim Lesen gefühlt? Ging es ihr gut, oder hatte ich damit nur wieder ihre Wunde aufgerissen? Warum nannte sie sich Marie? Und wie konnte ich auf ihren Kommentar antworten, ohne dass sie sich bedrängt fühlte und sich wieder von mir zurückzog?

„Junge, Junge, die hat's dir aber echt angetan“, bemerkte Chris. „Pass bloß auf, dass deine Julia das nicht mitkriegt. Die könnte sonst wer weiß was denken.“

„Blödsinn“, knurrte ich ärgerlich. „Das geht hier um die Sache und nicht um eine andere Frau.“

„Die dich aber mächtig beeindruckt hat, das musst du zugeben.“

„Wenn du das sagst“, gab ich unwillig zurück und stand auf. „Ich fahre jetzt jedenfalls nach Hause. Zu Julia und niemandem sonst.“

Er grinste mich vielsagend an. „Grüß schön. Und lass dich von ihr ein bisschen auf andere Gedanken bringen.“

Ich verpasste ihm eine Kopfnuss, steckte mein Smartphone ein und ging.

Auf andere Gedanken bringen – ha! Als wenn das so einfach wäre. Aber irgendwie musste ich es schaffen, den Schalter in meinem Kopf wieder umzulegen, wenn ich keinen Streit mit meiner Freundin riskieren wollte. Zum Glück war sie heute beim Yoga und bekam gar nicht erst mit, wie spät ich mal wieder nach Hause kam.

Ich warf einen Blick auf die Uhr. Zwanzig nach acht. Wenn ich mich beeilte, könnte ich Julia überraschen und von ihrem Kurs abholen. Dann könnten wir vielleicht noch ein Eis essen gehen oder so. Darüber würde sie sich sicher freuen. Und mit Sophie oder Marie konnte ich mich dann morgen noch den ganzen Tag beschäftigen.

Sophie

Nach einer sehr kurzen Nacht ging es am nächsten Tag gleich mit dem vollen Kinderbeschäftigungsprogramm los, und nach Schwimmbad, Minigolf und Eis essen hatte ich erst am späten Nachmittag etwas Zeit für mich. Eigentlich wollte ich mich einfach auf der Terrasse in den Strandkorb setzen und etwas lesen, doch als ich nach oben ging, um mein Buch zu holen, fiel mein Blick auf meinen Laptop. Und wie von einer magischen Kraft angezogen klappte ich ihn auf und loggte mich bei Facebook ein. Ich hatte keine Ahnung warum, denn ich glaubte kaum, dass Moritz schon wieder direkt den nächsten Beitrag veröffentlicht hatte. Wollte ich sehen, ob es Reaktionen auf meinen Kommentar gab? Vielleicht. Wobei ich da nicht mit viel anderem rechnete als dem, was Moritz bereits an Kommentaren bekommen hatte. Höchstens eine Prise mehr Mitleid so als persönlich Betroffene. Doch das war mir egal. Das Wichtigste war mir ohnehin der letzte Satz gewesen. Ich hatte ihn nur für Moritz geschrieben, und ich hoffte, dass er das auch so verstand. Auch wenn er nicht wusste, wer ich war.

Mein Blick fiel auf die kleine rote Eins, die anzeigte, dass sich in meinem Postfach eine Nachricht befand. Und schlagartig schoss mein Puls in die Höhe. Jemand hatte mir direkt geschrieben, nicht einfach nur auf meinen

Kommentar reagiert. Und mir war sofort klar, dass das nur Moritz sein konnte. Mit zitternden Fingern lenkte ich die Maus auf das Postfach und öffnete die Nachrichtenanfrage.

Liebe Marie, hatte er geschrieben. *Ich hoffe, es ist okay, dass ich dir auf diesem Weg schreibe, aber das, was ich dir sagen will, müssen nicht alle öffentlich mitkriegen. Dein Kommentar hat mich sehr berührt und es tut mir leid, dass du deinen Freund auf diese tragische Weise verloren hast. Du hast recht, man kann sich nicht vorstellen, wie sich das anfühlt. Und viele wollen es sicher auch gar nicht. Aber vielleicht hast du es ja geschafft, sie ein bisschen wachzurütteln.*

Ich fand deine Ansage jedenfalls sehr beeindruckend und mutig, vor allem weil es bestimmt nicht leicht für dich war, dass ich mit meiner Seite noch mal in deiner Wunde herumgebohrt habe. Also vielen Dank dafür! Und ich wünsche dir, dass du irgendwann darüber hinwegkommen wirst und wieder glücklich sein kannst. Herzliche Grüße, Moritz

Ich schluckte schwer und las die Nachricht mit tränenblinden Augen ein zweites Mal. Hätte ich nicht sowieso gewusst, dass er es war, hätte ich trotzdem in jeder Zeile Moritz wiedererkannt. Selbst per Facebook-Nachricht und trotz der Tatsache, dass er mich für jemand anderen hielt, war er so einfühlsam, dass es sich anfühlte wie eine tröstende Umarmung. In mir machte sich ein warmes Gefühl breit und rangelte mit dem altbekannten Schmerz um die Vorherrschaft. Irgendwie war ich froh, Moritz kennengelernt zu haben. Ich wünschte nur, es wäre unter anderen Umständen passiert.

Gedankenverloren starrte ich eine Weile auf den Bildschirm, während mir eine einsame Träne über die Wange rollte. Ich war hin und her gerissen zwischen dem, was mein Kopf und mein Bauch mir sagten. Sollte ich ihm zurückschreiben, obwohl ich doch gesagt hatte, dass es besser für uns wäre, wenn wir uns nicht mehr sehen oder hören?

Bauch sagt zu Kopf ja, doch Kopf sagt zu Bauch nein, und zwischen den beiden steh ich, sang Mark Forster in meinem Hinterkopf.

Na toll! Das war ja wahnsinnig hilfreich. Hieß es da nicht auch irgendwo Herz über Kopf? Ach nee, das war ja schon wieder ein anderes Lied.

Plötzlich polterten Laura und Leonie an meine Tür und standen im nächsten Moment im Zimmer, um zu fragen, ob ich mit ihnen zum Strand gehen würde. Ihre Mutter weigerte sich anscheinend, weil sie sich am Morgen schon einen Sonnenbrand eingefangen hatte, sodass die beiden jetzt bettelnd vor mir standen und mich so treuherzig anschauten, dass ich unmöglich Nein sagen konnte. Aber vielleicht war ein bisschen Ablenkung jetzt ja auch genau das Richtige, also überließ ich Kopf und Bauch und Herz ihrem Kampf und ging so lange ein paar Muscheln sammeln. Hannah würde sicher zu viel kriegen, wenn die Zwillinge noch mehr davon anschleppten. Aber wenn es ihnen Spaß machte … Wir machten sogar einen kleinen Wettkampf daraus, wer die schönste, größte, bunteste Muschel fand, wobei ich absichtlich nur ein paar langweilige, blasse aus dem Sand zog und den Mädels die anderen überließ, als hätte ich sie nicht gesehen.

„Guck mal, Sophie!", rief Leonie plötzlich und zeigte mir auf der ausgestreckten Hand eine Muschel, die wie ein Herz aussah.

„Die ist ja toll", sagte ich und war mir ziemlich sicher, dass die Siegerin damit feststand. Doch statt sie ihrer Schwester jubelnd unter die Nase zu halten, betrachtete Leonie die Muschel einen Moment andächtig und streckte sie mir dann entgegen.

„Die schenke ich dir", erklärte sie ernsthaft.

Ich sah sie überrascht an. „Echt? Wie komme ich denn zu der Ehre?"

Die Kleine zuckte mit den Schultern, als wäre es kein großer Verlust, und meinte: „Weil du immer so traurig bist wegen Alex. Mama hat gesagt, wir sollen dir deshalb einen ganz tollen Urlaub machen, und mit der Muschel kannst du dich immer daran erinnern."

„Genau", stimmte Laura ihr zu, die unbemerkt neben uns Stellung bezogen hatte.

Ich schluckte schwer, sah die beiden an und versuchte mühsam die Tränen zurückzuhalten, denn die Augen drohten mir gerade genauso überzulaufen wie mein Herz.

„Danke. Das ist so lieb von euch", schniefte ich und zog die Zwillinge fest in meine Arme.

Während sich die Mädchen anschließend fröhlich auf die Suche nach der zweitschönsten Muschel machten, betrachtete ich nachdenklich das Herz in meiner Hand und hatte dabei Hannahs Stimme im Ohr: Das ist ein Zeichen, Sophie!

Na klar! Amüsiert schüttelte ich über mich selbst den Kopf, atmete tief die klare Seeluft ein und verstaute das

Ding dann vorsichtig in meiner Tasche. Doch der Gedanke daran ließ mich nicht los.

Herz über Kopf. Das wollte mir das Schicksal wohl sagen, oder? Also würde ich Moritz am Abend noch einmal schreiben. Was hatte ich denn schon zu verlieren? Ich war Marie, eine völlig Fremde für ihn, die nichts mit seinem Unfall zu tun hatte und von wer weiß wo herkommen konnte.

Und wenn ich mir das selbst nur lange genug einredete, dann würde ich vielleicht auch Alex da raushalten können und mit ihm diesen hartnäckigen Schmerz.

Facebook-Nachricht von Marie an Moritz

Mittwoch 09. August 2017, 22:16 Uhr

Lieber Moritz!

Vielen Dank für deine Nachricht. Du hast recht, so ist es besser als vor den Augen dieser Stänkerer mit ihren bescheuerten Kommentaren. Und du hast auch recht damit, dass mich deine Seite im ersten Moment wieder ziemlich aus der Bahn geworfen hat. Aber dann war ich einfach nur noch glücklich und dankbar, dass endlich mal jemand was tut, um diese Idioten zur Vernunft zu bringen. Ich hoffe so sehr, dass du Erfolg damit hast.

Glaubst du wirklich, dass viele gar nicht wissen, wie die Rettungsgasse geht? Das lernt man doch schon in der Fahrschule, oder? Dieses Video aus dem Miniatur Wunderland ist jedenfalls toll gemacht. Ich habe darüber nachgedacht, nach weiteren solchen Sachen zu googeln, habe aber Angst davor, was ich dabei entdecken könnte und dass ich dann nur noch mehr heulen muss.

Hattest du als Rettungsassistent eigentlich schon einmal einen Einsatz, bei dem jemand komplett ausgetrocknet war, weil er zu viel geweint hatte? Manchmal fühle ich mich, als wäre ich kurz davor.

Ach, vergiss es. Keine Ahnung, warum ich dir das überhaupt schreibe. Menschen in Trauer sind glaub ich nicht ganz zurechnungsfähig. Aber damit erzähle ich dir ja sicher auch nichts Neues. Eigentlich wollte ich auch nur noch einmal Danke sagen und dass ich es großartig finde, was du hier angefangen hast. Mach weiter so! Sei ein Weltverbesserer und lass die Stänkerer rumstänkern. Denn du musst dich nicht als Held aufspielen. Du bist einer – für all diejenigen, die am Ende der Rettungsgasse auf Menschen wie dich warten.

Liebe Grüße, Marie

Facebook-Nachricht von Moritz an Marie

Donnerstag 10. August 2017, 19:21 Uhr

Liebe Marie!

Nein, so einen Einsatz hatte ich noch nicht, und es wäre mir auch lieber, wenn ich ihn niemals haben muss, weil da hoffentlich immer jemand ist, der Menschen wie dich tröstet, bevor es so weit kommt. Und keine Sorge, du kannst mir gerne alles erzählen. Ich verspreche auch, dass ich dir nicht gleich die Kollegen für eine Einlieferung in die Psychiatrie schicke. Denn du bist sicher vieles im Moment, aber bestimmt nicht unzurechnungsfähig. Darf ich fragen, wie lange der Unfall mit deinem Freund schon her ist? Magst du mir davon erzählen?

Übrigens wissen laut einer Forsa-Umfrage im Auftrag der Johanniter-Unfall-Hilfe aus dem letzten Jahr 41 Prozent der Führerscheinbesitzer nicht, wie man die Rettungsgasse richtig bildet. Auf einer zweispurigen Autobahn wohlgemerkt. Auf einer dreispurigen sind es sogar 64 Prozent. Das ist echt heftig, oder? Dabei lernt man es nicht nur in der Fahrschule, sondern auch in den Erste-Hilfe-Kursen, und die sollte man ja eigentlich alle zwei Jahre mal auffrischen.

Das mit dem Googeln lass mal lieber sein. Dabei kriegt man abwechselnd das Heulen und das Kotzen (Sorry!) und man möchte wirklich gerne so manchen in die Psychiatrie einliefern. Erspar dir das bitte! Du hast bestimmt genug mit deinen eigenen Sorgen zu tun. Es reicht schon, dass du überhaupt meine Seite entdeckt hast. Ich freue mich natürlich über dein Lob und deine Motivation, aber wenn ich daran denke, wie weh es dir und anderen Betroffenen tun muss, das zu lesen, bricht es mir das Herz.

Lass dich nicht unterkriegen! Und wenn du dich bei mir ausheulen willst – nur zu. Sollte es mit der Flüssigkeitsmenge wirklich kritisch werden, schwinge ich mich in mein großes rotes Auto und komme mit einer großen Tränen-Infusion vorbei, versprochen. ;-)

Liebe Grüße, Moritz

Sophie

Eine Tränen-Infusion? Ich musste lachen. Der Kerl war nicht nur einfühlsam, sondern auch witzig. Und seine Nachrichten fühlten sich so vertraut an, als meinte er wirklich mich, Sophie. Einerseits wünschte ich mir, dass es so wäre. Andererseits hatte ich Angst davor, denn wenn er wüsste, dass ich es war, würde es bestimmt auch nicht mehr lange dauern, bis er wieder vor mir stand, um persönlich mit mir zu reden. Und ich war mir ziemlich sicher, dass mein wackeliges Seelenleben das nicht überstehen würde.

So dagegen war alles okay, und ich war erleichtert, als er nach dem Unfall fragte, denn damit konnte ich mir sicher sein, dass er Marie schrieb, und nicht mir. Bevor ich auch nur darüber nachdenken konnte, tippte ich eine Antwort, weil ich aus irgendeinem undefinierbaren Grund nicht wollte, dass diese Form von Kontakt zu ihm wieder abriss. Allerdings erzählte ich keinerlei Einzelheiten über *Maries* Unfall, denn entweder hätte er damit sofort alles erraten, oder ich hätte ihn anlügen müssen. Und beides wollte ich nicht. Zum Glück war er sensibel genug, nicht weiter nachzubohren und stellte auch sonst keine persönlichen Fragen. Stattdessen blieben wir in den nächsten Tagen hauptsächlich ganz nah am Thema Rettungsdienst.

Moritz erzählte mir, wie ihn sein Kollege zu dieser Facebook-Seite motiviert hatte und dass er seitdem unzählige Nachrichten und Berichte von Kollegen aus ganz Deutschland bekam, die ihre eigenen Erlebnisse mit ihm teilten und Vorschläge für weitere Themen auf seiner Seite machten. Zwischen den Zeilen konnte ich spüren, wie stolz er einerseits darauf war, und wie erschüttert auf der anderen, weil es so immer mehr und mehr Geschichten von Ignoranten, Blockierern, Gaffern und anderen Idioten wurden. Er ersparte mir die Details, aber mir war klar, dass es weitaus schlimmer war, als ich mir vorstellen konnte. Überraschenderweise katapultierte mich all das allerdings nicht sofort zurück in meinen eigenen Albtraum, sondern ich fand es unglaublich spannend, Moritz' Erzählungen zu folgen. Mir gefiel die Art, wie er über diese Dinge berichtete, denn seine Texte waren immer an der passenden Stelle gut überlegt, berührend oder auch gespickt mit Ironie und Witz. Er hätte bestimmt auch gut ein Buch über sein Leben als Rettungsassistent schreiben können, und was das anging, war ich schließlich die Fachfrau. Nur dass ich ihm das nicht sagen konnte, ohne mich zu verraten. Also fragte ich ihn lieber, wie er darauf gekommen war, Rettungsassistent zu werden, und war einigermaßen sprachlos, als ich seine Antwort las.

Moritz schrieb, dass er vierzehn war, als er den Entschluss gefasst hatte, und dass es einen ganz bestimmten Anlass dafür gegeben hatte, für den er allerdings etwas weiter ausholen musste. Und so erfuhr ich, dass er als Kind knapp zehn Jahre lang in Schweden gelebt hatte, nachdem sein Vater dort die Leitung eines Tochterunternehmens seiner Firma übernommen hatte, und seine ganze Familie auswanderte, als Moritz drei und seine Schwester fünf war. Sie waren beide zwei- bzw. dreisprachig aufgewachsen, denn neben Deutsch und Schwedisch hatten sie auch schon früh Englisch gelernt, wie es in den skandinavischen Ländern üblich ist. Genau so, wie es dort ganz selbstverständlich ist, dass die Kinder schon im Grundschulalter Erste Hilfe lernen und immer und immer wieder darin geschult werden, sodass anders als bei uns erst gar keine Berührungsängste entstehen.

Verblüfft hielt ich beim Lesen inne. Hatte ich genau das nicht neulich auch erst in meinem gescheiterten Erste-Hilfe-Kurs gehört? Wie war das noch? Da ging es glaub ich darum, dass in den skandinavischen Ländern 65 Prozent der Bevölkerung im Notfall sofort mit Wiederbelebungsmaßnahmen anfingen, während es bei uns in Deutschland gerade mal magere 34 Prozent waren, bis vor ein paar Jahren sogar nur 16 Prozent. Und dass der Grund dafür in eben diesem komplett anderen Ansatz lag, an das Thema heranzugehen.

Ich überlegte, wann ich eigentlich zum ersten Mal mit dem Thema in Berührung gekommen war, und erinnerte mich, dass es in der zehnten Klasse mal so einen Kurs mit zwei furchtbar drögen Leuten vom Roten Kreuz gegeben hatte, bei dem alles nur zum einen Ohr rein und zum anderen wieder rausgegangen war. Wirklich ernst geworden war es dann erst mit dem Führerschein, aber auch das war so ein Pflichtprogramm gewesen, mit dem Ergebnis, dass man sich einfach nur wünschte, nie mit so etwas zu tun zu bekommen. Himmel, wie naiv konnte man eigentlich sein?!

Moritz jedenfalls war seit frühester Kindheit für jeden Notfall gerüstet, und das so selbstverständlich, dass er gar nicht weiter darüber nachdachte, was für ein wertvolles Wissen er in sich trug, als er mit dreizehn zurück nach Deutschland kam. Bis ein paar Monate später plötzlich seine Mathe-Lehrerin mitten im Unterricht bewusstlos zusammenbrach und niemand reagierte. Fassungslos blickte er in die Runde, stürzte nach vorne, um ihr zu helfen und brüllte einen Mitschüler in der ersten Reihe an, loszulaufen und den Notarzt rufen zu lassen. Alle anderen standen nur da und guckten, während er vergeblich Puls und Atmung prüfte und verzweifelt mit der Herzdruckmassage anfing. Alleine als Vierzehnjähriger, eine gefühlte Ewigkeit lang, bis er erst von einem herbeigeeilten Lehrer aus dem Nebenzimmer und dann von den Sanitätern abgelöst wurde. Vollgepumpt mit Adrenalin und zitternd von der Aufregung und Anstrengung, wurde er von der Direktorin aus dem Klassenzimmer gebracht, raus auf den Gang an seinen Mitschülern vorbei, die ihn ansahen, als käme er von einem anderen Stern. Nicht, dass sie das nicht schon öfter getan hatten, seit er neu in ihre Klasse gekommen war und sich als der große Englisch-Überflieger entpuppt hatte. Aber diesmal war es anders, und als sich letztendlich herumsprach, dass er seiner Lehrerin das Leben gerettet hatte, wurde er an der Schule plötzlich als der große Held gefeiert. Moritz allerdings war das unangenehm. Er war kein Held. Er hatte einfach nur getan, was getan werden musste und konnte nicht verstehen, warum niemand sonst dazu auch nur ansatzweise in der Lage gewesen war. Doch das sollte sich in den nächsten Jahren dank dieses Vorfalls im Unterricht und seiner Hilfe ändern, und als er fünf Jahre später die Schule mit dem Abitur verließ, gab es zumindest an diesem Gymnasium einen gut ausgebildeten Schulsanitätsdienst. Aber nicht nur das. Bei Moritz selbst hatte sich dieses Gefühl, tatsächlich ein Leben gerettet zu haben, so tief eingebrannt, dass von dem Moment an für ihn feststand, genau das zu seinem Beruf zu machen. Vom Schülerpraktikum über den Zivildienst bis durch die Ausbildung hielt er unbeirrbar daran fest und war so zu dem Rettungsassistenten geworden, den ich heute kannte.

Vollkommen überwältigt betrachtete ich den umfangreichen Text vor mir auf dem Bildschirm und versuchte mir die Szene bildlich vorzustellen. Ein vierzehnjähriger Junge, der eine erwachsene Frau reanimierte. Der mehr konnte, als ich mit sechsundzwanzig auf die Reihe kriegen würde. Unglaublich!

Ich zögerte nur kurz, dann schrieb ich ihm postwendend eine kurze Antwort: *Lieber Moritz! Ich bin gerade echt sprachlos und weiß nicht mal genau, ob das daran liegt, dass mich deine Geschichte so beeindruckt hat oder doch eher daran, wie schockiert ich darüber bin, dass wir Deutschen das nicht mal ansatzweise so gut hinkriegen. Wie hältst du das hier nur aus bei diesem unwissenden Volk? An deiner Stelle wäre ich wahrscheinlich gleich wieder nach Schweden ausgewandert. Andererseits bin ich unendlich froh, dass du es nicht getan hast, denn wer sollte sonst dafür sorgen, dass es auch hier besser wird? Liebe Grüße, Marie*

Ich zuckte erschrocken zusammen, als keine zwei Minuten später eine neue Nachricht von ihm aufploppte. Irgendwie war es mir völlig entgangen, dass neben seinem Namen das Online-Symbol angezeigt wurde, und in meinem Magen machte sich ein nervöses Grummeln bemerkbar. Das war dann jetzt wohl keine moderne Version einer Lieber-Moritz-liebe-Marie-Brieffreundschaft mehr, sondern ein echter Live-Chat. Puh!

Ich atmete tief durch und las, was er geschrieben hatte.

Liebe Marie! Es war nicht meine Absicht, dich zu beeindrucken. Es ist nur leider eine wahre Geschichte, und tatsächlich wünsche ich mich manchmal zurück nach Schweden. Dabei könnte es so einfach sein, das hier auch einzuführen, oder? Unsere lieben Politiker müssten ja nicht mal etwas neu erfinden, sondern es nur den Schweden nachmachen. Einfach mal auf den Tisch hauen und sagen: So isses ab jetzt. Aber es gibt da wohl Dinge zwischen Himmel und Erde, die so ein einfacher Sani wie ich nicht versteht.

Das klang ganz schön resigniert. Aber Moritz hatte doch recht, oder? Was war denn so schwer daran zu sagen, dass ab sofort jeder von klein auf in Erster Hilfe geschult werden sollte? 34 Prozent waren schon ziemlich mager. Und ich wollte lieber gar nicht darüber nachdenken, wie viele Leute bei dem Unfall von Alex und mir statistisch gesehen nichts getan hatten, um diese zwei zu finden, die versucht hatten, sich gleichzeitig um sechs Verletzte und zwei unter Schock stehende Beteiligte zu kümmern.

Hast du jemals daran gedacht, alles hinzuschmeißen?, schrieb ich zurück und klickte auf Senden, bevor mir auffiel, dass das vielleicht eine blöde Frage war.

Moritz' Antwort war genauso knapp wie eindeutig: *Nein.*

Darüber war ich so verblüfft, dass meine Finger wie von selbst nachhakten: *Nicht mal beim allerschlimmsten Einsatz?*

Nein. Zugegeben, manchmal ist es echt hart, aber dann gibt es auch wieder andere Fälle, und du weißt, wofür du das Ganze eigentlich machst.

Ich musste lächeln, weil das nach genau dem Moritz klang, den ich mittlerweile ein wenig zu kennen glaubte.

Das ist jetzt aber wirklich beeindruckend, schrieb ich zurück. *Wie machst du das nur? Es gibt Tage, an denen gehen mir meine Kunden so auf die Nerven, dass ich am liebsten sofort in einen einsamen Bürojob wechseln würde.*

Vielleicht liegt das daran, dass meine Patienten gerade in den schlimmsten Fällen nicht mehr in der Lage sind, mir auf die Nerven zu gehen.

Er hatte einen zwinkernden Emoji dahintergesetzt, aber trotzdem fühlte ich mich gerade unglaublich blöd. Was musste er nur von mir denken, wenn ich mit solchen Luxusproblemchen daherkam? Verlegen kaute ich auf meiner Unterlippe und war froh, dass er mich nicht sehen konnte.

Sorry! Das war Jammern auf ganz hohem Niveau, was?, versuchte ich meinen Fehltritt wieder auszubügeln.

Alles gut. Ist ja alles irgendwie relativ. Und es bleiben ja noch genug Gelegenheiten übrig, bei denen wir auch angemotzt werden. Weißt du, was mein Kollege dann immer sagt? Lass sie meckern und rumbrüllen. Wenn sie erst mit einem Herzinfarkt am Boden liegen, dann haben wir wieder das Sagen.

Wie weise, schrieb ich lachend zurück.

Ja, so ist er, der gute alte Chris. Noch ein Zwinker-Emoji.

Danach herrschte für einen Moment Schweigen im großen weiten Facebook-Netz. Aber selbst das fühlte sich gut und vertraut an.

Mir brannte eine Frage unter den Fingern, von der ich selbst nicht so genau wusste, ob ich die Antwort wirklich wissen wollte. Aber es interessierte mich plötzlich, wie unerschütterlich er tatsächlich war. Wie unerschütterlich er sein musste, um in diesem Job bestehen zu können. Denn mir war klar, dass der Unfall mit Alex – abgesehen von der blockierten Rettungsgasse – für ihn wahrscheinlich eher in die Kategorie 08/15 fiel. Also schrieb ich ihm schließlich: *Was war der schlimmste Einsatz, den du je hattest? (Falls ich das fragen darf).*

Darfst du. Aber die Antwort willst du nicht wissen.

Okay … Hieß das jetzt, dass es so dermaßen schlimm war oder dass er einfach nur um mein Seelenheil besorgt war und besser wusste als ich, was gut für mich war? Das hatte er schließlich schon mal bewiesen. Wobei … das konnte er ja gar nicht wissen, schließlich war ich in diesem Moment Marie und nicht Sophie. Und trotzdem hörte ich wieder nicht auf ihn, sondern konterte: *Hätte ich sonst gefragt?*

Kann es sein, dass du dich gerne selbst quälst?, kam von ihm die Gegenfrage.

Vielleicht höre ich einfach nur gerne, dass es anderen noch schlechter geht als mir, gab ich mit einem melancholischen Lächeln zurück.

Ach, Marie.

Nur diese zwei Worte, aber ich hörte genau, dass ein tiefer Seufzer darin steckte.

Du darfst mir danach auch gleich von deinem schönsten Einsatz erzählen.

Du bist echt unglaublich, weißt du das?

Ich grinste meinen Bildschirm an, verkniff mir eine Antwort und wartete ab, was passierte.

Also gut, du hast es nicht anders gewollt, schrieb er. Und dann erzählte Moritz mir von einem Einsatz, der eigentlich gar keiner war.

Es war etwa ein halbes Jahr her, als er mit seinem Kollegen Chris einen Krankentransport in eine Spezialklinik nach Münster fahren musste. Eigentlich eine ganz entspannte Sache: Der Patient war stabil und musste einfach nur unter Überwachung dorthin transportiert werden, danach ging es für die beiden wieder zurück nach Hause und direkt in den Feierabend. Eigentlich, denn auf dem Rückweg passierte auf der Autobahn nur ein paar hundert Meter vor ihnen ein Unfall. Ein schwerer Unfall, weil in einem kurzen, aber extrem dichten Nebelfeld die Straße plötzlich spiegelglatt war und niemand damit gerechnet hatte, sodass acht Fahrzeuge bei hoher Geschwindigkeit die Kontrolle verloren und ineinanderkrachten.

Ich schloss entsetzt die Augen und versuchte meinen rasenden Herzschlag wieder in den Griff zu bekommen. Ich sah die Szene nur allzu deutlich vor mir und konnte direkt hören, wie Bremsen quietschten, Glas splitterte und Metall über Metall knirschte.

Scheiße, Sophie, er hat doch gesagt, dass du das nicht hören willst!, polterte eine empörte Stimme in mir. Und sie hatte so recht. Warum tat ich mir das eigentlich an? Warum hatte ich Moritz danach gefragt? Das konnte doch nur schiefgehen!

Mit tränenblinden Augen schaute ich zurück auf den Bildschirm und las, was er noch geschrieben hatte, doch das Einzige, was da stand, war: *Bist du wirklich sicher, dass du wissen willst, wie es weitergeht?*

Nein, dachte ich mit einem traurigen Lächeln, das bin ich nicht. Doch gleichzeitig spürte ich, wie sich eine tiefe Ruhe in mir ausbreitete. Dieselbe Ruhe, die von ihm ausgegangen war, als er mich festgehalten und mit seinen sanften dunklen Augen angesehen hatte. Augen, die schon Schlimmeres gesehen hatten als meine. Hier ging es jetzt gerade um ihn, nicht um mich, also wollte ich es wissen und tippte ein entschlossenes: *Ja*.

Es dauerte einen Moment, dann ploppte der zweite Teil seiner Erzählung vor mir auf. Moritz schrieb, dass er und Chris dort, weit weg von ihrer eigenen Rettungswache, offiziell gar nicht zuständig waren, aber natürlich als Rettungskräfte direkt vor Ort sofort loslegten, nach den Verletzten zu schauen und sich mit der zuständigen Leitstelle in Verbindung zu setzen. Und damit kam der schlimmste Teil an diesem Einsatz. Es war nicht die Anzahl der Verletzten oder die Verletzungen an sich, denn all das hatten die beiden in ihrer Laufbahn schon gesehen. Nein, es war eine einfache Dienstvorschrift, die sie in dem Moment zum ersten Mal selbst anwenden mussten, und die sie an ihre emotionale Grenze brachte. In einem solchen Fall als erste Rettungskräfte vor Ort durften sie nämlich nicht damit anfangen, die Verletzten zu behandeln und möglicherweise ihr Leben zu retten, sondern mussten sich zuerst ein Bild der Gesamtlage machen, schreiende, um Hilfe bettelnde oder bewusstlose Personen nach Dringlichkeit in Kategorien einteilen und Meldung an die Leitstelle machen, damit die Disponenten die entsprechend benötigten Rettungskräfte losschicken konnten.

Immer wieder bist du in Versuchung etwas zu tun, und du weißt, dass der da gerade vor dir sterben wird, wenn du nicht sofort mit der Reanimation loslegst, erklärte Moritz. *Aber du darfst es nicht, denn wenn du das tust, gefährdest du vielleicht in dem Moment das Leben von fünf anderen, für die der Rettungswagen möglicherweise noch nicht mal losgefahren ist. Das Ganze ist ein einziger Albtraum, und seitdem hoffe ich, dass ich so etwas nie wieder erleben muss.*

Oh. Mein. Gott. Fassungslos starrte ich auf den Bildschirm und spürte plötzlich einen unbändigen Drang, jetzt sofort zur Rettungswache zu fahren und Moritz einmal ganz fest in die Arme zu nehmen. Was natürlich völliger Schwachsinn war, denn so lange, wie wir jetzt schon miteinander chatteten, würde er wohl kaum gerade bei der Arbeit sein.

Das war echt heftig, und ich fragte mich, wem ich mit meiner blöden Fragerei gerade mehr geschadet hatte. Mir selbst oder ihm, weil ich das alles wieder aufgewühlt hatte. Oh Mann! Das hatte ich ja echt gut hingekriegt.

Der Cursor vor mir blinkte auffordernd, aber mir fehlten gerade die passenden Worte. Und bevor ich sie gefunden hatte, schrieb Moritz schon wieder.

Marie? Ist alles okay? Ich verfluche mich gerade ein bisschen dafür, dass ich dir das tatsächlich erzählt habe.

Gerührt wischte ich mir die Tränen vom Gesicht und haute in die Tasten: *Ich habe doch gefragt. Und wenn es etwas zu verfluchen gibt, dann das. Tut mir leid, dass du wegen mir zurück in diesen Albtraum musstest. Gerade ich hätte besser wissen müssen, dass man manche Dinge einfach ruhen lassen sollte, und ich fühle mich echt schlecht deswegen. Wenn ich könnte, würde ich dich einmal ganz fest drücken. Und jetzt erzähl mir bitte ganz schnell von deinem allerschönsten Einsatz!*

Nur ein Mal drücken?, kam es von ihm mit Zwinker-Emoji zurück.

Blödmann!, schimpfte ich mit ihm. *Ich hab hier ein riesengroßes schlechtes Gewissen und du nimmst mich auf den Arm!*

Das musst du nicht. Es ist alles okay. Im Gegenteil, ich bin eigentlich froh, wenn ich solche Dinge mal erzählen kann. Nichts ist schlimmer, als alles nur in sich reinzufressen. Denn daran geht man wirklich irgendwann kaputt.

Oh! Ich hielt überrascht inne. So hatte ich das noch gar nicht gesehen. Aber dafür brauchte er doch wohl auch nicht mich. Er hatte schließlich eine Freundin. Ich rief mir ihr Bild vor Augen und stellte mir vor, wie sie ihn nach seinem Dienst auf dem Sofa in die Arme nahm und sich von seinem Tag bzw. seiner Nacht erzählen ließ. Ob er ihr auch von mir erzählt hatte und diesem Rettungsgassen-Chaos? Bestimmt. Und bestimmt war sie stolz auf ihn, dass er das mit der Facebook-Seite angefangen hatte. Ob sie allerdings auch von unserer Schreiberei wusste, wagte ich jetzt mal zu bezweifeln. Nicht, dass sie noch eifersüchtig wurde auf diese Marie.

Ich grinste vergnügt in mich hinein und schrieb: *Dann mal weiter im Text! Was war dein schönstes Erlebnis mit dem großen roten Auto?*

Du wirst lachen, aber dabei war es genau andersrum und es war ein Einsatz, der auf den ersten Blick aussah, als würde er einer der schlimmeren, antwortete Moritz und erzählte schließlich von einer älteren Dame, die seit zwei Tagen nicht mehr gehört und gesehen worden war, nicht ans Telefon gegangen war und nicht die Tür geöffnet hatte, sodass ihre Tochter den Notruf gewählt und um Hilfe gebeten hatte. Der Verdacht lag nahe, dass die Frau hilflos, wenn nicht sogar tot, in ihrer Wohnung lag. Einen Zweitschlüssel hatte nur der Sohn, der allerdings ein paar Tage beruflich verreist war und es versäumt hatte, seiner Schwester den Schlüssel zu geben. Also rückten Moritz und sein Kollege samt Polizei und Feuerwehr an, um die Wohnung zu öffnen und nachzusehen, was da los war. Gerade in dem Moment, in dem die Feuerwehrleute ihr Werkzeug ansetzen wollten, ertönte hinter ihnen jedoch die Stimme einer älteren Frau, die fragte, ob etwas passiert wäre. Es war die Wohnungsbesitzerin selbst, eine rüstige Rentnerin, die sich bester Gesundheit erfreute und einen Herrn im Schlepptau hatte, der eine Reisetasche trug. Wie sich herausstellte, hatte sie ein Honeymoon-Wochenende mit ihrem Freund in einem Wellness-Hotel verbracht und ihrer Tochter nur nichts davon erzählt, weil die so völlig gegen das Techtelmechtel ihrer Mutter war.

Lass mich raten, die Tochter stand bei der Aktion direkt daneben, schrieb ich Moritz kichernd zurück.

Natürlich! Und ihre Gesichtsfarbe hatte plötzlich ziemliche Ähnlichkeit mit dem Feuerwehrauto draußen vor der Tür.

Jetzt prustete ich richtig los und hatte keine Ahnung, wann ich zuletzt so gelacht hatte. *Oh Gott, hör auf! Ich krieg schon Bauchweh vom Lachen.*

Soll ich in mein rotes Auto springen und Erste Hilfe leisten?, kam es von ihm zurück, was die Sache nicht besser machte, denn ich konnte mir nur allzu gut vorstellen, wie seine Augen dabei schelmisch funkelten. Die Vorstellung, dass er tatsächlich zu mir kommen könnte, war allerdings gleichzeitig verlockend und beängstigend. Dabei hatte er nicht einmal eine Ahnung, dass ich ganz in seiner Nähe war. Marie könnte schließlich auch ganz am anderen Ende des Landes wohnen. Genau genommen war ich das bis heute Vormittag auch noch gewesen und gerade erst seit ein paar Stunden wieder aus dem Urlaub zurück in meiner Wohnung. Aber das alles musste er ja gar nicht wissen.

Ich glaube kaum, dass du gerade im Dienst bist, wo du so viel Zeit zum Schreiben hast, antwortete ich ihm lächelnd. Aber da sollte ich mich geirrt haben.

Doch, bin ich. Aber ich bin heute mit dem Notarzt eingeteilt, da muss man nicht ganz so oft raus, wenn man Glück hat. Eigentlich hätte ich freigehabt, aber auch Sanis werden leider mal krank.

Auch interessant. Was mich zu der Frage brachte, was er da so machen musste. Den Notarzt zum Einsatzort fahren natürlich. Nicht nur das, aber grundlegend hätte ich Dummchen mir das ja auch denken können. Moritz erklärte, dass er normalerweise immer mit dem

Rettungswagen unterwegs war, aber in Fällen wie diesem halt auch mal im NEF einspringen musste. NEF musste dann wohl das Notarztfahrzeug sein. Wofür auch immer das E stehen mochte. Einsatz vielleicht? Notarzteinsatzfahrzeug. Klang doch gut, ohne dass ich wieder dumm nachhaken musste. Stattdessen fragte ich ihn, wie seine Arbeitszeiten überhaupt so waren. Dass er in 12-Stunden-Schichten unterwegs war, wusste ich ja schon von unserem Gespräch in der Buchhandlung, aber die würde er ja wohl kaum regelmäßig von Montagmorgens bis Freitagabends fahren, wenn so ein Rettungswagen an allen sieben Wochentagen rund um die Uhr besetzt sein musste.

In der Regel arbeiten wir bei uns in der Wache vier Mal in der Woche jeweils 12 Stunden, antwortete er. *Immer im Wechsel eine Woche Tag- und eine Woche Nachtschicht, von 7 bis 19 oder halt 19 bis 7 Uhr. Die freien Tage wechseln dabei, damit auch jeder mal ein langes Wochenende hat. Oder du hast auch gelegentlich mehr als drei Tage frei, weil unendlich Überstunden aufgebaut wurden, denn oft genug ist es nichts mit pünktlichem Feierabend. Du kannst einen Patienten ja schlecht mitten im Einsatz irgendwo liegen lassen und sagen: So, ich geh jetzt nach Hause, bei uns wird pünktlich gegessen.*

Er hatte ein Emoji dahintergesetzt, aber in Wirklichkeit war das wahrscheinlich nicht so einfach, wenn man nach Feierabend nie richtig was planen konnte.

Kann ich mir vorstellen, schrieb ich zurück. *Aber wie ich dich Sani mit Herz und Seele bisher kennengelernt habe, kommst du ganz gut damit klar, oder?*

Ich ja, ploppte seine Antwort kurz und knapp vor mir auf. So kurz und knapp, dass sie reichlich Platz für Interpretationen ließ. Ich ja. Jemand anders wohl weniger. Seine Freundin? Hm. Irgendwie auch nachvollziehbar, wenn man nie genau wusste, wann der Freund nach Hause kam. Aber es gab schließlich einen guten Grund dafür, und je länger Moritz um das Leben eines Menschen kämpfen musste, umso fester würde ich ihn an ihrer Stelle doch danach in den Arm nehmen, wenn er es endlich geschafft hatte.

Nachdenklich kaute ich auf meiner Unterlippe und überlegte, was ich schreiben sollte, als eine neue Nachricht von Moritz kam.

Muss los. Bis nächstes Mal. Dahinter ein Krankenwagen-Emoji.

Das war dann wohl erst mal das Ende seiner ruhigen Schicht. Ich warf einen Blick auf die Uhr. 21:34 Uhr. Eindeutig Nachtschicht. Ich hatte überhaupt nicht mitbekommen, dass es schon so spät war.

Ich schrieb Moritz ein schnelles: *Bis bald. Pass auf dich auf*, und schaltete den Laptop dann aus. Für einen Moment blieb ich reglos sitzen und ließ den Chat mit ihm in mir nachwirken. Ich hatte heute Abend so viel von ihm erfahren, und tief in mir machte sich das Gefühl breit, dass er ein ganz besonderer Mensch war und ich froh sein konnte, bei dem Unfall ausgerechnet an ihn geraten zu sein. Auch wenn es wehtat, dass er mich gleichzeitig immer an Alex und die schlimmen Minuten auf der Autobahn erinnerte.

„Wenn er nur ein bisschen eher dagewesen wäre, hätte er es bestimmt geschafft, dich zu retten“, flüsterte ich Alex’

Foto an der Wand zu. Und ich hätte schwören können, dass er mir von dem Bild aus zunickte, als wollte er sagen: „Ich weiß."

Völlig eingerostet stand ich schließlich vom Küchentisch auf, streckte mich und ging die Fenster öffnen, um nach der Hitze des Tages ein bisschen kühlere Luft reinzulassen. In der Ferne hörte ich ein einsames Martinshorn heulen. War das Moritz?

Ich schüttelte über mich selbst den Kopf und schimpfte mich eine dumme Nuss. Das konnte jeder sein, die Wache Nord war viel zu weit weg und ich hatte keine Ahnung, in welche Richtung er überhaupt unterwegs war.

Doch letztendlich war es nur das erste von unzähligen Malen, wo ich mir diese Frage stellte, denn bei jedem Rettungswagen, der mir in der nächsten Zeit begegnete, erwischte ich mich wieder bei dem Gedanken, ob es wohl Moritz war, der darin saß. Irgendetwas hatte diese stundenlange Chatterei mit ihm in mir berührt und ihn zu einer Art Freund gemacht. Trotzdem – oder gerade deshalb – hatte ich immer noch furchtbaren Bammel davor, wie es sein würde, wenn er plötzlich vor mir stünde.

Und prompt wäre es in der zweiten Woche nach meinem Urlaub beinah so weit gewesen. Ich hatte mir in der Mittagspause gerade einen Salat im Center geholt und war auf dem Weg zurück in den Laden, als mein Blick ohne besonderen Anlass über die Brüstung auf den Kinderspielplatz im Untergeschoss fiel. Und da entdeckte ich ihn – Moritz zusammen mit seiner Freundin und einem kleinen Mädchen, das vielleicht drei oder vier Jahre alt war und einen unglaublich süßen blonden Lockenkopf hatte.

Wie erstarrt blieb ich stehen und beobachtete gebannt, wie Moritz etwas zu der Kleinen sagte, woraufhin sie ihn erst mit in die Hüften gestemmten Händen anschaute, als wäre er der dümmste Erwachsene der Welt, und sich dann kichernd in seinen Arm kuschelte. Die Szene traf mich mitten ins Herz. Er wirkte so glücklich, und das alles passte so gut zu ihm, dass mir schmerzhaft bewusst wurde, dass ich trotz unserer mittlerweile drei Wochen andauernden Schreiberei eigentlich nichts über ihn wusste. Moritz hatte also eine Tochter. Und zwar eine, die ihren Papa anscheinend über alles liebte, auch ohne dass sie in ihrem zarten Alter wusste, wie unglaublich stolz sie auf ihn sein konnte.

Irgendetwas ziepte in meinem Bauch, doch ich schaffte es einfach nicht, den Blick von den beiden abzuwenden. Also blieb ich reglos stehen und beobachtete weiter, wie sie spielten und lachten, bis Moritz den Kopf hob und sich zu seiner Freundin – oder Frau? – umdrehte und ich erschrocken vom Geländer zurückwich, aus Angst, dass er nach oben schauen und mich entdecken könnte.

Was machte ich hier überhaupt? Nur weil ich mich über Facebook so gut mit ihm unterhalten hatte, musste ich ihn doch nicht gleich stalken! Und natürlich hatte er ein Leben außerhalb des Rettungsdienstes. Was hatte ich denn gedacht?

Mit wild pochendem Herzen setzte ich meinen Weg zurück in den Laden fort und schlug erleichtert die Tür vom Pausenraum hinter mir zu. Hier war ich erst mal in Sicherheit. Vor wem oder was auch immer. Mühsam versuchte ich das Bild von Moritz und diesem blonden Engel in seinen Armen loszuwerden, doch es funktionierte einfach nicht.

Als einen Moment später die Tür zum Pausenraum aufging, zuckte ich wie ertappt zusammen und war nicht sicher, ob es nun gut oder schlecht war, dass es ausgerechnet Kiki war, die nach hinten gekommen war, um etwas zu trinken. Ich hatte ihr bisher kein Sterbenswörtchen davon erzählt, was im Urlaub und danach in Sachen Moritz alles passiert war. Ich wollte es, war aber im letzten Moment immer wieder zurückgeschreckt, weil ich Angst hatte, dass sie in ihrer manchmal etwas übermütigen Art etwas Falsches da reininterpretieren und es mir damit verderben könnte. Wahrscheinlich hätte sie mir sonst auch sofort an der Nasenspitze abgelesen, dass etwas vorgefallen war. Aber so war sie zum Glück zu sehr mit sich selbst beschäftigt und riss auch mich für einen Moment aus meinen Gedanken.

„Ich hasse Schulbücher!", stöhnte meine Freundin zwischen zwei Schlucken aus ihrer Wasserflasche. Und dann folgte eine Schimpftirade über falsche Bestellnummern, alte Auflagen und diejenigen, die dafür verantwortlich waren, dass wir gefühlt stundenlang Kataloge wälzen mussten, um das richtige Buch zu finden.

Ich grinste amüsiert über meinem Salat vor mich hin, obwohl mich diese Dinge mindestens genauso nervten wie sie. Aber Kiki ging dabei immer gleich dermaßen an die Decke, dass es schon wieder komisch war.

„The same procedure as every year", bemerkte ich unbeeindruckt. „Warum regst du dich eigentlich immer wieder so darüber auf? Das ist doch echt nichts Neues mehr."

„Eben drum! Irgendwann müssen die es doch auch mal kapieren, oder?“ Sie ließ sich mir gegenüber auf einen Stuhl plumpsen und hatte wohl nicht vor, so schnell wieder in diesen Wahnsinn im Laden zurück zu gehen.

Ich wusste, dass sie sich bei dem Thema eh nicht so schnell beruhigen würde, deshalb verkniff ich mir einen weiteren Kommentar dazu, lächelte sie nur mitfühlend an und steckte mir ein Stück Paprika in den Mund. An dem ich mich allerdings beinahe verschluckte, als Kiki urplötzlich das Thema wechselte und sagte: „Übrigens ist dein Sani gerade draußen im Laden.“

Es klang vollkommen unschuldig, vielleicht sogar eine winzige Spur zögernd, weil sie sicher noch wusste, wie ich reagiert hatte, als sie mir vor dem Urlaub den Abholfachzettel von Moritz vor die Nase gehalten hatte. Aber Kiki wäre nicht Kiki gewesen, wenn sie mir die Information deshalb vorenthalten hätte.

Ich versuchte mir nicht anmerken zu lassen, dass in mir schlagartig wieder alles in Aufruhr war, heftete meinen Blick fest auf meinen Salat und den davor liegenden Buchreport und sagte möglichst beiläufig: „Und?“

„Nichts und“, meinte meine Freundin locker. „Ich dachte nur, dass es dich vielleicht interessiert. Er sah jedenfalls aus, als wenn er nach dir Ausschau hält.“

„Schon klar“, gab ich spöttelnd zurück und stieß ein ziemlich gekünsteltes, kurzes Lachen aus, weil das die einzige Möglichkeit war, einigermaßen unauffällig aus dieser Nummer rauszukommen. „Und warum sollte er das tun?“

„Vielleicht steht er ja auf so wild gewordene Mädchen wie dich", bemerkte sie, und ohne aufzuschauen konnte ich das Grinsen in ihrer Stimme hören.

Ich schnaubte verächtlich. „Du liest eindeutig zu viele Schnulzenromane."

„Was hat denn das damit zu tun?"

„Keine Ahnung. Sag du es mir."

„Quatsch", erwiderte Kiki empört. „Ich will euch doch nicht gleich eine Romanze andichten. Und falls du es genau wissen willst: Er sitzt gerade mit Frau und Kind vor den Bilderbüchern und versucht seine Tochter, oder wer immer die Kleine ist, davon zu überzeugen, dass die Kuh Lieselotte viel toller ist als Prinzessin Lillifee."

„Dann ist es ja gut", grummelte ich leise und wusste selbst nicht, woher meine schlechte Laune plötzlich kam. Sie erzählte mir doch gerade nichts Neues, schließlich hatte ich Moritz und seine kleine Familie vorhin selbst schon gesehen. Und gleichzeitig wohl auch geahnt, dass er hier oben im Laden auftauchen könnte.

„Sophie?", fragte Kiki vorsichtig. „Ist alles okay? Ich wollte nicht … Ich meine … Ist es immer noch so schlimm? Wegen Alex?"

Ich presste die Lippen aufeinander und wartete, dass der kurze stechende Schmerz in meinem Bauch wieder verflog. Dann atmete ich tief durch, blickte zu meiner Freundin und sagte: „Schon gut. Wenn er was will, sag ihm, dass ich in einer halben Stunde wieder draußen bin."

„Okay." Kiki warf mir einen prüfenden Blick zu und stand dann auf. „Vielleicht braucht er ja auch einfach nur was Neues zu lesen und hofft auf ein paar Empfehlungen von seiner neuen Lieblingsbuchhändlerin."

Ja, vielleicht. Vielleicht aber auch nicht. Denn selbst wenn er nicht wusste, dass ich Marie war, würde Moritz niemals einfach nur mein Kunde sein. Das war er vor dieser Facebook-Geschichte schon nicht gewesen und würde es jetzt erst recht nicht mehr sein können. Aber davon hatte Kiki keine Ahnung, also zwang ich mich zu einem Lächeln und atmete erleichtert auf, als sie wieder raus in den Laden verschwand.

Eine halbe Stunde später machte ich mich mit pochendem Herzen selbst wieder auf den Weg dorthin. Doch von Moritz und seiner kleinen Familie war nichts mehr zu sehen. Gott sei Dank … Nein, schade … Oder? Ach, keine Ahnung! Wo hatte ich mich da nur reingeritten? Ich konnte nicht gleichzeitig Marie und Sophie sein, einerseits immer mehr von ihm wollen und mich andererseits vor ihm verstecken. Wie sollte das denn auf Dauer funktionieren? Die Alternative wäre allerdings, ihm bei Facebook zu offenbaren, wer ich in Wirklichkeit war. Oder das Ganze komplett zu beenden. Aber beides wollte ich nicht. Also saß ich nach Feierabend wie jeden Tag als Marie vor meinem Laptop und hoffte auf eine Nachricht von ihm.

Moritz

Sophie, Sophie und noch mal Sophie. Oder besser gesagt: Marie, Marie und noch mal Marie. Ich bekam sie einfach nicht aus dem Kopf und fieberte jeder neuen Nachricht von ihr entgegen, auch wenn es sich immer nur um mich und meinen Job drehte. Es war unglaublich, wie sehr sie sich dafür interessierte und sich auch noch die schlimmsten Geschichten anhörte, wo ich gedacht hätte, dass sie mit ihrer eigenen mehr als genug zu tun hatte. Vielleicht war sie doch stärker, als ich vermutete. Oder dieser fremde Name gab ihr einfach mehr Sicherheit oder das Gefühl, dass das alles nichts mit ihr selbst zu tun hatte. Keine Ahnung, was es war. Ich war jedenfalls froh, dass es so war, und versuchte tunlichst alles zu vermeiden, was sie wieder verschrecken könnte. Dafür waren diese Chat-Gespräche mit ihr zu kostbar, und ich spürte, wie sie immer offener wurde, mich auch mal neckte und lachte, und zwischen uns eine Art Freundschaft entstand. Eine Freundschaft, bei der wir allerdings nichts Persönliches von uns preisgaben, aber genau das hätte wahrscheinlich alles verkompliziert. Also war es erst mal gut so, wie es war.

Chris schüttelte immer nur amüsiert bis verständnislos mit dem Kopf, wenn er mich zwischen unseren Einsätzen auf dem Smartphone rumtippen sah.

„Sag mal, seit wann bist du eigentlich so ein Smombie?“, zog er mich irgendwann auf. „Erst nix von Facebook hören wollen, und plötzlich daddelst du nur noch da rum.“

„Und wer hat mich dazu gebracht?“, konterte ich ausweichend. Ich hatte ihm nicht erzählt, wie intensiv der Kontakt zu Marie-Sophie mittlerweile war, weil er mich sonst sicherlich gefragt hätte, was Julia davon hielt. Aber meine Freundin wusste natürlich genauso wenig darüber, deshalb schrieb ich Sophie auch nur von der Wache aus, oder wenn ich alleine zu Hause war. Wahrscheinlich wäre Julia sonst noch eifersüchtig geworden, dabei gab es überhaupt keinen Grund dafür. Ich liebte sie und genoss jeden Moment, den wir zusammen hatten. Das mit Sophie dagegen … Keine Ahnung. Es fühlte sich so an, als füllte sie eine Lücke, von der ich bisher nicht gewusst hatte, dass es sie überhaupt gab. Ich hatte es immer akzeptiert, dass Julia keine Einzelheiten über meinen Job wissen wollte, und mir war klar, dass ich beschissene Arbeitszeiten und viel zu viele Überstunden hatte. Aber wir hatten uns damit arrangiert, und Julia wusste, warum ich diesen Job machte und dass für mich niemals etwas anderes infrage gekommen wäre. Doch irgendetwas an Sophies Kommentaren gab mir das Gefühl, dass es auch anders sein könnte. Ich ertappte mich sogar bei dem Gedanken, wie es wohl laufen würde, wenn ich mit ihr zusammen wäre. Im nächsten Moment schimpfte ich mich jedoch einen Idioten, wie ich so etwas nur denken konnte. Himmel! Wenn Chris davon wüsste, der würde mir die Ohren lang ziehen!

Und trotzdem wurde der Wunsch immer stärker, mehr über Sophie zu erfahren. Über die echte Sophie, die sich hinter diesem fremden Namen versteckte. Doch jedes Mal, wenn ich es versuchte, wich sie mir geschickt aus. Als ich sie zum Beispiel fragte, was sie beruflich machte, schrieb sie mit einem zwinkernden Emoji zurück: *Ich bin im Grunde auch so etwas wie eine Lebensretterin und verkaufe den Menschen Dinge, die sie vor tödlicher Langeweile bewahren.*

Ich musste lachen. Raffiniert! Aber sie wusste bestimmt, dass sie sich als Buchhändlerin sofort verraten hätte, denn wie groß war schon die Wahrscheinlichkeit, dass zwei davon dieselbe Art von Unfall und Verlust erlebt hatten?

Ach Sophie, warum tust du das?

Seufzend beschloss ich, ihr Spielchen fürs Erste weiter mitzuspielen, denn das war immer noch besser, als sie zu verlieren. Also antwortete ich: *Oh mein Gott! Sag bitte nicht, dass du Handy-Verkäuferin bist!!!*

Von ihr kamen drei Tränen-lach-Emojis und dann: *Bist du verrückt?! Zum Glück gibt es auch noch andere Sachen, als den ganzen Tag nur auf sein Smartphone-Display zu starren.*

Na, da bin ich ja beruhigt, tippten meine Finger wie von selbst zurück. *Wobei ich zugeben muss, dass ich neuerdings auch ganz gerne da draufgucke, um zu sehen, ob du geschrieben hast.*

Ich schickte die Nachricht ab und verfluchte mich kurz darauf selbst dafür, denn von ihr kam erst mal gar nichts. Mist! War ich damit zu weit gegangen? Das musste sich für sie ja schon fast nach einer Anmache anhören, oder?

Beschwörend starrte ich mein Display an, wartete auf eine Antwort und überlegte, ob ich einen Kommentar hinterherschicken sollte, um das wieder geradezubiegen. Doch ausgerechnet in dem Moment gingen natürlich unsere Pieper los. Verdammt!

Frustriert steckte ich mein Handy weg und schaffte es nicht einmal mehr, Sophie das mittlerweile obligatorische Krankenwagen-Emoji zu schicken, damit sie wusste, dass ich zum Einsatz wegmusste. Ich spürte einen kritischen Blick von Chris, während wir durch die Stadt zu einem Wohnungsbrand fuhren, doch ich hatte mir nichts vorzuwerfen. Sophie war Sophie, und Job war Job, und jetzt gerade galt die volle Konzentration dem Job. Aber mir war auch klar, dass Chris später sicher nachfragen würde, was mit mir los war und wem ich da eigentlich die ganze Zeit schrieb.

Der Wohnungsbrand war zum Glück nur ein Einsatz für die Kollegen von der Feuerwehr, da sich alle Bewohner rechtzeitig in Sicherheit gebracht hatten. Für uns gab es also zunächst nichts zu tun, und wir mussten nur in der Nähe bleiben, falls sich einer der Feuerwehrleute verletzen sollte.

Verstohlen zog ich mein Handy aus der Hosentasche und öffnete erwartungsvoll die neu eingegangene Nachricht von Marie. Gott sei Dank, sie war noch da. Und trotzdem wusste ich sofort, dass ich einen Fehler gemacht hatte, denn ihre Antwort lautete: *Tu das nicht! Ich schreibe dir auch sehr gerne, aber du verschwendest mit mir nur deine Zeit. Zeit, die du lieber in deine Seite stecken solltest, um weitere Leben zu retten. Das ist wichtiger als irgendeine Marie aus dem großen weiten Facebook-Universum.*

Ein gezielter Schlag in die Magengrube hätte von der Wirkung her nicht anders sein können. Ich wollte aufschreien, protestieren und ihr sagen, wie wichtig sie war. Wie wichtig sie mir war. Aber gleichzeitig wusste ich, dass sie recht hatte und ich meine eigentliche Absicht mit der Facebook-Seite völlig aus den Augen verloren hatte.

Ernüchtert kroch ich vorne in den Rettungswagen und tippte zögernd eine Antwort: *Du hast ein bisschen recht, weise Facebook-Marie. Und genau deshalb bist du wichtig, und ich brauche dich. Als meine Muse, meine Motivation und diejenige, die mir ab und zu mal in den Hintern tritt. Schreibst du mir bitte, bitte weiter, wenn ich verspreche, dass ich nebenbei auch ganz fleißig an der Rettung der Menschheit weiterarbeite?*

Du bist ein Spinner, lieber Moritz!, kam es von ihr zurück.

War das jetzt ein Ja?, hakte ich grinsend nach.

Ja! Und jetzt sieh zu, dass du einen neuen Beitrag auf die Reihe kriegst!

Aye, aye, Ma'am!

Mit einem dämlichen Lächeln im Gesicht lehnte ich mich im Beifahrersitz zurück und ließ meinen Blick draußen über den Einsatzort schweifen. Überall standen kreuz und quer Feuerwehrwagen auf der Straße, dazwischen lagen Schläuche, standen Feuerwehrmänner mit Atemschutzmasken und Polizisten, die das Gebiet abriegelten und versuchten, die Gaffer zurückzuhalten. Allerdings vergeblich, denn zwei vorwitzige junge Männer waren mit ihren Smartphones über die Absperrung geklettert, um einen besseren Winkel zum Filmen zu erwischen. Es war die Pest! Zum Glück gab es keine Verletzten, auf die sie auch noch draufhalten konnten.

Während ich die Szene beobachtete, fing es in meinem Kopf an zu rattern. Sophie wollte einen neuen Beitrag für die Seite? Okay, den sollte sie kriegen. Und direkt vor meiner Nase lief gerade das Thema für Kapitel 2 herum, das da lautete: Schneller auf YouTube als im Krankenhaus. Nach den Rettungsgassen-Blockierern waren jetzt die Gaffer dran, und damit die zweite Sorte von Idioten, die uns Rettungskräften das Leben schwer machten. Diese hier waren vergleichsweise harmlos. Aber im Internet und in den zahlreichen Zuschriften, die ich schon auf meine Seite bekommen hatte, steckte ein wahrer Fundus an wirklich dramatischen Geschichten, bei denen mir die Galle hochkam. Und sobald ich zurück in der Rettungswache war, machte ich mich mit Zettel und Stift bewaffnet an das Grundgerüst für meinen nächsten Beitrag.

Sophie

Moritz hatte es wirklich getan und schon zwei Tage später seinen nächsten Beitrag auf der Facebook-Seite gepostet. Na also, es ging doch! Eigentlich hatte ich ihn nur in diese Richtung schubsen wollen, weil er mir ein bisschen Angst gemacht hatte mit dieser Nähe und Vertrautheit, die da plötzlich zwischen uns herrschte. Aber als ich jetzt sah, was daraus entstanden war, wurde mir bewusst, dass ich ihn in den letzten Wochen auf irgendeine verquere Weise tatsächlich davon abgehalten hatte, sein Projekt weiterzumachen, und war froh, ihm diesen Schubs gegeben zu haben.

Mein Herz schlug erwartungsvoll ein paar Takte schneller, als ich meinen Tee und vorsichtshalber zwei Packungen Taschentücher auf dem Tisch deponierte und es mir dann mit meinem Laptop auf dem Sofa gemütlich machte. Ich erinnerte mich nur allzu gut an die Wirkung, die Moritz' Beitrag über die Rettungsgasse auf mich gehabt hatte, und ich befürchtete wieder das Schlimmste. Doch das konnte mich auf keinen Fall davon abhalten zu lesen, was er diesmal zusammengetragen hatte.

Bei uns im Rettungsdienst gibt es seit einer Weile eine Art geflügeltes Wort, das lautet: „Schneller auf YouTube als im Krankenhaus."

Ich denke, es erklärt sich von selbst, was damit gemeint ist. Und dass es sich dabei nicht um einen blöden Wettkampf handelt.

Hier zur Einstimmung wieder ein paar Vorfälle aus den vergangenen Monaten, denn leider werden auch diese immer mehr:

Ich atmete tief durch und klickte mich durch die folgenden Links. Den Anfang machte ein Fall aus Bremervörde aus dem Jahr 2015, der bundesweit hohe Wellen geschlagen und sogar zu einem Gerichtsurteil geführt hatte. Ein Auto war frontal in ein Eiscafé gerast, zwei Menschen starben, mehrere weitere wurden verletzt. Drei Brüder, bzw. einer von ihnen als Hauptangeklagter, soll den abgesperrten Bereich am Unfallort betreten und mit dem Handy Aufnahmen gemacht haben, weshalb ihm ein Platzverweis erteilt wurde. Daraufhin kam es zu Handgreiflichkeiten mit der Polizei. Die Anklage lautete Widerstand gegen Vollstreckungsbeamte, Körperverletzung und versuchte Nötigung. Für den Haupttäter gab es vier Monate Haft ohne Bewährung.

Na, wenigstens etwas. Aber eindeutig nicht abschreckend genug, denn bei den weiteren Fällen stellten sich mir die Nackenhaare auf: Rettungskräfte, die bei der Versorgung eines schwer verletzten kleinen Mädchens in Hagen durch Gaffer behindert und auch noch von ihnen gefragt wurden, ob sie mal zur Seite gehen könnten, damit sie besser filmen konnten; eine Frau, die in Mainz von der Straßenbahn angefahren wurde und mit abgetrenntem Bein den Schaulustigen ausgeliefert war; ein Lkw-Fahrer auf der A60 in Hessen, der in seinem Führerhaus verbrannt war, während zwei Männer den Todeskampf des Unfallopfers gefilmt hatten, statt zu helfen ihn daraus zu befreien. Und so weiter, und so weiter.

Vollkommen erschüttert starrte ich auf den Bildschirm und fragte mich, wo Moritz nur diese Horrormärchen hernahm. Dabei wusste ich genau, dass das einfach nur Google-Recherche und leider traurige Wirklichkeit war.

Ich stieß geräuschvoll die Luft aus und las weiter. Moritz erklärte als Nächstes, dass diese Fälle in den vergangenen Monaten immer mehr geworden waren, besonders dank der schönen neuen Smartphone-Welt, in der wir lebten. Laut einer Studie der Bundesanstalt für Straßenwesen aus dem Jahr 2010 waren bei 75 Prozent der Unfälle Schaulustige vor Ort und behinderten die Rettungs- und Aufräumarbeiten.

75 Prozent?! Bei drei Vierteln aller Unfälle?! Fassungslos schüttelte ich den Kopf. Dann wurde mir plötzlich heiß und ich schnappte entsetzt nach Luft, als mir klar wurde, wie groß damit die Wahrscheinlichkeit war, dass auch Alex und ich auf irgendeinem Video gelandet waren. Da waren in dieser Nacht genug Leute gewesen, die einfach nur zugeguckt hatten. Hatte uns auch jemand gefilmt und festgehalten, wie Alex gestorben war, um es dann im Internet zu verbreiten? Warum hatte ich daran eigentlich nicht schon eher gedacht? Moritz hatte doch bei unserem Gespräch vor der Rettungswache auch schon das mit den Gaffern erwähnt. Hatte er dabei vielleicht sogar von unserem Unfall gesprochen?

Aufgewühlt wischte ich mir die Tränen von den Wangen und klickte mit zitternden Fingern auf die Nachrichtenfunktion. Mist! Kein Online-Symbol an seinem Namen. Trotzdem schrieb ich: *Moritz? Bist du da? Ich lese gerade deinen neuen Beitrag und bin total schockiert. Sind das wirklich 75 Prozent? Und sind das die, die nur gucken oder auch die, die filmen? Bitte sag mir, dass es wesentlich weniger sind, die auch noch ihr Smartphone zücken!!! Die Vorstellung, dass das Letzte, was es von Alex zu sehen gibt, so ein Video im Internet ist, ist einfach nur schrecklich. Ich weiß nicht, ob ich es schaffen würde, mir das anzugucken. Aber ich kann auch nicht aufhören, darüber nachzudenken. Kannst du mir sagen, wie ich herausfinden kann, ob unser Unfall auch gefilmt wurde? Gibt es da irgendeinen bestimmten Suchbegriff bei YouTube, worunter diese Idioten so was veröffentlichen? Was auch immer dann passiert, aber ich will es wenigstens wissen.*

In meiner Verzweiflung merkte ich gar nicht, dass ich als Sophie schrieb, ihm sogar den Namen von Alex genannt hatte und ihm in diesem Moment auch alles Weitere offenbart hätte, wenn er mich nach Datum, Zeit und Ort des Unfalls gefragt hätte. Doch das tat er nicht. Es kam gar keine Antwort, denn er war wohl wirklich nicht online. Oh bitte, bitte, bitte! Moritz, wo steckst du? Ich will das nicht alleine herausfinden. Ich wüsste auch gar nicht, wo ich anfangen sollte zu suchen.

Schniefend wischte ich mir die Tränen von den Wangen und klickte zurück auf den Gaffer-Beitrag. Ich hatte Angst davor weiterzulesen. Dabei konnte es doch eh nicht mehr schlimmer werden, oder? Ich schloss für einen Moment die Augen, atmete tief ein und aus und musste beinah lachen, als ich schließlich sah, was Moritz als Nächstes geschrieben hatte.

Wenn ihr selbst schon mal Opfer bei einem Unfall wart, lasst euch von dieser Zahl bitte nicht schockieren! Natürlich ist es schlimm, wenn man so einer Horde Gaffer hilflos ausgeliefert ist, aber das heißt noch lange nicht, dass ihr auch tatsächlich auf einem öffentlichen Video zu finden seid. Erstens versuchen wir Rettungskräfte unser Möglichstes, das zu verhindern. Zweitens sind es wahrscheinlich eher unsere entzückenden Rücken, die der Kamera die Sicht versperren. Und drittens ist das mit YouTube zwar unsere Redewendung, aber die meisten kommen dort gar nicht erst an, sondern werden „nur" untereinander über die sozialen Netzwerke verbreitet. Das ist schlimm genug, ich weiß, aber wenigstens ein etwas kleinerer Kreis.

Was ich damit sagen will: Fangt bitte, bitte NICHT damit an, euch im Internet zu suchen!!! Ihr habt wahrscheinlich schon genug durchgemacht, und selbst wenn ihr euren eigenen Unfall nicht findet, werdet ihr von all dem, was ihr stattdessen sehen könnt, Albträume bekommen. Also tut euch selbst und eurer Seele einen Gefallen und lasst es sein!

Lächelnd wischte ich mir die Tränen vom Gesicht. Vielleicht hätte ich erst weiterlesen sollen, bevor ich meine Panik-Nachricht an Moritz geschrieben hatte. Wahrscheinlich verdrehte er schon die Augen und tippte im Geiste demonstrativ auf genau diesen Absatz, nach dem Motto: Steht da doch!

Nein. Das würde er nicht tun. So war Moritz nicht. Er war der Typ, der einen in den Arm nahm und festhielt und dann mit einem sanften, aber eindringlichen Blick davon überzeugte, etwas zu tun oder eben nicht zu tun. Und vielleicht sollte ich diesmal tatsächlich lieber auf ihn hören.

Schon wesentlich beruhigter kuschelte ich mich wieder in meinen Sofakissen zurecht und las den restlichen Beitrag. Moritz hatte sich als Nächstes mit der Frage beschäftigt, was die Menschen zum Gaffen brachte und woher diese makabre Faszination eigentlich kam. Dazu zitierte er eine Reihe von Experten, die verschiedenste Gründe dafür anführten. Zum Beispiel einen tiefgründigen Trieb oder Instinkt, wie es ihn auch schon bei den Kämpfen im Alten Rom gegeben hatte; fehlende Empathie und eine Art Lustempfinden am Leid anderer Menschen; oder auch die Tatsache, dass durch die Verbreitung der Smartphones immer mehr Menschen Geschichtenerzähler sein wollen. Es gab eine Theorie über das positive Gefühl, das ausgelöst wird, wenn man seine eigene Unversehrtheit bestätigt bekommt. Oder eine darüber, dass die Gaffer einfach Schlüsse aus dem Geschehen ziehen wollen, wie sie sich selbst vor derartigen Unfällen schützen können, weil der Mensch nun mal durch Beobachten lernt. Außerdem wurde erwähnt, dass die Änderung der Medienlandschaft ihren Teil dazu beiträgt, weil dadurch die Grenze zwischen dem, was man sieht und was Wirklichkeit ist, immer mehr verschwimmt. Und dass zudem in unserer zunehmend reizüberfluteten Welt die Dinge, die uns neugierig machen und Aufregung in uns auslösen, immer krasser sein müssen. Das ging sogar so weit, dass gewisse Zeitungen oder Online-Portale für die Einsendung solcher Videos Geld bezahlten.

Viele schöne Argumente, die eins gemeinsam haben, hatte Moritz geschrieben. *Sie sind meiner Meinung nach für die Tonne! Und das hier geht jetzt an euch, liebe Gaffer: Was auch immer euch antreibt, ihr solltet mal über die Folgen nachdenken! Stellt euch vor, ihr liegt da, und um euch rum nichts als Augen und Smartphones. Keiner hilft, alle glotzen und stehen im Weg rum. Im besten Fall seid ihr bewusstlos und kriegt nichts davon mit. Aber eines Tages erzählt euch plötzlich irgendwer, dass er euch im Netz gesehen hat, blutüberströmt, vielleicht noch halb nackt, weil euch ein Rettungssani für die Wiederbelebung das Oberteil aufschneiden musste. Angenehm, nicht wahr?*

Oder schlimmer: Ihr seid ahnungslos zu Hause, als euch ein Video erreicht, in dem ihr euer Kind oder sonst einen eurer Lieben sterben seht – noch bevor die Polizei da ist und an eurer Tür klingeln kann … Leider alles schon dagewesen.

Das Ganze betrifft allerdings nicht nur die Persönlichkeitsrechte und Psyche der Opfer und ihrer Angehörigen, sondern die Probleme, die das Gaffen mit sich bringt, gehen noch weiter: Je mehr Menschen stehen und gucken, desto weniger helfen. Dazu kommt, dass die Fahrzeuge der Rettungskräfte nicht durchkommen und wertvolle Zeit verlieren (siehe Kapitel Rettungsgasse), und/oder dass es auf der Gegenfahrbahn zu Staus und möglicherweise weiteren Unfällen kommt, weil die Autofahrer langsam an der

Unfallstelle vorbeifahren, um einen Blick darauf zu erhaschen. Und nicht mal das Handyverbot am Steuer hält die Katastrophentouristen dabei vom Filmen ab.

Von uns Rettungskräften will ich jetzt mal gar nicht reden. Wir werden abgelenkt, fühlen uns beobachtet, stehen dadurch unter höherem Druck und machen uns möglicherweise in dem Moment schon einen Kopf darum, wie unsere Arbeit in den sozialen Medien kommentiert wird. Das macht gar nicht nervös, nein. Und unter Nervosität macht man zum Glück ja auch keine Fehler. Wär ja auch blöd, wenn es grad nur um Leben und Tod geht. (Für alle, die es vielleicht nicht kapiert haben: Das war Sarkasmus.)

Ich musste lachen. Wenn Moritz in Fahrt war, dann ließ er echt nichts aus. Aber er hatte so recht. Und ich war jetzt schon gespannt, welchen Knaller er diesmal am Schluss bringen würde. Erst mal kam jedoch ein Absatz über Strafen und sonstige Maßnahmen gegen Gaffer. Moritz berichtete davon, dass die ersten Bundesländer damit angefangen hatten, bei Unfällen auf der Autobahn Sichtschutzwände aufzustellen. Was natürlich wieder mehr Aufwand für die Rettungskräfte bedeutete und zudem sinnlos war, wenn Brummi-Fahrer aus ihren Lkw darüber hinweggucken konnten. Auch über Bußgelder schrieb er und eine Gesetzesinitiative gegen das Behindern von Rettungskräften in welcher Form auch immer. Schöne Ideen, bei denen es nur an der Umsetzung mangelte, denn wer hatte im Notfall schon die Zeit, sich um die Personalien der Gaffer zu kümmern?

Eine wirkliche Lösung ist da leider nicht in Sicht. Deshalb muss das bei euch im Kopf anfangen, also sollte sich jeder von euch mal fragen, ob ihr selbst möchtet, dass alles getan wird, um gerettet zu werden, oder ob ihr lieber Teil dieses makabren Unterhaltungsprogramms im Internet sein wollt. Und das, was ihr euch für euch selbst wünscht, das solltet ihr auch jedem anderen zugestehen!

So, und bevor ich euch jetzt mit einem Video den Rest gebe, hier noch ein kleiner Crashkurs für das richtige Verhalten am Unfallort:

- *Unfallstelle sichern und dabei die Eigensicherung beachten! (Warnblinker an, Warnweste anziehen, Warndreieck aufstellen).*
- *Smartphone zücken, aber nur um die 112 zu rufen! Die Fragen der Leitstelle beantworten und nicht auflegen, bevor die es nicht gesagt haben!*
- *Soweit wie möglich Erste Hilfe leisten! Man kann nichts falsch machen. Falsch ist nur, nichts zu tun! (Mehr dazu beim nächsten Mal).*
- *Bei mehreren Anwesenden weitere Personen dazurufen und Aufgaben verteilen.*
- *Rettungswege frei halten, bei unübersichtlicher Lage den Rettungskräften den Weg weisen.*
- *Den noch unwissenden Gaffern erklären, warum Gaffen Scheiße ist. Denn spätestens nach dem Video wird es hoffentlich auch der Letzte von euch kapieren.*

Das Video … Ich zögerte einen Moment, weil ich die schlimmsten Befürchtungen hatte, was da auf mich zukommen würde. Wie ich Moritz kannte, ein heftiger Wumms in die Magengegend, so wie beim letzten Mal. Es sollte ja schließlich wirken. Ich war keine Gafferin, also musste ich es doch eigentlich gar nicht gucken, oder? Aber die Neugier war stärker.

Unten drunter stand eine kleine Erläuterung, was es mit dem Video auf sich hatte, und ich las auch die, als könnte das den Wumms etwas dämmen. Doch da wurde nur erklärt, dass das Video als Abschlussarbeit von zwei jungen Filmemachern in Zusammenarbeit mit der Feuerwehr Osnabrück entstanden war.

Also dann ... tief durchatmen und los!

In dem Video waren zwei junge Männer und eine junge Frau zu sehen, die zunächst mit dem Auto unterwegs waren, und es fing schon damit an, dass ausgerechnet der Fahrer mit seinem Handy mehr oder weniger lustige Selfies von sich und den anderen machte. Irgendwann kamen die drei an einem Unfall vorbei. Sirenen und Blaulicht machten sie neugierig, also hielten sie an, stiegen aus, näherten sich der Unfallstelle und hatten nichts Besseres zu tun, als vermeintlich spektakuläre Fotos und Videos zu machen und diese sofort im Internet zu posten. Dass sie bei den Aufnahmen die Rettungskräfte behinderten, die gerade um das Leben einer verletzten Person kämpften, interessierte sie nicht. Die Feuerwehrleute sahen sich genötigt, die drei immer wieder wegzuschicken. Doch auch davon ließ sich die kleine Gruppe nicht beeindrucken und machte einfach unbeirrt weiter, gepushed von den Kommentaren und der erhofften Anerkennung in den sozialen Netzwerken. Später erfuhr man, dass die jungen Leute gerade aus dem Urlaub kamen. Der Fahrer schickte auch seiner Mutter einige der Selfies. Doch die antwortete nicht, was ihn offensichtlich irritierte. Er begann, sich Sorgen zu machen und rief sie schließlich an.

Oh, oh. Ich ahnte, worauf das Ganze hinauslaufen würde. Deshalb war ich auch nicht schockiert, sondern musste beinah lachen über diesen genialen Einfall. Dieser Wumms ging eindeutig an die Gaffer und Selfie-verrückten Internet-Junkies, und ich hoffte, dass er so richtig tief in die Magengrube ging. Denn es kam genau so, wie ich es vorausgesehen hatte: Die Mutter ging nicht ans Telefon. Stattdessen hörte man im Hintergrund an der Unfallstelle ein Handy-Klingeln.

Wow! Moritz hatte echt ein Händchen dafür, solche Dinge auszugraben und gezielt für seine Zwecke einzusetzen. Und der Meinung war nicht nur ich. Er hatte den Beitrag heute am frühen Morgen online gestellt, und schon jetzt überschlugen sich die Leute mit zustimmenden Kommentaren. Daneben sahen die paar üblichen Stänkerer ziemlich blass aus.

Ich schaute auf die Uhr. Kurz nach halb acht. Moritz hatte diese Woche Tagschicht, also war es eigentlich genau unsere Zeit zum Chatten, jedenfalls an den Tagen, an denen wir beide schon Feierabend hatten, so wie heute. Aber er war immer noch nicht online, was entweder bedeutete, dass er mal wieder länger unterwegs war oder dass ich mich vertan und er heute frei hatte und mit seiner Freundin zusammen war. Dann allerdings würde ich wahrscheinlich lange auf eine Antwort warten können.

Moritz

Es war einer dieser hektischen Tage gewesen, an denen man von einem Einsatz zum nächsten hastete und es nicht einmal schaffte, zwischendurch zur Toilette zu gehen. Von essen mal gar nicht zu reden. Aber die extrem schwüle Sommerhitze machte besonders den älteren Menschen zu schaffen, und ich hatte irgendwann aufgehört zu zählen, wie viele Leute wir heute mit Kreislaufkollaps versorgt hatten. Immer wieder hatten wir sie ermahnt, bei diesem Wetter mehr zu trinken – und waren selbst kaum dazu gekommen.

Als Chris und ich es gegen acht endlich zurück zur Wache geschafft und den Rettungswagen an die Nachtschicht übergeben hatten, ließ ich mich in der Küche erschöpft auf einen Stuhl fallen und trank eine Wasserflasche fast auf ex aus. Anschließend zog ich mein Handy aus der Tasche und rief die Facebook-App auf. Nachdem ich heute Morgen den Gaffer-Beitrag gepostet hatte, würde es sicher einiges zu lesen geben. Aber mich interessierte nur die kleine rote Eins im Nachrichten-Postfach. Lächelnd tippte ich darauf und war gespannt, was Marie-Sophie geschrieben hatte. Doch als ich es dann las, wurde mir ganz flau im Magen.

Verdammt, verdammt, verdammt! Was hatte ich da nur angerichtet? Und warum hörte sie wieder nicht auf mich und ließ das mit dem vielleicht gar nicht vorhandenen Video einfach auf sich beruhen? Scheiße!

Ruf mich bitte an!, schrieb ich ihr eilig zurück. *Jetzt gleich!*

Ich setzte meine Nummer dahinter und tippte auf Senden. Sie war online, und ich betete, dass sie mich diesmal erhören würde, denn so verzweifelt wie ihre Nachricht klang, wollte ich lieber direkt mit ihr sprechen. Sie hatte sogar ihren Freund mit Namen erwähnt, was mich schlagartig in die Unfallnacht zurückversetzte. Ich hatte es noch genau im Ohr, wie sie uns voller Panik erklärt hatte, dass nicht sie Hilfe brauchte, sondern Alex. Dieses Flehen. Diese Verzweiflung.

„Ich bin dann weg!", riss Chris mich aus den Gedanken und winkte mir von der Tür aus zu. Dann stockte er plötzlich und sah mich prüfend an. „Alles okay?"

Ich zuckte mit den Schultern und hielt ratlos mein Handy in die Höhe. „Ich weiß nicht. Ich hoffe. Es ist wegen Marie … also Sophie … Ach, du weißt schon. Mein neuer Beitrag hat sie anscheinend ganz schön mitgenommen."

„Hat sie dir wieder einen Kommentar geschrieben?"

„Mehr als das", sagte ich leise, riss meinen Blick vom Display los und sah ihn an.

Chris schaute auf seine Armbanduhr und schien hin und her gerissen zu sein. „Ich muss jetzt echt los, Momo. Aber darüber musst du mir morgen unbedingt mehr erzählen, okay?"

Ich nickte nachdenklich und sah ihm hinterher, als er eilig Richtung Ausgang ging. Im nächsten Moment kamen drei Kollegen von der Feuerwehr in die Küche und beglückwünschten mich lautstark zu meiner Anti-Gaffer-Parole. So schnell wie möglich versuchte ich ihnen zu entkommen und verdrückte mich in einen der verlassenen Schlafräume, um Ruhe zu haben, wenn Sophie anrief. Doch sie tat es nicht. Stattdessen hatte sie mir in dem kurzen Moment, in dem ich abgelenkt gewesen war, eine Nachricht geschickt. Ich stöhnte innerlich auf.

Ist schon okay, hatte sie geschrieben. *Ich hätte einfach erst mal weiterlesen sollen. Sorry für die kleine Panik-Attacke. Es ist alles wieder gut, und ich verspreche, dass ich mich an deinen Rat halten werde. Danke dafür! Und auch für den Fall, dass du das heute schon hundertmal gelesen hast: Dein Beitrag ist wieder unglaublich gut! Ich stelle mir gerade vor, wie diejenigen, die schon solche Filmchen bei Unfällen gemacht haben, mit grünem Gesicht über der Kloschüssel hängen und ihr schlechtes Gewissen auskotzen. Würde mir jedenfalls wünschen, dass es so wäre.* Dahinter ein Zwinker-Emoji.

Ich spürte mein Herz fest gegen den Brustkorb wummern und raufte mir mit der freien Hand durch die Haare. Ihre Nachricht beruhigte mich etwas, aber lieber wäre es mir gewesen, sie hätte mir das persönlich gesagt und wir hätten ganz in Ruhe darüber reden können.

Rufst du mich bitte trotzdem an?, versuchte ich es ein zweites Mal.

Eine gefühlte Ewigkeit lang passierte nichts. Dann sah ich, dass sie wieder schrieb. Nur zwei Worte: *Lieber nicht.*

Warum nicht?!, wollte ich sie am liebsten anschreien. Aber ich spürte, dass das jetzt genau das Falsche gewesen wäre. Sie brauchte offenbar diesen Abstand und die Anonymität, auch wenn sie mich damit so langsam wahnsinnig machte. Ich atmete tief durch und überlegte, wie ich verhindern konnte, dass sie sich noch weiter in ihr Schneckenhaus zurückzog.

Tut mir leid, tippte ich schließlich. *Ich wollte dich nicht bedrängen. Ich hatte nur das Gefühl, dass es dir wirklich schlecht geht und dachte, es würde dir vielleicht helfen, direkt darüber zu reden. Manchmal sind wir Sanis nämlich auch als Kummerkastenonkel ganz gut zu gebrauchen.*

Nichts. Oh, bitte Sophie! Was war da los? Ich warf einen Blick auf die Uhr. Gleich halb neun. Julia hatte mittlerweile schon die dritte Nachricht geschickt, wann ich heute nach Hause kommen würde. Aber ich konnte das hier doch jetzt nicht einfach abbrechen.

Marie? Bist du noch da?

Ja, kam endlich die erlösende Antwort. Der Rest passte mir allerdings ganz und gar nicht, denn sie schrieb: *Ich bin noch da. Aber das hier muss aufhören, Moritz. Ich weiß nicht, was das hier zwischen uns eigentlich genau ist, aber ich kann das nicht mehr. Keine Ahnung, warum ich überhaupt damit angefangen habe. Ich wollte dir doch nur sagen, wie toll deine Seite ist, mehr nicht. Und jetzt … Sorry, aber es geht einfach nicht mehr.*

Warte!, tippte ich voller Panik, dass sie jeden Moment offline gehen und auf Nimmerwiedersehen verschwinden könnte. Das war natürlich übertrieben, schließlich wusste ich, dass ich sie im Zweifelsfall in der Buchhandlung wiederfinden konnte. Aber ich spürte, dass etwas passiert sein musste, weshalb sie sich so plötzlich von mir zurückzog. Doch das wollte ich nicht zulassen. Schon gar nicht ohne zu wissen, was es war.

Bitte, Marie! Erklär mir, was los ist! Es tut mir leid, wenn ich dich irgendwie überrumpelt habe. Das war nicht meine Absicht. Du hast mich nur ganz schön erschreckt mit deiner Panik-Nachricht, und ich wollte dir einfach helfen.

Es dauerte, aber zum Glück konnte ich sehen, dass sie schrieb … Lange schrieb.

Ich weiß, las ich schließlich. *Und das ist echt lieb von dir. Es ist nur … Das war alles etwas viel in letzter Zeit. Seit mein Freund nicht mehr da ist, habe ich keine Ahnung mehr, was ich fühlen oder denken soll. Am liebsten würde ich einfach nur vergessen, was passiert ist, aber mit dir zusammen geht das nicht. Nicht nur, weil wir immer nur über Unfälle und Notfälle reden, das hab ich ja selbst mit angefangen. Aber je länger das geht, desto mehr erinnerst du mich manchmal an ihn, wie vorhin mit diesem Ruf-mich-bitte-an. So gesehen kann ich wahrscheinlich nur froh sein, dass du meine Handynummer und meine Adresse nicht kennst.*

Warum das?, hakte ich vorsichtig nach. Dachte sie, dass ich mich sonst auf den Weg machen und plötzlich bei ihr auf der Matte stehen würde? Gar keine blöde Idee.

Weil du wahrscheinlich genauso reagieren würdest wie er, erklärte sie. *Es gab mal eine Situation, in der ich wirklich nicht mit ihm darüber reden konnte und deshalb nicht an mein Handy gegangen bin. Immer und immer wieder hat er es versucht und mir eine Nachricht nach der nächsten geschickt. Die, die mich schließlich überzeugte, lautete: Das ist jetzt deine allerletzte Chance! Ruf! Mich! An! Oder geh an dein verdammtes Handy, wenn ich es tue! Sonst setze ich mich in mein Auto, komme zu dir und trete dir wenn nötig die Wohnungstür ein! (Was in dem Fall einen Weg von etwa 400 Kilometern bedeutet hätte).*

Ich lächelte still in mich hinein. Der Kerl war ganz nach meinem Geschmack. Doch schon in der nächsten Sekunde wurde mir schmerzhaft bewusst, dass er tot war, und zwar deshalb, weil wir in dieser elenden Rettungsgasse festgesessen hatten. Das war es, was Sophie meinte – diese Scheiße würde uns immer wieder einholen. Mit einem schwermütigen Seufzen schaute ich auf das Display und überlegte, was ich dazu sagen sollte.

Er hatte sicher recht damit, schrieb ich schließlich zurück. *Auch wenn ich nicht weiß, worum es ging oder wie verzweifelt die Situation war. Und ehrlich gesagt hast du auch recht damit, dass ich wahrscheinlich genauso reagieren würde.*

Siehst du. Genau das meine ich. Dabei kennen wir uns überhaupt nicht. Und irgendwie wird mir das gerade zu viel. Also sei mir bitte nicht böse, wenn du in Zukunft nicht mehr so viel von mir hörst. Ich muss jetzt erst mal wieder zu mir selbst finden. Und überhaupt … Du hast doch sicher auch noch ein eigenes Leben neben dem Rettungsdienst.

Ich stieß ein kurzes, bitteres Lachen aus. Ja, natürlich hatte ich das. Und eigentlich mochte ich mein Leben, so wie es war. Nur dass Sophie in den letzten Wochen auf eine seltsame Art ein Teil davon geworden war und es mir unglaublich fehlen würde, mich regelmäßig mit ihr auszutauschen. Aber wenn es wirklich so war, dass ich ihr mehr schadete als gut tat, dann musste ich das wohl akzeptieren.

Ich atmete tief durch und schaute niedergeschlagen aus dem Fenster, vor dem sich in der Zwischenzeit ein paar ordentliche Gewitterwolken gebildet hatten. Wenn ich Pech hatte, würde ich auf dem Weg mit dem Fahrrad nach Hause also auch noch richtig nass werden. Was für ein Scheißtag!

Mit schwerem Herzen wandte ich mich wieder meinem Smartphone zu und schrieb gegen meinen Willen so etwas wie Abschiedsworte an Marie-Sophie.

Ich hatte befürchtet, dass du so etwas sagen würdest, und ich versuche zumindest, es zu verstehen. Aber leicht fällt es mir nicht. Versprich mir bitte, dass du dich meldest, wenn ich irgendwas für dich tun kann oder du dich einfach nur mal ausheulen willst! Ich bin vielleicht nur so ein Typ aus dem Internet, und das alles hier ist ziemlich verrückt, aber ich bin für dich da, okay?

Einen Moment lang passierte gar nichts. Dann sah ich, dass sie schrieb, und wartete ungeduldig darauf, dass die Nachricht endlich auf meinem Display angezeigt wurde. Es dauerte jedoch zu lange, sodass der Bildschirm plötzlich dunkel wurde. Hektisch aktivierte ich ihn wieder, während es gleichzeitig auch schon in meiner Hand vibrierte.

Okay, du verrückter Typ aus dem Internet, las ich. *Und danke. Für alles. Hat dir schon mal jemand gesagt, was für ein Schatz du bist? Und du kannst tatsächlich noch etwas für mich tun: Mach mit deiner Seite weiter! Zeig es all diesen Unwissenden, Uneinsichtigen und Stänkerern und mach diese Welt zu einem besseren Ort! Für Alex, für mich, und für all die anderen! Wenn es jemand kann, dann du. Da bin ich mir ganz sicher!*

Für Alex. Sie hatte es schon wieder gesagt, wenn auch vielleicht nur im Eifer des Gefechts. Aber ich würde einen Teufel tun und darauf reagieren. Wenn ihr so schon alles zu viel wurde, dann musste sie nicht auch noch wissen, dass ich durchschaut hatte, wer sie war. Also schrieb ich einfach nur: *Ich werde alles tun, was ich kann. Versprochen!*

Und das war es dann. Keine neue Nachricht, und einen Moment später war auch das Online-Symbol verschwunden. Frustriert schlug ich mit der Faust auf die Matratze neben mir und zuckte erschrocken zusammen, als es im selben Moment draußen blitzte, fast gleichzeitig donnerte und anfing zu schütten. Na toll! Und jetzt?

Ich stand auf, stellte mich ans Fenster und schaute dem Regen zu, wie er an der Scheibe runterlief. Unter mir erwachte ratternd das Rolltor zum Leben, und kaum dass es oben war, fuhren Hendrik und Lena mit Blaulicht und Martinshorn raus zu ihrem ersten Einsatz, während ich hier in meinen Rettungsdienstklamotten stand und auf etwas wartete, von dem ich selbst nicht wusste, was es war. Irgendeine Art von Wunder vielleicht. Doch es kam keins, also ging ich mich endlich umziehen, rief anschließend Julia an und bat sie, mich abzuholen.

Vielleicht hatte sie an meiner Stimme gehört, dass heute kein guter Tag war, jedenfalls sagte sie einfach nur: „Okay. Ich bin in zehn Minuten da."

Und plötzlich freute ich mich wie wahnsinnig darauf, sie gleich in den Arm nehmen zu können.

Sophie

Ruf mich bitte an! Jetzt gleich!

Immer wieder hämmerten mir Moritz' Worte durch den Kopf und lösten einen Sturm von Gefühlen in mir aus. Ein Teil von mir schrie danach, es tatsächlich zu tun. Dieses Versteckspiel zu beenden und einfach mitzunehmen, was ich an Trost und Verständnis von ihm kriegen konnte. Denn eine leise Stimme in mir war der Meinung, dass ich das in der Form woanders bestimmt nicht so schnell finden würde.

Ein anderer Teil dagegen ermahnte mich, ihn nicht nur als eine Schulter zum Ausheulen zu missbrauchen, denn mehr als das würde er wohl nie sein. Und wenn ich mich ihm als Sophie anvertraute, würde das mit der Heulerei ziemlich sicher noch mal ordentlich zulegen. Aber sollte ich ihm etwa sein eigenes schönes Leben mit seiner kleinen Familie versauen, nur weil wir bei diesem verdammten Unfall zufällig zur selben Zeit am selben Ort gewesen waren? Nein!

Und dann war da der Teil mit der Erinnerung an Alex. Dieses drängende „*Rufst du mich bitte trotzdem an?*“ hatte mich für einen Moment völlig aus der Bahn geworfen, weil es genauso gut Alex hätte gewesen sein können, der das geschrieben hatte. So wie damals, in dieser schrecklichen Nacht, als ich meinen Freund mehr als jemals sonst gebraucht hätte, und doch nicht mit ihm reden konnte.

Es war vor knapp zwei Jahren gewesen. Alex war für ein paar Tage mit Isabelle nach Berlin gefahren, und ich hatte mich mit Kiki zusammen am Samstagabend in das heimische Nachtleben gestürzt. Dabei hatten wir einen Freund von Alex getroffen, zusammen getrunken, getanzt und gelacht, bis er letztendlich angeboten hatte, mich nach Hause zu bringen. Kiki wollte mit einer Bekannten mitfahren, und für mich war es eigentlich nur ein kurzer Fußweg, aber mitten in der Nacht nahm ich den männlichen Begleitschutz gerne an. Ich kannte Steffen seit fast zwei Jahren, und er war ein netter Kerl, deshalb dachte ich mir auch nichts dabei, als er fragte, ob er schnell bei mir auf die Toilette gehen könnte. Aber ich hatte den Alkohol unterschätzt, und plötzlich wurde aus dem guten Bekannten ein triebgesteuerter Grobian, der nichts anderes im Sinn hatte, als mit mir zu schlafen. Ich weiß bis heute nicht, wie ich es geschafft hatte, ihn abzuwehren und aus meiner Wohnung zu schmeißen, bevor er dieses Ziel gewaltsam umsetzen konnte. Aber ich erinnerte mich zu gut an diese furchtbare Angst, die ich in dem Moment gehabt hatte. Und an die Scham, wie ich nur so blöd gewesen sein konnte, ihn in meine Wohnung zu lassen. Sicher würde er behaupten, dass ich es auch gewollt hatte. Es sah ja auch alles danach aus, oder? Und Alex? Steffen war sein Freund, da würde er sicher niemals glauben, dass ausgerechnet er sich auf diese Weise an mich heranmachen wollte. Verzweifelt rief ich damals bei Kiki an, doch ihr Handy war ausgeschaltet. Mit jemand anderem wollte ich nicht reden, also stellte ich mich erst mal für eine gefühlte Ewigkeit unter die Dusche, um die Spuren von Steffens grapschenden Händen abzuwaschen und verkroch mich anschließend tief unter meiner Bettdecke.

Nach einer schlaflosen Nacht kam morgens um neun der erste Anruf von Alex, doch ich ignorierte ihn. Er würde sofort merken, dass etwas nicht stimmte, aber was sollte ich ihm denn sagen? Dann der nächste und der nächste. Zwischendurch eine Nachricht: *Was ist passiert, Phi? Bitte sprich mit mir!*

Wie ich später erfuhr, hatte Steffen ihm eine Nachricht geschickt, die lautete: *Ich hätte gestern Abend im Suff beinah Scheiße gebaut. Sag Sophie bitte, dass es mir leidtut!*

Diese kryptische Andeutung hatte Alex natürlich verrückt gemacht, vor allem weil weder Steffen noch ich an unser Handy gegangen waren. Bis er mir gedroht hatte, sofort aus Berlin zurückzukommen, wenn ich ihn nicht endlich anrief. Also hatte ich es getan. Und nachdem ich ihm alles erzählt hatte, war er erst recht gekommen, hatte mich stundenlang tröstend im Arm gehalten und Steffen trotz aller Entschuldigungen fristlos die Freundschaft gekündigt.

Das war mein Alex. Und ich war mir ziemlich sicher, dass Moritz genauso sein würde. Als mir das bewusst wurde, wusste ich, dass ich auf Abstand gehen musste. Weil ich aus dieser Nummer sonst nicht mehr rauskommen und meinen Seelenfrieden wahrscheinlich nie mehr wiederfinden würde.

Es war allerdings härter als gedacht. Ich hatte mich schon so sehr an die Chat-Gespräche mit ihm gewöhnt, dass mein Leben ohne sie plötzlich öde und leer war. Immer wieder war ich in Versuchung, ihm doch zu schreiben und einfach nur mal zu fragen, wie sein Tag gewesen war. Aber dann zwang ich mich doch dazu, es sein zu lassen. Währenddessen wurde meine Laune immer schlechter und ich selbst immer lustloser und unmotivierter, selbst bei der Arbeit.

„Mein Gott, Sophie, was ist denn in letzter Zeit los mit dir?", stellte Kiki mich nach acht Tagen Moritz-Entzug hinten im Wareneingangsraum zur Rede. „Hast du deine Tage, oder was? Du läufst ja hier rum wie sieben Tage Regenwetter."

„Kann ich nicht einfach mal schlecht drauf sein?", grummelte ich unwillig.

„Doch. Sicher. Aber das kenne ich so nicht von dir, deshalb wüsste ich einfach gerne den Grund."

Schweigend suchte ich weiter in meinem Lager-Regal nach einem ganz bestimmten Krimi und hoffte, dass Kiki wieder in den Laden gerufen wurde, denn hier und jetzt konnte ich ihr unmöglich in Kurzform erzählen, was mit mir los war. Ich konnte es mir ja selbst nicht mal richtig erklären.

„Ist es wegen Alex?", fragte sie plötzlich sanft. „Weil er nächste Woche Geburtstag hat ... Ich meine ... gehabt hätte?"

Ich presste die Lippen fest aufeinander, versuchte verzweifelt die Tränen zurückzuhalten und zuckte hilflos mit den Schultern. Ja, auch das kam noch dazu.

„Ach, Süße. Komm mal her!" Kiki zog mich in ihre Arme und hielt mich einen Moment lang einfach fest.

„Er fehlt mir so", flüsterte ich weinend und meinte damit Alex. Doch irgendwo in mir wisperte eine leise Stimme: Und Moritz auch.

„Ich weiß." Meine Freundin drückte mich noch ein wenig fester an sich. „Fährst du hin?"

Ich nickte schwach. Natürlich würde ich am Donnerstag nach Hause fahren und Alex auf dem Friedhof besuchen. Dafür hatte ich extra meinen freien Tag getauscht.

Kiki atmete tief durch, schob mich ein wenig von sich und sah mich an. „Aber du kommst am Samstag trotzdem mit zum Weinfest, oder? Ich finde, du brauchst dringend ein bisschen Ablenkung, bevor du völlig depri wirst."

Das Weinfest! Das hatte ich tatsächlich vergessen. Es fand jährlich an diesem Wochenende im August auf dem großen Platz in der Innenstadt statt, und in den letzten zwei Jahren hatten wir damit angefangen, dass wir am Samstagabend nach Feierabend mit ein paar Kolleginnen zusammen dorthin gingen und ein bisschen tranken und über all die Dinge quatschten, zu denen man während der Arbeitszeit nie kam. Das war wirklich immer schön gewesen, und wahrscheinlich hatte Kiki recht, dass ich alleine zu Hause wirklich langsam depressiv werden würde … oder aus Verzweiflung Moritz schreiben und meinen persönlichen Teufelskreis wiederbeleben würde. Also schluckte ich die restlichen Tränen runter und nickte tapfer. Glücklicherweise war das Weinfest auch völlig Alex-freie Zone, denn wir waren nie zusammen dort gewesen. Er mochte keinen Wein und sah noch weniger einen Sinn darin, warum er für einen Traubensaft dorthin gehen sollte, also war er stattdessen immer lieber mit seinen Kumpels durch die Kneipen gezogen.

„Macht ihr euer Mädchen-Ding mal lieber alleine“, hatte er immer gesagt. „Ich bin ein Mann und brauche ein Bier.“

Ich sah sein vergnügtes Augenzwinkern direkt vor mir und musste lächeln. Es war zwar völliger Blödsinn, dass zum Weinfest nur Frauen gingen, aber für mich würde es wie jedes Jahr ein Mädelsabend werden. Und so kam ich auch gar nicht erst auf die Idee, daran zu denken, ob Moritz wohl auch dort sein würde. Bis ich an eben jenem Abend mit Kiki unsere Frauenrunde für einen Moment verließ, um mir etwas zu essen zu holen, meinen Blick dabei über den Platz schweifen ließ und ihm keine zwanzig Meter entfernt plötzlich direkt in die Augen schaute.

Moritz

Sophie meinte es wirklich ernst und ließ nichts mehr von sich hören. Immer und immer wieder starrte ich vergeblich auf mein stummes Handy-Display, in der blöden Hoffnung, dass sie doch wieder geschrieben hatte. Sie fehlte mir, mehr als ich jemals zugegeben hätte. Plötzlich fragte niemand mehr, wie es mir ging und ob ich eine gute oder schlechte Schicht gehabt hatte. Dabei hätte ich das gerade am Dienstag nach einem absolut üblen Einsatz mit einem Kleinkind dringend nötig gehabt. Aber ich verkniff es mir, ihr selbst einfach so wieder zu schreiben. Sie sollte schließlich nicht meine Kummerkastentante sein, bei all dem Kummer, den sie selbst mit sich rumtrug. Doch nicht nur deshalb vermisste ich sie. Es war einfach … alles. Und ich musste mich echt beherrschen, an meinem freien Freitag nicht ganz rein zufällig bei ihr im Laden aufzutauchen, um ein neues Buch zu kaufen. Oder drei oder fünf oder zehn, dabei hatte ich die letzten noch nicht mal alle durch, weil ich viel lieber ihre Nachrichten gelesen hatte.

Seufzend steckte ich mein Smartphone weg und überlegte, was ich bis zum nächsten Einsatz mit mir anfangen sollte. Fernsehen? Lesen? Schon was essen, für den Fall, dass ich später nicht mehr dazu kommen würde? Keine Ahnung.

„Du gefällst mir nicht“, hörte ich Chris plötzlich sagen und blickte überrascht zu ihm auf. „Brütest du irgendwas aus, oder wächst dir einfach nur das mit deinen beiden Frauen grad über den Kopf?“ Er grinste mich frech an.

„Ha ha“, machte ich humorlos. Hätte ich ihm bloß nicht die ganze Geschichte mit Sophie erzählt! Andererseits waren solche blöden Kommentare immer noch besser als sein strenges Stirnrunzeln, als wir neulich darüber gesprochen hatten. Mein Freund war nämlich der Meinung, dass ich immer noch ein echtes Problem mit diesem Chaos-Unfall hatte und mich nur deshalb so an Sophie klammerte, um mein völlig unbegründetes schlechtes Gewissen zu beruhigen.

„Bist du jetzt unter die Psychologen gegangen, oder was?“, hatte ich ihn angeknurrt.

„Nein. Aber vielleicht solltest du tatsächlich mal mit einem reden“, hatte ich als Antwort bekommen.

Schwachsinn! Weder hatte ich ein schlechtes Gewissen noch brauchte ich einen Psychologen. Ich brauchte einfach nur diese Gespräche mit Sophie – oder alternativ eine Gehirnwäsche, um sie wieder aus dem Kopf zu kriegen.

Chris hatte allerdings eine weitere Theorie, die jedoch auch nicht besser war, denn sie besagte, dass ich mich in Sophie oder Marie oder beide verliebt hatte.

„Ich glaube, jetzt brauchst du einen Psychologen“, hatte ich ihm darauf geantwortet. „Falls du es vergessen haben solltest: Ich habe seit Langem eine Freundin, die ich sehr liebe, und mit der ich gewisse Absichten habe. Also was soll der Scheiß? Ich weiß so gut wie nichts über Sophie. Wie sollte ich mich da in sie verliebt haben?“

„Keine Ahnung. Muss man Liebe immer verstehen?“

„Pfff ... Und selbst wenn es so wäre – sie trauert um ihren toten Freund. Was müsste ich für ein Arschloch sein, wenn ich mich keine drei Monate danach an seine Nachfolge mache? Ausgerechnet ich – derjenige, der ihn eigentlich retten sollte.“

„Momo ...“, hatte Chris versucht mich zu unterbrechen, doch ich hatte abgewunken.

„Vergiss es einfach. Du verstehst das eh nicht.“

Und nun saßen wir wieder hier zusammen. Ich ahnte, was Chris zu der neuen Situation sagen würde, also konnte ich ihm auch gleich den Wind aus den Segeln nehmen und erklärte sarkastisch: „Nach deiner Theorie hat Sophie mir sozusagen den Laufpass gegeben. Die Affäre ist also beendet, ich suhle mich gerade in meinem Liebeskummer und krieche jeden Tag reumütig zurück zu Julia, um wenigstens sie bei Laune zu halten.“

Mein Freund starrte mich fassungslos an. „Was?!“

Ich musste lachen und erklärte ihm dann, wie es tatsächlich war.

„Das ist echt ein bisschen schräg mit euch“, meinte er anschließend. „Aber die Kleine kann einem wirklich leidtun.“

„Ach nee“, spottete ich. „Hast du es jetzt also auch endlich kapiert?“

Als wenn es nur Mitleid gewesen wäre, was mich mit Sophie verbunden hatte. Aber alles Weitere wäre viel zu kompliziert geworden, um es ihm zu erklären, denn dazu hätte ich es ja selbst erst mal verstehen müssen.

Chris betrachtete mich einen Moment nachdenklich und klopfte mir dann auf die Schulter. „Es ist jedenfalls sicher gesünder für euch beide, wenn das jetzt vorbei ist. Und für deine Beziehung zu Julia sowieso. Ist nicht in zwei Wochen auch schon der Urlaub welcher?"

„Hmhmm", murmelte ich und musste bei seiner Anspielung unwillkürlich an den Ring denken, der sicher verstaut unten in meinem Spind steckte und auf seinen Einsatz wartete. Wie von selbst zogen sich meine Mundwinkel ein Stückchen nach oben. Zwei Wochen noch, in denen ich vielleicht auch so weit über Sophie hinweggekommen war, dass ich einfach mal nur komplett abschalten und zehn wundervolle Tage mit Julia in Schweden genießen konnte. Nur wir beide in dem kleinen Ferienhäuschen meines Freundes in den Schären, zwischendurch der eine oder andere Ausflug nach Göteborg, um alte Freunde zu treffen, und ein ganz besonderer Besuch mit Julia in einem der schönsten Restaurants, die ich in der Stadt kannte. Das war es, worauf ich mich konzentrieren sollte.

Und das war es auch, worüber wir uns zumindest teilweise unterhielten, als Julia und ich am folgenden Samstag zusammen mit meiner Schwester und ihrem Mann sowie zwei Freundinnen von Julia auf dem Weinfest standen und ich plötzlich Sophie entdeckte. Sie und eine andere junge Frau, mit der ich auch schon in der Buchhandlung zu tun gehabt hatte, hatten sich gerade an einem der Pavillons etwas zu trinken geholt, drehten sich jetzt um und setzten sich zu ein paar weiteren Frauen unterschiedlichen Alters an einen der Tische. Irgendwer musste etwas Lustiges gesagt haben, denn Sophie lachte, stellte ihr Wasserglas auf dem Tisch ab und versuchte unfallfrei wieder auf ihrem Platz anzukommen, was bei den eng stehenden Zeltfestbänken gar nicht so leicht war.

Unwillkürlich musste ich lächeln. Ich freute mich, sie zu sehen, und noch mehr freute ich mich, dass es ihr gut zu gehen schien. Sie unterhielt sich angeregt mit den anderen Frauen, nippte an ihrem Wasser und strich sich ab und zu eine ihrer lockigen Haarsträhnen hinters Ohr zurück. Ich musste mich echt beherrschen, nicht die ganze Zeit zu ihr hinzuschauen. Es war ohnehin ein Wunder, dass ich so freie Sicht dort rüber hatte und sich niemand in den Weg stellte. Aber wenn ich nicht aufpasste, würde Julia noch etwas bemerken, und es wäre sicher nicht leicht, ihr zu erklären, warum ich die ganze Zeit eine andere Frau beobachtete. So ab und zu konnte ich es mir allerdings nicht verkneifen, einen Blick zu Sophie zu werfen, und erschrak beinah selbst darüber, wie enttäuscht ich war, als sie plötzlich nicht mehr an ihrem Tisch saß. Wo war sie hin?

Ich suchte den Platz ab und fand sie und ihre Kollegin schließlich in der Schlange vor einem der Essensstände wieder, wo es frisch gebackene Brezeln und andere Kleinigkeiten gab. Für einen Sekundenbruchteil war ich in Versuchung rüberzugehen, weil ich ganz rein zufällig auch gerade totale Lust auf eine Brezel hatte. Doch im selben Moment drehte Sophie sich plötzlich um und schaute einmal über den Platz in die Runde, nicht suchend, sondern eher so, als wollte sie nur mal gucken, was so los war. Bis ihr Blick dabei genau auf meinen traf.

Ihre Augen weiteten sich etwas und erinnerten mich ein bisschen an ein verschrecktes Reh im Scheinwerferlicht. Es tat weh zu sehen, dass sie so auf mich reagierte, aber ich konnte mich leider nicht in Luft auflösen, um ihr ein paar schmerzhafte Erinnerungen zu ersparen. Stattdessen versuchte ich es mit einem beruhigenden Lächeln und freute mich, als sie es über die Menschenmenge hinweg zaghaft erwiderte. Doch viel zu schnell drehte sie sich danach wieder um und studierte eingehend die Essensauslage vor sich, als hätte sich in den letzten Sekunden etwas daran geändert.

Ich atmete unauffällig durch und lächelte still in mich hinein. Immerhin ein Lächeln. Dafür hatte sich der Abend doch schon irgendwie gelohnt. Eigentlich hatte ich nämlich gar nicht herkommen wollen, denn morgen früh um sieben musste ich wieder zum Dienst in der Wache sein, aber als nicht nur Julia, sondern auch meine Schwester Miriam angefangen hatte, mich zu überreden, hatte ich versprochen, zumindest ein, zwei Stunden mitzugehen. Jetzt war ich froh, dass ich es getan hatte, weil ich Sophie wiedersehen konnte … und verfluchte mich gleichzeitig dafür, weil sie mich wiedersehen musste, was sie doch nicht wollte. In mir tobten die widersprüchlichsten Gefühle, und ich konnte direkt den skeptischen Blick meines Freundes vor mir sehen, wenn er wüsste, wie ich hier gerade die eine Frau im Arm hielt und nebenbei den Blick einer anderen suchte.

Wie von selbst zog ich Julia etwas enger an mich und sah sie wie aus einem Traum gerissen an, als ich sie meinen Namen sagen hörte.

„Was? Sorry, Schatz, ich war grad abgelenkt."

Meine Freundin lachte. „Ich hab nur grad gesagt, dass du Miri sicher gerne einen ganzen Kofferraum voll Zimtschnecken aus Schweden mitbringst", erklärte sie schmunzelnd.

„Na klar", erwiderte ich und lächelte meine Schwester an. „Für dich schnall ich auch noch eine Dachbox aufs Auto."

Miriam seufzte sehnsüchtig. „Schön wär's. Aber leider soll man sich in der Schwangerschaft mit Zimt etwas zurückhalten."

„Du Ärmste." Ich stupste sie liebevoll an ihren dicken Babybauch. „Ich sag Thore Bescheid, dass er dir nach der Geburt ein großes Paket voll schickt, okay?"

Sie warf mir eine Kusshand zu. „Das ist mein Bruderherz."

Mein Schwager Nils stöhnte. „Ich hör's schon, mein armes Kind wird bereits mit der Muttermilch versaut."

Wir alle lachten, dann fragte eine von Julias Freundinnen, ob Miri wüsste, was es wird und ob die beiden schon einen Namen ausgesucht hätten, sodass ich mich noch einmal unauffällig zu Sophie umdrehen konnte. Die beiden Frauen hatten sich in der Zwischenzeit eine Brezel gekauft und waren auf dem Weg zurück zu ihrem Tisch. Und ich hätte schwören können, dass Sophie gerade eben zu mir rübergeschaut und in genau dem Moment den Kopf abgewandt hatte, als mein Blick zu ihr wanderte. Schade irgendwie.

Ich wandte mich wieder der kleinen Gruppe um mich herum zu, spürte dabei jedoch ein undefinierbares

Kribbeln im Nacken. Schaute sie gerade wieder zu mir? Oder bildete ich mir das nur ein?

Mensch, Momo, was ist nur los mit dir?! Sie ist einfach nur eine deiner Ex-Patientinnen, mit der du dich ein paar Mal nett unterhalten hast. Nicht mehr und nicht weniger, also stell dich nicht an wie ein blöder Teenager!

Demonstrativ rückte ich ein Stück zur Seite, sodass ich Sophie den Rücken zuwandte, legte Julia von hinten die Arme um die Taille und drückte ihr einen Kuss auf den Scheitel, woraufhin sie sich zufrieden an mich schmiegte. Schon viel besser.

Die Idylle hielt allerdings nicht lange an, denn plötzlich wurde es ein Stück von uns entfernt unruhig. Menschen schrien erschrocken auf, manche blickten hektisch um sich, als suchten sie etwas, andere liefen dazu und starrten auf eine bestimmte Stelle in der Mitte der Menge, und noch bevor ich den ersten Hilferuf hörte, wusste ich, was dieser Tumult zu bedeuten hatte. Ohne ein Wort ließ ich meine Leute einfach stehen und lief los. Aus dem Augenwinkel sah ich, dass Miriam denselben Gedanken hatte, doch ich befahl ihr, zu bleiben, wo sie war. Eine Schwangere im siebten Monat hatte nun echt nichts bei einem Notfall verloren. Dafür gab es hier noch genügend andere Leute – die jedoch nichts taten, sondern nur teilweise hilflos, teilweise sensationsgeil auf den röchelnden Mann am Boden starrten. Der eine oder andere holte zögernd sein Handy hervor, um im besten Fall die 112 zu rufen, doch als sie merkten, dass ich da war und die Absicht hatte, mich zu kümmern, hatte sich auch das schnell wieder erledigt.

Ich schubste die Gaffer rücksichtslos zur Seite und zog nebenbei mein eigenes Smartphone aus der Hosentasche. „Was ist passiert?", rief ich, als ich bei dem Mann angekommen war und feststellen musste, dass seine Atmung immer schlechter wurde und er kurz vorm Kreislaufzusammenbruch stand.

Eine Frau kauerte weinend neben ihm am Boden und schluchzte in abgehackten Sätzen: „Ich weiß nicht ... gerade eben ging es ihm noch total gut. Und dann ... ganz plötzlich kriegte er keine Luft mehr."

„Einfach so? Oder gab es vielleicht irgendeinen Grund dafür? Hat er irgendetwas Außergewöhnliches gegessen oder getrunken? Oder kann ihn etwas gestochen haben?"

„Nein ... das heißt, doch ... Da war vorhin immer eine Wespe um ihn herum, und ... kurz bevor er zusammengebrochen ist, hat er noch fluchend nach ihr geschlagen, aber ... davon kriegt man doch nicht so was ... oder?"

Oh doch! Ich sah sie mit ernster Miene an. „Ist Ihr Mann allergisch gegen Insektengift?"

Sie blickte mit großen Augen zu mir auf. „Nein ... also ... keine Ahnung. Nicht, dass ich wüsste."

Spätestens jetzt musste sie es wohl herausfinden, denn meiner Meinung nach deutete alles auf einen allergischen Schock hin. Ich brachte den mittlerweile bewusstlosen Mann in die stabile Seitenlage und überstreckte seinen Kopf, damit er besser atmen konnte, als mein Schwager Nils auch schon mit dem Handy am Ohr neben mir kniete und ich hörte, wie er der Leitstelle unsere Position durchgab. Sehr gut. Aber etwas anderes hatte ich vom Mann meiner Schwester auch nicht erwartet.

„Sie sollen den Notarzt gleich mitschicken", wies ich ihn an, während ich mein eigenes Handy wieder wegsteckte und am Körper des Mannes Ausschau nach roten Pusteln hielt, die auf eine Einstichstelle hindeuteten. „Verdacht auf anaphylaktischen Schock nach einem Wespenstich. Phase 4."

Nils tat, wie ihm befohlen und erklärte der Leitstelle, dass ich als Rettungsassistent in zivil vor Ort war und die Ersthelfermaßnahmen übernommen hatte. Das „in zivil" war es, was mich daran am meisten störte, denn alles, was ich zur Verfügung hatte, waren mein Kopf und meine Hände, kein kompletter Notfallkoffer. Und in genau diesem Moment versagte auch noch der Kreislauf des Mannes. Ich drehte ihn auf den Rücken und begann mit der Herzdruckmassage, während Nils die Leitstelle über die Reanimation informierte. Um uns herum stand eine große Menschentraube und glotzte, doch ich war wie im Tunnel und nahm sie überhaupt nicht wahr. Alles, was jetzt zählte, war das Leben dieses Mannes. Seine Frau war erschrocken zurückgewichen und beobachtete kreidebleich jeden meiner Handgriffe.

Ich pumpte und pumpte und überlegte nebenbei fieberhaft, wo hier in der Nähe der nächste Defibrillator hing und ob wohl jemand von diesen Gaffern in der Lage wäre, ihn mir herzuholen, als plötzlich Sophie mir gegenüber auf die Knie sank und fragte: „Kann ich dir irgendwas helfen?"

Sophie

Als ich Moritz neben einem der Weinpavillons entdeckte, setzte mein Herz einen Schlag lang aus, nur um daraufhin umso schneller wieder loszupoltern. Er schaute mir direkt in die Augen, und ich fragte mich, ob er mich schon länger beobachtet hatte. Ein Teil von mir wollte flüchten und in der Menge untertauchen. Ein anderer war stärker, blieb stehen und hielt seinem Blick einen Moment lang stand.

Das hier ist ein öffentliches Fest, redete ich mir gut zu. Wir leben in derselben Stadt, also läuft man sich dort auch mal über den Weg. Aber er ist weit genug weg und er hält seine Freundin im Arm, also wird er wohl kaum rüberkommen, um mit dir über den Unfall oder sonst etwas zu plaudern. Außerdem weiß er nicht, dass du auch Marie bist. Also tu einfach so, als wäre er nicht da oder einfach nur irgendein Kerl, der da steht und sich mit ein paar Freunden unterhält!

Aber wie sollte ich das schaffen, wenn es sich anfühlte, als würde sein Blick bis in die tiefsten Winkel meiner Seele reichen? Ich kriegte es gerade noch so hin, sein Lächeln schwach zu erwidern, dann drehte ich mich wieder um und versuchte, mir vor Kiki nichts anmerken zu lassen. Zum Glück hatte sie schon ein Glas Wein intus, und das reichte bei ihr bereits aus, um nicht mehr ganz so die Blitzmerkerin zu sein. Denn von selbst wanderte mein Blick zurück zu Moritz und registrierte erleichtert, dass er sich wieder seinen Leuten zugewandt hatte. Die schwangere Frau neben ihm warf ihm gerade eine Kusshand zu, und man konnte sehen, dass die beiden eine enge Verbindung hatten. Ob sie seine Schwester war? Eine gewisse Ähnlichkeit war jedenfalls vorhanden.

Es musste schön sein, Moritz als Bruder zu haben. Sie war zwar die Ältere, wenn ich mich richtig erinnerte, aber er würde sie sicher trotzdem beschützen und alles für sie tun. Genau wie für seine Freundin, der er locker einen Arm um die Taille gelegt hatte.

Ich zuckte erschrocken zusammen, als ich merkte, dass er im Begriff war sich umzudrehen. Schnell senkte ich den Blick und biss in meine Brezel. Erst als ich wieder an unserem Tisch saß und mich im Zweifelsfall hinter Kikis Rücken wegducken konnte, wagte ich es noch einmal, zu ihm rüberzuschauen. Es war wie ein albernes Katz-und-Maus-Spiel. Warum zum Teufel konnte ich ihn nicht einfach ignorieren?! Aber zumindest stand er jetzt mit dem Rücken zu mir, sodass ich mich nicht wieder in seinen Augen verlieren konnte. Wäre ja auch blöd gewesen, wenn uns seine Freundin dabei erwischt hätte, die er mittlerweile fest umschlungen im Arm hielt.

In meinem Bauch machte sich ein leichtes Ziepen bemerkbar. So was wie … Blödsinn! Das war einfach nur Neid. Ich war definitiv schon viel zu lange alleine. Doch bevor sich dieser Gedanke in mir festsetzen konnte, sah ich plötzlich, wie Moritz sich alarmiert umschaute und dann ohne zu zögern auf eine etwas entfernte Menschenmenge zulief. Was war denn da los?

Ich schaute zurück zu seinen Begleitern. Seine schwangere Schwester, oder wer auch immer sie war, wollte hinter ihm her, wie es aussah, blieb dann aber doch stehen, nachdem Moritz sich noch einmal zu ihr umgedreht und irgendetwas gesagt hatte. Stattdessen folgte ihm der Mann, der noch zu ihrer Gruppe gehörte. Moritz' Freundin guckte ihnen wenig begeistert hinterher. Hatten sie sich gestritten? Aber was hatte diese aufgebrachte Menschenmenge damit zu tun?

Dann dämmerte es mir plötzlich, und als sich Moritz' Begleiter einen Weg durch die Menge bahnte, konnte ich auch sehen, dass dort eine Person am Boden lag – und alle anderen nur gafften. Das Herz schlug mir bis zum Hals, als ich aufstand und Kiki drängte, mich vorbeizulassen. Ich hatte keine Ahnung, was mich dort drüben erwarten würde, und selbst wenn hätte ich nicht gewusst, was ich tun musste. Aber ich hätte es mir nie verziehen, nichts zu tun. Außerdem war Moritz da und konnte mir sicher sagen, was ich machen sollte.

„Was ist denn los?", fragte meine Freundin überrascht. „Musst du so dringend für kleine Mädchen, oder warum hast du es so eilig?"

„Nun mach schon", fuhr ich sie ungeduldig an, und als der Weg frei war, stürzte ich blindlings über den Platz.

„Sophie?!", hörte ich Kikis Stimme hinter mir, doch ich reagierte nicht darauf und lief weiter. Mühsam drängte ich mich zwischen den Gaffern hindurch und blieb wie erstarrt stehen, als ich sah, dass Moritz dabei war, einen Mann wiederzubeleben. Ohmeingottohmeingottohmeingott! Auch noch der schlimmste Fall von allen. Und ausgerechnet der Teil, den ich bei meinem verkorksten Erste-Hilfe-Kurs verpasst hatte.

Egal! Ich spürte, wie ein Ruck durch mich hindurch ging, atmete tief durch und kniete mich vor Moritz und den bewusstlosen Mann auf den Boden.

„Kann ich dir irgendwas helfen?“

Moritz hob überrascht den Kopf, und für einen Sekundenbruchteil fürchtete ich, dass ich ihn mit meinem Auftauchen aus dem Rhythmus bringen könnte. Doch dafür war er viel zu sehr Profi und drückte stoisch weiter den Brustkorb des Mannes. Nur ein kurzes Flackern in seinen Augen zeigte mir, wie erstaunt und erfreut und gleichzeitig besorgt er über meine Anwesenheit war. Aber er ließ kein Wort darüber fallen, sondern sagte stattdessen: „Ja. Lauf rüber zur Sparkasse. Im Eingangsbereich hängt irgendwo ein roter Kasten mit einem Defibrillator drin. Den brauche ich hier.“

„Alles klar.“ Ich sprang auf, drehte mich um und hätte dabei beinah Kiki umgerannt, die mir unbemerkt gefolgt war.

„Noch irgendwas?“, hörte ich sie fragen und bekam gerade noch mit, wie Moritz sie zum Eiscafé schickte, um ein paar Decken zu organisieren, bevor ich mich durch die Menge kämpfte, um den Defibrillator zu holen. Wie ferngesteuert lief ich zur Sparkasse, fand auf Anhieb den roten Kasten und rannte mit dem Inhalt wieder zu Moritz, während der Rest der Welt nicht mehr wirklich existierte, sondern höchstens als ärgerliches Hindernis im Weg stand.

Als ich zurück war, hatte Moritz’ Begleiter den Notruf beendet und die Wiederbelebung übernommen. Moritz selbst nahm mit einem knappen: „Danke“, den kleinen Koffer von mir entgegen und drückte auf eine Taste, woraufhin das Ding anfing zu sprechen. Man merkte jedoch sofort, dass er überhaupt nicht zuhörte, sondern der Ansage schon immer einen winzigen Moment voraus war. Rücksichtslos riss er das Hemd des Mannes auf, klebte die Elektroden auf seine Brust, bat den anderen Ersthelfer kurz mit der Herzdruckmassage aufzuhören und drückte einen weiteren Knopf am Defibrillator.

Atemlos beobachtete ich, wie alle innehielten, während das Gerät seine Analyse durchführte, und riss entsetzt die Augen auf, als das Ding sagte: „Kein Schock empfohlen.“ Hieß das etwa, dem Mann war nicht mehr zu helfen und er war tot? Ich taumelte ein wenig und bekam nicht mehr mit, was der Defibrillator als Nächstes sagte. Was auch immer es war, Moritz’ Begleiter fing wieder an mit der Herzdruckmassage.

In dem Moment wurde mir klar, dass ich unbedingt diesen Erste-Hilfe-Kurs noch mal machen musste! Denn ich hatte das dumme Gefühl, dass ich dann wüsste, was hier gerade vor sich ging. Bevor ich jedoch weiter darüber nachdenken konnte, kam Kiki mit ein paar Decken zurück. Moritz ließ sich eine davon geben, um den Bewusstlosen so gut es ging damit warmzuhalten. Für die anderen wies er meine Freundin an, sich ein paar Leute zu schnappen, die nicht ganz so sensationsgeil aussahen, und mithilfe der Decken einen Sichtschutz zu bauen. Wow! Er dachte wirklich an alles. Und hierbei hatte er mit Kiki genau die richtige für den Job. Die Wirkung des Alkohols war offensichtlich plötzlich verflogen, denn ohne zu zögern wies sie auf ein paar Leute und sagte feldwebelartig: „Du, du, du, du und du – Decken so hochhalten, dass die Jungs hier in Ruhe arbeiten können. Und die eigene Nase schön Richtung Kirchturm, alles klar?"

Wäre die Situation nicht so dramatisch gewesen, hätte ich sicher lachen müssen. Und ich bemerkte, dass auch Moritz überrascht aufblickte, wobei ich mir einbildete, ein amüsiertes Lächeln auf seinen Lippen wahrzunehmen.

Ich sah ihn an und fragte mich, ob ich noch irgendetwas tun könnte, außer mir auch eine der Decken zu schnappen und hochzuhalten. Als hätte er meine Gedanken gelesen, erwiderte Moritz meinen Blick und winkte mich zu sich heran. Mit wackeligen Beinen ging ich neben ihm in die Hocke. Er deutete auf die verzweifelte Frau, die ein Stück neben uns am Boden kauerte und jede seiner Bewegungen ängstlich beobachtete.

„Kannst du dich ein bisschen um sie kümmern?", raunte er mir leise zu. „Rede ihr einfach gut zu und sag ihr, dass er schon wieder in Ordnung kommt."

Ich nickte zögernd und schluckte schwer. „Wird er das denn?"

Moritz sah mich einfach nur an, doch das war Antwort genug. Denn sein Blick sagte: Ich weiß es nicht, aber ich hoffe es.

Dann wandte er sich wieder dem Mann zu, machte damit weiter, irgendetwas an seinen Armen und seinem Hals zu untersuchen, ohne seinem Begleiter bei der Herzdruckmassage in die Quere zu kommen, und murmelte gerade in dem Moment, in dem ich mich umdrehen wollte: „Bingo."

Ich musste einen ziemlich ratlosen Eindruck gemacht haben, denn er blickte zu mir auf und erklärte, dass der Mann von einer Wespe gestochen worden war und allergisch darauf reagierte.

Ein Wespenstich? Ich schüttelte ungläubig den Kopf. Aber es war der falsche Zeitpunkt, um genauer nachzufragen, also beeilte ich mich, zu der völlig aufgelösten Frau zu kommen. Sie war, genau wie der Mann, vielleicht so um die fünfzig, und hatte ganz offensichtlich furchtbare Angst.

Ich legte einen Arm um ihre Schulter und redete beruhigend auf sie ein, genau wie Moritz es gesagt hatte.

„Machen Sie sich keine Sorgen", sagte ich zu ihr. „Ihr Mann hat wirklich Glück, denn er ist zufällig dem besten Rettungsassistenten der Stadt vor die Füße gefallen."

Die Frau lächelte schwach. Nur ganz kurz, aber ich konnte spüren, wie sie tatsächlich langsam ein bisschen ruhiger wurde.

„Hören Sie? Der Rettungswagen und Notarzt sind auch schon gleich da", redete ich weiter, als ich ganz in der Nähe das Martinshorn hörte. Dabei zog sich mein Bauch jedoch schmerzhaft zusammen, als wollte er meine Worte Lügen strafen. Die Rettungskräfte zu hören und zu sehen hieß schließlich noch lange nicht, dass sie auch sofort hier sein würden.

Ich holte tief Luft und hoffte, dass die Frau nichts von meiner eigenen Angst mitbekam. Sie machte jedoch keinerlei Anzeichen dafür. Stattdessen spürte ich einen anderen Blick auf mir, und als ich mich umsah, schaute ich Moritz direkt in die Augen. Ganz kurz nur, bevor er sich wieder abwandte und drei oder vier der Gaffer losschickte, den Rettungswagen einzuweisen und die restlichen Leute zur Seite zu drängen, doch es fühlte sich an wie eine beruhigende Umarmung.

Und dann ging plötzlich doch alles ganz schnell. Der Platz wurde in flackerndes Blaulicht gehüllt, Türen wurden aufgeschlagen, eine Trage herangefahren, und schon knieten zwei Sanitäter und ein Notarzt um den Mann herum. Der dritte Sani blieb zunächst stehen und grinste Moritz an, der gerade eben wieder die Herzdruckmassage von seinem etwas atemlosen Begleiter übernommen hatte.

„Schau an, der Momo. Hätte ich mir ja denken können, dass ein Sani vor Ort ist, wenn wir so genaue Infos zu einem Einsatz kriegen."

„Halt die Klappe und mach deinen Job", knurrte Moritz etwas abgehackt durch die ruckartigen Pumpbewegungen. „Ich mach hier erst mal weiter, dann kannst du dich ums Protokoll und die Meldung fürs Krankenhaus kümmern."

„Aye, aye, Sir", erwiderte sein Kollege und wandte sich dann an Moritz' Begleiter, der ihm erklärte, was passiert war. Anschließend kam der Sanitäter auf mich und die Frau zu, und er fragte sie nach dem Namen und Geburtsdatum ihres Mannes und ob er wohl seine Versichertenkarte dabei hatte.

Ich starrte währenddessen reglos zum Ort des Geschehens und betete im Stillen, dass der Mann es schaffen würde. Der Notarzt gab ihm gefühlt eine Spritze nach der nächsten. Einer der Sanitäter reichte ihm die Medikamente an, der andere beatmete den immer noch bewusstlosen Mann, und Moritz pumpte und pumpte. Alles sah aus wie ein unglaublich gut eingespieltes Team, bei dem nur einer seine Rettungskleidung vergessen hatte.

Als der Mann schließlich in den Rettungswagen gebracht worden war und mit Blaulicht und Martinshorn ins Krankenhaus gefahren wurde, kam Moritz zu mir. Ich spürte ein nervöses Flattern im Magen, doch die Nachwirkungen von dem Vorfall waren stärker als der Gedanke an das, was vor diesem Abend zwischen uns gewesen war.

Moritz blickte zunächst an mir vorbei zu Kiki und ihrer Decken-Bande und sagte: „Vielen Dank, Leute. Ihr habt uns und dem armen Mann einen großen Gefallen getan."

Kiki, die gerade die Decken wieder einsammelte und zusammenfaltete, lächelte ihn an, die anderen murmelten nur irgendetwas und wandten sich dann ab. Die Show war zu Ende.

„Tja, dann will ich mal", bemerkte meine Freundin, hob den Stapel hoch und deutete mit dem Kopf rüber zum Eiscafé.

Ich nickte nur, während Moritz: „Danke", sagte und sich zu mir umdrehte. Seine Augen tasteten prüfend mein Gesicht ab. „Alles okay bei dir?", fragte er sanft.

Ich nickte wieder und lächelte tapfer. „Ja. Das muss glaub ich nur erst mal ein bisschen sacken."

Seine Miene blieb ernst und besorgt. „Sophie …", begann er stockend. „Ich weiß, du hörst nicht gerne auf mich, aber so was wie das hier ist nicht so ganz ohne. Also … wenn irgendwas ist oder du einfach reden willst, ruf mich bitte an, okay? Egal um welche Zeit. Manchmal wird einem erst Stunden später bewusst, was da eigentlich passiert ist, und ich will nicht, dass du das dann alleine durchmachen musst."

„Okay", gab ich kleinlaut zurück, weil ich ahnte, dass er wieder mal recht haben würde. Wahrscheinlich steckte ich im Moment tatsächlich einfach noch bis oben hin voll mit Adrenalin. Aber was, wenn das nachlassen würde?

Ich schüttelte den Gedanken beiseite und schaute Moritz in die Augen, die so sanft waren und gleichzeitig doch so viel Stärke geben konnten. Ihm merkte man zumindest nichts davon an, dass er gerade eben noch unter vollem Einsatz ein Leben gerettet hatte – hoffentlich.

Eine gefühlte Ewigkeit lang hielt er meinen Blick einfach nur schweigend fest, dann lächelte er mich an und sagte: „Du warst jedenfalls großartig."

Ich lachte leise auf. „Ich hab doch gar nichts gemacht."

Er legte den Kopf schief. „Wenn du es nichts nennen willst, dass du geholfen hast, jemandem das Leben zu retten."

Ein wenig verlegen senkte ich den Blick. „Glaubst du, dass er es schaffen wird?", fragte ich schließlich leise.

„Ja."

Ja? Ich hob überrascht den Kopf. Moritz lächelte mich an. „Ich kann es natürlich nicht beschwören. Aber die Kollegen hatten vorhin im Rettungswagen schon wieder einen Ausschlag auf dem EKG. Also wenn nicht irgendetwas Unvorhersehbares passiert, dürfte er gute Chancen haben."

„Oh mein Gott." Ich lachte erleichtert auf und spürte, wie mir eine Träne über die Wange rollte.

Moritz hob die Hand, gerade so, als wollte er sie mir wegwischen, doch in genau dem Augenblick tauchte seine Freundin neben uns auf, und er ließ die Hand wieder sinken.

„Mo?“, sagte sie. „Bist du hier langsam fertig? Caro und Nessi wollen noch ins *Maxx* und haben gefragt, ob wir mitkommen.“

Ich sah, wie ein Schatten über sein Gesicht huschte und spürte, wie unangenehm ihm die Situation war. Doch nach außen hin blieb er gelassen und antwortete: „Können wir das bitte gleich in Ruhe besprechen? Ich brauche hier noch einen Moment.“

Erst jetzt schaute die junge Frau zu mir und schien sich zu fragen, wer ich war. Sie machte allerdings keinerlei Anzeichen, dass sie mich wiedererkannte, nachdem wir uns in der Buchhandlung schon mal kurz gesehen hatten. Aber wer erinnerte sich auch schon an eine einfache Verkäuferin?

„Die junge Frau hier hat vorhin Erste Hilfe geleistet, aber Hendrik hat vergessen, ihre Daten mit aufzunehmen“, hörte ich Moritz erklären. „Ich erledige das noch und komme dann gleich.“

Ach ja? Ich überlegte, wozu irgendwer meine Daten brauchen sollte, nur weil ich einen öffentlichen Defibrillator hergeholt hatte, aber ich setzte mein Pokerface auf und wartete genau wie Moritz darauf, dass sie uns wieder alleine ließ.

„Beeil dich bitte“, bemerkte sie und ging zurück zu ihren Begleiterinnen, die ein Stück entfernt auf sie warteten.

„Tut mir leid", sagte Moritz zerknirscht. „Wir haben durch meinen Job so wenig Zeit miteinander, da hat sie sich den Abend einfach anders vorgestellt."

„Wer hat das nicht?", gab ich mit einem verständnisvollen Lächeln zurück. „Aber hättest du ihn deshalb dort liegen lassen sollen?"

Moritz betrachtete mich einen Moment lang wortlos, doch ich konnte sehen, wie es hinter seiner Stirn arbeitete. Schließlich zog er sein Smartphone aus der Hosentasche und tat so, als tippte er darauf herum. „Damit es wenigstens so aussieht, als wenn ich deine Daten aufnehme", erklärte er, als er meinen fragenden Blick sah. „Sorry für die kleine Notlüge, aber ich wollte nicht, dass wir schon wieder so auseinandergerissen werden."

„Schon okay", winkte ich ab und wusste nicht, ob mich seine Aussage eher froh oder nervös machen sollte, denn nach all der Aufregung drohte die Situation plötzlich wieder ziemlich persönlich zu werden. Deshalb fügte ich schnell hinzu: „Wir sind hier doch eigentlich auch fertig, oder?"

„Hmhmm." Er sah mich an und rührte sich nicht von der Stelle.

„Tja dann", sagte ich leise. „Meine Kolleginnen wundern sich sicher auch schon, wo Kiki und ich abgeblieben sind. Also … mach's gut." Noch ein langer Blick, dann drehte ich mich um und wollte gehen. Ohne zu wissen, ob das hier einfach nur ein Zwischenfall gewesen war, oder ob ich ihn tatsächlich anrufen oder ihm schreiben und den Kontakt zu ihm wieder aufnehmen würde. Im Moment war ich auch viel zu durcheinander, um überhaupt irgendetwas zu wissen.

„Marie!“, hörte ich ihn da plötzlich hinter mir herrufen.

Marie?! Wie erstarrt blieb ich stehen und wusste in derselben Sekunde, dass ich mich damit verraten hatte. Zögernd drehte ich mich wieder um und warf ihm einen schüchternen Blick zu.

Moritz lächelte mich besänftigend an. „Ich wollte nur sichergehen, dass ich mich nicht geirrt habe.“

Ich schaute ihn einfach nur schweigend an und kaute verlegen auf meiner Unterlippe. Auch er sagte nichts weiter, und für einen Moment schien die Zeit einfach stehen geblieben zu sein.

„Ich hab mich verraten, als ich von Alex geschrieben habe, oder?“, fragte ich schließlich leise.

Zu meiner Überraschung schüttelte er den Kopf und sagte: „Nein. Ich habe es von Anfang an gewusst.“

Was?! Aber … Er hatte doch … Mein armes Hirn war mit dieser Information völlig überfordert. Er hatte es die ganze Zeit gewusst? Und nichts gesagt? Was war das für ein Spiel? Clever bluffen für Profis? Ich überlegte fieberhaft, was ich ihm unter dem Deckmantel meines falschen Ichs alles anvertraut hatte, während mir das Herz bis zum Hals hochschlug.

„Hey.“ Plötzlich stand Moritz direkt vor mir und hielt mich an den Oberarmen fest. „Sei mir bitte nicht böse, Sophie. Ich hatte einfach Angst, dass du sofort aufhören würdest, mir zu schreiben, wenn ich es dir gesagt hätte. Und das wäre echt schade gewesen.“

Ich schluckte schwer und wusste nicht, was ich sagen sollte. Ich hatte keine Ahnung, ob ich ihm böse sein sollte oder nicht, denn wahrscheinlich hatte er einfach nur recht mit seiner Vermutung.

Langsam hob ich den Kopf, und als sich unsere Blicke trafen, wusste ich, dass er niemals vorgehabt hatte, mich in böser Absicht zu täuschen. Im Gegenteil. Er war so rücksichtsvoll gewesen, dass er sich dabei sogar selbst verleugnet hatte. Aber warum? Was war das hier zwischen uns? Ich versuchte in seinen Augen eine Antwort darauf zu finden, doch der Ausdruck darin war genauso undefinierbar wie das Gefühl in meiner Magengegend. Das waren ganz bestimmt keine Schmetterlinge oder irgendetwas in dieser Richtung, das hätte ich schließlich erkannt. Und trotzdem hatte ich das dringende Bedürfnis, mich in seine Arme zu drängen und an ihn zu schmiegen.

Bevor ich dem nachgeben konnte, holte mich allerdings ein genervtes: „Moooritz!“, zurück in die Wirklichkeit. Es klang wie eine Mutter, die zum wiederholten Mal nach ihrem störrischen Kleinkind rief.

Moritz zuckte zusammen, und auch wenn er versuchte, es zu verbergen, spürte ich, wie es in ihm brodelte. „Ich muss jetzt gehen“, erklärte er mühsam beherrscht. „Versprichst du mir, dass du dich bei mir meldest? Egal, auf welchem Weg oder unter welchem Namen.“

Wie von selbst fing mein Kopf an zu nicken, ohne dass sein Inneres noch irgendeinen Mucks dazu von sich geben konnte.

„Okay.“ Ein letzter Blick, ein flüchtiges Drücken meiner Hand, dann war er zwischen zwei Grüppchen von Weintrinkern verschwunden.

Puhhh! Ich atmete tief durch und schaute in die Richtung, in die er gegangen war, doch ich konnte ihn nirgends mehr sehen. Was vielleicht auch besser war, denn irgendwo dort war auch seine Freundin.

„Was war das denn gerade?", erklang Kikis Stimme plötzlich neben mir.

„Einsatznachbesprechung", murmelte ich geistesgegenwärtig und drehte mich zu ihr um.

Sie sah mich mit gerunzelter Stirn an. „So nennt man das also neuerdings."

„So nennt man was?"

„Na … das!", erwiderte sie energisch, weil sie davon ausging, dass ich genau wusste, was sie meinte, und es sich nur nicht auszusprechen traute. Zu Recht.

„Hör auf damit, Kiki!", ermahnte ich sie. „Du hast keine Ahnung, was hier gerade vor sich geht. Ich weiß es ja selbst nicht."

Meine Freundin musterte mich schweigend, immer noch mit einer tiefen Falte auf der Stirn. „Kannst du mir dann vielleicht wenigstens erklären, warum er dich Marie nennt?"

Sie war anscheinend schon eine ganze Weile wieder vom Eiscafé zurück und hatte uns beobachtet.

Ich seufzte ergeben. „Das ist eine ziemlich lange Geschichte."

Kiki hakte sich bei mir ein. „Dann würde ich vorschlagen, wir verabschieden uns von den Mädels, fahren zu dir nach Hause und du erzählst mir, was du mir eigentlich in letzter Zeit so alles vorenthalten hast. Es sei denn, du willst dich erst noch sinnlos betrinken, um diesen Abend irgendwie zu verdauen."

„Um Gottes willen! Bloß nicht!“

„Hab ich mir gedacht. Also, ab mit dir. Ich hab das Gefühl, das wird noch eine lange Nacht.“

Moritz

Warum?!

Warum konnte meine Freundin nicht verstehen, dass das mit dem Lebenretten nicht mit einem Glockenschlag zum Feierabend vorbei war? Warum hatte Julia mir nicht mit dem Mann geholfen? Warum hatte sie kein Verständnis dafür, dass ich danach bestimmt nicht noch mit in den Club gehen wollte? Warum kam sie überhaupt auf die Idee, danach zu fragen, wo sie genau wusste, dass ich am nächsten Morgen um sieben schon wieder zum Dienst musste? Warum konnte sie nicht ein kleines bisschen so sein wie Sophie?

Warum? Warum? Warum?

Seit Stunden stellte ich mir diese Fragen und starrte dabei beinah unentwegt auf mein Handy, in der Hoffnung, dass Sophie sich melden würde. Mittlerweile war es fast Mitternacht und ich sollte eigentlich lieber schlafen, um morgen für die Schicht fit zu sein. Aber ich konnte nicht. Julias Vorwürfe und ihr beleidigter Abgang, als sie sich alleine mit ihren Freundinnen auf den Weg zum *Maxx* machte, lagen mir schwer im Magen. Und nicht zu wissen, wie es Sophie nach unserem Ersthelfer-Einsatz ging, machte die Sache nicht besser. Für mich war das beinahe Alltag gewesen, aber ich wusste, wie schlimm eine solche Situation für einen Laien sein konnte, auch wenn er oder sie es selbst erst gar nicht so wahrnahm. Ich hätte Julia in dem Moment gehen lassen sollen, nicht Sophie. Für meine Beziehung hätte es kaum einen Unterschied gemacht, aber wenigstens wüsste ich dann, dass Sophie nicht völlig traumatisiert in irgendeiner Ecke kauerte und sich die Augen ausheulte. Denn im schlimmsten Fall waren es nicht nur die Nachwirkungen von heute, sondern es kamen auch noch die Erinnerungen an ihren eigenen Unfall und den Tod ihres Freundes dazu.

Verdammt, verdammt, verdammt!

Ich raufte mir die Haare, presste mir die Handballen auf die Augen und überlegte, was ich tun konnte. Ihre Nummer hatte ich nicht. Ihre Adresse auch nicht. Ich hatte sie zwar in der Nacht von ihrem Unfall aufgenommen, aber auf das Einsatzprotokoll hatte ich längst keinen Zugriff mehr. Der einzige Anhaltspunkt war also die Buchhandlung, aber bis die am Montagmorgen wieder öffnete, war es noch ewig lange hin.

Frustriert nahm ich die Fäuste runter, atmete tief durch und entdeckte plötzlich das kleine Online-Symbol neben Maries Namen. Im selben Augenblick ploppte das Nachrichtenfenster auf.

Hey.

Nur drei Buchstaben, doch in diesem Moment waren sie das Schönste und Wichtigste, was ich je gesehen hatte.

Hey, schrieb ich furchtbar einfallsreich zurück, weil ich mich selbst erst mal sortieren und meinen Herzschlag unter Kontrolle kriegen musste. *Wie geht es dir? Alles okay?*

Geht so. Ich kann nicht schlafen, weil ich gleich alles wieder vor mir sehe, sobald ich die Augen zumache.

Das kann ich mir vorstellen. Aber denk einfach daran, dass alles glimpflich ausgegangen ist, versuchte ich ihr gut zuzureden.

Ja. Ich möchte auch nicht wissen, wie es sonst wäre, schrieb sie zurück. *Und du? Ich nehme an, du bist nicht mehr mit ins Maxx gegangen, oder?*

Das war jetzt hoffentlich keine ernst gemeinte Frage!, gab ich lächelnd zurück und war froh, dass sie es genau so gefragt und damit klargemacht hatte, dass sie mir das nicht zutraute. Ich war vielleicht Profi und der Einsatz auf dem Weinfest so was wie Routine, aber so abgebrüht war ich dann doch nicht, dass ich in meiner Freizeit mal eben ein bisschen Wiederbelebung machte und danach fröhlich feiern ging. Wenn sie das geglaubt hätte, hätte ich echt an allem zweifeln müssen, was ich bisher in ihr gesehen hatte. Und das konnte nicht sein. Nicht bei Sophie! Und auch nicht bei Marie, wenn wir gerade schon dabei waren. Was ihre Antwort nur noch einmal eindrucksvoll bestätigte, denn sie schrieb: *Nein. Das konnte ich mir auch von Anfang an nicht vorstellen. So einer bist du nicht.*

Ach ja? Was für einer bin ich denn dann?, hakte ich neugierig nach. Es schien ihr tatsächlich ganz gut zu gehen, sonst hätte sie etwas anderes geschrieben. Beruhigt lehnte ich mich in meinem Sessel zurück und wartete gespannt auf ihre Antwort.

Einer von den Guten halt.

Ich musste lächeln. *Danke für das Kompliment. Kann ich nur so zurückgeben.*

Du kennst mich doch gar nicht.

Dito! Aber wenn es nach mir geht, können wir das gerne ändern. Ich zögerte kurz und rang mit mir, ob ich das tatsächlich so abschicken sollte oder sie nur wieder damit verschreckte. Aber ein unbestimmtes Gefühl sagte mir, dass ich sie nach diesem Abend nicht so schnell wieder verlieren würde, also tippte ich auf Senden. Und schickte sofort noch hinterher: *Wir könnten zum Beispiel damit anfangen, dass du dich wieder Sophie nennst statt Marie, oder?*

Ist nicht so einfach. Sophie hat nämlich keinen Facebook-Account und will auch keinen haben. Dahinter ein Zwinker-Emoji.

Dann ruf mich halt an!, hätte ich am liebsten geschrieben. Aber ich wusste noch genau, wie das beim letzten Mal ausgegangen war, und ließ es sein.

Und wer ist nun diese Marie Hanning, die mir in den letzten Wochen so tolle Kommentare und Nachrichten geschrieben hat?

Es dauerte einen Moment, dafür war die Antwort umso länger. Und überraschender.

Sie ist eine sehr, sehr gute Freundin von mir, oder besser gesagt so was wie meine Zwillingsschwester, die immer dann zum Einsatz kommt, wenn ich meinen echten Namen nicht preisgeben will. Marie ist der Vorname, den mein Papa für mich ausgesucht hat, aber er hat es damals nicht geschafft, sich gegen meine Mama durchzusetzen. Trotzdem nennt er mich manchmal so und sagt, dass ich für ihn immer seine kleine Marie sein werde. Und Hanning ist der Mädchenname meiner Mutter. Angeblich komme ich sehr nach ihr, und dann heißt es immer: Du bist eine echte Hanning!

Ist das gut oder schlecht?, tippte ich lächelnd zurück. Ich freute mich so, dass sie mir endlich etwas von sich erzählte. Und sei es nur die Entstehungsgeschichte ihres Facebook-Fake-Namens.

Kommt auf die Situation an.

Ich zögerte kurz und schrieb dann: *Heute können deine Eltern jedenfalls unglaublich stolz auf dich sein.*

Es war ein Risiko, weil ich von dem harmlosen Geplänkel damit direkt in eine offene Wunde piekte. Aber um das Thema herum kamen wir ziemlich sicher eh nicht, und es war für sie bestimmt auch besser, wenn sie darüber redete.

Ganz ehrlich?, antwortete Sophie. *Ich hatte unglaublich Schiss und wäre am liebsten wieder umgedreht und weggelaufen, als ich gesehen habe, wie schlimm es war.*

Ich las die Nachricht und wünschte, sie wäre hier, damit ich sie fest in den Arm nehmen konnte. Natürlich kannte ich sie kaum und wollte in dem Sinne auch nichts von ihr, aber Sophie war so eine faszinierende Mischung aus mutig und ängstlich, tapfer und schutzbedürftig, temperamentvoll und anschmiegsam, dass sie mich damit völlig in ihren Bann zog.

Aber du hast es nicht getan, schrieb ich zurück. *Und das war ganz große Klasse von dir.*

Es war nur das, was eigentlich jeder tun sollte, oder?

Eigentlich … Aber das Thema hatten wir ja schon. Nur, dass die Leute nicht weglaufen, sondern stehen bleiben und gaffen, wie man mal wieder gesehen hat. Ich tippte auf Senden und bereute es im nächsten Moment schon. Hätte ich es nicht einfach damit gut sein lassen können, ihren Einsatz zu loben, statt hier wieder eine Grundsatzdiskussion anzufangen?

Doch Sophie ging auf eine ziemlich unerwartete Weise darauf ein und bemerkte einfach nur: *Die Aktion mit den Decken war toll.*

Ich lachte leise und war selbst ziemlich zufrieden damit, wie das gelaufen war. *Deine Freundin war toll. Das mit dem Kirchturm muss ich mir unbedingt merken, wenn ich mal wieder einen Einsatz in der Innenstadt habe.*

Zurück kam ein breit grinsendes Emoji und der Kommentar: *Ja, Kiki ist echt eine Marke für sich.*

Habt ihr noch darüber geredet?, wollte ich wissen und hoffte auf ein Ja als Antwort, denn mir wäre wesentlich wohler, wenn ich wüsste, dass Sophie nicht mit ihren Gedanken alleine nach Hause gegangen war.

Ja. Sehr lange sogar. Ich musste ihr nämlich auch erst mal beichten, dass wir uns schon seit Wochen schreiben.

Klingt ja dramatisch, schrieb ich zurück. Gleichzeitig wurde ich ganz kribbelig, weil ich versuchte einzuschätzen, was das zu bedeuten hatte. Dabei machte es doch gar keinen Unterschied, ob sie ihrer Freundin von uns erzählt hatte oder nicht, oder? Ich hatte es Chris schließlich auch erzählt.

Du hast Kiki ja erlebt, antwortete Sophie. *Wenn sie erst anfängt, sich ihre Gedanken zu machen, kann das ganz schnell dramatisch werden.* Wieder ein Zwinker-Emoji.

Da können sie und mein Kollege Chris sich ja die Hand geben. Er will mich sogar zu einem Psychologen schicken.

Warum das? Wegen mir?

Das erklär ich dir lieber ein anderes Mal, ruderte ich schnell zurück und verfluchte mich für die Andeutung. Was hätte ich ihr denn schreiben sollen? Weil er glaubt, dass ich entweder nur mein schlechtes Gewissen wegen deines toten Freundes an dir abarbeite oder alternativ in dich verliebt bin? Haha! Großartige Idee!

Das klingt jetzt aber auch dramatisch, schrieb sie.

Ich musste lächeln. *Keine Sorge, das ist es nicht.*

Okay.

Ich sah, dass Sophie direkt weiterschrieb und wartete.

Apropos dramatisch: Ist der Mann eigentlich wirklich nur von einer Wespe gestochen worden?

Themawechsel – sehr gut. Erleichtert atmete ich auf und erklärte ihr, dass es wirklich nur dieser eine Stich gewesen war und es Menschen gab, die so allergisch darauf reagierten, dass es schlimm enden konnte.

Das heißt, der ist in seinem ganzen Leben bisher noch nicht einmal gestochen worden, dass niemand etwas von dieser Allergie wusste?, hakte sie ungläubig nach.

Sieht so aus.

Ist ja verrückt. Also hat er echt Glück gehabt, dass du gerade da warst.

Wir, schrieb ich herausfordernd zurück, damit sie verstand, wie wichtig auch ihre Rolle dabei gewesen war.

Ihre Antwort lautete: *Wenn du meinst.*

Ja, genau das meine ich, dachte ich lächelnd. Was ich jedoch schrieb, war: *Vielen Dank übrigens für das Kompliment.*

Welches Kompliment???

Das mit dem besten Rettungsassistenten der Stadt.

Das hast du mitgekriegt?!

Leider nicht. Aber die Frau hat mir davon erzählt, als sie sich im Rettungswagen bei mir bedankt hat.

Verräterin!

Ich musste lachen. *Ich sollte dir übrigens auch noch einen Dank ausrichten. Hab ich nur leider vergessen, weil wir von Julia unterbrochen wurden.*

Oh. Danke. Kein Problem. War sie eigentlich sehr enttäuscht, dass du nicht mehr mit ins Maxx wolltest?

Verwirrt starrte ich auf mein Display und musste erst mal sortieren, dass sie plötzlich von Julia sprach. Die beiden Frauen im Zusammenhang, das war neu, und irgendwie gefiel es mir nicht. Trotzdem musste ich auf ihre Frage antworten und schrieb: *Sie hat von Anfang an gewusst, dass ich nirgends mehr hingehen würde, weil ich morgen früh wieder zum Dienst muss.*

Diesmal dauerte es einen Moment, bis sie antwortete. *Lass mich raten: Sie ist alleine mitgegangen.*

Wie kommst du darauf?, tippte ich zögernd, während mir ihre Bemerkung wie ein Stein im Magen lag. Ja, Julia war alleine mitgegangen, was an und für sich kein Problem war und öfter vorkam. Warum sollte ich ihr auch den Spaß verderben, nur weil ich arbeiten musste? Aber das Wie war heute das Entscheidende. Doch darüber wollte ich jetzt lieber nicht nachdenken. Stattdessen konzentrierte ich mich auf Sophies Antwort, die natürlich voll ins Schwarze traf.

Weil du mir sonst jetzt wohl nicht schreiben würdest.

Und wenn Julia nebenan im Bett liegt und schläft?, gab ich zurück und wusste selbst nicht, wieso ich das machte.

Tut sie aber nicht, oder?

Ich schluckte schwer und hatte keine Ahnung, was ich dazu sagen sollte. Während ich noch überlegte, kam eine neue Nachricht von Sophie.

Es geht mich ja nichts an, aber sie ist nicht so glücklich mit deinem Job, oder?

Reglos starrte ich auf den blinkenden Cursor und war hin und her gerissen, wie ich darauf antworten sollte. Eigentlich war die Sache ziemlich eindeutig, aber ich wollte Sophie gegenüber auf keinen Fall irgendetwas Schlechtes über Julia sagen, denn das wäre mir vorgekommen wie Verrat. Also erwiderte ich ausweichend: *Es ist manchmal etwas schwierig. Aber das ginge dir und jeder anderen Frau wahrscheinlich genauso.*

Darf ich fragen, wie lange ihr schon zusammen seid?

Dreieinhalb Jahre, antwortete ich und überlegte, wie ich möglichst geschickt das Thema wechseln könnte, weil es sich wirklich komisch anfühlte, mit ihr über meine Freundin zu reden. Vielleicht war es einfach die Befürchtung, dass Julia nicht sonderlich gut dabei wegkommen würde. Nicht, dass Sophie jemals etwas Schlechtes über sie sagen würde, aber zwischen den Zeilen lauerte wieder dieser Hauch einer Ahnung, dass eine Beziehung auch anders sein könnte.

Okay. Hut ab!, las ich Sophies Antwort. *Dann kann es ja so schlimm nicht sein, schließlich müsste sie mittlerweile gut genug wissen, worauf sie sich da eingelassen hat.* Dahinter hatte sie ein Zwinker-Emoji gesetzt.

Ich betrachtete nachdenklich das kleine gelbe Gesicht und spürte, wie es in mir rumorte. Ja, Julia wusste tatsächlich inzwischen gut genug, wie es mit meinem Job lief. Also warum war das gerade in letzter Zeit wieder so oft ein Thema zwischen uns gewesen? Oder kam mir das nur so vor?

Da hast du wohl recht, schrieb ich zurück und fügte halbherzig ebenfalls ein grinsendes Emoji hinzu. Ich hoffte, dass das Thema damit durch war. Zum einen hatte ich generell gerade keine Lust, über Julia zu reden, und zum anderen kam es mir einfach falsch vor, Sophie von meiner Beziehung zu erzählen, wo ihre eigene so tragisch zu Ende gegangen war. Was dieser Alex wohl beruflich gemacht hatte? Ob die beiden mehr Zeit füreinander gehabt hatten? Waren sie glücklich miteinander gewesen? Ich hätte Sophie jetzt danach fragen können, aber ich tat es nicht. Was ging es mich auch an? Und warum sollte ich sie damit nur wieder traurig machen?

Ich atmete tief durch und sah, dass schon wieder eine neue Nachricht von ihr angekommen war, während ich meinen komischen Gedanken nachgehangen hatte. Mit einem erwartungsvollen Lächeln las ich, was sie geschrieben hatte.

Einen Vorteil hätte es jedenfalls, wenn ich einen Rettungs-Sani wie dich zum Freund hätte. Ich hätte heute Abend sicher viel mehr Ahnung davon gehabt, was zu tun ist.

Rumms! Das war ein Volltreffer mitten in den Magen hinein. Und ins Herz. Weil Sophie in zwei Sätzen all das gesagt hatte, was ich mir so sehr von Julia wünschte, und was mir noch nie so bewusst gewesen war wie heute: Dass sie, meine Freundin, mit mir zusammen losgelaufen wäre, um dem Mann zu helfen; dass sie sich dafür interessierte, was ich da tat und es selbst lernen wollte, soweit ein Laie es lernen konnte. Aber davon waren wir leider meilenweit entfernt.

Gedankenverloren starrte ich einen Moment auf den Bildschirm, dann schüttelte ich mich und versuchte mich irgendwie aus dieser Nummer herauszumanövrieren, ohne dass Sophie merkte, was ihre Worte in mir ausgelöst hatten.

Wenn du dich da mal nicht irrst, schrieb ich lockerer, als ich mich fühlte, zurück. *Ich glaube, ich wäre ein ziemlich schlechter Lehrer.*

Und ich glaube, du wärst ein ziemlich guter Lehrer.

Du kennst mich doch fast gar nicht.

Reine Intuition.

Ich musste lächeln. Und plötzlich daran denken, wie viel Spaß es mir immer gemacht hatte, neue Zivis oder Praktikanten einzuarbeiten. Vielleicht lag sie doch gar nicht so falsch damit. Mein Job war allerdings ein anderer und den hätte ich um nichts in der Welt eingetauscht. Also antwortete ich ihr schmunzelnd: *Ich fürchte, das werden wir nie herausfinden, weil ich viel lieber selber rette.*

Stimmt. Darin bist du auch gar nicht so übel.

Gar nicht so übel?!, wiederholte ich lachend. *Vorhin war ich noch der beste Sani der Stadt.*

Ich will ja nicht, dass du eingebildet wirst. Zwinker-Emoji mit ausgestreckter Zunge.

Du bist ein ganz schöner Frechdachs, konterte ich, überrascht und gleichzeitig wahnsinnig froh über diese neue, unbeschwerte Seite an ihr. Wahrscheinlich war es vielmehr ihre eigentliche Art, die nur im Kummer der letzten Monate verloren gegangen war. Umso glücklicher war ich, dass sie gerade dabei war, sie wiederzufinden. Und ich hätte noch stundenlang so mit ihr weitermachen können. Doch ausgerechnet Sophie fiel plötzlich ein, warum wir das nicht tun sollten.

Sag mal, bester Rettungs-Sani der Stadt, hattest du nicht vorhin was davon gesagt, dass du morgen früh arbeiten musst? Musst du da nicht langsam auch mal ins Bett?

Spielverderberin!, schrieb ich grummelnd zurück. *Aber du hast recht, das sollte ich wohl wirklich mal. Vor allem, weil ich morgen einen Frischling dabei habe und wahrscheinlich den ganzen Tag für zwei denken muss.*

Na dann, ab mit dir! Das hättest du auch gleich sagen können, statt dich stundenlang von mir zutexten zu lassen.

Und wenn ich genau das gebraucht habe? Ich hätte eh nicht schlafen können, solange ich nicht wusste, ob es dir gut geht.

Dann hast du ja Glück gehabt, dass ich überhaupt noch geschrieben habe. Aber ich bin okay. Und wenn irgendwas ist, ist Kiki ja auch noch da. Du kannst also beruhigt schlafen gehen.

Okay. Ich zögerte. Ich wollte mich noch nicht von ihr verabschieden, wollte nicht, dass das hier aufhörte, weil ich nicht sicher war, ob wir morgen genau so weitermachen konnten, oder ob sie sich wieder von mir zurückziehen würde. Und während mein Herz noch für weiterschreiben plädierte und mein Kopf protestierte, dass ich vor dem Dienst wirklich noch ein paar Stunden schlafen sollte, kam von Sophie ein *Gute Nacht* mit Schnarch-Emoji.

Sophie?, schrieb ich eilig, bevor sie offline gehen konnte.

Ja?

Es ist ziemlich makaber, aber irgendwie bin ich froh, dass das mit der Wespe heute Abend passiert ist. Ich tippte auf Senden und hielt gespannt die Luft an. Die Aussage war ziemlich gewagt, aber ich war sicher, dass sie verstand, was ich damit sagen wollte.

Statt darauf einzugehen, antwortete sie jedoch: *Wenn du das gesagt hättest, wenn der Mann gestorben wäre, würde ich dir jetzt den Hals umdrehen!*

Ist er aber nicht, erwiderte ich grinsend. *Er liegt im Krankenhaus und erholt sich bestens von dem allergischen Schock. Ich hab vorhin noch mit meinem Kollegen telefoniert, und er sagte, schon als sie in der Notaufnahme angekommen waren, war er wieder stabil.*

Und das erzählst du mir erst jetzt?!?!?!

Sorry! Ich schwankte zwischen Lachen und schlechtem Gewissen. Hatte ich das wirklich noch nicht erwähnt gehabt? Anscheinend nicht. Und bei den vielen Frage- und Ausrufezeichen konnte ich mir nur allzu gut vorstellen, wie Sophies Augen vor Empörung wilde Funken sprühten. Ich überlegte, was ich noch zu meiner Entschuldigung schreiben konnte, doch sie war schneller.

Schon okay. Hauptsache, es geht ihm gut. Und ja, das ist wirklich makaber. Aber vielleicht geht es mir auch ein bisschen so.

Vielleicht? Ich lehnte mich in meinem Sessel zurück und betrachtete nachdenklich ihre letzte Nachricht. Da war sie wieder, die schüchterne, unsichere Sophie, die nicht wusste, was sie denken oder fühlen sollte. Die Sophie, die ich am liebsten fest in den Arm genommen und vor allem Leid der Welt beschützt hätte. Doch ich konnte weder das eine noch das andere.

Heißt das, du wirst mir weiter schreiben?, vergewisserte ich mich vorsichtig. *Auch wenn dir morgen früh vielleicht wieder einfällt, warum du das eigentlich nicht mehr wolltest?*

Gute Frage. Aber ich komme ja scheinbar eh nicht von dir weg, wenn uns das Schicksal immer wieder zur selben Zeit am selben Ort zusammentreffen lässt.

Gutes Schicksal, dachte ich im Stillen. Aber ob sie das genauso sah?

Schlimm?, schrieb ich zurück und fieberte ihrer Antwort auf unerklärliche Weise schrecklich nervös entgegen.

Nein. Nicht schlimm, kam schließlich die erlösende Nachricht, und wie von selbst verzogen sich meine Mundwinkel zu einem breiten Grinsen.

Für einen Moment herrschte einträchtiges Schweigen zwischen uns, als müssten wir das erst mal sacken lassen.

Schließlich schrieb Sophie: *Also dann … gute Nacht und bis bald.*

Es war das Schönste, was ich seit Langem gehört bzw. gelesen hatte, also antwortete ich rundum zufrieden: *Schlaf gut. Bis bald!*

Sophie

Schlaf gut. Bis bald!

Meine Augen blieben noch eine ganze Weile an Moritz' letzten Worten hängen, während sich in mir ein wohlig-warmes Gefühl ausbreitete. Ich hatte nicht wirklich damit gerechnet, ihn heute Nacht noch auf Facebook anzutreffen, aber Gott sei Dank hatte ich doch noch einmal nachgeschaut, nachdem Kiki eingeschlafen war und ich selbst eben das nicht geschafft hatte. Sobald ich die Augen zugemacht hatte, hatte ich wieder diesen bewusstlosen Mann vor mir gesehen und Moritz, wie er pumpte und pumpte und versuchte, ihn am Leben zu halten. Er hatte es geschafft, wie ich jetzt wusste. Wir hatten es geschafft, auch wenn ich doch eigentlich nur das Laufmädchen gewesen war.

Doch es war nicht nur das. Auch Moritz ging mir nicht aus dem Kopf. Moritz, der immer genau wusste, was zu tun war, um ein Leben zu retten. Moritz, der mir mit einem Blick aus seinen sanften, dunklen Augen so viel Ruhe und Kraft geben konnte. Moritz, der die ganze Zeit gewusst hatte, dass ich Marie war. Moritz, von dem ich einfach nicht loskam, egal wie oft ich es probierte. Immer wieder Moritz, auch wenn ich vorhin noch mit aller Kraft versucht hatte, Kiki davon zu überzeugen, dass da nichts zwischen uns war. Es war nicht nichts. Aber was war es dann?

Meine Freundin war natürlich völlig empört gewesen, als sie gehört hatte, dass ich seit Wochen mit ihm chattete und dass ich ihr nichts von dieser Facebook-Seite erzählt hatte, obwohl ich doch nur darauf gestoßen war, weil sie mir diesen Abholfachzettel gegeben hatte. Und wie erwartet war sie sofort davon überzeugt gewesen, dass sich da etwas ganz anderes zwischen uns beiden anbahnte, was wir uns nur noch nicht eingestehen wollten, aber was sie, Kiki, spätestens vorhin auf dem Weinfest durchschaut hatte.

„Das hat so dermaßen zwischen euch geknistert", hatte sie mit einem seligen Seufzen bemerkt, woraufhin ich sie am liebsten aus meiner Wohnung geschmissen hätte. Stattdessen war ich in Tränen ausgebrochen. Und als ich schließlich schluchzend versucht hatte, Kiki meinen schrecklichen Gefühls-Murks zu erklären, war sie ganz kleinlaut geworden, hatte mich einfach nur noch in den Arm genommen und festgehalten.

„Das ist ja echt ganz schön kompliziert", hatte sie am Ende die Lage zusammengefasst.

Ich hatte nur stumm genickt, weil es einfach nichts anderes dazu zu sagen gab.

„Ach, Süße. Ich wünschte, ich könnte dir irgendwie helfen, aber ich weiß nicht wie."

„Ich auch nicht", hatte ich traurig geflüstert. „Ich hatte gedacht, es hilft, wenn ich alles beende und ihn wieder aus meinem Leben verbanne, aber es ist, als wären wir durch ein unsichtbares Gummiband miteinander verbunden. Und wenn wir uns zu weit voneinander entfernen, flitscht es zurück und lässt uns wieder zusammenprallen."

Kiki hatte über diese bildhafte Darstellung leise gelacht und gemeint: „Vielleicht solltest du dann doch lieber in seiner Umlaufbahn bleiben und versuchen, ein halbwegs normales Verhältnis zu ihm hinzukriegen."

„Wie auch immer das funktionieren soll."

Meine Freundin hatte mich lange schweigend angesehen und dann gesagt: „Weißt du, was ich glaube? Er ist einfach die letzte Verbindung zu Alex, dieser letzte Moment, in dem du ihn gesehen hast, und das willst du nicht verlieren. Deshalb kommst du nicht von ihm los."

Meine Antwort war eine neue Heulattacke gewesen. Aber ihre Worte waren in mir hängen geblieben, wurden seitdem von Herz und Kopf und Bauch auseinandergenommen und auf ihren Wahrheitsgehalt hin überprüft. Vielleicht war da ja wirklich etwas dran. Vielleicht wollte ich Moritz genau deshalb von mir stoßen, um nicht an diesen letzten Moment erinnert zu werden. Vielleicht wollte ich genau deshalb die Verbindung zu ihm auf keinen Fall verlieren, weil ich dann auch diesen letzten Moment mit Alex verloren hätte. Es war und blieb ein schreckliches Dilemma.

Heute Abend allerdings war es nicht um Alex gegangen. Und ich hatte Moritz auch nicht von mir stoßen wollen. Im Gegenteil. Dieser letzte Chat mit ihm hatte mir so unglaublich gutgetan und sich angefühlt wie eine schützende Umarmung. Vielleicht sollte ich es wirklich einfach akzeptieren, dass er wie ein Schutzengel immer da war und lernen mit den Nebenwirkungen umzugehen. Alles andere funktionierte ja doch nicht.

Mit diesem Entschluss kroch ich schließlich zu Kiki ins Bett und schlief beinahe sofort tief und fest ein.

Irgendwann im Morgengrauen kam der Traum. Ich war wieder dort, auf dem Marktplatz, und kämpfte mit Moritz zusammen um das Leben dieses Mannes. Nur wir beide, während um uns herum eine dichte Mauer aus Menschen stand, so viele und so eng, dass man die einzelnen Körper gar nicht mehr erkennen konnte. In der Ferne heulte das Martinshorn, kam aber nicht näher. Minuten wurden gefühlt zu Stunden, und Moritz war schon völlig erschöpft. Schweiß lief ihm die Stirn herunter, doch er wollte nicht aufgeben, also flehte ich ihn an, mir zu erklären, was ich tun musste, damit ich die Herzdruckmassage für ihn übernehmen konnte. Er tat es und zwar ganz ruhig und geduldig, als wären wir im Unterricht und nicht mitten in einer Reanimation. Sein Blick sagte: Du schaffst das. Und ich schaffte es wirklich, bis die Rettungskräfte endlich da waren und den Mann übernahmen. Sie brachten ihn in den Rettungswagen, während ich zitternd vom Boden aufstand und mich suchend nach Moritz umschaute.

In der Menge um mich herum rief jemand ungeduldig seinen Namen, und im letzten Moment sah ich, wie seine Freundin ihn hinter sich her schleifte, bevor die beiden von einer Menschentraube verschluckt wurden. Ich blieb allein zurück und hatte keine Ahnung, was ich als Nächsten tun oder wo ich hingehen sollte.

„Marie!", hörte ich Moritz plötzlich rufen und drehte mich um. Da war er wieder, wie aus dem Nichts ganz dicht vor mir und sah mich an. Sein Blick suchte sich einen Weg bis in die tiefsten Winkel meiner Seele, und ohne ein Wort zog er mich schließlich fest in seine Arme.

„Du warst großartig, Sophie“, flüsterte er an meinem Ohr. „Es geht dem Mann wieder gut. Wir haben ihm das Leben gerettet.“

Ich weinte vor Glück und kuschelte mich fest in seine starken Arme. Es fühlte sich so gut an, von ihm beschützt zu werden, von ihm getröstet zu werden, das mit ihm zusammen geschafft zu haben. Ich wollte ihm so vieles sagen und hob den Kopf, doch als mein Blick dabei über seine Schulter hinweg auf den Ort des Geschehens fiel, entdeckte ich plötzlich Alex. Er stand direkt neben dem Rettungswagen, und sein Blick bohrte sich anklagend in meinen.

Warum habt ihr mich nicht gerettet? Warum, Sophie? Warum?

Für einen Sekundenbruchteil stand ich da wie erstarrt. Dann stieß ich Moritz von mir und lief los, rüber zu Alex, doch er war nicht mehr da. Wie vom Erdboden verschluckt.

„Alex!“, schrie ich, und drehte mich immer wieder um meine eigene Achse, suchte den Platz nach ihm ab, fand ihn aber nicht, und schrie immer wieder: „Alex!“

Schweißgebadet schreckte ich von meiner Schlafcouch hoch und schnappte atemlos nach Luft. Mein Herz raste und in meinem Magen lag ein riesiger Klumpen aus Trauer, Verzweiflung und schlechtem Gewissen.

Verzeih mir, Alex! Bitte, bitte verzeih mir! Ich war so dumm. Ich hatte keine Ahnung, was zu tun war. Ich hätte Moritz zu dir schicken sollen in dieser Nacht. Ich … Es tut mir so leid!!!

„Sophie!“, hörte ich wie aus weiter Ferne Kikis Stimme und spürte ihre Hände, die mir beruhigend über den Rücken strichen. „Alles okay, Süße. Du hast nur schlecht geträumt. Es ist alles in Ordnung.“

Nein! Ich schüttelte den Kopf, vergrub mein Gesicht in den Händen und schluchzte verzweifelt auf. Ich war noch so sehr in meinem Traum gefangen, dass es Moritz' Arme waren, die mich an sich drückten, und ich stieß sie weg, weil ich immer noch Alex' enttäuschten und vorwurfsvollen Blick auf mir spürte, der sagte: Ist es wenigstens schön, von ihm getröstet zu werden, wenn er angeblich sonst schon nichts tun konnte?

„Sophie!“ Kiki schüttelte mich, und so langsam kam ich wieder zu mir. Meine Freundin war völlig aufgelöst, und sah genau so aus, wie ich mich fühlte, während nur ganz langsam die Nachwirkungen des Traumes von mir abfielen. Er war so dermaßen intensiv gewesen, dass es körperlich wehtat.

„Ich bin hier, Süße. Es ist alles gut. Es war nur ein böser Traum.“

Weinend ließ ich es diesmal zu, dass sie mich an sich zog, aber ihre Worte prallten völlig an mir ab. Das war nicht nur ein Traum gewesen. Das war nichts als die Wahrheit. Und ich würde es nie wieder gutmachen können.

„Das ist doch kompletter Schwachsinn, Sophie!“, schimpfte Kiki, als ich ihr schließlich davon erzählte. „Dein armes, überfordertes Hirn hat sich da einfach was zusammengereimt, was nichts miteinander zu tun hat. Du konntest Alex nicht mehr helfen. Und Moritz auch nicht.“

„Wir haben es doch nicht mal versucht!“, stieß ich schluchzend hervor.

Meine Freundin packte mich fest an den Armen und sagte: „Guck mich mal an!“

Ich presste die Lippen fest aufeinander und hielt den Kopf weiter nach unten.

„Sophie Wattenberg!“, wiederholte Kiki so streng, wie ich sie noch nie erlebt hatte, und ganz von selbst wanderte mein Blick zu ihrem. Ich sah sie nur verschwommen durch meinen Schleier aus Tränen, aber die tiefe Furche auf ihrer Stirn war eindeutig. Sie meinte es ernst.

„Du hörst jetzt auf damit, dich mit diesen Selbstvorwürfen zu quälen, okay? Dieses ganze Was-wäre-wenn bringt doch nichts. Hast du eigentlich mit Moritz mal darüber gesprochen, was da bei eurem Unfall passiert ist?“

Ich zog schniefend die Nase hoch und nickte.

„Und?“

„Er hat dasselbe gesagt“, gestand ich leise und rief mir die Szene wieder vor Augen, als ich mit Moritz darüber geredet hatte, nachdem er so überraschend im Laden vor mir gestanden hatte. Ich wusste noch genau, wie intensiv er mich angesehen und dann erklärt hatte, dass ich keine Chance hatte, solange Alex noch eingeklemmt im Wagen gesessen hatte. Und er auch nicht.

Kiki verkniff sich ein triumphierendes: „Siehste!“, und ließ mich stattdessen einen Moment meinen Gedanken nachhängen. Dann fragte sie sanft: „Du vertraust ihm doch, oder?“

Alles in mir schrie Ja! Ja, ja, ja, ja, ja! Doch nach außen wurde es nur ein stummes Nicken.

„Dann hör auf, an genau dieser Sache zu zweifeln, Sophie! Du hast Moritz doch erlebt. Er weiß genau, was er tut und was er sagt. Und wenn du dir nicht ganz sicher bist, dann … Keine Ahnung, dann ruf ihn halt an. Jetzt, sofort, und lass es dir noch mal sagen. Aber dann ist Schluss und du musst es akzeptieren, okay?"

Meine Freundin sah mich eindringlich an, und in ihren Augen spiegelte sich so viel Hilflosigkeit wider, weil sie nicht wusste, was sie noch tun sollte, um mir diese Schuldgefühle auszureden. Dabei hatte sie das schon längst getan, indem sie Moritz ins Spiel gebracht hatte. Es war vielleicht schon lange her, seit ich mit ihm darüber gesprochen hatte, aber er war von unserem ersten Gespräch in der Rettungswache an so ehrlich zu mir gewesen, dass es keinen Grund gab, ihm ausgerechnet in dieser Sache nicht zu glauben. Und auch ohne dass ich ihn noch einmal extra danach fragte, legte sich wieder diese unglaubliche Moritz-Ruhe über mich.

Ich wischte mir mit der Hand über die Augen, erwiderte entschlossen Kikis Blick und musste plötzlich lächeln. „Ich glaube, es ist eine blöde Idee, ihn jetzt zu wecken", bemerkte ich beinahe zärtlich. „Er muss um sieben zum Dienst und ist dafür eh schon viel zu spät schlafen gegangen."

„Wie? … Woher willst du denn wissen …" Kiki schüttelte verwirrt den Kopf und riss die Augen auf, als es schließlich klick machte. „Du hast ihm heute Nacht wieder geschrieben, oder?"

Ich nickte schwach und machte mich auf eine neue Tirade von ihr gefasst, was das denn wohl nur zu bedeuten hatte. Doch es kam nichts in der Art. Stattdessen lächelte sie nur still vor sich hin und meinte: „Hätte ich mir ja denken können. Aber wenn du mich fragst, wird er sicher auch nicht böse sein, wenn du ihn weckst."

Er vielleicht nicht, dachte ich und schob den Gedanken an seine Freundin lieber schnell beiseite.

„Ist schon okay", sagte ich leise.

„Sicher?" Kiki musterte mich prüfend.

„Ja. Alles wieder gut. Ihr habt ja alle recht. Dieser Traum war einfach nur ziemlich heftig."

„Okay."

Ich spürte, dass sie noch zögerte, doch bevor eine von uns noch irgendetwas sagen konnte, hörten wir von der Kommode her das dumpfe Vibrieren meines Handys, mit dem mir eine neue Facebook-Nachricht mitgeteilt wurde. Wie es aussah, hatte ich vergessen, das Ding auf lautlos zu stellen.

Kiki krabbelte aus dem Bett und erklärte mit einem unschuldigen Grinsen im Gesicht: „Ich glaub, nach diesem Gefühlschaos brauch ich erst mal einen Tee. Soll ich dir einen mitmachen?"

Sprach's, warf mir mein Handy zu und verschwand in der Küche.

Einen kurzen Moment blieb ich reglos mit dem Smartphone in der Hand sitzen und wartete, dass das aufgeregte Flattern in mir wieder aufhörte. Es war doch einfach nur eine Nachricht, in der Moritz wahrscheinlich wissen wollte, ob es mir gut ging oder ob ich doch noch einen Knacks wegen unseres Notfalls bekommen hatte.

Auf dem Display zeigte mir die Uhr an, dass es kurz nach halb sechs war. Ob er schon wieder aufstehen musste, damit er rechtzeitig zur Schicht kam? Wie ich von meinem Sani gelernt hatte, waren er und seine Kollegen ja schon immer eine Weile vor dem eigentlichen Dienst da, damit die Vorgänger-Schicht schon abgelöst werden konnte, falls ganz kurz vor deren Feierabend noch ein Alarm reinkam. Und ich wusste ja auch gar nicht, wie weit Moritz' Weg von zu Hause zur Wache war.

Ich hörte Kiki in der Küche mit den Teetassen klappern und öffnete schließlich voller Vorfreude seine Nachricht.

Guten Morgen! Ich hoffe, du hältst mich nicht langsam für einen Stalker, aber ich wollte nur noch schnell fragen, wie es dir geht, bevor ich zum Dienst muss. Alles okay bei dir? Ich hoffe, du konntest trotz allem wenigstens ein bisschen schlafen. Liebe Grüße, Moritz

Was hatte ich gesagt? Wie von selbst breitete sich auf meinen Lippen ein Lächeln aus, während meine Finger über die Tastatur flogen.

Alles okay. Aber so langsam wirst du mir echt unheimlich, dass du immer im richtigen Moment zur Stelle bist.

Wieso?

Ich zögerte kurz, doch noch bevor ich mit der Überlegung fertig war, ob ich ihm von meinem Traum erzählen sollte oder nicht, schrieb ich schon eine Antwort: *Weil ich einen ziemlich üblen Traum hatte und gerade noch mit Kiki über dich gesprochen habe.*

Einen üblen Traum von mir???

Beinah hätte ich gelacht, doch es blieb mir bei der Erinnerung an den Traum im Hals stecken. *Nein. Von Alex.*

Ich tippte auf Senden und dachte darüber nach, ob ich noch etwas hinzufügen sollte, als von ihm blitzschnell eine Reaktion kam.

Oh. Willst du mir davon erzählen?

Ist schon okay, erwiderte ich mit einem traurigen Lächeln. *Es ging nur darum, dass wir diesem Mann das Leben gerettet haben, aber Alex nicht. Aber du hast mir ja schon mal erklärt, dass wir keine Chance hatten, solange er eingeklemmt war. Ich weiß also, dass das nur ein blöder Traum war.*

Ganz sicher?, hakte er nach und klang dabei schon wie Kiki.

Ja.

Okay. Du neigst nämlich dazu, nicht auf mich zu hören.

Ach was! Wie kam er denn auf die Idee? Schmunzelnd betrachtete ich seine Nachricht und schrieb: *Stell dir vor, sogar ich bin lernfähig.* Dahinter setzte ich ein Zwinker-Emoji.

Dann ist es ja gut. Und um auch die letzten bösen Geister zu vertreiben, sag ich es dir jetzt noch mal: Du konntest Alex wirklich und ganz bestimmt nicht mehr retten. So leid es mir tut! Du hast ihm diese Wunde am Bein zugedrückt, das war super. Aber sonst hättest du so gut wie nichts tun können. Und damit du mir das auch wirklich glaubst und weil du sonst eh nachfragst, was dieses so-gut-wie bedeutet, erkläre ich dir jetzt noch den Rest, auch wenn's etwas weh tut, okay? Denn es gibt eine einzige Sache, die ihm ganz, ganz vielleicht noch geholfen hätte, und zwar wenn du seinen Kopf überstreckt hättest, damit er besser atmen konnte. Aber vielleicht hat er das auch schon gar nicht mehr getan.

Und vielleicht hättest du sein Leiden damit auch nur unnötig verlängert. Also tu dir selbst bitte, bitte einen Gefallen und denk nicht mehr drüber nach, okay?

Reglos starrte ich die Nachricht an und versuchte verzweifelt den Kloß in meiner Kehle runterzuwürgen. Moritz hatte recht, es tat weh. Aber genau diese Ehrlichkeit war es, die ich brauchte. Und die Tatsache, dass er sich nach drei Monaten noch so genau an jedes Detail bei diesem Einsatz erinnerte, gab mir den Rest. Inzwischen liefen mir die Tränen in Strömen über die Wangen. Vergeblich versuchte ich sie wegzublinzeln, weil ich kaum noch die Tastatur auf meinem Handy erkennen konnte. Aber irgendwie schaffte ich es schließlich, die richtigen Buchstaben zu treffen, um ihm zu antworten.

Ich wünschte, die Wahrheit würde nicht so weh tun. Aber ich bin froh, dass du es mir gesagt hast. Danke, Moritz! Ich weiß grad echt nicht, was wäre, wenn ich dich nicht getroffen hätte.

Dann würdest du dich wahrscheinlich für immer und ewig mit diesen Was-wäre-wenn-Fragen quälen. Und das will ich nicht! Ich will, dass du das alles hinter dir lassen kannst und wieder glücklich wirst, auch wenn es dir im Moment vielleicht noch unmöglich vorkommt.

Oh Mann, dieser Kerl machte mich fertig. Er war einfach zu gut für diese Welt, definitiv! Wie gerne hätte ich ihn jetzt direkt vor mir gehabt und einmal ganz, ganz fest umarmt. Unwillkürlich musste ich an dieses Gefühl in meinem Traum denken, als er mich in den Armen gehalten hatte, und alles in mir zog sich sehnsuchtsvoll zusammen.

Verdammt, Sophie, jetzt mal keine romantischen Anwandlungen kriegen!, rief ich mich selbst zur Ordnung. Moritz ist dein Retter, dein Schutzengel, vielleicht so was wie ein Freund, aber bestimmt nicht das! Er hat eine Familie und überhaupt …

Trotzdem musste ich ihm noch antworten, und alles was mir einfiel, war: *Du bist ein Schatz.*

Es dauerte einen Moment, dann schrieb er: *Mal sehen, ob meine Kollegen auch der Meinung sind, wenn ich zu spät zur Ablösung komme.* Zwinker-Emoji. *Tut mir echt leid, Sophie, aber ich muss jetzt los. Melde mich später noch mal, okay?*

Lächelnd wischte ich mir die letzten Tränen von den Wangen. *Alles klar. Nicht, dass du gleich ein schlechtes Vorbild für deinen Frischling bist. Ich wünsche dir einen ruhigen Tag mit Einsätzen, die nur gut ausgehen!*

Eine Antwort bekam ich nicht mehr, doch das war nicht schlimm. Wahrscheinlich war er wirklich schon ziemlich spät dran, und ich schickte im Geiste ein Sorry an seine Kollegen. Zufrieden sank ich in mein Kissen zurück und starrte noch eine ganze Weile gedankenverloren das Display an, während Kiki weiter unerwartet dezent in meiner Küche herumwerkelte und wahrscheinlich schon zehnmal den Tee fertig hatte.

MORITZ

Sophies letzte Nachricht hätte fast dazu geführt, dass ich selbst mit dem Rettungswagen abgeholt werden musste, denn ich versuchte gleichzeitig meine Jacke anzuziehen, die Treppe runterzulaufen und mein Handy im Auge zu behalten, als mich ihre Worte abrupt innehalten ließen, sodass ich beinah die letzten Stufen kopfüber runtergepurzelt wäre. Sie hatte sich gemerkt, dass ich heute mit einem ganz jungen, neuen Kollegen eingeteilt war. Und sie hatte mir einen schönen Dienst gewünscht. Wie von selbst drehte sich mein Kopf zurück nach oben zu meiner Wohnung, wo Julia im Bett lag und kaum reagiert hatte, als ich ihr vorhin einen Kuss auf die Schläfe gedrückt hatte, obwohl sie ganz eindeutig nicht geschlafen hatte.

Ach, Momo, sie ist nun mal nicht wie Sophie!, schimpfte ich mit mir selbst.

Hektisch schaute ich auf die Uhr und beschloss, heute das Auto zu nehmen statt mit dem Fahrrad zu fahren. Am frühen Sonntagmorgen konnte ich damit bestimmt noch ein paar Minuten gutmachen.

Der Tag wurde tatsächlich ruhig und ließ mir viel zu viel Zeit zum Nachdenken und Chatten mit Sophie, was mich nur noch mehr zum Grübeln brachte. Wir schrieben uns über alles Mögliche, und endlich erfuhr ich auch etwas mehr über sie, ihren Job und wie sie hier bei uns in der Stadt gelandet war. Nur Julia und Alex erwähnten wir so gut wie gar nicht.

Als ich am Abend überpünktlich Feierabend machen konnte, fuhr ich mit gemischten Gefühlen nach Hause. Ich freute mich wie immer darauf, meine Freundin wiederzusehen, aber gleichzeitig war ich nicht sicher, wie die Stimmung zwischen uns gerade war. Nach ihrem beleidigten Abgang gestern Abend auf dem Weinfest, war sie in der Nacht angetrunken und sehr, sehr liebesbedürftig nach Hause gekommen und mit eindeutigen Absichten in mein Bett gekrochen, völlig unbeeindruckt davon, dass ich am nächsten Morgen zum Dienst musste und gerade eben erst in meiner Tiefschlafphase angekommen war. Dementsprechend war nichts gelaufen und Julia hatte sich grummelnd in ihre Betthälfte verzogen, wo sie augenblicklich eingeschlafen war, während ich den Rest der Nacht Löcher in die Decke gestarrt hatte.

„Du bist schon da?", bemerkte sie jetzt, als ich zur Tür hereinkam.

Julia lag auf dem Sofa und schaute diese Sendung, bei der zwei Menschen heirateten, die sich vorher noch nie gesehen hatten, weil sie laut Meinung irgendwelcher Wissenschaftler so perfekt zusammenpassten. Schöner Blödsinn! Spätestens wenn der Alltag dazukam, war das wahrscheinlich auch vorbei, aber dann hatten sie schon den Ring am Finger.

Ich erschrak selbst über meinen Zynismus und dachte gerade lieber nicht an den versteckten Ring in meinem Spind. Stattdessen ging ich zu ihr, gab ihr einen Kuss und erwiderte so unbekümmert und freundlich wie möglich. „Ja klar. Es ist halb acht."

Meine Freundin stieß ein undefinierbares Geräusch aus. „So klar ist das ja nun nicht", meinte sie. „Es hätte ja noch wieder ein Wespenstich oder sonst irgendwas dazwischenkommen können. Du warst in letzter Zeit schließlich fast nie pünktlich zu Hause."

Ich hielt mitten in der Bewegung inne und sah sie an. „Bist du immer noch sauer wegen gestern Abend? Was hätte ich denn deiner Meinung nach tun sollen? Den Mann da liegen und sterben lassen?"

Julia senkte verlegen den Blick. So harte, klare Worte war sie von mir nicht gewohnt, und sie verfehlten anscheinend auch nicht ihre Wirkung. „Nein, natürlich nicht", sagte sie kleinlaut. „Aber der Abend war eh schon so kurz, weil du heute blöderweise wieder zur Schicht musstest, und ich hatte mir das halt alles etwas anders vorgestellt."

„Stell dir vor, das hatte ich auch", gab ich immer noch ernst, aber schon etwas ruhiger zurück. Es war ja schließlich nicht so, dass ich nur darauf wartete, dass irgendwo jemand umkippte und ich ihn retten konnte.

„Na, ist jetzt ja gelaufen", lenkte sie murmelnd ein.

Ich schluckte alles, was mir noch auf der Zunge lag, herunter, und fragte Julia, ob sie denn wenigstens noch einen schönen Abend im *Maxx* gehabt hatte, woraufhin sie mir in allen Einzelheiten davon erzählte und mich von gemeinsamen Bekannten grüßte, während ich zwischendurch nur ab und zu ein „Aha" oder „Hmhmm" von mir gab und mit den Gedanken ganz woanders war. Mir brannte etwas unter den Nägeln, und als Julia fertig war mit Erzählen und ich vergeblich auf die Frage wartete, wie mein Tag gewesen war, musste es einfach raus. Ich wusste, dass ich damit den gerade neu erwachten Frieden riskierte, aber darauf konnte ich jetzt keine Rücksicht nehmen.

„Julie, kann ich dich was fragen?", begann ich vorsichtig.

Sie lachte, nichts Böses ahnend, und meinte: „Seit wann fragst du denn vorher?"

Ich sah sie einen Moment schweigend an, und jetzt spürte sie offensichtlich auch, dass es um etwas Ernstes ging, denn ihre Mundwinkel rutschten wieder in die Waagerechte. Jetzt oder nie!

„Warum hast du mir nicht geholfen mit dem Mann?"

„Was?" Es tat weh zu sehen, wie sich erst ein ungläubiger Ausdruck in ihrem Gesicht breitmachte und sie dann ärgerlich die Stirn runzelte. „Was soll das denn jetzt? Nils war doch da. Und deine Schwester wolltest du ja auch nicht dabeihaben."

„Miri ist im siebten Monat schwanger", konterte ich ungerührt. „Aber ich hätte gut noch jemanden als Hilfe brauchen können."

„Da waren doch noch genug Leute", versuchte sie sich zu verteidigen.

„Ja. Die allerdings nur zugeguckt haben."

„Aber … Sag mal, wird das jetzt ein Verhör? Du warst doch da und wusstest besser als jeder andere, was zu tun war." Sie schaute mich empört an, als wäre das eine völlig überflüssige Diskussion, die wir hier gerade führten.

Ich atmete tief durch und versuchte das Brodeln in mir irgendwie unter Kontrolle zu bringen. Ja, ich war da gewesen. Und ja, ich hatte gewusst, was zu tun war. Aber das hieß noch lange nicht, dass ich auch genügend Hände gehabt hatte, um alles selbst zu machen. War das so schwer zu verstehen? Sophie hatte es doch auch getan. Warum tat es dann ausgerechnet meine eigene Freundin nicht?

Resignation machte sich in mir breit, und alles, was ich noch sagte, war: „Ich würde mir einfach wünschen, dass du dich ein bisschen mehr dafür interessierst, was ich mache, und worauf es im Notfall wirklich ankommt."

Julia schnaubte leise. „Damit du noch mehr darüber reden kannst? Tut mir leid, Mo, aber du weißt, dass ich nur schlecht Blut sehen kann und deshalb nicht gut in so was bin."

„Da war nicht ein Tropfen Blut."

„Konnte ich das wissen?"

Ich sah sie nur schweigend an.

„Mo, was ist eigentlich los mit dir? Das war doch sonst kein Problem."

Doch, das war es. Ich hatte es nur nicht gesehen. Aber ich hatte Angst davor, was dabei rauskommen würde, wenn ich jetzt eine Grundsatzdiskussion startete, also ließ ich es lieber sein und murmelte: „Vergiss es einfach. Ich geh erst mal duschen."

Damit drehte ich mich um und verschwand im Bad, frustriert und verärgert über meine eigene Feigheit. Warum hatte ich Julia nicht einfach ganz klipp und klar gesagt, was mich störte? Was mir fehlte. Was ich mir wünschte.

Weil es eh nichts ändern wird, wisperte eine leise Stimme in mir. Entweder liebst du sie genug, um es zu akzeptieren, oder …

Ja, was oder? Ich drehte die Dusche auf kalt und schüttelte mich, um die bösen Geister in meinem Kopf loszuwerden. Doch sie waren extrem hartnäckig.

Als ich mich gerade abgetrocknet hatte und in meine Freizeithose und ein T-Shirt geschlüpft war, ging die Tür auf und Julia kam rein. Wir schauten uns an, und ich spürte, wie unsicher sie plötzlich war. In ihren Augen lag etwas Trauriges, um Vergebung Bittendes, aber auch noch ein kleines bisschen Trotz, dass sie doch irgendwie recht hatte. Schließlich kam sie zögernd auf mich zu, schlang ihre Arme um meine Taille und legte ihren Kopf an meine Brust.

„Lass uns bitte nicht streiten, Mo", sagte sie leise. „Ich glaube, das war einfach nur etwas viel in letzter Zeit. Dein Job, diese Internetseite und jetzt auch noch der Einsatz beim Weinfest. Ich bin echt froh, dass nächste Woche Urlaub ist und wir ein wenig abschalten können."

Sie sagte wir, dabei meinte sie in Wahrheit wohl eher mich. Aber vielleicht hatte sie auch recht, und es war wirklich etwas zu viel gewesen seit Sophies Unfall.

Ich spürte ihre Wärme, roch den betörenden Duft ihres Parfums und wurde schwach. Liebevoll hob ich mit einer Hand ihren Kopf etwas an und küsste sie.

„Ich auch", flüsterte ich an ihren Lippen, und hoffte, dass dieser Urlaub uns wirklich in die richtigen Bahnen zurücklenken würde. Wir waren so lange glücklich miteinander gewesen. Das konnte doch nicht plötzlich durch diesen einen blöden Unfall und seine zugegebenermaßen außergewöhnlichen Nachwirkungen vorbei sein. Ich liebte Julia, und wenn ich das mit den guten und den schlechten Zeiten wirklich ernst meinte, dann sollte ich es jetzt vielleicht einfach mal gut sein lassen und mich auf die schönen Seiten unserer Beziehung konzentrieren.

In dieser Nacht schliefen wir miteinander – ganz zärtlich und behutsam, als könnte eine einzige falsche Bewegung alles zwischen uns zerstören. Und anscheinend hatte nicht nur ich dieses Gefühl, denn auch Julia war so anhänglich und liebevoll wie lange nicht mehr. Fest umschlungen schliefen wir anschließend ein, und für den Moment war die Welt wieder völlig in Ordnung.

Auch der Morgen verlief harmonischer als alle anderen in den vergangenen Wochen. Ich hatte frei, denn meine Nachtschicht-Woche startete erst am Dienstag, sodass wir noch gemütlich miteinander frühstücken konnten, bevor Julia ins Büro musste. Sie war die Assistentin eines Immobilienmaklers und hatte im Gegensatz zu mir ziemlich geregelte Arbeitszeiten montags bis freitags von halb neun bis halb fünf, bzw. donnerstags bis um sechs. Da blieb eigentlich schon eine ganz gute Schnittmenge für unsere gemeinsame Zeit übrig, aber irgendwie hatten wir das in letzter Zeit etwas aus den Augen verloren. An diesem Morgen war ich jedoch guter Dinge und versprach meiner Freundin, am Abend etwas Schönes für uns zu kochen und die DVD zu besorgen, die sie schon seit einer Weile gucken wollte. Ihr glückliches Lächeln war Antwort genug und ließ die Szene vom Vorabend wie einen bösen Traum erscheinen.

Schließlich fuhr ich Julia zur Arbeit, kaufte ein, brachte die Wohnung auf Vordermann und überlegte anschließend, was ich mit dem Rest des Tages anfangen wollte.

Es regnete schon den ganzen Morgen in Strömen, also konnte ich eine meiner geliebten Radtouren vergessen. Wahrscheinlich hätte ich mal wieder ins Fitnessstudio gehen sollen, aber nach dem Schwergewicht, das wir gestern in den Rettungswagen verfrachten mussten, war es vielleicht besser, meinen Muskeln noch ein wenig Ruhe zu gönnen.

Mein Blick fiel auf meinen Laptop, und wie von einer magischen Kraft angezogen, setzte ich mich damit an den Esstisch, schaltete ihn an und loggte mich bei Facebook ein, auch wenn ich wusste, dass Sophie bei der Arbeit war und nicht so schnell schreiben würde. Aber das war auch nicht meine Absicht. Stattdessen schaute ich mir noch einmal meine Beiträge an und was an neuen Kommentaren gekommen war und dachte nach, wie ich die Sache weiter angehen wollte. Denn seit dem Einsatz beim Weinfest drängte das Kapitel Erste Hilfe noch stärker als vorher darauf, in die Welt hinausgelassen zu werden. Julia war nicht da, um sich daran stören zu können. Also kramte ich alles, was ich an aktuellen Unterlagen zu dem Thema hatte, hervor, telefonierte fast eine Stunde lang mit Mike, dem Erste-Hilfe-Ausbilder, der auch Sophies Kurs geleitet hatte, und legte schließlich los, skizzierte grob auf einem Zettel, wie der Beitrag aussehen sollte, und schrieb und schrieb und schrieb. Bis mein Nacken völlig verspannt war, mein Magen knurrend nach Nahrung verlangte und sich irgendwann ein Schlüssel in der Wohnungstür umdrehte.

Mist! War es etwa schon so spät, dass Julia nach Hause kam? Ich hatte ihr doch versprochen, sie abzuholen.

Und das Essen hatte ich auch noch nicht vorbereitet. Das bedeutete Ärger, und ich Idiot war selbst schuld daran.

Ein Blick auf die Uhr beruhigte und irritierte mich jedoch gleichermaßen. Es war erst kurz nach drei, und normalerweise arbeitete sie bis halb fünf.

„Moritz?!", hörte ich sie durch den Flur rufen.

Ich stand auf und ging zu ihr. Sie streckte mir ihre Tasche und einen Regenschirm entgegen. „Nimm mal bitte, damit ich die Schuhe ausziehen kann und nicht alles vollsaue. So ein Mistwetter aber auch!"

Sie schlüpfte aus ihren Stiefeletten und wischte sich anschließend eine Haarsträhne aus dem Gesicht.

„Wie kommt es, dass du schon hier bist?", fragte ich immer noch überrascht.

„Der Server in der Zentrale ist komplett abgeschmiert", erklärte sie. „Und weil wir ohne Computer eh nichts machen können, hat uns der Chef eher nach Hause geschickt. Dafür dürfen wir morgen wahrscheinlich länger bleiben. Aber wo du heute zu Hause bist, hab ich nicht wirklich was dagegen." Sie lächelte mich an und drückte mir einen Kuss auf den Mund.

„Warum hast du nicht angerufen? Dann hätte ich dich doch abgeholt."

„Tanja hat mich mitgenommen." Sie zog die Jacke aus, schlüpfte in ihre Hausschuhe und ging durch ins Wohn- und Esszimmer, wo auf dem Tisch noch mein Laptop, ein paar Lehrrettungsbücher, Zettel und Stifte ausgebreitet lagen. Als Julia kurz stockte und ihren Blick über das Chaos wandern ließ, hielt ich unwillkürlich die Luft an.

„Ich komme wohl ungelegen“, bemerkte sie, und obwohl sie versuchte, es zu unterdrücken, spürte ich die Spitze in dieser Aussage.

Ich packte meine Freundin an den Schultern und drehte sie zu mir herum. „Nein, Julie. Das tust du nicht“, sagte ich eindringlich. „Ich habe an meiner Seite weitergearbeitet, weil du nicht zu Hause warst und ich auch nicht damit rechnen konnte, dass du so bald kommst. Jetzt bist du da, also pack ich den Kram zusammen und bin ganz bei dir, okay?“

Sie sah mich an, schweigend, nachdenklich und so störrisch wie schon in den vergangenen Tagen. „Ich kapier einfach nicht, wieso du das tust“, sagte sie schließlich. „Warum kannst du an deinem freien Tag nicht einfach mal frei und was Schönes machen, so wie früher?“

„Weil es mir wichtig ist“, gab ich entschieden zurück.

„Wichtiger als ich?“

Ich stöhnte unterdrückt auf. „Das ist hier doch kein Wettkampf, Julie!“

„Es fühlt sich aber manchmal so an.“

Ruhig bleiben, Momo!, ermahnte ich mich selbst. Gleichzeitig fasste ich den Entschluss, diesmal nicht wieder zu kneifen, sondern die Sache zu Ende zu bringen. Wie auch immer dieses Ende aussehen mochte. Aber ich war es leid, immer und immer wieder dieselbe Leier zu hören und mich rechtfertigen zu müssen. Wenn ich hinnehmen sollte, dass sie sich absolut nicht für meinen Rettungsdienst-Kram interessierte, dann musste sie auch akzeptieren, dass ich es dafür umso mehr tat, auch über meinen Job hinaus. Es war meine freie Moritz-allein-zu-Hause-Zeit, mit der ich anfangen konnte, was ich wollte, so wie sie es ja auch tat.

Ich fuhr mir mit der Hand über die Stirn, müde von all den Diskussionen, und atmete tief durch. „Wir müssen reden, Julia“, sagte ich leise.

„Solange es nicht darüber ist“, erwiderte sie mit einer Handbewegung rüber zum Tisch.

„Doch. Auch darüber. Und über uns, weil ich das Gefühl habe, dass hier irgendwie grad einiges nicht so läuft, wie es sollte.“

„Das hab ich schon länger“, murmelte sie mehr zu sich selbst, doch ich hatte es gehört, und es versetzte mir einen Stich.

Ja, ich gab zu, ich war mit dem Kopf in letzter Zeit ziemlich oft woanders gewesen, und ich hatte mich auch mehr mit Sophie beschäftigt, als ich wahrscheinlich sollte. Dadurch war ich so manches Mal später nach Hause gekommen, obwohl es eigentlich gar keine Überstunden waren. Aber dafür gab es auch einen Grund!

Nachdenklich betrachtete ich meine Freundin und fragte mich, wer sie eigentlich war. Seit Jahren glaubte ich sie zu kennen, aber diese zickige Seite an ihr war mir neu, und sie gefiel mir nicht.

„Ganz ehrlich, Julie, bist du noch glücklich mit mir?“ Die Frage kam ganz von alleine, ohne dass ich sie noch aufhalten konnte.

Julia lachte nervös. „Was soll das denn jetzt? Bist du es etwa nicht?“

Ich schaute sie einfach weiter schweigend an und wartete, bis ich eine Antwort bekam und nicht nur eine Gegenfrage. Es war hart, aber das musste jetzt sein.

„Was ist los, Mo?“, bohrte sie mit ärgerlich gerunzelter Stirn weiter. „Willst du mir etwa gerade sagen, dass wir uns besser trennen sollten? Nur, weil ich es nicht gut finde, dass du deine Arbeit mit nach Hause bringst? Oder weil ich da nicht mitmache und diesem Mann auf dem Weinfest nicht geholfen habe?“

„Nein!“, stöhnte ich verzweifelt auf. „Das ist doch Quatsch, Julie! Mir ist nur einfach in letzter Zeit klar geworden, dass mir etwas fehlt, und dass ich das nicht mehr so hinnehmen will, deshalb möchte ich jetzt mit dir darüber reden.“

Sie sah mich an und kniff misstrauisch die Augen zusammen. „Hast du eine andere?“

„Was?!“, rief ich fassungslos. „Nein! Wie kommst du denn auf so einen Blödsinn?“

„Na, irgendjemand muss dich ja wohl darauf gebracht haben“, erklärte sie nüchtern, und nur ein leichtes Wanken in ihrer Stimme verriet mir, dass sie doch nicht so ungerührt war, wie sie tat.

Wir standen immer noch mitten im Raum und rührten uns keinen Zentimeter von der Stelle, während unsere Blicke alles andere als stillstanden. Sie wechselten in Sekundenschnelle von der Bitte um Verständnis und Vergebung, hin zu Misstrauen, Vorwürfen, Ungläubigkeit und zumindest in meinem Fall auch Hoffnungslosigkeit, denn ich hatte gerade das Gefühl, gegen eine Wand zu laufen.

Auf dem Esstisch vibrierte mein Handy. Zweimal kurz. Eine Nachricht von Sophie, die wahrscheinlich gerade Pause hatte. Sophie, mit der alles angefangen hatte. Sophie, die mir den Kopf verdreht hatte und schuld an all dem hier war, ohne etwas dafür zu können oder überhaupt davon zu wissen. Tief in mir machte mein Herz einen Schlag außerhalb der Reihe, doch ich ließ mir nichts anmerken und konzentrierte mich ganz auf meine Freundin.

„Du hast recht", gab ich schließlich zu, weil ich ehrlich zu ihr sein wollte und es auch absolut keinen Grund gab, ihr irgendetwas zu verheimlichen. „Es gibt jemanden, der mir die Augen geöffnet hat und mir …"

„Hast du mit ihr geschlafen?"

Julias Frage traf mich vollkommen unvorbereitet und war so dermaßen absurd, dass ich einen Moment brauchte, um mich davon zu erholen. Dann kam die Wut und ließ alles aus mir herausbrechen.

„Verdammt, Julie, wenn du mir das wirklich zutraust, weiß ich echt nicht, warum wir überhaupt noch reden! Und wenn du es genau wissen willst: Nein, habe ich nicht und werde ich auch nicht! Erstens, weil ich dich liebe, auch wenn du mir das gerade nicht leicht machst. Und zweitens, weil sie gerade erst ihren Freund bei einem Unfall verloren hat und sicher anderes im Kopf hat als das!"

Ich weiß nicht genau, was es war, aber etwas davon ließ Julia für einen Moment verstummen. Meinem Blick hielt sie jedoch unbeirrt stand und bemerkte schließlich: „Also ist das so ein Mitleid-Ding von dir? Und dafür willst du unsere Beziehung wegwerfen?"

„Nenn es, wie du willst! Und ich will gar nichts wegwerfen. Ich will einfach nur, dass du mich verstehst. Und dass du sie verstehst. Hast du schon mal drüber nachgedacht, wie du dich fühlen würdest, wenn ich plötzlich nicht mehr da wäre? Unfall, zack, bumm, Moritz tot."

„Hör auf damit!"

„Nein. Ich höre nicht auf damit. Das ist das Leben, Julie, und es kann jeden jederzeit und überall treffen. Da kannst du noch so viel weggucken und denken, dass das mit dir alles nichts zu tun hat."

Es tat mir weh, so hart zu ihr sein zu müssen, aber sie ließ mir keine andere Wahl. Das war nun mal die Realität, und wenn sie das schon nicht sehen wollte, brauchte ich ihr mit allem anderen tatsächlich gar nicht erst zu kommen.

„Hältst du mich wirklich für so naiv und gefühllos?", fragte sie und klang dabei plötzlich ziemlich niedergeschlagen.

„Nein. Natürlich nicht", antwortete ich sanft. „Ich wünsche mir einfach nur, dass wir auch mal darüber reden können. Weißt du, dieser eine spezielle Unfall hat mich ziemlich mitgenommen, und das mit der Facebook-Seite ist auch einfach nur eine Möglichkeit, damit klarzukommen."

„Und sie hilft dir dabei." Es war eher eine Aussage als eine Frage, und das *sie* darin klang in meinen Ohren alles andere als nett.

„Ja", gab ich trotzig zurück, nicht bereit, Sophie von ihr schlecht reden zu lassen. „In gewisser Weise schon."

Julia stieß ein kurzes, bitteres Lachen aus. Sie ging zum Fenster, schaute mit verschränkten Armen hinaus und sagte mit dem Rücken zu mir: „Wie lange läuft das schon zwischen euch?"

Ich zwang mich zur Ruhe, um nicht jeden Moment frustriert auf irgendetwas einzuschlagen. „Da läuft nichts", erklärte ich mit zusammengebissenen Zähnen. „Wir haben uns geschrieben und zwei, drei Mal miteinander gesprochen, sonst nichts."

„Muss ja ziemlich beeindruckend gewesen sein." Ihre Stimme klang plötzlich traurig und matt.

Ich ging zu ihr und legte ihr die Hände auf die Schultern. „Julie, bitte", sagte ich gequält. In mir tobte ein Sturm an Gefühlen, für die ich keine Worte fand. Und es wurde noch schlimmer, als sie mich abschüttelte, sich umdrehte und mit undurchdringlicher Miene erklärte: „Es tut mir leid, dass ich so eine schlechte Freundin für dich war."

„Nein!" Ich schüttelte entschieden den Kopf. „Sag das nicht! Das warst du nicht ... das bist du nicht. Wir müssen einfach nur einen Weg finden, wie wir es demnächst besser machen können. Sonst ist doch alles gut."

Julia musterte mich einen unerträglichen Augenblick lang schweigend. „Und wenn ich das nicht kann? Wenn ich dich nicht die ganze Zeit nur mit deinem Rettungsdienst und deinen Unfallopfern teilen will? Was ist dann, Moritz?"

Ich senkte den Blick und schluckte schwer. „Ich weiß es nicht."

Anschließend herrschte Stille zwischen uns. Eine unangenehme Stille, in der noch so viel Ungesagtes lag, und die sich trotzdem schon so endgültig anfühlte. Bis sie von zwei kurzen Vibrationstönen unterbrochen wurde. Oh nein! Bitte nicht jetzt!

„Da wartet jemand auf dich“, bemerkte Julia mit belegter Stimme, drängte sich an mir vorbei und verschwand Richtung Schlafzimmer.

„Julie!“, rief ich ihr hinterher. Sie reagierte nicht, also folgte ich ihr und beobachtete fassungslos, wie sie eine Reisetasche unter dem Bett hervorzog und anfing, ihre Sachen zu packen. „Was machst du da?“

„Meine Sachen für den Urlaub packen ja wahrscheinlich nicht mehr“, gab sie bitter zurück.

„Aber …“, setzte ich hilflos an, denn das hier war ganz bestimmt nicht das, was ich wollte. Ich wollte sie nicht verlieren. Und ich wollte ganz bestimmt nicht so im Streit mit ihr auseinandergehen. Aber irgendwie war unsere Situation gerade total verfahren.

„Was, aber?!“, fuhr Julia mich an. „Es war nicht meine Idee, plötzlich alles zwischen uns infrage zu stellen, nur weil du bei einem deiner Unfallopfer den Moralischen kriegst, Mo. Aber wenigstens weiß ich jetzt, woran ich bin, und muss hier nicht noch länger meine Zeit verschwenden, während du anderswo den tollen Helden spielst. Also geh ruhig zu ihr und tröstet euch gegenseitig.“

Wumm, das hatte gesessen! Und in dem Moment, in dem ihre Worte mich trafen, spürte ich, wie in mir etwas unwiderruflich zerbrach.

„Okay“, quetschte ich an dem Kloß in meiner Kehle vorbei. „Wenn du das so siehst, ist es vielleicht wirklich besser, wenn du gehst.“

„Allerdings.“ Sie pfefferte ein paar Sachen in ihre Tasche, bevor sie weiter ins Bad stürmte. Und zum ersten Mal war ich froh, dass sie nie offiziell vollständig zu mir gezogen war, oder schlimmer noch, ich zu ihr. Julia hatte eine eigene Wohnung im Haus ihrer Eltern am Stadtrand und hatte lange darauf gedrängt, dass ich dort bei ihr mit einzog. Aber das Haus lag nicht nur ziemlich weit von der Rettungswache entfernt, sondern auch noch direkt neben einer Kindertagesstätte, das hieß, wenn ich Nachtschicht hatte, wäre es ein Ding der Unmöglichkeit, dort tagsüber schlafen zu können. Also war ich in meiner wesentlich ruhigeren Stadtwohnung geblieben, und Julia hatte sich nach und nach immer mehr bei mir einquartiert. Doch damit war es jetzt also wohl schlagartig vorbei.

Ich drehte mich um und ging zurück ins Wohnzimmer, weil ich ihre Packwut nicht mehr mit ansehen konnte. Mir war zum Heulen zumute, aber ich wusste, dass ich mir dann nur noch einen bösen Kommentar einfangen würde, und verkniff es mir. Stattdessen starrte ich reglos aus dem Fenster raus in den Regen, hörte Schränke auf und zu gehen, Schritte auf und ab laufen und ein paar Taschen, die im Flur auf den Boden fallen gelassen wurden.

„Ich bin dann weg“, erklärte Julia schließlich. „Morgen Abend hole ich meine restlichen Sachen und lass dir den Schlüssel hier liegen, wenn das okay ist.“

Ich wandte mich zu ihr um und sah sie traurig an. „Soll ich dich noch fahren?“

„Nein. Becky kommt gleich und holt mich ab.“

Ich presste die Lippen aufeinander und nickte. Sie hatte also schon ihrer Schwester Bescheid gesagt, und ich existierte quasi gar nicht mehr. Ich musste an Pia denken, Rebeccas dreijährige Tochter und Julias Patenkind, die mir in unserer gemeinsamen Zeit so ans Herz gewachsen war, und die ich jetzt wahrscheinlich nie wiedersehen würde. Und ich fragte mich, wie nur so plötzlich alles aus dem Ruder laufen konnte.

„Julie?", sagte ich leise, als sie sich schon wieder umgedreht hatte und ihre Taschen schultern wollte.

„Lass es einfach gut sein, Moritz", bremste sie mich aus, bevor ich überhaupt etwas sagen konnte. Und dann war sie weg.

Auf einmal war meine Wohnung viel zu groß, viel zu ruhig und viel zu leer. War das jetzt wirklich das Ende unserer Beziehung? Für immer aus und vorbei? Oder war es nur eine Kurzschlusshandlung, und wir konnten später in Ruhe noch mal darüber reden? Für einen winzigen Moment war ich in Versuchung Julia hinterherzulaufen, doch dann fiel mir wieder ein, wie sie gesagt hatte, dass ich doch nur wegen irgendeines Unfallopfers einen Moralischen kriegte und den Helden spielte, und die Wut kehrte zurück. Sophie war nicht irgendein Unfallopfer. Und ich hatte auch keinen Moralischen oder spielte den Helden. Das alles wüsste sie, wenn sie mir nur einmal richtig zugehört hätte. Aber das hatte sie nicht getan. Und ich fragte mich, wie ich eigentlich die ganze Zeit so blind darüber hinwegsehen konnte.

Ich fuhr mir mit den Händen übers Gesicht, atmete tief durch und wandte mich meinem Handy zu, um zu sehen, was Sophie geschrieben hatte. Mir war grad alles andere als nach fröhlichem Chatten zumute, aber neugierig war ich doch und musste sogar ein wenig lächeln, als ich ihre Nachrichten las.

Die erste lautete: *Du glaubst nicht, wer vorhin zufällig bei mir im Laden war! Die Frau von dem Wespenstich-Mann! Sie hat einen Rätselblock gekauft, damit er sich ein bisschen beschäftigen kann, während er sich von dem Schock erholt. Erst hat sie mich gar nicht wiedererkannt, aber als ich sie gefragt habe, wie es ihm geht, ist sie mir mit Tränen in den Augen um den Hals gefallen und hat sich noch tausendmal bedankt. Irgendwie süß. Passiert dir so was öfter?*

Und dann die zweite: *Stell dir vor, sie war gerade noch mal da und hat mir eine Riesenpackung Merci-Schokolade gebracht. Dabei sollte die doch eigentlich eher für dich sein. Ich glaube, ich stibitze mir ein, zwei Riegel davon und schicke dir den Rest in die Rettungswache.* Dahinter ein Zwinker-Emoji.

Ach, Sophie! Beinah zärtlich strich ich über das Display. Aus jeder Zeile sprühte mir ihre Euphorie entgegen und stand damit in völlig krassem Gegensatz zu dem, was ich gerade erlebt hatte. Deshalb wusste ich auch nicht, was ich antworten sollte und vertröstete sie mit den Worten: *Ist grad schlecht. Sorry. Melde mich später.*

Blitzschnell kam eine Antwort von ihr: *Alles gut. Meine Pause ist eh gleich schon wieder vorbei.*

Wehmütig schloss ich die App und starrte einen Augenblick ratlos mein Smartphone an. Dann wählte ich die Nummer von Miriam und saß schon fünf Minuten später im Auto, um zu ihr zu fahren und mich verbal bei meiner großen Schwester auszuheulen. Seit dem Umzug zurück nach Deutschland und all den damit verbundenen Startschwierigkeiten und Unsicherheiten waren wir ein inniges Team und vertrauten uns gegenseitig alles an. Deshalb wunderte ich mich auch gar nicht erst über ihre Reaktion, als ich ihr von meinem Streit mit Julia und der Trennung erzählte. Denn diese großartigste aller Schwestern sagte nichts von wegen andere Mütter haben auch schöne Töchter oder so was, sondern rückte mit nur zwei nüchternen Sätzen meine Welt wieder zurecht, indem sie erklärte: „Ganz ehrlich, Mori? Julia war echt lieb und nett, aber spätestens Samstagabend war ich ziemlich schockiert, als sie bei dem Notfall null reagiert hat und dann auch noch sauer war, weil das so lange gedauert hat. Bei aller Liebe, aber so jemand passt einfach nicht zu dir."

„Blöd nur, wenn man das erst nach dreieinhalb Jahren merkt", murmelte ich niedergeschlagen.

„Hey." Sie knuffte mich liebevoll in die Seite. „Besser spät als nie. Und jetzt war es wohl gerade noch rechtzeitig, oder?"

Ich presste die Lippen aufeinander und nickte.

„Aber du fährst doch trotzdem nächste Woche nach Schweden? Thore wird dich schon auf Trab halten, damit du gar nicht erst ins Grübeln verfällst."

„Ich werde ihn morgen mal anrufen." Und ihm sagen, dass ich seine Hütte in den Schären nicht brauche, sondern lieber bei ihm in der Stadt bleibe. Und die Reservierung im *Heaven 23* absagen. Und den Ring nächste Woche im Göta älv versenken.

In meine deprimierenden Gedanken hinein hörte ich meine Schwester unterdrückt aufstöhnen und hob alarmiert den Kopf. Selbst im dicksten Liebeskummer funktionierten meine Sanitäter-Instinkte anscheinend noch einwandfrei.

„Alles gut", erklärte Miriam mit einem tapferen Lächeln und hielt sich den Bauch. „Dein kleiner Neffe macht nur gerade ein paar Boxübungen."

Ich musste ebenfalls lächeln und beobachtete fasziniert, wie sich unter ihrem Shirt ab und zu die Bauchdecke wölbte. Miriam griff nach meiner Hand und legte sie sich auf den Bauch, sodass ich den kleinen Felix auch spüren konnte. Das gab mir den Rest, denn genau das war auch mein Traum gewesen: Julia und ich und eine eigene kleine Familie. Stattdessen war ich nun also wieder bei Null angekommen.

Sophie

Moritz war am Montag ungewohnt still, und außer einer kurzen Nachricht, dass es gerade schlecht war, hörte ich nichts mehr von ihm. Ich dachte mir jedoch nichts dabei, denn ich wusste, dass er frei hatte, und vielleicht musste seine Freundin ja ebenfalls nicht arbeiten, sodass er sicher einfach nur keine Gelegenheit gehabt hatte, mir zu schreiben.

Als ich am Dienstagmorgen gleich nach dem Aufstehen noch einmal bei Facebook reinschaute, erkannte ich allerdings, dass es einen anderen Grund dafür gab. Mitten in der Nacht hatte er fünf neue Beiträge auf seiner Seite gepostet, alle rund um das Thema Erste Hilfe. Es war so viel, dass ich es unmöglich schaffte, vor der Arbeit alles durchzulesen. Und ich verfluchte im Stillen die Tatsache, dass ausgerechnet heute Abend der Zumba-Kurs losging und ich da ebenfalls keine Zeit haben würde, mir in Ruhe anzuschauen, was er alles zusammengetragen hatte. Moritz musste den ganzen Montag daran gearbeitet haben. Kein Wunder nach der Geschichte vom Weinfest, wo mal wieder genügend Leute bewiesen hatten, dass sie nicht helfen konnten oder wollten. Ich war so unglaublich stolz auf ihn und schrieb auf die Schnelle eine kurze Nachricht: *Du warst ja echt fleißig gestern. Blöd, dass ich gleich zur Arbeit muss und nachher erst spät zurück bin. Da muss ich wohl mit dir zusammen eine Nachtschicht einlegen, um das alles lesen zu können.* Dahinter setzte ich ein Zwinker-Emoji.

Seit dem Weinfest und dem nächtlichen Chat danach war es plötzlich so einfach, ihm zu schreiben. Das hatte uns irgendwie zusammengeschweißt und war stärker als die böse Erinnerung an den Unfall, die mein Sanitäter-Moritz so oft heraufbeschworen hatte. Deshalb fehlte mir auch wirklich etwas, als ich stundenlang keine Antwort darauf bekam. Erst als ich um halb sechs Feierabend machte, fand ich eine Nachricht von ihm: *Bitte keine Nachtschicht! Tu dir das nicht an vorm Schlafengehen. Morgen ist auch noch ein Tag.*

Nanu?! Ich hatte bei der Aussicht auf eine gemeinsame Chat-Nacht mit einem Freudentänzchen von ihm gerechnet, aber anscheinend war ihm mein Seelenfrieden wieder wichtiger.

Vergiss es!, erklärte ich meinem Smartphone im Stillen und musste selbst grinsen, als ich merkte, wie ich seine Warnungen mal wieder in den Wind schlug. Also machte ich es mir am späten Abend wie immer mit meinem Laptop auf der Schlafcouch gemütlich, ausgepowert und rundum zufrieden mit der Zumba-Stunde, bei der Kiki und ich ein paar nette Leute kennengelernt hatten, und klickte mich durch Moritz' Beiträge.

Es war eine richtig gute Mischung aus Erzählungen und konkreten Anleitungen, wie Erste Hilfe ging und was es dabei zu beachten gab. Dabei ging er, der professionelle Retter, wirklich nur auf die Möglichkeiten ein, die ein absoluter Laie wissen und können musste. Mehr als das sogar, denn er hatte sich anscheinend auch Gedanken um die Gegenargumente und Ausreden seiner „Lehrlinge“ gemacht und nahm ihnen gleich den Wind aus den Segeln. Zum Beispiel Mund-zu-Mund-Beatmung, wenn man sich davor ekelte, einem fremden Menschen so nah zu kommen. Einfach sein lassen und auf die Herzdruckmassage konzentrieren! Das war immer noch hilfreicher, als gar nichts zu tun, weil der Sauerstoffgehalt im Blut fürs Erste noch reichte, solange zumindest der Kreislauf in Gang gehalten wurde. Alles verlief gut überlegt nach einem roten Faden mit Texten und Bildern, sodass es eigentlich der größte Depp kapieren müsste. Bewusstsein vorhanden – dann dies. Bewusstsein nicht vorhanden – dann das. Atmung vorhanden – dann dies. Atmung nicht vorhanden – dann das.

Hatte ich nicht gesagt, dass er ein großartiger Lehrer wäre? Hier war der Beweis und das schon allein in schriftlicher Form. Allerdings wies Moritz auch darauf hin, dass seine Anleitung keinen Erste-Hilfe-Kurs ersetzte und gerade die praktischen Übungen im Lehrgang unglaublich wichtig wären. Trotzdem hatte ich gerade das Gefühl, unglaublich viel mehr zu wissen als bisher, und schrieb ihm schließlich wieder einen lobenden Kommentar unter seine Beiträge.

Als hätte er nur darauf gewartet, kam ein paar Minuten später eine Nachricht von ihm: *Du kannst es einfach nicht lassen, oder? Jede Wette, dass du heute Nacht wieder böse Träume hast, wenn du dir nicht sofort noch ein Buch schnappst und zur Ablenkung etwas Schönes liest.*

Sorry, schrieb ich schmunzelnd zurück. *Die Neugier war einfach größer. Und du hast dich mal wieder selbst übertroffen. Aber warum hast du die Geschichte mit deiner Lehrerin nicht auch reingenommen? Das hätte das Skandinavien-Beispiel doch noch eindringlicher gemacht.*

Ja. Und die Stänkerer hätten sich gefreut, mich noch mehr als den Superhelden zu verspotten, konterte er.

Wen interessieren schon die Stänkerer? Du warst in dem Moment ein Superheld. Deine ehemalige Lehrerin würde dir das sicher unterschreiben.

Wie auch immer. Es war mir einfach zu persönlich.

Okay. Ich zögerte kurz. *Sonst alles gut bei dir? Hattest du viel zu tun in den ersten drei Stunden?*

Der ganz normale Wahnsinn.

Hm. Nicht sehr gesprächig heute der Herr Morgenthal. Aber vielleicht hatte er wirklich gerade erst einen blöden Einsatz gehabt oder war müde nach dem Wechsel von Tag- auf Nachtschicht oder keine Ahnung was. Ich wollte ihm gerade eine gute Nacht wünschen und mich verabschieden, als von ihm eine Nachricht ohne Worte, sondern nur mit dem Krankenwagen-Emoji kam. Der nächste Einsatz. Trotzdem schrieb ich zurück.

Denke an dich und werde deinen Vorschlag mit dem schönen Buch beherzigen. Eine gute Schicht und bis bald!

Eine Antwort bekam ich in dieser Nacht nicht mehr. Und am nächsten Tag ging es bei mir selbst so drunter und drüber zu, dass ich alles andere als Moritz im Kopf hatte.

Es war Mittwoch, der Tag vor Alex' Geburtstag, und allein die Aussicht darauf versetzte mich in eine melancholische Grundstimmung – zu viele Erinnerungen an glückliche Geburtstagsfeiern in der Vergangenheit, gemischt mit zu viel Trauer darüber, dass es diese nie wieder geben würde. Aber irgendwie musste ich den Arbeitstag rumkriegen und riss mich zusammen, um meinen Kunden gegenüber nicht allzu wortkarg rüberzukommen. Gleich nach Feierabend wollte ich dann zu meinen Eltern nach Hause fahren und Donnerstagfrüh gleich als Erstes zu Alex auf den Friedhof gehen, denn ich war immer, immer, immer die Erste gewesen, die ihm an seinem Geburtstag gratuliert hatte. Selbst während dieser Lücke in unserem gemeinsamen Lebenslauf nach dem Abi, auch wenn es drei oder vier Jahre lang nur eine blöde SMS oder WhatsApp-Nachricht gewesen war. Zumindest redete ich mir das gerne ein, dabei war mir klar, dass in den letzten zwei Jahren wahrscheinlich eher Isabelle direkt neben ihm gelegen und ihm schon um Mitternacht ein sexy Ständchen gesungen hatte. Wic auch immer. Ich wollte jedenfalls weiterhin die Erste sein – selbst wenn es nichts mehr zu gratulieren gab.

Doch dann machte mir mein Chef einen dicken Strich durch die Rechnung. Er hatte dummerweise vergessen oder übersehen, dass er an eben diesem Donnerstag einen wichtigen Termin mit dem Arbeitssicherheitsbeauftragten aus der Zentrale hatte, der zu seiner jährlichen Filialbegehung kam und diesmal sogar noch den Ober-Ober-Chef im Schlepptau hatte, weil ein paar Umbaumaßnahmen besprochen werden sollten. Hochwichtig also, und natürlich viel, viel wichtiger als so eine blöde Angestellte, die um ihren toten Freund trauerte. Denn weil ich wirklich die Einzige war, die nicht krank war oder Urlaub hatte, sondern einfach nur einen freien Tag, wurde eben jener kurzerhand auf den Freitag verschoben und ich wurde zumindest am Donnerstagvormittag zum Arbeiten verdonnert. Kiki versuchte noch, mich davor zu bewahren und bettelte den Chef an, dass sie doch auch eine volle Schicht von Ladenöffnung bis abends um acht machen könnte, damit ich nicht extra kommen musste, aber das reichte ihm nicht und er meinte, es wären ja schließlich nur ein paar Stunden und dann hätte ich dafür letztendlich sogar anderthalb freie Tage am Stück. Super! Ganz herzlichen Dank auch! Da hatte ich ein Mal wirklich etwas vor und extra meinen freien Tag getauscht, und dann das! Nur weil er diesen Termin verschusselt hatte!

Vor Frust hätte ich am liebsten auf irgendetwas eingeschlagen. Ich kochte innerlich und heulte mir in der Pause die Augen aus dem Kopf, aber es nützte ja nichts. Ich würde morgen früh definitiv nicht die Erste an Alex' Grab sein, auch wenn Kiki mich anstiften wollte, über Nacht überraschend krank zu werden. Doch für so etwas war ich zu brav, und außerdem wäre das viel zu offensichtlich gewesen. Also machte ich gute Miene zum bösen Spiel und versuchte meine Wut und Enttäuschung zumindest nicht an meinen Kunden auszulassen. Die konnten ja schließlich nichts dafür. Aber jedes Lächeln war Schwerstarbeit, und ich war total erschöpft, als ich um sechs Uhr Feierabend machte. Kiki, die bis acht arbeiten musste, umarmte mich zum Abschied fest und versprach, später mit einer großen Frust-Schokolade vorbeizukommen, um mit mir zusammen unseren Chef zu verfluchen. Und das konnte sie wirklich gut.

Ich rang mir ein trauriges Lächeln ab und ging.

Zu Hause angekommen weinte ich eine Runde und rief dann meine Eltern an, die ich am Nachmittag schon kurz per WhatsApp über die Planänderung informiert hatte. Sie versuchten mich zu trösten und zu überzeugen, dass alles halb so schlimm wäre und es Alex sicher glücklich machen würde, dass ich überhaupt kam. Aber ich wollte mich nicht trösten lassen. Mal ganz abgesehen davon, dass es eh nur eine blöde Redewendung war, und Alex nie wieder irgendetwas glücklich machen würde. Nach all den Wochen war die Trauer wieder so stark, dass jeder Tropfen einer zu viel war, und mein Chef hatte das Fass nicht nur zum Überlaufen gebracht, sondern auch umgestoßen.

Ausgerechnet in diese Stimmung hinein tauchte Moritz plötzlich wieder aus der Versenkung auf. Zwei Tage lang hatte ich kaum etwas von ihm gehört, und wenn, dann war er ziemlich kurz angebunden gewesen. Aber gerade jetzt, als ich nach dem Gespräch mit meinen Eltern aus purer Gewohnheit bei Facebook reinguckte, fand ich eine etwas längere Nachricht von ihm, die mir letztendlich den Rest gab.

Liebe Sophie, hatte er geschrieben. *Tut mir leid, dass ich mich in den letzten Tagen so rar gemacht habe, aber ich hatte einiges um die Ohren. Ich hoffe, bei dir ist alles okay. Deine Begegnung mit der netten Wespenstich-Frau hat mich wirklich gefreut. Solche Menschen sind mir echt die liebsten.*

Ich würde dich übrigens gerne was fragen, hab aber ein bisschen Angst davor, dich wieder damit zu verschrecken.

Also sag bitte einfach nur Nein, wenn du nicht willst, und wir tun so, als wär nichts gewesen, okay? Es ist nämlich so, dass ich die nächsten zwei Wochen Urlaub habe und nach Schweden fahre, und ich würde dich vorher gerne noch mal sehen. Ich habe morgen frei, deshalb wollte ich fragen, wie du arbeitest und ob du vielleicht Zeit und Lust hast, mit mir einen Kaffee trinken zu gehen? Wenn nicht, ist das kein Problem. Aber ich würde mich sehr freuen. Also, was sagst du?

Nein! Nein, nein, nein, nein, nein! Fassungslos starrte ich die Nachricht an und fühlte mich, als hätte mir jemand ein Messer in den Bauch gerammt. Und ich wusste nicht mal wieso. Weil es ausgerechnet morgen sein sollte? Weil er die nächsten zwei Wochen weit weg sein würde, was ja völliger Blödsinn war, weil wir uns doch eigentlich eh nur über das Internet schrieben und es das in Schweden schließlich auch gab? Oder weil er mit seiner kleinen Familie eine wunderschöne Zeit haben würde, während ich hier alleine jeden Tag denselben Trott durchziehen musste, in einem Laden, in dem mal eben so die freien Tage verschoben werden konnten? Wahrscheinlich war es alles zusammen.

Ich schluchzte verzweifelt auf und ohne weiter darüber nachzudenken, schaffte ich es, ihm mit zitternden Fingern eine Antwort zu schreiben: *Nein.*

Moritz

„Ihr habt was?!" Chris hing mit einem Bein schon in seiner Rettungshose, mit dem anderen nackt in der Luft und starrte mich ungläubig an.

„Julie und ich haben uns getrennt", wiederholte ich leise.

Es war Mittwoch, der erste Abend, an dem wir wieder zusammen Dienst hatten, und mein Freund war sichtlich schockiert über die Neuigkeit. Kein Wunder. Ich konnte es ja selbst nicht so richtig glauben. Aber nachdem ich am Dienstag noch einmal mit Julia telefoniert hatte, musste ich wohl so langsam mal damit anfangen, denn statt uns auszusprechen und zumindest in Frieden auseinanderzugehen, hatten wir am Ende doch wieder gestritten. Sie konnte mich einfach nicht verstehen oder wollte es wahrscheinlich nicht, und hatte zudem einiges gesagt, was unsere Beziehung so aussehen ließ, als wäre alles immer nur schlecht gewesen, weil ich nie da gewesen war. Das stimmte nicht, und das wusste sie. Ich hoffte, dass es nur der Frust war, der da aus ihr gesprochen hatte, aber im Verlauf des Gesprächs waren mir erste Zweifel gekommen, ob Liebe vielleicht doch einfach blind machte. Und als sie schließlich nach einem letzten spitzen Kommentar aufgelegt hatte, war mir das Sprichwort mit dem Ende und dem Schrecken in den Sinn gekommen. Es hatte wohl wirklich etwas an sich, denn das hier war definitiv ein Ende mit Schrecken. Aber vielleicht doch besser als ein Schrecken ohne Ende, wenn wir wie in den vergangenen Wochen immer wieder im Kleinen aneinandergeraten wären. Trotzdem tat es weh.

Chris zog sich zu Ende an, bedachte mich mit einem nachdenklichen Blick und wollte wissen, was passiert war.

„Mir hat anscheinend jemand meine rosarote Brille kaputt gemacht", antwortete ich niedergeschlagen, und während wir rüber in die Fahrzeughalle gingen und unseren Rettungswagen durchcheckten, erzählte ich meinem Freund von den vielen kleinen Streitereien mit Julia in letzter Zeit, von dem Vorfall auf dem Weinfest und dem großen Knall danach.

„Ich hab schon von Hendrik gehört, dass du einen Sondereinsatz hattest", bemerkte er zwischendurch, hörte sich aber ansonsten alles schweigend an. Als ich fertig war, schwieg er immer noch, schüttelte schließlich den Kopf und murmelte etwas, das so ähnlich wie Sodom und Gomorrha klang. Aber eben nur so ähnlich.

„Was hast du gerade gesagt?"

Chris gluckste leise. „Ich sagte So, Mo und Gomorrha. Sorry, aber eure Namen haben das gerade so gut hergegeben."

„Sehr witzig", knurrte ich wenig amüsiert. „Da kann ich ja direkt froh sein, dass ich nicht Dominik heiße."

„Stimmt."

Wir sahen uns an und mussten beide grinsen. Es war allerdings nur ein kurzer Augenblick, dann wurde ich wieder ernst und erklärte entschieden: „Was auch immer das heißen soll, aber Sophie hat nichts damit zu tun."

Mein Freund blickte überrascht von dem EKG-Gerät vor sich auf und lachte. „Oh doch, Momo, und wie es das hat. Selbst wenn du dich nicht in sie verliebt hast oder sonst wie scharf auf sie bist, dann hat doch alles mit ihr zu tun. Oder willst du etwa leugnen, dass sie es war, die deine schöne Brille kaputt gemacht hat?"

„Nein", gestand ich zähneknirschend.

„Siehste!" Er musterte mich einen Moment nachdenklich und sagte schließlich: „Ganz ehrlich, Momo, du hast dich verändert seit diesem Chaos-Unfall. Du bist nicht mehr so auf Kuschelkurs wie vorher, sondern stehst zu dem, was dir wichtig ist und was du willst. Das find ich richtig gut. Aber dass da so was bei rauskommt, hätte ich nun doch nicht gedacht."

Tja, ich auch nicht. Aber so war es nun mal. Und es war irgendwie ziemlich schräg, sich angeblich zum Positiven verändert zu haben, und dafür dann verlassen zu werden.

Chris schlug mir mit der Hand freundschaftlich auf die Schulter. „Kopf hoch, Kumpel. Julia war anscheinend doch nicht die Richtige, aber irgendwo da draußen läuft sie noch rum und wartet auf dich. Ganz bestimmt."

„Hmhmm", murmelte ich halbherzig. Nach dreieinhalb Jahren war es nicht so einfach, sich plötzlich jemand anderen an seiner Seite vorzustellen. Da war immer Julia gewesen und sollte immer Julia sein. Doch stattdessen hatte ich die letzten zwei Nächte alleine verbracht und war wirklich froh, dass ich heute wieder arbeiten konnte, um nicht dieser schrecklichen Leere in meiner Wohnung ausgeliefert zu sein.

„Hey", versuchte Chris mich weiter aufzumuntern. „Sieh es mal so: Bis diejenige welche auftaucht, kannst du die Zeit nutzen und dich zum Beispiel um deine Notfall-Sani-Weiterbildung kümmern, ohne dass es jemanden stört. Wer weiß, vielleicht triffst du ja genau da deine Traumfrau, und die versteht dann ganz bestimmt, wie wir Rettungsdienstler so ticken."

Ich musste lachen. „Na toll. Von einem Extrem ins nächste, oder was? Ich glaube, da wär mir so ein Zwischending schon irgendwie lieber." So jemand wie Sophie zum Beispiel.

Der Gedanke blitzte nur ganz kurz auf, doch er verfehlte nicht seine Wirkung und verursachte ein kurzes, aber heftiges Flattern in mir. Oder war das etwa das Vibrieren meines Handys, das im selben Moment an meinem Oberschenkel kribbelte?

Ich hatte Sophie am Nachmittag eine Nachricht geschickt, um mich aus dem lustlosen und wortkargen Reich des Liebeskummers zurückzumelden, auch wenn sie von all dem keine Ahnung hatte. Und ich würde es ihr auch nicht erzählen. Tief in mir war ich zwar überzeugt davon, dass ich mit ihr sicher wunderbar darüber reden könnte und sie mich absolut verstehen würde. Aber ich wollte nicht, dass sie dachte, dass sie schuld an meiner gescheiterten Beziehung sein könnte oder dass es möglicherweise etwas damit zu tun haben könnte, weil ich etwas von ihr wollte. Es war ohnehin riskant genug gewesen, sie zu fragen, ob wir uns vor meinem Urlaub noch einmal sehen konnten, schließlich hatte sie sich schon öfter von mir zurückgezogen, wenn ich ihr so nah gekommen war. Deshalb war ich auch furchtbar aufgeregt, als ich jetzt mein Handy hervorzog, um ihre Antwort darauf zu lesen. Immerhin kam eine Antwort, was ich als gutes Zeichen wertete.

Nein.

Kurz und knapp bohrte sich dieses eine Wort wie ein Dolchstoß in meine Eingeweide. Kein: *Nein, tut mir leid, aber ich kann nicht, weil …* Oder: *Nein, passt mir morgen nicht, aber ein anderes Mal gerne.* Einfach nur *Nein.* Was hatte das zu bedeuten? Und konnte ich es wagen nachzuhaken, oder war das wieder so ein Lass-mich-in-Ruhe-das-ist-mir-alles-zu-viel-Nein? Scheiße!

„Alles okay?", hörte ich Chris wie aus weiter Ferne fragen. „Du siehst grad aus, als hättest du den nächsten Laufpass gekriegt."

Ich presste die Lippen aufeinander, schüttelte den Kopf und dachte im Stillen: Ich hoffe nicht. Aufgewühlt stieg ich aus dem Rettungswagen, lehnte mich ein Stück entfernt gegen einen Betonpfeiler und starrte wieder dieses Nein an. Dann schrieb ich ihr zurück, auch wenn ich sah, dass sie nicht mehr online war.

Okay, tippten meine Finger, auch wenn gar nichts okay war. *Sieht so aus, als wäre meine Angst nicht ganz unberechtigt gewesen. Tut mir leid. Lass es uns einfach vergessen. Schreibst du mir trotzdem noch? Ich könnte es mir nämlich nie verzeihen, wenn ich das hier vergeigt hätte.*

Was sind wir heute melodramatisch, Herr Morgenthal, spottete eine böse Stimme in mir. Doch ich ignorierte sie einfach. Sophie war mir nun mal unglaublich wichtig, und das konnte sie bitte schön ruhig wissen. Aber wie es aussah, hatte ich Vollidiot tatsächlich einen Riesenfehler gemacht, denn eine Antwort bekam ich nicht. Nicht mehr in dieser Nacht und auch nicht am nächsten Morgen. Die Sorgenfalte auf der Stirn meines Freundes wurde immer tiefer, wenn er mich ansah, aber zum Glück war er klar genug im Kopf, um in dieser Schicht das Denken für uns beide zu übernehmen, während ich nur automatisch seinen Anweisungen folgte. Zwischendurch überlegte ich fieberhaft, was ich tun sollte. Wenn Sophie sich wirklich nicht mehr melden sollte, gab es nur eine Möglichkeit, wie ich sie erreichen konnte und wo sie nicht so schnell vor mir weglaufen konnte. Das war nicht ganz fair und ich fühlte mich alles andere als wohl dabei, aber ich wollte sie nicht auch noch verlieren. Schon gar nicht, solange sie mir nicht wenigstens erklärt hatte, warum. Außerdem konnte ich im Zweifelsfall immer noch behaupten, dass ich einfach nur auf der Suche nach Urlaubslektüre war.

Sophie

Nachdem ich Moritz meine verzweifelt knappe Antwort geschickt hatte, heulte ich Rotz und Wasser und schaltete mein Smartphone aus, weil ich wusste, dass er sich nicht damit zufriedengeben und nachfragen würde, auch wenn er es anders angekündigt hatte. Aber mir fehlte gerade die Kraft dazu, ihm alles zu erklären. Zumindest den Teil mit Alex' Geburtstag und meinem bescheuerten Chef, denn der Rest war mir ja selbst nicht ganz klar. Ich wollte nur noch diesen Abend und den halben Arbeitstag morgen rumkriegen, und dann zu Alex und seinen Eltern und meinen Eltern und mich einfach für eine Weile von ihrer Liebe und Fürsorge einhüllen lassen, ohne komplizierte Fragen oder wirre Gefühle, warum sie das für mich taten.

Zwischen mir und diesem Ziel lag jedoch zunächst noch eine unruhige Nacht mit einem ähnlich bösen Traum wie nach dem Weinfest. Mein armes, überfordertes Hirn vermischte und verdrehte mal wieder alles und löschte dieses Nein an Moritz, sodass er kam, um mich mittags von der Arbeit abzuholen und mit mir einen Kaffee zu trinken. Wir gingen direkt im Center in das italienische Eiscafé, bestellten unsere Getränke und redeten und lachten und es war einfach nur schön. Schlagartig war der ganze Ärger über meinen Chef vergessen und ich genoss einfach

Moritz' Gesellschaft und diese aufmerksamen Blicke aus seinen tiefbraunen Augen. Doch plötzlich hörte ich ein langgezogenes „Moooritz!", das verdächtig nach seiner Freundin klang. Ich schaute Richtung Eis-Theke und entdeckte dort nicht nur Julia, sondern direkt neben ihr auch dieses blondgelockte kleine Mädchen, das die Hände in die Hüften gestemmt hatte und wild den Kopf schüttelte, als wollte es sagen: Was machst du da, Papa? Hör auf damit!

Moritz legte beruhigend seine Hand auf meine und sagte: „Ist schon in Ordnung. Die beiden haben mich ja die ganzen nächsten zwei Wochen in Schweden und kommen heute Nachmittag auch mal ohne mich aus."

Mir war das jedoch nicht ganz geheuer, sodass ich einen Moment später noch mal zu den beiden rüberschaute. Sie waren jedoch weg. Stattdessen stand dort Alex mit verschränkten Armen und sah mich an, so traurig und verloren, dass ich erstarrte und nur noch mein dumpf pochendes Herz wahrnahm.

„Deshalb konntest du also an meinem Geburtstag nicht zu mir kommen", bemerkte er, und es klang eher nach einer Feststellung als nach einer Frage. Nicht anklagend oder verärgert, sondern einfach nur unerträglich enttäuscht. Und bevor ich antworten konnte, drehte er sich um und ging.

„Alex!", rief ich und sprang so schnell auf, dass das Geschirr auf unserem Tisch beinah heruntergefallen wäre. Ich lief ihm hinterher, aber er war schon weg. Und als ich mich wieder umdrehte, sah ich auch Moritz nur noch von hinten, wie er mit seiner kleinen Familie wegging und dabei einen Reisekoffer hinter sich herzog.

Schweißgebadet wachte ich auf und versuchte dieses Bild von einem zutiefst enttäuschten Alex loszuwerden.

„Ich habe Moritz doch abgesagt", flüsterte ich weinend in die Dunkelheit hinein und schimpfte anschließend mit mir selbst, weil es doch nur ein dummer Traum gewesen war. Aber der Gedanke daran ließ mich nicht los. Kein Wunder also, dass der nächste Tag nur noch schlimmer werden konnte.

Eigentlich hatte ich vorgehabt, am Morgen vor der Arbeit bei Facebook reinzugucken und Moritz eine kurze Entschuldigung und Erklärung zu schreiben, aber dann rief meine Mutter an, um zu hören, wie es mir ging, und anschließend fehlte mir die Zeit dazu. Also vertagte ich das auf später und beeilte mich, in den Laden zu kommen, um meine elenden vier Stunden Zwangsarbeit rumzukriegen. Natürlich war nicht viel los, sodass Kiki ohne Weiteres für mich hätte einspringen können. Und natürlich hatte ich kurz vor Feierabend noch eine ausführliche E-Reader-Beratung, dank der ich auch noch eine Viertelstunde länger bleiben durfte. Aber zähneknirschend brachte ich auch das zu Ende und war froh, als das ältere Ehepaar mit ihrem neuen Gerät endlich zur Kasse abrauschte. In Rekordzeit steckte ich die ganzen Schutzhüllen, die ich ihnen gezeigt hatte, in ihre Verpackung zurück und hängte sie an die entsprechenden Haken, um dann endlich gehen und zu Alex fahren zu können. Doch als ich gerade die letzte Tasche verstaut hatte, hörte ich plötzlich eine mittlerweile nur allzu vertraute Stimme sagen: „Hey. Nicht erschrecken. Ich komme in friedlicher Absicht."

Ruckartig hob ich den Kopf, während mein Herz erst einen Schlag lang aussetzte und dann ziemlich holprig wieder zum Leben erwachte. „Moritz", sagte ich und starrte ihn an wie eine Erscheinung. Träumte ich etwa schon wieder? Das konnte nicht sein, dass er hier war. Das durfte nicht sein. Hatte ich ihm etwa in geistiger Umnachtung kein *Nein* geschrieben, sondern ein *Klar, hol mich einfach um eins von der Arbeit ab?* Bestimmt nicht! Dieser Tag gehörte Alex, oder zumindest das, was davon noch übrig war. Sein trauriger Blick von heute Nacht steckte mir noch tief in den Knochen, und mein einziger Gedanke war: Weg hier! Jetzt! Sofort!

„Tut mir leid … Ich kann nicht", stammelte ich hilflos, drehte mich um und ließ Moritz einfach stehen. Ohne nach rechts und links zu schauen stürmte ich nach hinten, schnappte mir meine Sachen und verschwand durch den Personalausgang nach draußen, damit ich gar nicht erst noch mal an ihm vorbei musste. Nur weg hier! Raus aus dem Laden. Raus aus der Stadt.

Unterwegs zum Auto wischte ich mir immer wieder die Tränen von den Wangen. Hätte Moritz nicht fünf Minuten später kommen können? Dann wäre ich schon weg gewesen und hätte ihn nicht so enttäuschen müssen. Aber statt ihm irgendetwas zu erklären, hatte ich ihm zum zweiten Mal innerhalb weniger Stunden eine heftige Abfuhr erteilt, obwohl er gar nichts dafür konnte. Scheiße, scheiße, scheiße! Ich musste ihm nachher unbedingt noch schreiben. Aber jetzt musste ich erst mal zu Alex. Und irgendwie wieder zu mir selbst finden.

Moritz

Ich hatte mich eindeutig geirrt. Sophie konnte sehr wohl auch im Laden vor mir weglaufen und anschließend spurlos verschwinden.

Als ich in der Buchhandlung ankam, war sie in ein Gespräch mit einem älteren Paar bei den E-Book-Readern vertieft, also stöberte ich solange bei den Thrillern und warf nebenbei immer wieder einen verstohlenen Blick zu ihr rüber. Die Beratung dauerte eine ganze Weile, sodass ich reichlich Gelegenheit hatte Sophie zu beobachten. Sie war unglaublich geduldig mit ihren Kunden, wirkte heute aber blass und energielos, ganz anders, als ich sie im Kundengespräch erlebt hatte. Ob sie krank war und mir deshalb einfach nur nicht geschrieben hatte? Für einen winzigen Moment flammte ein Fünkchen Hoffnung in mir auf, das allerdings sofort wieder erlosch, als das Paar zur Kasse ging, ich mich zu erkennen gab und Sophie mich ansah, als käme ich von einem anderen Stern. Dieser Blick! In ihren Augen tobte ein wahrer Orkan an Gefühlen, die ich nur leider allesamt nicht deuten konnte. Und bevor ich auch nur die Chance hatte, noch etwas zu sagen, lief sie mit einem: „Tut mir leid. Ich kann nicht“, vor mir weg.

Wie vom Donner gerührt stand ich da und schaute ihr hinterher. Was war das denn gerade? Was konnte sie nicht? Und vor allem warum? Ich hatte sie doch nur gefragt, ob sie einen Kaffee mit mir trinken wollte. Aber dieser Abgang war genauso eindeutig gewesen wie ihre letzte Nachricht, und in meinem Magen lag plötzlich ein bleischwerer Klumpen.

Suchend blickte ich in die Runde. Wo bist du, Sophie? Bitte rede mit mir! Doch sie war wie vom Erdboden verschluckt.

„Ich fürchte, du hast gerade einen ziemlich schlechten Moment erwischt", hörte ich plötzlich eine Stimme neben mir. Es war Kiki, Sophies Freundin vom Weinfest, die die Gaffer mit den Decken auf Trab gehalten hatte.

Ich sah sie an und hatte tausend Fragen, aber keine Ahnung, welche ich davon als erste stellen sollte, bis ich ein zögerndes: „Wo ist sie hin?", herausbrachte.

„Nach Hause", erklärte Kiki, und machte dabei irgendwie auch einen niedergeschlagenen Eindruck. „Sie hatte eigentlich schon vor einer Viertelstunde Feierabend, aber diese E-Reader-Kunden können einen manchmal ganz schön aufhalten. Und der Chef will nicht, dass wir mitten im Gespräch einfach tauschen."

Das interessierte mich alles gar nicht. Ich wollte nur wissen, warum sie vor mir weggelaufen war, denn jetzt, wo ich wusste, dass sie Feierabend hatte, sah das Ganze für mich noch mehr nach einer Flucht aus.

„Dann hat sie wohl etwas vor, dass sie es so eilig hatte", versuchte ich mich selbst von etwas anderem zu überzeugen.

Kiki nickte. „Sei ihr nicht böse, Moritz, aber Sophie hat heute echt einen beschissenen Tag. Sie hatte extra ihren freien Tag getauscht, aber dann musste sie doch ausgerechnet heute ein paar Stunden herkommen, und … Na ja, gib ihr einfach ein bisschen Zeit, okay?“

Ich sah sie überrascht an, während sich in meinem Kopf erneut die Gedanken überschlugen und allesamt mit einem Fragezeichen endeten. Sophie hätte heute also eigentlich frei gehabt und hatte irgendetwas Bestimmtes vor. Stattdessen musste sie doch arbeiten, war jetzt entsprechend im Stress und hatte keine Zeit für mich. So weit, so gut. Aber dieser Blick! Da musste mehr dahinterstecken.

„Scheint jedenfalls ziemlich wichtig zu sein“, bemerkte ich so gelassen wie möglich, obwohl ich die junge Frau vor mir am liebsten bis ins letzte Detail ausgefragt hätte, was mit ihrer Freundin los war. Aber wäre das nicht viel zu neugierig und aufdringlich gewesen? Ich war doch nur dieser Typ von Facebook und ab und zu der Retter in der Not.

Kiki musterte mich einen Moment prüfend. „Sie hat dir nicht erzählt, was heute ist, oder?“

„Nein.“

Sie kaute nachdenklich auf ihrer Unterlippe und schien darüber nachzudenken, ob es für Sophie wohl okay wäre, wenn sie es mir erzählte. Da traf mich plötzlich ein Geistesblitz, und ich fragte zögernd: „Hat es mit Alex zu tun?“

Ihr trauriges Nicken wäre eigentlich schon Antwort genug gewesen und reichte aus, dass mir ganz schwer ums Herz wurde. „Heute ist …“, begann sie, unterbrach sich jedoch sofort wieder, als hätte sie es sich anders überlegt.

Dann setzte sie allerdings erneut an, und sagte: „Heute wäre sein Geburtstag gewesen."

Der nächste Stoß mit dem Dolch. Treffer und versenkt. Ich schluckte schwer und wusste nicht, was ich sagen sollte. Mein Mitgefühl für Sophie verselbstständigte sich gerade, und ich war kurz davor, Kiki zu schütteln und aus ihr herauszuquetschen, wo ich sie finden konnte, um sie fest in den Arm zu nehmen. Das Einzige, was mich davon abhielt, war das Wissen, dass Sophie genau das jetzt am allerwenigsten wollen würde. Sie trauerte um ihre große Liebe, und ich Idiot fragte sie auch noch, ob sie mit mir einen Kaffee trinken wollte!

Woher hättest du das denn wissen sollen?, machte sich eine leise Stimme der Vernunft in mir bemerkbar. Gute Frage. Sie hätte es mir schreiben können. Aber stattdessen war da nur dieses Nein gewesen. Und ich war nicht sicher, ob ich jetzt erleichtert sein sollte, dass dieses Nein einen Grund hatte, der nichts mit mir zu tun hatte. Was für ein beschissenes Timing aber auch!

Ich spürte eine Hand an meinem Arm und blickte auf.

„Keine Angst, sie wird sich bei dir melden", sagte Kiki sanft. „Nicht heute und vielleicht auch nicht morgen, aber ganz bald. Da bin ich ziemlich sicher."

„Dein Wort in Gottes Ohr", murmelte ich und lächelte sie tapfer an.

Sie öffnete den Mund, um noch etwas zu sagen, doch da rauschte ein Mann, der offensichtlich ihr Chef war, an uns vorbei, und forderte sie auf, die zweite Kasse aufzumachen, wenn sie mit mir fertig war.

„Sorry", bemerkte sie. „Hier ist heute noch jemand etwas angespannt. Also, kann ich dir noch irgendwas Gutes tun, was auch unseren Chef glücklich macht? "

Ich musste lachen und blickte dann unentschlossen rüber zu den Romanen und Krimis. Mir war plötzlich überhaupt nicht mehr nach Urlaubslektüre zumute. Außerdem las ich in Schweden ohnehin meist schwedische Bücher von Thore, um fit in der Sprache zu bleiben. Aber um es vor ihrem Chef nicht so aussehen zu lassen, als hätten wir nur privat gequatscht, sagte ich: „Ich könnte vielleicht noch ein bisschen Urlaubslektüre brauchen. Aber ich gucke sonst erst mal selbst."

Kiki grinste mich an. „Glück gehabt. Ich bin hier nämlich eher die Expertin für herzschmerzschöne Schnulzen oder Kinderbücher, und du siehst nicht grad aus, als wenn du auf so was stehst. Aber nur so als Tipp: Orientier dich an den Büchern mit den Empfehlungen, wo unten in der Ecke ein winzig kleines S.W. steht. Die sind von deiner Lieblingsbuchhändlerin." Sie zwinkerte mir verschwörerisch zu und verschwand dann Richtung Kasse.

Neugierig geworden steuerte ich den nächstgelegenen Tisch an und sah sofort, was Kiki meinte. Einige der Bücher hatten eine Banderole mit einem handgeschriebenen Text drauf und viele davon, um nicht zu sagen, die meisten, waren mit S.W. gekennzeichnet. Lächelnd las ich eine nach der anderen, hatte dabei direkt Sophies Stimme in meinem Ohr und stöberte schließlich die ganze Abteilung durch, bis ich am Ende wieder einen ganzen Arm voll Bücher hatte, und das zum Teil mit Titeln, auf die ich von alleine nie gekommen wäre. Sophies Banderolen waren einfach unglaublich überzeugend, und es war zumindest ein kleiner Trost dafür, dass sie selbst nicht hier war. Umso enttäuschter war ich, als Kiki an der Kasse plötzlich anfing, die Papierstreifen von den Büchern abzuziehen und einzubehalten.

„Sorry", lachte sie, als sie meinen Blick sah. „Aber du hast keine Ahnung, wie schön Sophie schimpfen kann, wenn sie alles wieder neu schreiben muss."

„Hmm", brummelte ich zähneknirschend und reichte ihr das Geld über den Tresen.

Kiki gab mir das Wechselgeld zurück und schob mir dabei eine Visitenkarte rüber. „Guck mal auf unserer Internetseite nach den Buchhändlerempfehlungen. Da hast du sie alle drauf und noch sehr viele mehr. Sophie ist echt eine Leseratte und auch ziemlich fleißig bei den Rezensionen."

„Danke", sagte ich verblüfft und konnte es plötzlich kaum erwarten, mir das anzuschauen.

Eine knappe Stunde später saß ich zu Hause vor meinem Laptop und starrte vollkommen fasziniert auf den Bildschirm. Nicht nur, weil es wirklich eine unglaubliche Menge an Titeln war, für die Sophie in den vergangenen vier Jahren eine Empfehlung geschrieben hatte, und weil ich befürchtete, dass ich niemals die Zeit haben würde, so viel zu lesen, wie ich wollte, wenn ich mir diese Kommentare alle angesehen hatte. Nein, so weit kam ich erst gar nicht, denn mein Blick blieb schon gleich am Anfang der Seite hängen. Da war ein Foto von ihr. Sophie, die freundlich und offen in die Kamera lächelte, so unbeschwert, wie ich sie noch nie erlebt hatte. Sie hatte die dunklen Haare locker hochgesteckt, trug ihre Brille, ein paar kleine, glitzernde Ohrstecker und an ihrem sommerlich gemusterten Oberteil ihr Namensschild aus der Buchhandlung. Ihre blauen Augen strahlten Selbstbewusstsein aus, nach dem Motto: Hier bin ich, und ich erzähl euch jetzt mal was über meine Lieblingsbücher. Im Stillen dankte ich Kiki tausend Mal für den Hinweis auf die Seite, und wie von selbst klickten meine Finger mit der Maus das Bild an, um es auf meinen Laptop zu kopieren.

Kann es sein, dass du dich gerade zum Stalker entwickelst?, wisperte eine leise Stimme in meinem Inneren.

Nein! Tat ich nicht. Ich war nur ziemlich glücklich, wieder etwas mehr über Sophie erfahren zu haben, und dass ich jetzt zumindest ein Bild von ihr hatte, denn genau wie ich hatte sie in ihrem Facebook-Profil keins hinterlegt. Zufrieden betrachtete ich ihr charmantes Lächeln und freute mich … Bis mir wieder einfiel, wie sie heute in der Realität ausgesehen hatte und warum. Ihr Blick, der mir durch und durch gegangen war, bevor sie so urplötzlich vor mir weggelaufen war. Jetzt wusste ich wenigstens, was das alles zu bedeuten hatte. Doch das machte es nicht einfacher, denn so langsam wurde mir klar, dass es wahrscheinlich immer oder zumindest noch für sehr lange Zeit so weitergehen würde. Was auch immer das zwischen uns war oder mal werden wollte oder auch nicht – dieser Alex würde immer dabei sein. Weil er ihr Freund gewesen war. Weil sie ihn geliebt hatte oder immer noch liebte. Und weil er jetzt tot war. Dagegen hatte ich keine Chance. Trotzdem hätte ich Sophie so gerne geschrieben und versucht, sie zu trösten, einfach nur, um für sie da zu sein und sie wissen zu lassen, dass sie nicht alleine war. Mir hämmerten jedoch Kikis Worte durch den Kopf und hielten mich davon ab: Gib ihr Zeit! Sie wird sich bei dir melden. Also gab ich ihr Zeit und wartete, auch wenn es gefühlt das Schwerste war, was ich jemals getan hatte.

Es war schon spät am Abend, als mein Handy schließlich zum Leben erwachte und mit zwei kurzen Vibrationstönen eine Nachricht von ihr ankündigte. Wie elektrisiert setzte ich mich auf und öffnete sie.

Hast du gerade Zeit?

Ja. Für dich immer, hätte ich am liebsten dazugeschrieben, aber das war vielleicht doch etwas zu viel des Guten. Anscheinend wollte sie mir nicht einfach nur schreiben, sondern chatten, und eine riesige Welle der Erleichterung rollte über mich hinweg. Gespannt wartete ich auf ihre nächste Nachricht, doch sie schrieb nicht. Stattdessen klingelte einen Moment später mein Handy.

Verdammt! Musste mich denn ausgerechnet jetzt jemand anrufen?! Ärgerlich wollte ich den Anruf schon wegdrücken, als ich sah, dass es eine unbekannte Nummer war, und es in meinem Kopf klick machte. War das etwa Sophie? Vor Aufregung hätte ich das Handy beinah fallen lassen, schaffte es stattdessen aber doch, das Gespräch unfallfrei anzunehmen und sagte erwartungsvoll: „Hallo?"

„Hey." Die Stimme war leise und schüchtern, aber es war eindeutig die von Sophie.

„Hey", gab ich ziemlich überwältigt und glücklich zurück. „Das ist jetzt aber eine Überraschung."

„Hmhmm. Für mich auch. Und … Ich bin auch nicht ganz sicher, ob das mit dem Anruf eine so gute Idee ist." Sie stockte, als müsste sie tatsächlich darüber nachdenken, ob sie nicht lieber wieder auflegen sollte.

„Warum?", hakte ich vorsichtig nach. „Hast du Angst, dass ich demnächst nur noch Telefonterror mache, weil ich jetzt deine Nummer kenne?"

Sie lachte leise. „Nein … Ich weiß auch nicht. Es ist einfach komisch, aber … Ich wollte mich lieber persönlich bei dir dafür entschuldigen, dass ich dich gestern und heute so abgefertigt habe. Das … Es tut mir leid, Moritz. Das sollte nicht so sein und hatte auch nichts mit dir zu tun. Ich war nur …" Sie brach ab und schien nach den richtigen Worten zu suchen.

„Es ist alles okay, Sophie", sagte ich sanft. „Deine Freundin hat mir erklärt, dass ich einfach einen ziemlich üblen Zeitpunkt erwischt habe. Ich wünschte, ich hätte gewusst, was heute für ein Tag ist, dann wär ich gar nicht erst auf die bescheuerte Idee gekommen, dich nach einem Kaffeeklatsch zu fragen."

„Ich … Es tut einfach so weh", gab sie leise zurück. „Alex sollte jetzt hier sein und seinen Geburtstag feiern und mich damit aufziehen, dass er mir jetzt wieder zwei Jahre voraus ist, so wie er es immer getan hat." Ich hörte sie weinen und wäre jetzt so gerne bei ihr gewesen, damit ich sie tröstend in den Arm nehmen konnte.

„Das hört sich an, als hättet ihr euch schon sehr lange gekannt", bemerkte ich und wusste selbst nicht warum.

„Hmhmm." Sophie zog schniefend die Nase hoch. „Seit ich vier war. Er war sozusagen meine erste Sandkastenliebe."

In ihrer Stimme meinte ich ein liebevolles Lächeln zu erkennen, und alles, was ich herausbrachte, war: „Oh“. Gleichzeitig dachte ich: Autsch! Das war also keine Beziehung von ein paar Wochen oder Monaten gewesen, sondern eine, die schon ewig gewachsen war. Und demnach musste ihre Trauer noch viel schlimmer sein, als ich bisher angenommen hatte.

„Das ist ziemlich lange“, fügte ich schließlich hinzu, um noch irgendetwas zu sagen. Mir lagen tausend Fragen auf der Zunge, die ich ihr gerne gestellt hätte, aber ich wollte nicht noch mehr in ihrer Wunde herumstochern und ließ es sein. Umso überraschter war ich, als sie von sich aus sagte: „Ja. Vor allem, wenn man bedenkt, dass wir uns nach dem Abi beinah verloren hätten. Aber zum Glück haben wir vor vier Jahren wieder zusammengefunden. Und … Weißt du, jetzt im Nachhinein frage ich mich, wie wir nur so blöd sein konnten, das, was wir hatten, so leichtsinnig aufzugeben. Ich meine … Es kann so schnell alles vorbei sein, und ich würde alles dafür geben, wenn er jetzt auch plötzlich wieder wie aus dem Nichts anrufen würde, und wir noch mal weitermachen könnten.“

Ich schloss die Augen und schluckte schwer. Ihre Trauer brach mir das Herz. Doch da war auch noch ein anderes Gefühl. Eins, das ich die ganze Zeit geleugnet hatte, und das hier absolut nichts zu suchen hatte: Eifersucht. Eifersucht auf diesen Kerl, der das Glück gehabt hatte, fast sein ganzes Leben mit Sophie zu verbringen. Und Eifersucht auf das, was die beiden miteinander gehabt hatten, denn im Vergleich dazu sah meine Beziehung mit Julia ganz schön blass aus. Oder hatten wir auch einfach nur leichtsinnig etwas aufgegeben, was wir später bereuen würden?

„Moritz?", riss Sophie mich plötzlich aus den Gedanken.

„Hm?" Verdammt! Hatte ich schon lange so vor mich hingebrütet, ohne auf das zu reagieren, was sie gesagt hatte? „Sorry. Ich musste nur grad an was denken, weil ... das ist ganz schön traurig, was du erzählt hast."

„Tut mir leid. Das ... Ich wollte dich eigentlich auch nicht schon wieder vollheulen damit."

„Nein! Nein, Sophie, das ist völlig in Ordnung", beeilte ich mich zu erklären. „Ich würde dich nur so unglaublich gerne trösten, aber ich weiß nicht wie."

„Das tust du doch schon", erwiderte sie leise. „Du bist einfach da und hörst mir zu und machst diese Seite, mit der du seinem Tod wenigstens noch einen Sinn gibst. Das bedeutet mir unglaublich viel, weißt du?"

Wie von selbst breitete sich in meinem Gesicht ein Lächeln aus. Und in meiner Brust ein angenehm warmes Gefühl. „Das freut mich."

Anschließend herrschte für einen Moment ein einträchtiges Schweigen zwischen uns. Ich konnte sie atmen hören und war so unglaublich froh, dass sie angerufen und nicht nur geschrieben hatte, denn dadurch war sie mir noch näher. Schlagartig waren die ganzen Ängste und Zweifel der letzten 24 Stunden wie weggewischt. Und es wurde sogar noch besser, als Sophie plötzlich bemerkte: „Du wirst mir fehlen in den nächsten zwei Wochen."

„Wieso?", fragte ich verblüfft, und stand für einen Moment völlig auf dem Schlauch. Was war in den nächsten zwei Wochen? Warum sollte da irgendetwas anders sein als sonst?

„Na ja", meinte sie zögernd. „Wenn ihr im Urlaub seid, wirst du wohl kaum Gelegenheit haben, mir zu schreiben, oder?"

„Ach so", sagte ich gedehnt und überlegte fieberhaft, was ich tun sollte, denn sie wollte ja bestimmt darauf hinaus, dass Julia dann die ganze Zeit in meiner Nähe wäre. Woher sollte sie auch wissen, dass es nicht so war?

Sag's ihr, wisperte eine Stimme in meinem Inneren. Warum willst du ihr verschweigen, dass du keine Freundin mehr hast?

Nein, warte!, widersprach eine andere. Das wäre gerade zu viel für sie. Erzähl es ihr irgendwann anders!

Ich war völlig überfordert und tat, was ich in solchen Situationen gerne tat: Ich versuchte mit einem Scherz darüber hinwegzugehen und erwiderte: „Na ja, also weißt du, in Schweden lebt man zwar oft irgendwo vor, neben oder hinterm Wald, aber Internet haben die da schon. Und im Zweifelsfall hab ich jetzt ja deine Nummer und kann es auch übers Handynetz versuchen."

Sophie lachte leise. „Was du nicht sagst. Aber ich meinte eigentlich was anderes damit."

„Ich weiß", erwiderte ich schnell und entschloss mich im selben Moment, ihr zumindest einen Teil der Wahrheit zu erzählen, denn alles andere würde ich eh keine zwei Wochen durchhalten können. Also atmete ich tief durch und erklärte weiter: „Da kann ich dich allerdings beruhigen. Das wird nämlich ein reiner Männerurlaub."

„Oh … okay." Sie machte eine kleine Pause, als müsste sie das erst mal verdauen. War ja auch nicht so leicht zu verstehen, dass jemand, der dreieinhalb Jahre mit seiner Freundin zusammen war, ohne sie in den Urlaub fuhr.

„Es war eigentlich anders geplant, aber dann ist etwas dazwischengekommen", fügte ich so neutral wie möglich hinzu, während in mir alles in Aufruhr war. Du. Du bist mir dazwischengekommen.

„Das tut mir leid", sagte sie, und ich konnte ehrliches Bedauern in ihrer Stimme hören.

„Schon okay. Kann man nichts machen", winkte ich ab und hoffte, dass sie es damit gut sein lassen würde. Das tat sie zum Glück und fragte stattdessen: „Erzählst du mir von Schweden? Wohin fährst du genau?"

Themawechsel. Sehr gut. Ich atmete erleichtert auf und erzählte ihr dann nur allzu gerne von Göteborg und Thore und meinen vielen anderen Freunden, die ich dort noch hatte. Seit wir zurück nach Deutschland gezogen waren, hatten wir jedes Jahr unseren Sommerurlaub mit ihnen verbracht und nie den Kontakt verloren, sodass es sich jedes Mal anfühlte als käme man nach Hause.

„Das hört sich toll an", meinte Sophie. „Mir fällt dazu gerade Revolverheld ein. Kennst du das Lied? Wir liebten das Leben, den Sommer in Schweden." Sie sang es schon mehr, als dass sie es sagte, und es hörte sich wunderschön an.

„Natürlich", antwortete ich lächelnd. „Meine Schwester hat mich bis zum Geht-nicht-mehr damit gequält, als der Song rausgekommen ist."

Ich hatte ein Lachen von ihr erwartet, doch es blieb still. Viel zu lange.

„Sophie?“

„Hm?“

„Ist alles okay?“

„Ja. Ich musste nur gerade an etwas denken.“ In ihrer Stimme lag plötzlich wieder etwas Trauriges. „Egal ... Ich wünsche dir jedenfalls einen wunderschönen Urlaub.“

„Danke. Ich kann dir ja mal ein paar Fotos aus Göteborg schicken, wenn du willst.“

„Gerne.“

Wieder herrschte einen Moment Stille, doch diesmal von der angenehmen Sorte, in der wir jeder unseren Gedanken nachhingen. Es schwang ein wenig Abschied darin mit, aber irgendwie wollte keiner von uns der Erste sein, der Tschüss sagte.

„Moritz?“, sagte Sophie schließlich, und es klang so vorsichtig und zögernd, dass ich gespannt war, was als Nächstes kommen würde.

„Ja?“

„Gibst du mir bitte Bescheid, wenn du heile angekommen bist?“

Mit ihrer Frage geriet ich innerhalb von Sekundenbruchteilen zwischen die Fronten von zwei unglaublich starken, unglaublich gegensätzlichen Gefühlen. Ich wollte mich freuen und jubeln, dass sie sich offensichtlich Sorgen um mich machte, weil das doch hieß, dass ich ihr etwas bedeutete, oder? Doch im selben Moment hämmerte die brutale Realität dazwischen und machte mir klar, dass sie einfach nur Angst hatte. Angst, dass wieder ein Unfall passieren könnte. Angst, dass wieder jemand sterben könnte, unabhängig davon, wer oder was ich eigentlich für sie war. Weil meine Reise nach Schweden bei ihr eine Gedankenkette in Gang gesetzt hatte, die unweigerlich bei ihrem toten Freund endete. Fahrt nach Schweden = Autobahn. Autobahn = Unfall. Unfall = Alex.

Ich schwankte zwischen Frust und Enttäuschung auf der einen und Mitgefühl für Sophie auf der anderen Seite. Ich hätte ihr so gerne diese Angst genommen und ihr gesagt, dass ab jetzt alles gut werden würde. Dass ich für sie da sein und sie vor allem Leid der Welt beschützen würde. Aber das konnte ich nicht, weil es nicht in meiner Macht lag. Ich konnte ihr ja nicht einmal garantieren, dass ich heile in Göteborg ankommen würde, denn selbst wenn ich noch so vorsichtig fuhr, gab es möglicherweise jemand anderen, der das nicht tat und mich mit ins Verderben riss. Blieb also nur das Versprechen, mich sofort zu melden, wenn doch alles gut gegangen war.

„Das mache ich", erwiderte ich sanft. „Wenn du willst, auch bei jeder Pinkelpause zwischendurch."

Sie lachte leise, genau wie es meine Absicht gewesen war. „Kann es sein, dass du dich gerade über mich lustig machst?"

„Nein", versicherte ich ihr ernsthaft. „Ganz bestimmt nicht. Ich will nur nicht, dass du dir stundenlang Sorgen um mich machst und so abgelenkt bist, dass dir selbst etwas passiert. Der beste Rettungs-Sani der Stadt ist dann nämlich gerade nicht verfügbar."

Wieder dieses wunderschöne Lachen. „Dann werde ich wohl in den nächsten zwei Wochen gut auf mich aufpassen müssen, was?"

„Unbedingt!"

„Danke, Moritz", sagte sie nach einer andächtigen Pause leise. „Ich glaube, ich bin jetzt doch froh, dass ich angerufen und nicht nur geschrieben habe. Und überhaupt … dass ich dich getroffen habe … also, bei dem Unfall … Du weißt schon …"

„Geht mir genauso", erwiderte ich, während mein dummes Herz einen doppelten Salto schlug.

Sie wollte einfach nur nett sein, trat eine blöde innere Stimme auf die Euphorie-Bremse. Das hat nichts zu bedeuten, denn gegen Alex hast du eh keine Chance.

Ach halt doch die Klappe!, grummelte ich im Stillen zurück und wusste selbst nicht so genau, was da eigentlich gerade genau in mir vorging. Aber als wir uns schließlich voneinander verabschiedeten und ich mit einem seligen Lächeln mein Handy vom Ohr nahm, machte sich ein Glücksgefühl in mir breit, das viel zu stark war, um noch als Mitleids-Nummer oder Abarbeitung von schlechtem Gewissen durchzugehen.

So, Mo und Gomorrha, wo hatte ich mich da nur reingeritten?

Sophie

Wie viel konnte eigentlich an einem einzigen Tag schiefgehen? Nicht nur, dass ich außerplanmäßig arbeiten musste und dadurch erst später zu Alex fahren konnte. Nein, unterwegs war natürlich auch noch eine Baustelle, wegen der ich eine riesige Umleitung fahren musste, und als ich endlich auf dem Friedhof ankam, fing es in genau dem Moment an zu regnen, während mein Schirm selbstverständlich zu Hause lag. Murphys Gesetz halt: Alles, was schiefgehen kann, wird auch schiefgehen.

Unwillkürlich musste ich an Moritz denken, der mir mal vom Murphy des Rettungsdienstes erzählt hatte: Wenn du aufs Klo musst – Einsatz; wenn der Lieferdienst gerade das Essen gebracht hat – Einsatz; wenn du einen Patienten mit Übergewicht hast, der getragen werden muss – oberstes Stockwerk; wenn ein Patient im obersten Stockwerk wohnt – Fahrstuhl kaputt. Und so weiter.

Ich hatte darüber gelacht, doch jetzt war mir nach heulen zumute. Besonders wenn ich an Moritz dachte, den ich im Laden einfach so stehen lassen hatte, nachdem ich bereits versäumt hatte, ihm meine knappe Abfuhr von gestern zu erklären. Und es wurde nur noch schlimmer, als Kiki mich in ihrer Pause anrief, um mir zu erzählen, wie erschüttert er darüber gewesen war. Aber sie hatte mit ihm geredet und ihn einigermaßen beruhigt, sodass er mich wahrscheinlich nur deshalb nicht mit weiteren Nachrichten bombardiert hatte, denn mir war klar, dass Moritz nicht einfach aufgegeben hätte, ohne zu wissen, was los war. Und obwohl ich es ihm eigentlich lieber selbst erklärt hätte, war ich froh, dass er jetzt Bescheid wusste und Kiki mir dadurch etwas Zeit verschafft hatte, um mich bei ihm zu melden. Ich hätte den Rest des Tages eh nicht mehr auf mein Handy geguckt und auf irgendwelche Nachrichten reagiert, denn als meine Trauer auf die von Alex' Eltern traf und dann auch noch plötzlich einer seiner besten Freunde an seinem Grab auftauchte, ging gar nichts mehr und ich konnte nur noch weinen.

Da waren so viele Erinnerungen an die letzten 23 Jahre, die wir zum größten Teil miteinander verbracht hatten, und immer wieder Alex' Stimme in meinem Kopf, die mich an seinem Geburtstag damit aufzog, dass er jetzt wieder zwei Jahre älter war als ich – jedenfalls der Zahl nach. Er hatte es geliebt, mir das unter die Nase zu reiben, gerade weil ich es so gehasst hatte, knappe vierzehn Monate hinter ihm her zu sein. Alex kam in die Schule, Sophie noch nicht. Alex durfte in die Disco, Sophie noch nicht. Alex machte den Führerschein, Sophie noch nicht. Und so weiter. Doch jetzt hatte sich alles geändert. Denn Sophie würde voraussichtlich noch 28 werden, Alex nicht mehr. Sophie würde vielleicht mal heiraten, Alex nicht mehr. Sophie würde vielleicht mal Kinder kriegen …

Es gab nur noch eins, womit er mir weit voraus war: Den Tod. Aber trotz allem Kummer und aller Verzweiflung war das etwas, worauf ich nicht neidisch war, und wohin ich ihm hoffentlich erst sehr viel später folgen würde. Denn ich wollte noch so vieles tun, was er nicht mehr konnte, und was sich auf drei einfache Worte zusammenstauchen ließ: leben, lieben, lachen.

Irrwitzigerweise musste ich dabei wieder zuerst an Moritz denken. Keine Ahnung warum. Vielleicht, weil er der Experte dafür war, Menschen ins Leben zurückzuholen? Sehr witzig! Als wenn eine Herzdruckmassage gegen Kummer helfen würde! Dann wohl doch eher eine Hypnose-Therapie, denn die kam einem Blick in seine sanften, braunen Augen schon verdächtig nahe.

Ähm, hallo?! Erde an Sophie! Irgendwas läuft hier gerade falsch. Hast du möglicherweise vergessen, dass diese Augen jemand anderem gehören?

Ich schüttelte über mich selbst den Kopf, und musste aber trotzdem immer wieder an ihn denken. Als ich am Abend schließlich alleine in meinem alten Kinderzimmer im Bett lag und diesen verkorksten Tag Revue passieren ließ, drängte plötzlich alles in mir danach, mit ihm zu reden. Und zwar richtig zu reden, nicht nur zu schreiben. Ich war zwar nicht ganz sicher, ob ich das durchstehen oder mittendrin wieder einen Gefühls-Kollaps kriegen würde, aber am Ende war es natürlich die richtige Entscheidung, weil er einfach so unglaublich lieb war und es immer wieder schaffte, mich zu trösten und sogar zum Lachen zu bringen. Sogar mehr als das, denn als er mir erzählte, dass er ohne Julia nach Schweden fahren würde, machte sich ein verwirrend angenehmes Glücksgefühl in mir breit, weil das bedeutete, dass ich ihm in den nächsten zwei Wochen jederzeit schreiben konnte, ohne Angst haben zu müssen, dass eine eifersüchtige Freundin etwas Falsches da reininterpretierte. Es reichte schließlich schon, wenn Kiki das tat.

„Also, wenn ich nicht selbst gesehen hätte, dass der Frau und Kind hat ...“, hatte sie nachmittags am Telefon wieder angefangen, doch ich hatte sie schnell unterbrochen, weil ich es einfach nicht brauchen konnte, dass sie meinen manchmal eh schon etwas abwegigen Gedanken und Gefühlen auch noch neue Nahrung gab. Andererseits holte mich gerade diese Aussage wieder auf den Boden der Tatsachen zurück, denn es ging hier nicht nur um Julia. Da war auch noch dieses kleine Mädchen.

Verwirrt runzelte ich die Stirn. Ohne seine Freundin in den Urlaub zu fahren war ja eine Sache. Aber ohne sein Kind? Selbst wenn was auch immer dazwischengekommen war, würde ich doch den Urlaub lieber mit meiner Tochter zusammen verbringen wollen und nicht alleine zu meinen Freunden nach Schweden abhauen, oder? Moritz hatte allerdings von einem reinen Männerurlaub gesprochen.

Wieder einmal wurde mir bewusst, dass wir eigentlich so gut wie nichts voneinander wussten. Aber wieso auch? Wir waren schließlich nur ... ja, was eigentlich? Zwei Menschen, die das Schicksal in einem ziemlich üblen Moment zusammentreffen lassen hatte. Aber genauso gut hätten wir danach auch wieder jeder unserer Wege ziehen können und fertig aus. Kopfverband drum, ab ins Krankenhaus und auf Nimmerwiedersehen. Was, wenn ich nicht noch mal zu ihm zur Rettungswache gefahren wäre? Was, wenn er seine Bücher einfach übers Internet bestellt hätte, statt zu mir in den Laden zu kommen? Und so weiter, und so weiter.

Das ist ein Zeichen, Sophie!, säuselte die Stimme meiner Cousine Hannah durch meinen Kopf.

Hmhmm. Ein Zeichen dafür, dass ich gerade dabei war, mich unglücklich zu machen vielleicht.

„Ach, Alex", flüsterte ich, als ich ihn am Freitagmittag noch einmal auf dem Friedhof besuchte. „Warum ist das nur alles so kompliziert?"

Mit tränenblinden Augen betrachtete ich die Inschrift auf dem hölzernen Kreuz: Alexander Hoffmann, 31.08.1989–28.05.2017.

Drei Monate war er jetzt schon nicht mehr da. Drei Monate, in denen ich gefühlsmäßig durch alle Höhen und Tiefen gegangen war. Drei Monate, in denen ich alleine klarkommen musste, ohne dass mein bester Freund diesen Gefühls-Murks mit mir entwirrt und mir gesagt hatte, was ich tun sollte. Er war immer ein echter Profi im Sophie-Chaos-Sortieren gewesen. Doch die Zeiten waren ein für allemal vorbei.

„Ich … Weißt du, ich hab Moritz wirklich total gern", erklärte ich ihm trotzdem weiter. „Und du würdest ihn sicher auch mögen. Aber … es tut einfach so schrecklich weh, wenn ich daran denke, dass ich ihn nie kennengelernt hätte, wenn dieser Unfall nicht passiert wäre und du … Wenn du noch hier wärst." Ich wischte mir schniefend die Tränen von den Wangen und wartete auf eine Antwort, die ich nicht kriegen würde.

„Du weißt, was Alex jetzt sagen würde, oder?", hörte ich plötzlich eine Stimme hinter mir.

Erschrocken drehte ich mich um, weil ich so tief in Gedanken versunken gar nicht mitbekommen hatte, dass ich nicht mehr alleine war. Da stand Annelie Hoffmann, Alex' Mutter, und lächelte mich auf diese gedankenverloren-traurig-liebevolle Art an, die sich seit seinem Tod zu unserem Standardprogramm entwickelt hatte, wenn wir über ihn redeten. Sie kam noch einen Schritt näher und erklärte, ohne eine Antwort von mir abzuwarten: „Er würde sagen: Wenn das Wörtchen wenn nicht wär', …"

„… hätt' Sophie es halb so schwer", vervollständigte ich den Satz mit ihr zusammen und musste lachen. Und weinen. Sie hatte recht, genau das hätte er gesagt. Denn im Gegensatz zu mir, die immer alles hinterfragen musste, war Alex immer der Nützt-ja-nix-Typ gewesen. Statt lange nach dem Warum oder Was-wäre-wenn zu fragen, hatte er lieber sofort geguckt, wie man aus der Situation noch das Beste machen konnte, und diese Wenn-Fragerei hatte selbst meinen hochgradig geduldigen Freund manchmal richtig auf die Palme gebracht, was ich natürlich das eine oder andere Mal nur zu gerne genutzt hatte, um ihn zu ärgern. In den ernsteren Situationen war er mir dagegen meistens mit Gegenargumenten gekommen. So würde er jetzt gerade sicher sagen: „Was ist denn die Alternative, Phi? Was wäre denn zum Beispiel, wenn der Unfall genau so passiert wäre, und du nicht an Moritz geraten wärst?"

Tja, was wäre dann? Wahrscheinlich wäre ich in der Zwischenzeit ein einsames, hoffnungsloses Wrack geworden, dass sich zu Hause in der Trauer eingeigelt und hunderttausendmal Was-wäre-wenn gefragt hätte. Aber mit Moritz hatte alles irgendwie einen Sinn bekommen.

Durch ihn wusste ich, dass ich nichts mehr hätte tun können. Durch seine Facebook-Seite hatte Alex' Tod zumindest etwas Gutes bewirkt, weil es hoffentlich dafür sorgte, dass anderen Unfallopfern schneller und besser geholfen werden konnte. Durch ihn hatte ich selbst so viel gelernt, worauf es im Notfall ankam. Und durch die schlichte Tatsache, dass er einfach nur da war und mich verstand, auch wenn ich gerade mal wieder jede seiner Warnungen in den Wind geschossen hatte, hatte er mich davor bewahrt, zu eben jenem Wrack zu werden.

Als hätte sie meine Gedanken gelesen, legte Annelie mir einen Arm um die Schulter und sagte leise: „Ich weiß nicht, von wem du da gerade gesprochen hast oder wie die Situation zwischen euch ist. Aber wenn er dir wirklich guttut, dann solltest du dabei nicht an Alex denken. Jedenfalls nicht so. Ich bin mir nämlich ziemlich sicher, dass Alex sich vielmehr freuen würde, dass da jemand ist, der sich um dich kümmert."

Ich musste an meine Träume denken und versuchte verzweifelt den Kloß in meiner Kehle runterzuwürgen. „Ich weiß nicht", flüsterte ich mit erstickter Stimme. „Das wäre vielleicht so, wenn Moritz wirklich einfach nur irgendjemand wäre, und nicht der, der er ist."

„Willst du mir von ihm erzählen?", fragte sie sanft.

Ich nickte ohne zu zögern, weil Annelie schon seit vielen Jahren eine meiner Vertrauenspersonen war, die direkt nach meinen Eltern und Alex kam. Und weil ich tatsächlich einfach mal alles rauslassen musste, um nicht daran zu ersticken. Also erzählte ich ihr von vorne bis hinten alles, von dem Moment an, als ich auf Moritz eingeschlagen hatte, bis hin zu meinen Träumen, in denen Alex' anklagende und enttäuschte Blicke mich so fertiggemacht hatten.

„Ach Sophie", sagte sie schließlich liebevoll und zog mich noch etwas enger an sich. „Armes Mädchen. Mach dich doch nicht so verrückt. Das ist nur das, was dir dein Gewissen vorgaukelt. Aber tief in deinem Inneren weißt du doch, dass Alex ganz anders reagieren würde, oder? Er würde da stehen und sagen: Willst du mir den Typ nicht mal langsam vorstellen, damit ich mich bei ihm bedanken kann, weil er so gut zu dir ist?"

Ich stieß ein glucksendes Geräusch aus, das irgendwas zwischen schluchzendem Lachen oder lachendem Schluchzen sein musste. „Bei dir klingt das so einfach. Aber … Weißt du, ich hab einfach Angst vor meinen eigenen Gefühlen. Moritz ist nur so eine Art Freund, aber er bedeutet mir jetzt schon so viel, dass ich Angst habe, dass er … dass er irgendwann seinen Platz einnimmt. Und das kann nicht sein. Das darf nicht sein. Niemand kann Alex ersetzen."

„Hey." Annelie strich mir beruhigend mit der Hand über den Rücken. „Das wird er auch nicht, Sophie. Egal, was passiert und wie es weitergeht, Alex wird immer noch da sein. Hier drin." Sie tippte mir mit dem Finger der anderen Hand auf die Brust. „Und da drin." Ein Tippen an die Schläfe. „Er wird einfach nur ein Stückchen zur Seite rücken, um in deinem Herzen etwas Platz für diesen Moritz zu machen, und dann werden die beiden da drinnen zusammensitzen und sich freuen, wenn es dir gut geht. So wie es schon immer war, wenn du verliebt warst und einen Freund hattest. Da war doch auch immer Platz für beide, oder?“

Ich lächelte sie unter Tränen an. Bei dieser bildlichen Darstellung kam wieder die Erzieherin in ihr durch. Aber das Bild war so schön und auch passend, dass mir ganz warm ums Herz wurde, und ich sagte: „Ja. Irgendwie schon.“

„Na siehst du. Und wenn du vorhin schon gesagt hast, dass Alex ihn mögen würde, dann kann doch gar nichts mehr schiefgehen. Also, wenn er dich glücklich macht, als Freund oder was auch immer, dann lass es einfach zu und guck, wo dich das hinführt, okay? Es nützt doch nichts, an etwas festzuhalten, was man nicht mehr haben kann. Alex ist tot und wird es für immer bleiben. Daran wird sich eh nichts mehr ändern, egal was wir tun oder auch nicht.“

Ihre Stimme wurde zum Ende hin immer leiser, und als ich zu ihr aufschaute, sah ich, wie sie mit Tränen in den Augen das hölzerne Kreuz ihres Sohnes fixierte. Es brach mir das Herz, denn bei allem, was sie gerade zu mir gesagt hatte, wie sie mich damit getröstet und motiviert hatte, hatte ich für einen Augenblick beinah vergessen, was Alex’ Tod auch für sie bedeutete. Sie hatte ihr einziges Kind verloren, und ich heulte hier rum wegen ein paar vermurkster Moritz-Gefühle. Super, Sophie! Das hast du ja toll hingekriegt!

Ich hätte ihr so gerne auch etwas Tröstendes gesagt, wusste aber nicht was, und versuchte stattdessen, alles in eine feste Umarmung zu legen. „Annelie, ich …“, begann ich stockend, doch sie brachte mich mit einem: „Pssst“, zum Schweigen. „Schon okay, Sophie. Werde du wieder glücklich, für euch beide. Dann bin ich es auch."

Wir hielten uns noch einen Moment fest, den Blick andächtig auf das Grab gerichtet, und machten uns irgendwann auf den Heimweg.

Als wir uns schon lange voneinander verabschiedet hatten, schwirrten mir immer noch ihre Worte durch den Kopf, und ich spürte, wie sich langsam ein Knoten in mir löste. *Nützt doch nichts.* Es war genau das, was auch Alex gesagt hätte.

Nachdenklich betrachtete ich das letzte Foto, das ich von ihm hatte, auf meinem Smartphone. Es war ein Selfie, das wir kurz vor unserer Rückfahrt aus Hamburg am Elbufer aufgenommen hatten. Direkt nachdem Alex mir erklärt hatte, was für ein schöner Tag das in Hamburg gewesen war, wie glücklich er war, dass er mich hatte, und dass unsere Freundschaft das Wichtigste war und immer bleiben würde, egal wie oft sich einer von uns noch verlieben und wieder entlieben würde.

„Amen", hatte ich hinzugefügt, als er fertig war, um dem Ganzen die Ernsthaftigkeit zu nehmen, doch in Wirklichkeit war ich zutiefst gerührt.

Alex hatte mich lachend in die Seite geknufft und gemeint: „Langsam wird mir echt klar, warum du eigentlich so lange keinen Freund hattest, wenn du so charmant auf Liebeserklärungen reagierst."

„Vielleicht liegt es aber auch daran, dass die potenziellen Kandidaten Angst haben, mich mit dir teilen zu müssen", hatte ich gekontert. „Mal ganz abgesehen davon, dass sie erst mal Gnade vor deinen Augen finden müssen."

„Ich versuche nur, dich vor Unglück zu bewahren", war seine Antwort darauf gewesen. „Aber wenn der Richtige kommt, werde ich mich schon rechtzeitig in eine stille Ecke verdrücken, mich für dich freuen und mir angucken, wie du ihn in den Wahnsinn treibst statt mich."

„Blödmann!"

Ich musste lächeln bei der Erinnerung daran, und das war überraschenderweise ein anderes Gefühl als sonst, wo ich immer gleich in Tränen ausgebrochen war.

Noch eine ganze Weile betrachtete ich das Bild, als mein Handy plötzlich eine Nachricht verkündete und am oberen Bildrand einblendete. Mein Herz machte einen übermütigen Hüpfer. Moritz.

„Rück mal bitte ein Stückchen zur Seite", flüsterte ich Alex zu, bevor ich sein Bild wegklickte und mich wahrscheinlich so bereit wie noch nie zuvor auf Moritz' Nachricht stürzte. Und das war nur die erste von gefühlt hunderten, die ich in den nächsten vierzehn Tagen bekam.

Da Moritz jetzt meine Handynummer hatte, stieg er mit meinem Okay kurzerhand auf WhatsApp um, und ich hatte das Gefühl, dass er seitdem noch häufiger schrieb. Von zu Hause aus, von der Rettungswache, von der Autobahnraststätte und schließlich aus Schweden. Als er dort angekommen war, schickte er ein Foto mit einem großartigen Blick über einen Fluss und die Stadtsilhouette im Hintergrund und schrieb: *Hälsningar från Göteborg! Bin da, muss jetzt aber dringend erst mal eine Runde schlafen. Bis später.*

Gott sei Dank. Er war heile angekommen. Auch wenn er mir versichert hatte, dass er noch im Nachtschicht-

Modus war, hatte es mich irgendwie nur noch nervöser gemacht, dass er morgens um zwei losfahren wollte, solange die Straßen noch leer waren. Aber jetzt war er da und alles war gut.

In den nächsten Tagen bekam ich zahlreiche Fotos von ihm und eine ganz besondere Art der Stadtführung. Nicht nur die üblichen Sehenswürdigkeiten, sondern das Göteborg, wie er es sah. Und das gefiel mir richtig gut. Nur eins fehlte auf diesen Bildern, und das war Moritz selbst.

Du verlangst jetzt aber hoffentlich nicht von mir, dass ich bei diesem Selfie-Wahn mitmache, schrieb er, als ich eine entsprechende Bemerkung machte. *Hast du eine Ahnung, wie viele Leute wir Rettungsdienstler dieser Welt versorgen müssen, weil die beim Versuch, ein Selfie zu machen, zu blöd sind, um zu gucken, wo sie hintreten und stürzen? Treppe rauf, Treppe runter, über Bordsteinkanten, kleine Mauern oder einen Abhang runter. Versuch mal zum Beispiel bei uns vorm Glockenspiel am Rathaus ein Selfie zu machen, ohne über einen der Blumenkübel zu stolpern ... Das heißt nein, warte damit lieber, bis ich zurück bin, damit ich dich höchstpersönlich verarzten kann.*

Ich musste lachen. *Ist das gerade so was wie eine Arbeitsbeschaffungsmaßnahme, du eifriger Rettungsassistent?*

Moritz antwortete mit einem breit grinsenden Emoji. Und einer zweiten Nachricht, in der er schrieb: *Wie du weißt, arbeite ich auch ganz gerne im Bereich Prävention. Also sag mir wann, und ich werde da sein um dich aufzufangen.*

Beim Gedanken daran, von seinen starken Armen festgehalten zu werden, machte sich ein unerklärliches

Kribbeln in mir breit. Schnell schüttelte ich den Kopf und erklärte ihm, dass ich dann lieber auf ein Foto von ihm verzichten würde, bevor er noch in den Göta älv fiel.

Am nächsten Tag schickte er dann allerdings doch eins. Kein Selfie, sondern ein Bild, das sein Freund aufgenommen haben musste, und zwar ohne dass Moritz davon gewusst hatte, denn nichts daran wirkte gestellt. Er stand auf irgendeinem Küstenweg neben seinem Fahrrad, mit dem er sehr gerne sehr lange Touren machte, wie ich inzwischen erfahren hatte. Natürlich trug er dabei einen Helm, denn mein lieber Sani war schließlich nur allzu vertraut mit zerdepperten Köpfen von nicht-behelmten Unfallopfern. Auf dem Bild allerdings hatte er ihn wohl gerade abgenommen und an den Lenker gehängt, denn seine Haare standen noch strubbelig in alle Richtungen ab. Er hielt sein Handy in der Hand und guckte Richtung Kamera, als wäre er gerade gerufen und im Moment des Rüber-Guckens fotografiert worden. Ein Lächeln lag auf seinem Gesicht, als hätte der Fotograf oder die Fotografin irgendetwas Lustiges dabei gesagt.

Passend dazu schrieb Moritz: *Laut meinem Freund Thore ein Beweisstück dafür, dass ich neuerdings jederzeit und überall mit meinem Handy rummache. Keine Ahnung, was er damit meint. Wenn der wüsste, dass er dir damit auch noch einen Gefallen getan hat!* Dahinter ein Zwinker-Emoji.

Kein Wunder, dachte ich kichernd. So viel wie er mir allein schon schrieb. Und seiner Freundin ja wahrscheinlich noch viel mehr. Bestimmt hatte er ihr das Foto auch geschickt. Und ich konnte verstehen, warum sie sich in ihn verliebt hatte, denn mal abgesehen davon, was für ein liebenswerter Kerl er war, sah er auch noch zum Anbeißen aus.

Ich stieß ein sehnsüchtiges Seufzen aus und konnte nur mit Mühe meinen Blick von dem Bild losreißen. Warum hatten andere Frauen eigentlich immer so ein Glück und trafen Männer wie Moritz oder Alex und ich nicht? Also klar, ich hatte die beiden auch getroffen, nur anders halt. Aber ich wollte nicht immer nur die gute Freundin und beste Kumpelin sein. Ich wollte lieben und geliebt werden und geküsst und berührt und … Mir wurde warm, und bevor das noch irgendwie ausarten konnte, steckte ich mein Handy weg, packte meine Sachen und machte mich auf den Weg zum Zumba-Kurs. Zeit, sich richtig auszupowern und auf andere Gedanken zu kommen.

Am nächsten Tag wartete allerdings schon die nächste Überraschung auf mich. Es war ein Mittwoch, an dem ich arbeiten musste, weil ich in dieser Woche ein langes Wochenende mit freiem Samstag hatte. Als ich am Mittag zur Spätschicht in den Laden kam, drückte meine Kollegin Kirsten mir an der Kasse im Vorbeigehen die Post in die Hand, um sie mit nach hinten ins Büro zu nehmen, und sagte beiläufig: „Da ist übrigens auch was für dich dabei. Aus Schweden, kann das sein?“

Schlagartig erhöhte sich meine Herzfrequenz mindestens auf das Vierfache. Post aus Schweden? Hierher?

Natürlich hierher!, donnerte die Stimme der Vernunft in meinem Inneren. Deine Privat-Adresse kennt er schließlich nicht.

„Schon möglich“, erwiderte ich gelassener, als ich mich fühlte, und beeilte mich, nach hinten zu kommen. Aufgeregt durchwühlte ich den Stapel Post und zog einen schlichten weißen Umschlag mit einer fremden Briefmarke heraus. Sverige. Schweden. Tatsächlich.

Mit wild klopfendem Herzen riss ich ihn auf und zog eine Ansichtskarte aus Göteborg heraus. Die Motive darauf kannte ich mittlerweile natürlich. Von Moritz, aber auch aus den Reiseführern, die ich mir in den vergangenen Tagen in der Pause angeguckt hatte. Viel interessanter war deshalb die Rückseite.

Liebe Sophie, hatte Moritz geschrieben. *Ich hab so ein Gefühl, dass du der Typ Mensch bist, der sich über Ansichtskarten freut, deshalb wollte ich dir das hier nicht vorenthalten. Leider kenne ich deine Adresse nicht, aber ich hoffe, sie hat auch so den Weg zu dir gefunden. In diesem Sinne: Hälsningar från Göteborg! Vi ses! (Das heißt bis bald). Moritz*

Gerührt ließ ich die Karte sinken und strich mit dem Finger zärtlich über seinen Namen. Ja, er hatte recht, ich war dieser Typ Mensch, der sich über Ansichtskarten freute und zu Hause eine ganze Sammlung davon am Kühlschrank hängen hatte. Und es war beinahe unheimlich, wie gut er mich kannte, ohne viel von mir zu wissen.

„Und?“, platzte Kiki plötzlich in den Aufenthaltsraum. „Ist es Post von Moritz? Was schreibt er?“

Ich schüttelte lachend den Kopf. „Neugierig bist du gar nicht, oder?“

„Nö! Also?“

„Natürlich ist sie von Moritz. Ich kenne schließlich niemanden sonst in Schweden. Und es ist nur eine Ansichtskarte aus Göteborg."

„Ach so?" Kiki runzelte enttäuscht, aber irgendwie auch wenig überzeugt die Stirn. „Und wieso steckt er sie dann extra in einen Umschlag?"

„Vielleicht, damit meine neugierigen Kolleginnen nicht vor mir wissen, was er geschrieben hat?", konterte ich amüsiert.

Sie streckte mir die Zunge raus, umarmte mich dann flüchtig und sagte: „Ich muss wieder raus. Marleen ist krank und fällt den Rest der Woche aus. Aber ich freue mich, dass du wegen einer blöden Ansichtskarte so strahlst."

„Hau bloß ab!", rief ich ihr hinterher.

Als ich wieder alleine war, betrachtete ich noch einmal den Text. Vi ses! Bis bald! In zwei Tagen würde Moritz schon wieder aus Schweden zurück sein, und beim Gedanken daran, ihm irgendwann wieder direkt gegenüberzustehen, fing alles in mir an zu kribbeln. Das war nicht gut. Das war ganz und gar nicht gut.

Entschlossen verbannte ich seine Karte in meine Tasche, die Tasche in meinen Spind und flüchtete raus in den Laden, um meine Arbeit zu machen. Heute würde er jedenfalls nicht hier auftauchen. Morgen auch nicht. Freitag wohl auch nicht, weil er nach seiner nächtlichen Rückreise sicher erst eine Runde schlafen musste und abends dann mit Freunden unterwegs war, genau wie ich. Der Bruder von Kikis Freund Ben feierte seinen 30. Geburtstag, und da meine Freundin dort niemanden sonst kannte, hatte sie erst Luca und Ben angebettelt, mich mitbringen zu dürfen, und dann so lange auf mich eingeredet, bis ich gar nicht mehr anders konnte, als zuzusagen. Wir hatten beide Samstag frei, und die Aussicht, vielleicht mal wieder tanzen zu können, war eigentlich ganz verlockend. Außerdem war es ein Versuch, mich von dem Wissen abzulenken, dass Moritz wieder in der Stadt war. Er hatte mir erzählt, dass ein Freund von ihm an diesem Freitag seinen Junggesellenabschied feierte, und sie mit acht Männern durch die Kneipen der Innenstadt ziehen wollten, wo gerade das Honky-Tonk-Festival stattfand. Samstag und Sonntag war dann wahrscheinlich ausnüchtern und Kater pflegen angesagt, und Montag musste er wieder in der Tagschicht arbeiten. So schnell würden wir uns also wahrscheinlich nicht begegnen.

Moritz

Entgegen aller Erwartungen wurde der Urlaub in Schweden sehr viel schöner, als ich unter diesen neuen Umständen gedacht hätte. Natürlich waren da diese Momente, in denen ich meiner Beziehung mit Julia nachtrauerte und mich fragte, wie das eigentlich plötzlich so furchtbar schieflaufen konnte mit uns. Aber dann war da auch noch Sophie mit ihrem ganz anderen Blick auf die Welt, ihrer Verletzlichkeit, ihrem Humor und ihrer Angst und dieser unerschöpflichen Bandbreite an Gefühlen, die ich so noch nicht gekannt hatte, und die mich jeden Tag aufs Neue faszinierte.

Wie auf eine geheime Absprache hin telefonierten wir nicht noch einmal, sondern schrieben uns wieder, mal kurz zwischen Tür und Angel, mal stundenlang bis in die Nacht hinein, über alles Mögliche, nur nicht über unsere frisch zerstörten Beziehungen – auf welche Art auch immer es dazu gekommen war – oder die Zukunft. Über die Vergangenheit zu reden war dagegen auch für Sophie anscheinend bis zu einem gewissen Grad okay, und so erzählte ich ihr nicht nur ganz viel von meinen Jahren in Schweden, sondern erfuhr auch von ihr einiges über ihre Kindheit und Jugend mit Alex. Ich hörte die Melancholie, die zwischen ihren Zeilen mitschwang, aber da es nur um die Geschichten von Halbwüchsigen ging, hielt sich zumindest der eifersüchtige Stachel in mir mit seiner Piekserei zurück.

Thore beäugte ähnlich misstrauisch wie Chris die Smartphone-Sucht, der ich nach Meinung meiner Freunde mittlerweile verfallen war. Doch das stimmte nicht. Es war keine Smartphone-Sucht. Es war Sophie-Sucht. Und je bewusster mir das wurde, desto elender fühlte ich mich, weil ich wusste, dass diese Gefühle nur einseitig sein konnten. Ich hatte keine Ahnung, was ich für sie war. Aber selbst wenn es nur die Rolle als Klagemauer oder Lückenbüßer gewesen wäre, hätte ich lieber das genommen als nichts.

„Oh nein, Momo", lachte Thore, als ich ihm davon erzählte. „Wenn du dich mit halben Sachen zufriedengeben würdest, dann hättest du auch bei Julia bleiben können. Du willst Sophie ganz, und dein Problem ist, dass du sie nicht ganz haben kannst. Jedenfalls nicht, solange sie um ihren toten Freund trauert."

„Hmm", grummelte ich mürrisch, weil ich das schließlich selbst nur allzu gut wusste.

„Hey, mein Freund." Thore schlug mir aufmunternd auf die Schulter und reichte mir eine Flasche Bier. „Entweder siehst du ein, dass du keine Chance hast und vergisst sie. Oder du bist so überzeugt von ihr, dass du wirklich bereit bist zu warten, egal, wie lange es dauert. Du weißt doch, hier bei uns in Schweden sagt man: En väntar aldrig för länge, nar en väntra på något gott. Man wartet nie zu lange auf etwas Gutes. Du musst dir also nur sicher sein, wie gut sie für dich ist."

Meine Antwort war nur ein schwaches Lächeln, doch er kannte mich viel zu gut und wusste, was das zu bedeuten hatte: Dass sein Freund ein verliebter Trottel war, der sich nicht so schnell davon abbringen lassen würde, auf ein Happy End mit einer Frau zu hoffen, deren Herz an jemand anderem hing, tot hin oder her. Ich musste komplett bescheuert sein, sehnte mich aber schon jetzt zurück nach Hause, wo ich hoffentlich bald Sophie wiedersehen würde, und zwar ohne dass sie gleich wieder vor mir weglief.

Nichtsdestotrotz genoss ich die Zeit in Göteborg, radelte stundenlang durch die Gegend und über den Kattegattleden an der Küste entlang, machte es mir mit einem Buch im Park gemütlich, traf mich mit alten Freunden und verbrachte das Wochenende mit den Jungs von früher in Thores Hütte in den Schären. Der Ort erinnerte mich zwar im ersten Moment wieder daran, wie der Urlaub eigentlich ursprünglich geplant war, doch letztendlich war diese Männerrunde das Beste, was mir nach der Trennung von Julia passieren konnte, denn meine Jungs waren einhellig der Meinung, dass ich alles richtig gemacht hatte. So blöd war das Timing also gar nicht gewesen, und völlig entspannt und mit mir selbst im Reinen fuhr ich schließlich zurück nach Hause.

Es war drei Uhr nachts, als ich dort ankam und noch eine Nachricht an Sophie schrieb, damit sie beim Aufwachen morgen früh sofort wusste, dass ich heile wieder da war. Was das anging, war sie wirklich ein kleiner Angsthase, aber konnte man es ihr verdenken? Ich wusste allerdings nicht, ob ich lachen oder weinen sollte, als sie sofort darauf antwortete und schrieb, dass sie sich freute und dann jetzt sicher besser schlafen konnte.

Das will ich hoffen, antwortete ich lächelnd. *Nicht dass du nachher noch verunglückst, weil du völlig übermüdet unterwegs bist.*

Du bist jetzt ja wieder da, um mich zu retten.

Irrtum, meine Liebe. Ich hab noch ganze drei Tage frei. Also pass gut auf dich auf! Und jetzt erst mal gute Nacht, oder das, was davon noch übrig ist.

Mach ich. Dir auch eine gute Nacht!, schrieb sie zurück, zusammen mit einem Kussmund-Emoji.

Wie gebannt starrte ich dieses kleine gelbe Gesicht mit dem Herz neben den Lippen an und zwang mich, nicht zu viel reinzuinterpretieren. Es war nur ein Gute-Nacht-Küsschen, und diese blöden Emojis wurden sowieso so ausufernd benutzt, dass man sie kaum noch ernst nehmen konnte. Oder?

Ich ließ mich seufzend auf mein Bett zurückfallen, und mit dem Gedanken an Sophie schlief ich fast augenblicklich ein. Was gut für mich war, denn die nächste Nacht würde sicher auch ziemlich kurz werden.

Nach der Trennung von Julia hätte ich Philipp beinah für den Junggesellenabschied abgesagt, weil allein der Gedanke daran die Hölle war, wo sich meine eigenen Pläne in der Richtung doch gerade in Luft aufgelöst hatten. Aber mit zwei Wochen Abstand, dem Aufbau-Programm meiner schwedischen Freunde und dem unerschütterlichen Glauben an eine schönere Zukunft mit Sophie sah die Sache schon etwas anders aus. Ich würde den Abend schon rumkriegen, und das möglichst, ohne mein Gefühls-Chaos in Alkohol zu ertränken. Nicht, dass ich im Suff noch irgendwelchen Blödsinn machte, den ich später bereuen würde, wie zum Beispiel Sophie auf dem Handy vollzutexten. Ich wusste, dass sie auch zu einer Party gehen würde, und die sollte sie nach der schweren Zeit gefälligst genießen und Spaß haben, statt sich mit einem liebeskranken Volltrottel beschäftigen zu müssen, der gegen ihren toten Freund eh keine Chance hatte.

Das mit dem wenig Alkohol bekam ich hin, Sophie vollgetextet hätte ich trotzdem gerne, denn Philipps große Abschieds-Sause bestand in den ersten Stunden nur darin, dass er in seinem albernen Sträflingskostüm Schnaps und Süßigkeiten verkaufte, er und seine weiteren Kumpels das eingenommene Geld sofort wieder in Alkohol umsetzten und wir dabei von einer überfüllten Honky-Tonk-Kneipe in die nächste zogen, in denen Philipp sich mit seinem Bauchladen wenn überhaupt nur vorwärts rein und rückwärts wieder rausbewegen konnte, weil es für weitere Bewegungen einfach zu eng war. Kurz gesagt: Wirklich Spaß hatten eigentlich nur die anderen, und nur, weil ich kein Spielverderber sein wollte, war ich überhaupt noch hier. Dabei linste ich sehnsüchtig immer wieder auf mein Smartphone, aber Sophie hatte anscheinend mehr Spaß als ich, denn auf dem Display tat sich außer der vorrückenden Uhrzeit gar nichts.

Gegen Mitternacht hatten schließlich auch die Jungs genug von dem sinnlosen Hin und Her in den überfüllten Innenstadt-Kneipen und beschlossen, ins *Maxx* weiterzuziehen. Dort war heute *Joy-Revival-Party*, was bei den anderen und ihrem Alkoholpegel grölende Zustimmung fand, in mir jedoch nur ein stöhnendes Auch-das-noch auslöste, denn das bedeutete hauptsächlich Schlager,

Ballermann- und Hütt'n-Hits, so wie halt zu den Zeiten, als das *Maxx* noch *Joy* hieß. Aber zum Glück lag der Club nicht weit von meiner Wohnung entfernt. Wenn es zu schlimm wurde, konnte ich mich also vielleicht doch einfach klammheimlich verdrücken.

An der Theke angekommen, reichte Finn, Philipps Bruder, mir gleich ein Bier und einen Schnaps. Das Bier nahm ich, den Schnaps nicht, woraufhin Finn mir erklärte, dass Phil nur einmal heiraten würde und wir jetzt mal richtig einen mit ihm draufmachen sollten. Bevor ich irgendetwas dazu sagen konnte, lehnte Philipp sich schwerfällig auf meine Schulter und erklärte seinem Bruder lallend: „Lassma, Finni. Weissu, mein Freund hier, das issn Rettungsassi ... assistn … na, 'n Sani halt. Und der weiß, wenns schiefgeht, was seine Kollegn mit ihm machen, deshalb trinkt er nur in Mass … Ma … nicht so viel halt, richtich, Moriss?"

Na ja, so ähnlich. Genau genommen wusste ich, was der Alkohol ab einer gewissen Menge mit dem Körper machte, und darauf war ich nicht unbedingt scharf. Aber wie auch immer, Hauptsache sie ließen mich in Ruhe und drängten mir nicht ihren Schnaps auf.

Als der DJ *Männer* von Herbert Grönemeyer auflegte, kippten die Jungs ihre Getränke runter und strömten auf die Tanzfläche. Ich deutete auf mein Glas und gab Philipp ein Zeichen, dass ich noch austrinken und ihnen dann gleich folgen würde. Er reckte schon verdächtig schwankend einen Daumen in die Luft und verschwand im Getümmel.

Seufzend schaute ich meinem Freund hinterher und ließ anschließend meinen Blick über die Menge schweifen. Die Theke lag etwas höher als die Tanzfläche, sodass man einen ganz guten Blick über das Geschehen hatte. Unsere Truppe war leicht auszumachen in den einheitlichen T-Shirts, die Phils Brautführer für uns drucken lassen hatte. Ein Stück weiter vorn schien eine Gruppe Frauen in derselben Absicht unterwegs zu sein, denn sie trugen alle rote Wackelherzen auf dem Kopf und ein Shirt mit dem Namen Simone auf dem Rücken. Vielleicht sollte ich einfach froh sein, dass mir diese Peinlichkeiten jetzt erspart bleiben würden, denn wo keine Hochzeit, da auch kein Junggesellenabschied.

Ich spürte, dass meine Gedanken in eine unschöne Richtung abdrifteten und zwang mich, lieber an Sophie zu denken. Das heißt, zwingen musste ich mich dazu nun wirklich nicht. Und im selben Moment entdeckte ich sie.

Im ersten Augenblick hielt ich sie für eine Fata Morgana und dachte, dass der Wunsch Herr meiner Gedanken geworden war. Aber es war wirklich Sophie. Sie tanzte ein Stück neben dieser Wackelherz-Gruppe, zusammen mit ihrer Freundin Kiki und zwei weiteren jungen Frauen und schien völlig in der Musik versunken zu sein, als würde die Welt um sie herum gar nicht mehr existieren. Keine schwitzende, betrunkene Meute, die um sie herumwuselte und *Männer* grölte. Keine Party, auf der sie doch jetzt eigentlich sein sollte. Keine Trauer, keine Angst, keine Wut. Kein Unfall. Kein Alex. Nur sie und die Musik. Prompt hatte ich das Lied von Max Giesinger im Kopf, das vor einer Weile ständig im Radio rauf und runter gedudelt wurde: *Und wenn sie tanzt, ist sie woanders, für den Moment, dort wo sie will. Und wenn sie tanzt, ist sie wer anders, lässt alles los, nur für das Gefühl.* Genau so wirkte Sophie gerade – als wäre sie ganz woanders. Und sie wirkte so unglaublich gelöst und glücklich dabei.

Fasziniert beobachtete ich, wie sie sich bewegte, und nahm zum ersten Mal bewusst wahr, wie wunderschön sie war. Sie trug heute keine Brille und die dunklen Locken fielen ihr offen über die Schultern. Das dunkelrote, ärmellose Shirt darunter war nicht gewollt aufreizend, aber so raffiniert auf die Figur geschnitten, dass es genug Spielraum für die Fantasie ließ, was sich darunter wohl verbergen mochte. Und das war meiner Meinung nach ziemlich vielversprechend, denn Sophie war keiner dieser Hungerhaken, sondern hatte ein paar Kurven an den richtigen Stellen. Das alles war mir bisher gar nicht aufgefallen, weil ich immer auf diesen Gefühlssturm in ihren Augen konzentriert gewesen war. Außerdem war ich bisher der Ansicht gewesen, dass Blondinen wie Julia die absolut schönsten Frauen waren. Aber offensichtlich wurde ich gerade eines Besseren belehrt, und das machte die Sache alles andere als einfacher.

Ich schluckte trocken und schwankte zwischen dem Wunsch, dass sie zu mir rüberschauen und mich entdecken sollte und der Möglichkeit, sie noch stundenlang weiter so beobachten zu können. Doch beides passierte nicht. Stattdessen sagte Kiki nach dem nächsten Lied irgendetwas zu ihr, und die beiden stiegen zu der Theke auf der anderen Seite der Tanzfläche hoch, wo Kiki sofort von einem jungen Mann in die Arme gezogen wurde und Sophie sich einen Barhocker eroberte, der gerade frei geworden war. Der junge Mann bestellte ein paar

Getränke, während Kiki Richtung Ausgang verschwand. Wahrscheinlich zur Toilette. Ohne Sophie? Gehörten die beiden etwa nicht zu dieser unerklärlichen Sorte von Frauen, die immer zu zweit aufs Klo gingen? Na, umso besser.

Ich sah, wie sie ihr Handy aus der Tasche zog, und mein Herz machte einen Satz. Wartete sie etwa genauso auf eine Nachricht von mir wie ich von ihr?

Vielleicht will sie auch einfach nur auf die Uhr gucken, du Depp!, tönte eine Stimme in mir. Oder hast du etwa eine Armbanduhr an ihrem Handgelenk gesehen?

Nein. Trotzdem zog ich automatisch mein eigenes Smartphone hervor und tippte WhatsApp an. Sophie war online. Was sollte ich jetzt tun? Es war ein absolut großartiger Zufall, dass wir beide hier waren, und ich hätte nichts lieber getan, als sofort zu ihr zu laufen. Aber was, wenn ich ihr damit alles verdarb und sie aus ihrem woanders und wer anders zurück in die Realität holte, wo es ihr doch gerade so gut ging?

Ich schaute zu ihr und sah, dass sie gedankenverloren irgendetwas auf ihrem Handy betrachtete. Scheiß drauf! Diese Chance konnte ich mir nicht einfach so entgehen lassen. Aber ich konnte es zumindest vorsichtig angehen, also öffnete ich den Chat und schrieb ihr: *Mal angenommen, wir würden heute Nacht zufällig an einem Ort zusammentreffen, an dem wir eigentlich gar nicht sein wollten: Würdest du a) wieder vor mir weglaufen? b) zumindest mit mir reden? Oder c) vielleicht sogar mit mir tanzen?*

Lächelnd beobachtete ich, wie sie auf ihr Display tippte und las. Anschließend drehte sie sich um und schaute suchend in die Runde, als wüsste sie genau, dass das nicht nur eine theoretische Frage war.

Mein Puls beschleunigte sich, während ich gespannt darauf wartete, dass sie mich entdeckte. Und so erwartungsvoll, wie sie den Raum absuchte, musste ich wohl auch kaum befürchten, dass sie wieder vor mir Reißaus nehmen würde. Allerdings suchte Sophie gerade in der völlig falschen Richtung, deshalb versuchte ich sie per Telepathie dazu zu bringen, ihre Augen ein Stück weiter nach links zu bewegen.

Als sie mich schließlich entdeckte, fing ich ihren Blick ein und ließ ihn nicht wieder los. Ich sah sie einfach nur an und lächelte, rührte mich keinen Zentimeter von der Stelle und wartete auf ihre Antwort, während mein Herz wild gegen den Brustkorb schlug. Es wollte da raus, wollte zu Sophie, aber ich zwang mich mit aller Kraft dazu, jetzt ja nichts zu überstürzen und diese unglaubliche Chance nicht zu vermasseln. Gott sei Dank war ich noch annähernd nüchtern und vollkommen Herr meiner Sinne. Noch jedenfalls, denn wenn ich noch länger in diese bezaubernden Augen schaute, konnte ich für nichts garantieren. War das etwa freudige Überraschung, die sich darin widerspiegelte? Oder bildete ich mir das nur ein, weil ich gerne hätte, dass es so war?

Sophie lächelte jedenfalls zurück, und nachdem wir uns eine gefühlte Ewigkeit lang einfach nur so über die Tanzfläche hinweg angesehen hatten, während der Rest der Welt nur noch eine Randerscheinung war, wandte sie den Blick wieder ihrem Handy zu und tippte darauf herum. Sekunden später vibrierte es in meiner Hand.

Ich schätze, für a) ist der Moment jetzt schon vorbei. Also kommst du rüber oder soll ich oder gibt es noch eine Antwort d), die lautet: mit mir Wer-zuerst-wegguckt-hat-verloren spielen?

Ich musste lachen, schaute noch einmal zu ihr, steckte dann mein Handy weg und machte mich auf den Weg um die Tanzfläche herum zu Sophie. Unterwegs spürte ich ihren Blick auf mir und war aufgeregt wie ein Teenager auf dem Weg zu seinem ersten Date.

Reiß dich bloß zusammen, Momo, sonst merkt sie noch, was mit dir los ist und ergreift doch die Flucht!

Ich atmete tief durch, trat neben sie an die Theke und sagte über *Marcus* und sein *Rotes Pferd* hinweg: „Hallo, Verliererin."

Sophie lachte, genau so, wie ich es beabsichtigt und mir gewünscht hatte, und erwiderte: „Verliererin? Was soll das denn heißen?"

„Dass du leider verloren hast. Du hast vorhin zuerst weggeguckt."

„Na, dann ist es ja gut, dass du Antwort d) erst gar nicht zur Auswahl gestellt hast."

Sie sah mich an, und ich verlor mich ein weiteres Mal in ihren Augen. Jetzt direkt neben ihr bemerkte ich, dass sie nur ganz dezent geschminkt war im Gegensatz zu so manch einer aufgedonnerten Tussi hier, doch genau diese Natürlichkeit passte so unglaublich gut zu ihr und ließ sie meiner Meinung nach nur noch schöner wirken.

„Was machst du hier?", fragten wir schließlich beide gleichzeitig, oder besser gesagt, wir brüllten es uns über die laute Musik hinweg entgegen. „Wolltest du nicht eigentlich …“

Wir mussten lachen.

„Du zuerst“, ließ ich ihr schließlich ganz gentlemanlike den Vortritt und beugte mich dabei so weit zu ihr vor, dass ich mich nicht mehr heiser schreien musste.

Sie tat es mir nach, und ich konnte den Duft ihres Haarshampoos riechen, als sie erklärte: „Die Party war ein absoluter Reinfall. Nach nicht mal einer Stunde waren so ziemlich alle besoffen, und die Musik war so grottenschlecht, dass ich mit Kiki und Ben geflüchtet bin.“

„Noch schlechter als hier?“, konterte ich augenzwinkernd.

„Hast du was gegen Schlager?“, gab sie schmunzelnd zurück.

„Nein. Ich fürchte nur, ich habe dafür noch nicht genug getrunken.“

Sophie sah mich überrascht an. „Und das bei einem Junggesellenabschied? … Schickes T-Shirt übrigens.“ Sie deutete grinsend auf das Konterfei eines glücklich strahlenden Philipp mit seiner Verlobten im Arm und dem dazugehörigen blöden Spruch, wie es bei solchen Anlässen nun mal üblich war und wo man als Freund dieses unerträglichen Glücks wohl oder übel kleidungstechnisch mitmachen musste.

„Um dem zuzustimmen, fehlen mir wohl auch noch ein paar Promille“, sagte ich lachend. „Aber ich bin nicht so der Trinker, also muss ich da wohl so durch. Außerdem waren die Kneipen in der Stadt so voll, dass wir es oft erst gar nicht bis an die Theke geschafft haben. Deshalb sind wir jetzt hier." Ich deutete auf die Tanzfläche, wo Philipp und ein Teil seiner Horde unverkennbar betrunken tanzten und mit Mickie Krause zusammen *Schatzi, schenk mir ein Foto* grölten.

Sie folgte meinem Blick, und ich sah, wie sich auf ihren Lippen ein amüsiertes Lächeln ausbreitete. „Warum bist du nicht auch mit da unten?"

„Ich wurde von etwas abgelenkt. Oder besser gesagt, von jemandem."

Lachend drehte sie sich wieder zu mir um und schaute mir direkt in die Augen. „Hab ich nicht gesagt, dass es wie verhext ist mit dem Schicksal? Schon sind wir wieder zur selben Zeit am selben Ort, obwohl es ganz anders geplant war. Fehlt eigentlich nur noch ein Rettungseinsatz."

„Besser nicht", gab ich ebenfalls lachend zurück. „Es kann ja nicht jedes Mal einen Notfall geben, wenn wir zusammen sind."

„Du meinst also, ich brauche keinen Sanitäter für meine Füße, wenn ich mit dir tanze?"

In ihren Augen lag so ein schelmisches Funkeln, bei dem es mir den Atem verschlug. Flirtete sie etwa gerade mit mir? Das konnte nicht sein, oder? Es sei denn, sie hatte getrunken und war deshalb völlig losgelöst von allem, was ihr sonst auf der Seele lag. Aber ich konnte keinerlei Anzeichen dafür entdecken und wie zum Beweis stand vor ihr auf der Theke ein simples Glas Wasser. Trotzdem neckte sie mich hier gerade und war dabei so locker und charmant, wie ich sie nie zuvor erlebt hatte. War das vielleicht die andere Seite von Sophie? Die von vor dem Unfall? Ohne diese ganze Trauer und Verzweiflung? Dann war dieser Alex ein noch viel größerer Glückspilz gewesen, als ich gedacht hatte, und ich fragte mich, wie er nur so blöd gewesen sein konnte, sie auch nur für einen Tag aus seinem Leben auszuschließen – geschweige denn fast vier Jahre. Doch Alex war Vergangenheit, so traurig das auch war, und dieser eine Moment hier gehörte mir. Egal, wo das hinführen würde. Oder eben auch nicht.

Ich zwinkerte Sophie vergnügt zu und konterte: „Bist du mutig genug, um es auszuprobieren?"

„Na klar. Ich weiß schließlich, dass dir Prävention sehr wichtig ist, also vertraue ich mal darauf, dass du den nötigen Sicherheitsabstand einhältst."

„Worauf du dich verlassen kannst", erwiderte ich, während mir die Doppeldeutigkeit dieser Worte bewusst wurde, und dachte zähneknirschend: Das wird verdammt hart.

Ich spürte, dass Sophie kurz zögerte, doch dann rutschte sie plötzlich von ihrem Barhocker, griff nach meiner Hand und zog mich hinter sich her auf die Tanzfläche. Die Berührung ging mir durch und durch, und ich musste aufpassen, dass ich nicht genauso hinter ihr her stolperte, wie es mein Herz gerade tat. Mit Sophie tanzen – wer hätte das am Anfang des Abends gedacht.

Sophie

Die Party von Bens Bruder war einfach nur schrecklich. Ich war froh, dass auch Kiki und Ben keine Lust auf dieses Besäufnis hatten, sodass wir drei uns ziemlich bald wieder verabschiedeten und beschlossen, noch ins *Maxx* zu gehen. Von der Revival-Party wussten wir nichts, aber mir kam sie gerade recht. Lieber ein paar Schlager und Ballermann-Hits als irgendwelcher Techno-Kram, zu dem man nicht tanzen konnte.

Kaum angekommen trafen wir zwei Frauen aus unserem Zumba-Kurs, die ebenso tanzverrückt waren wie ich. Ein Glücksfall für uns alle, denn so konnte Kiki ohne schlechtes Gewissen mit ihrem Ben rummachen, während ich nicht nur als das fünfte Rad am Wagen übrig blieb. Es war im ersten Moment ohnehin schon schwer genug, die Erinnerungen an gemeinsame Club-Nächte mit Alex zu verdrängen. Auf der Tanzfläche waren wir beide zusammen unschlagbar gewesen, sodass selbst Isabelle zeitweise das Feld geräumt hatte, um uns austoben zu lassen. Heute dagegen würde es wohl eher ein Solo-Abend werden. Doch statt darüber in Trauer zu versinken, atmete ich tief durch, straffte die Schultern und ließ mich einfach von der Musik treiben. Alex hätte es genau so gewollt, und bei der Vorstellung, dass er von irgendwoher auf mich herabblickte und sich freute, musste ich lächeln.

Ich hatte ja keine Ahnung, dass ich tatsächlich in diesem Moment beobachtet wurde, geschweige denn von wem. Doch als ich eine kleine Verschnaufpause an der Theke einlegte, einen Blick auf mein Handy warf und prompt eine Nachricht von Moritz bekam, wusste ich sofort, dass er hier war. Explosionsartig breitete sich ein aufgeregtes Kribbeln in mir aus, und ich drehte mich um, um ihn in dieser Menschenmenge ausfindig zu machen.

Er stand genau gegenüber an der anderen Theke und lächelte mich über die Köpfe der Tanzenden hinweg an. In der Hand hielt er sein Smartphone, und er rührte sich keinen Zentimeter von der Stelle, als wartete er erst auf eine Antwort von mir. Als hätte er wirklich Angst, dass ich wieder vor ihm weglaufen könnte. Dummkopf! Er hatte keinen blassen Schimmer, wie sehr ich mich freute, ihn zu sehen. Genau genommen hatte ich es bis gerade eben selbst nicht gewusst. Und als er schließlich zu mir rüberkam, war ich froh, dass ich bis jetzt nur zwei Hugo getrunken hatte, nicht dass ich mich noch wegen einer alkoholbedingten Fehlzündung direkt in seine Arme stürzte. Denn irgendetwas machte diese Atmosphäre hier mit mir, dass ich mich nur noch darauf konzentrieren konnte, wie unglaublich gut er aussah, trotz dieses albernen Junggesellen-Abschied-T-Shirts. Ich wusste, dass das nicht gut war. Ich wusste, dass er eine Freundin hatte und für mich tabu war. Aber es würde doch wohl niemand etwas dagegen haben, wenn wir einfach nur ein bisschen miteinander redeten und tanzten, oder?

Kiki jedenfalls schon mal nicht, denn als sie von der Toilette zurückkam, zwinkerte sie mir hinter Moritz'

Rücken verschwörerisch zu und bekam das Grinsen gar nicht mehr aus dem Gesicht. Ich verdrehte innerlich die Augen und konnte ihr dieses Mal trotzdem nicht böse sein. Dafür hatte ich gerade viel zu gute Laune und merkte selbst, wie anders es plötzlich zwischen Moritz und mir war. Ich musste nicht mehr sofort an den Unfall denken. Ich hatte kein schlechtes Gewissen, weil ich hier war und lebte und Spaß hatte und Alex nicht. Und ich hatte Moritz in den vergangenen zwei Wochen noch viel mehr und viel privater kennengelernt als bisher, sodass ich das Gefühl hatte, einen wirklich guten Freund wiederzusehen. Einen Freund, mit dem ich plötzlich herumschäkern und lachen konnte, wie ich es auch mit Alex immer getan hatte. Mit dem winzig kleinen Unterschied, dass dieser Freund mein Herz auf eine Art zum Stolpern brachte, die das Ganze nur unnötig kompliziert machte. Also versuchte ich es zu ignorieren und mich mit tanzen abzulenken, was sicher einfacher war, als mit ihm zu reden und dabei die ganze Zeit in diesen unendlich tiefen dunklen Augen zu versinken. Aber weit gefehlt, denn tanzen hieß für ihn richtig tanzen, als Paar, mit seiner Hand auf meinem Rücken und allem was dazugehörte. Er konnte das fast so gut wie Alex, und mir wurde beinah schwindelig vor Glück und Aufregung und der dummen Hoffnung, dass das hier mehr als nur ein einmaliger Moment sein könnte. Ich wusste selbst nicht mehr, wann ich mich zuletzt so gut gefühlt hatte, und wünschte, wir würden nie wieder damit aufhören. Moritz ging es anscheinend genauso, denn wir tanzten und tanzten, ohne dass einer von uns genug davon hatte und eine Pause verlangte.

„Du tanzt echt gut!", rief er mir zwischendurch ins Ohr, wobei er mir wegen der Lautstärke um uns herum wieder so nah kam, dass ich beinah zu atmen vergaß.

„Danke gleichfalls", gab ich schmunzelnd zurück.

Er lächelte. „Keine Angst mehr um deine Füße?"

„Hatte ich nie."

Wir grinsten uns an, und zum ersten Mal nahm ich die kleinen Grübchen in seiner Wange wahr. Es fiel mir schwer, den Blick wieder davon loszureißen, doch zum Glück schleuderte Moritz mich in diesem Moment in einer Drehung von sich. Als er mich wieder zurückzog, landete ich viel zu nah an seiner Brust und ging schnell wieder auf Abstand, obwohl ich viel lieber genau dort geblieben wäre.

Himmel, Sophie, was ist nur mit dir los? Bist du schon so lange auf Entzug, dass dir jede kleine Berührung den Kopf verdreht? Das hier ist Moritz und kein potenzieller Liebhaber!

Aber schön wär's schon, wisperte eine leise Stimme in mir. Er ist bestimmt unglaublich zärtlich, aber auch leidenschaftlich und stark und …

Stopp! Das Blut rauschte mir in den Ohren und ich hatte das Gefühl, mittlerweile eine mehr als gesunde Gesichtsfarbe zu haben. Vielleicht brauchte ich doch eine Pause, um etwas Abstand von ihm zu bekommen. Und am besten eine kalte Dusche. Jetzt sofort!

Als hätte mich eine höhere Macht erhört, startete der DJ in diesem Moment ein Udo-Jürgens-Medley. Und schlagartig machten alle romantischen Gefühlsanwandlungen Platz für den fiesen Stachel der Trauer, der wirkungsvoller war als eine kalte Dusche. Plötzlich saß ich wieder neben Alex im Auto, neckte ihn mit den Musical-Songs und trällerte: „Ich war noch niemals in New York“.

„Sophie!“, hörte ich ihn betteln. „Hör auf damit! Den Ohrwurm werde ich doch nie wieder los.“

Vielleicht hatte er das wirklich nicht. Vielleicht hatte er ihn mit ins Grab genommen.

Mitten in der Bewegung hielt ich inne, schnappte keuchend nach Luft und hatte das Gefühl, mich nicht mehr auf den Beinen halten zu können.

„Sophie!“, rief Moritz erschrocken und packte mich an den Armen, um mich aufrecht zu halten. „Was ist los? Geht es dir nicht gut?“

Ich konnte nicht antworten und ließ mich willenlos von ihm von der Tanzfläche in eine ruhige Ecke im Foyer führen.

„Hey.“ Er hielt mich fest und musterte mich besorgt, suchte wahrscheinlich nach Anzeichen für einen medizinischen Notfall, doch die würde er nicht finden.

„Geht gleich wieder“, würgte ich an dem Kloß in meiner Kehle vorbei, lehnte meinen Kopf an seine Brust und versuchte nicht zu weinen. Ich war selbst völlig schockiert, wie ein einziges blödes Musik-Medley so etwas anrichten konnte und schämte mich dafür.

„Lass es raus“, flüsterte Moritz an meinem Ohr und strich mir dabei mit den Händen immer wieder beruhigend über den Rücken.

Ich schüttelte verzweifelt den Kopf. Nein, das wollte ich nicht. Ich wollte nicht wieder das heulende Wrack sein, das ihm sein T-Shirt versaute. Ich wollte nicht, dass sich dieser Unfall schon wieder zwischen uns drängte. Ich wollte nicht, dass dieser wunderschöne Moment mit ihm zerstört wurde. Doch dafür war es jetzt zu spät. Blieben also nur zwei Möglichkeiten: Weglaufen und zu Hause alleine in mein Kissen heulen. Oder zusammenreißen und so tun, als wäre alles in Ordnung.

Ich versuchte es mit der zweiten Variante, weil ich wusste, dass Moritz mich eh nicht gehen lassen würde. Und ich war ihm dankbar, dass er nicht nachbohrte, was los war, sondern nur sanft fragte: „Eine Erinnerung an Alex?"

Er wusste es. Natürlich. Und genau das gab mir die Kraft, bei ihm zu bleiben. Also nickte ich schwach, lauschte noch einen Moment auf seinen beruhigenden Herzschlag, atmete tief durch und löste mich schließlich ohne eine Träne vergossen zu haben aus seiner Umarmung.

„Danke", sagte ich leise.

Er lächelte nur, hob die Hand und strich mir eine verirrte Haarsträhne aus dem Gesicht. „Du hast mir einen ganz schönen Schreck eingejagt."

„Tut mir leid."

„Nein." Sein Finger fuhr sanft meine Schläfe entlang. „Das muss es nicht."

Ein wohliger Schauer lief mir über den Rücken. Ich wagte es nicht ihn anzuschauen, weil ich Angst hatte, dass er sonst sehen würde, was er hier gerade in mir auslöste. Und das wäre in unserer Situation nur peinlich geworden.

„Sollen wir einen Moment rausgehen?", hörte ich Moritz fragen. „Oder was trinken?"

„Was trinken wäre gut. Und danach würde ich gerne weiter tanzen und so tun, als wär das grad nicht passiert.“

„Okay.“

Ohne ihn anzusehen wusste ich, dass er lächelte. Und als er mir seine Hand entgegenstreckte, ergriff ich sie und folgte ihm an die Theke im Vorraum, wo es nicht ganz so laut war und man sich auch unterhalten konnte. Ich war nervös, weil mein Kopf plötzlich wie leergefegt war und ich keine Idee hatte, was ich sagen sollte. Schließlich deutete ich auf sein T-Shirt und fragte, ob Philipp ein Kollege von ihm war, woraufhin er mir erklärte, dass die beiden sich vom Radfahren kannten und mitten im Nirgendwo kennengelernt hatten, als Moritz ihm geholfen hatte, seinen kaputten Reifen zu flicken.

„Also wieder ein Ersthelfer-Einsatz“, bemerkte ich amüsiert.

„Sozusagen“, gab er grinsend zurück, und plötzlich war es wieder ganz einfach, sich zu unterhalten und zu necken und miteinander zu lachen.

Als wir irgendwann wieder tanzen gingen, hatte ich längst den Überblick verloren, wie lange wir dort gesessen hatten oder wie spät es schon war. Waren Kiki und Ben überhaupt noch hier? Ich schaute mich suchend um und fand sie auf der Tanzfläche. Also hatte Ben wohl mittlerweile seinen Tanzpegel erreicht, wie meine Freundin es so schön nannte, denn im Gegensatz zu Moritz brauchte er immer eine gewisse Menge Alkohol, bevor er sich dazu überreden ließ. Wir tanzten uns in ihre Nähe, und als Moritz Kiki den Rücken zuwandte, reckte sie mit einem zufriedenen Lächeln den Daumen in die Höhe. Ja, ja …

Ich ignorierte sie und konzentrierte mich lieber wieder auf meinen Tanzpartner. Kam es mir nur so vor, oder war unser Abstand kleiner als vorhin? Egal. Es fühlte sich jedenfalls gut an. Viel zu gut. Sozusagen atemlos gut, denn spätestens bei Helene Fischer waren meine Gefühle kurz davor, mit mir durchzugehen.

Das ist uns're Nacht, wie für uns beide gemacht, sang Helene und ich dachte: Oh ja, genau so fühlt es sich an.

Ich schließe meine Augen, lösche jedes Tabu. Besser nicht.

Was das zwischen uns auch ist, Bilder, die man nie vergisst. Tja, was war das eigentlich zwischen uns?

Jede Zeile hatte plötzlich eine Bedeutung, und ich wusste, dass ich dieses Lied nie wieder hören könnte, ohne dabei an Moritz und diesen Moment zu denken. Aber es ging noch schlimmer, denn Helene hatte in ihrem Text auch noch so Stellen, wie *„Deine Augen zieh'n mich aus"* oder *„Lust pulsiert auf meiner Haut"*. Gleichzeitig spürte ich überdeutlich Moritz' Hand, die nicht mehr still auf meinem Schulterblatt lag, sondern immer weiter Richtung Taille rutschte und mich dabei nur noch näher an sich zog. Wie sollte man dabei auch nicht atemlos werden? Vor allem, als ich den fatalen Fehler beging und ihm in die Augen schaute. Denn in seinem Blick spiegelte sich genau das wider, was gerade in meinem Inneren herumtobte. Dieses unbändige Verlangen nach mehr, das es eigentlich gar nicht zwischen uns geben dürfte.

Du solltest jetzt besser sehen, dass du Land gewinnst!, drängte die Vernunft-Sophie in mir.

Aber gegen die Gefühls-Sophie hatte sie keine Chance.

Moritz

Eigentlich hatte ich Helene Fischer immer gehasst. Bei jeder Party wurde ihr Lied hoch und runter gespielt und kam einem zu den Ohren wieder raus. Atemlos, bla bla bla. Was fanden die Leute bloß an diesem Song? Ich hatte es noch nie verstanden. Bis heute. Denn da war Sophie, und sie beim Tanzen so nah an mir zu spüren, raubte mir tatsächlich den Atem. Ich hatte keine Ahnung, wann ich zuletzt eine Frau so sehr gewollt hatte wie sie. Oder ob ich es überhaupt schon jemals getan hatte. Und der Gedanke daran, dass es wahrscheinlich nur mir so ging und sie sich im schlimmsten Fall vielleicht sogar gerade vorstellte, dass es ihr toter Freund war, der sie im Arm hielt, machte mich ganz krank. Ihr Beinahe-Zusammenbruch vorhin war doch der beste Beweis dafür, dass er die ganze Zeit um uns herumschlich. Was auch immer Udo Jürgens damit zu tun haben mochte.

Als sie jetzt jedoch den Blick hob und mich ansah, lösten sich schlagartig sämtliche Zweifel und Gedanken an diesen Alex in Luft auf. In ihren Augen lag nämlich nicht der Hauch einer Spur von ihm, sondern einfach nur eine tiefe Sehnsucht nach etwas, das ich selbst gerade mühsam zu unterdrücken versuchte. Oh Mann! Ich musste hier raus, musste mit ihr alleine sein und ihr tausend Dinge sagen, die ich wahrscheinlich lieber nicht sagen sollte. Aber das war sicher immer noch besser, als wenn sie mir noch zwei Zentimeter näher kommen und spüren würde, was mein Körper dazu zu sagen hatte.

Draußen vor der Tür suchte ich mir mit Sophie eine ruhige Ecke, atmete tief die frische Nachtluft ein und überlegte, wo ich anfangen sollte. Doch das war gar nicht so leicht, wenn man dabei von einem Paar hinreißend blauer Augen beobachtet wurde, also schauten wir uns letztendlich eine gefühlte Ewigkeit lang einfach nur an.

„Sophie", sagte ich leise, aber direkt danach gingen mir die Worte schon wieder aus.

„Moritz, ich …", begann sie ebenfalls stockend, bevor sie genauso verstummte wie ich.

Meine Augen tasteten ihr Gesicht ab, versanken in ihren und blieben schließlich an ihren Lippen hängen. Wie von einer unsichtbaren Macht angezogen kamen wir uns immer näher, und bevor ich wusste, was ich überhaupt tat, küsste ich sie. Ganz sanft tastete ich mich an sie heran, und zog mich erschrocken wieder zurück, als ich merkte, wie sie erstarrte. Es war nur der Bruchteil einer Sekunde gewesen, doch es hatte gereicht, um mich in die Realität zurückzuholen. Nein, nein, nein! Was tat ich hier eigentlich? Ich Idiot war auf dem besten Weg, sie wieder in die Flucht zu treiben!

„Ich … Tut mir leid, Sophie … Das …", stammelte ich, als sie mir plötzlich einen Finger auf die Lippen legte. In ängstlicher Erwartung versuchte ich in ihren Augen zu lesen, was als Nächstes passieren würde, doch das, was dann kam, war das Letzte, womit ich gerechnet hätte, denn sie beugte sich vor und küsste mich. Was auch immer das vorhin gewesen war, es war vorbei, und ganz ohne Scheu legten sich ihre Lippen sanft, aber doch entschieden, auf meine. Jetzt war ich es, der zischend die Luft einsog und sich beherrschen musste, sie nicht an mich zu reißen und Dinge mit ihr zu tun, die man in der Öffentlichkeit nicht tun sollte.

Als sie sich kurz von mir löste, schauten wir uns an. In ihrem Blick lag Erstaunen. Über sich selbst? Über den Kuss? Über die ganze Situation? Keine Ahnung. Aber solange es keine Reue war, war es mir egal, denn ich wollte mehr davon. Viel mehr. Und mein Herz drohte vor Glück zu zerspringen, als unsere Münder wie von selbst wieder zusammenfanden, und genau da weitermachten, wo sie gerade aufgehört hatten.

Die Küsse wurden fordernder, drängender, und ich hatte schreckliche Angst vor dem Moment, in dem Sophie merken könnte, was sie hier gerade tat und mich von sich stoßen würde. Doch nichts dergleichen geschah. Im Gegenteil. Sie war mir mittlerweile so nah, dass ihr unmöglich entgehen konnte, was sie hier mit mir anstellte. Ihr heißer Atem streifte mein Gesicht und vernebelte mir die Sinne. Mutig schob ich meine Finger unter ihr Shirt und spürte die nackte Haut an ihrem Rücken. Sophie stöhnte leise auf.

Oh Gott! Das musste aufhören! Sonst konnte ich für nichts mehr garantieren.

Schwer atmend löste ich mich von ihr und bemerkte mit einem letzten Rest an Selbstbeherrschung und einer Prise Selbstironie: „Ich hatte eigentlich gedacht, die Zeiten hätte ich hinter mir, wo ich mich mit einem Mädchen knutschend und fummelnd hinter einer dunklen Mauer verstecken muss."

Sie lachte leise, wich aber keinen Millimeter von mir zurück. „Vielleicht sollten wir dann lieber woanders hingehen."

Was?! Hatte sie das jetzt wirklich gesagt? Ich rückte noch ein Stück von ihr ab, um ihr in die Augen sehen zu können, doch die Botschaft darin war genauso eindeutig wie das, was sie gerade gesagt hatte: Halt mich, küss mich, nimm mich und hör bloß nicht damit auf!

Oh. Mein. Gott. Ich hatte keine Ahnung, welcher Rausch da von ihr Besitz ergriffen hatte. Und ich wusste, dass es besser wäre, wenn wenigstens einer von uns einen klaren Kopf behalten würde. Doch als Sophie sich streckte, um mich erneut zu küssen und dabei mit ihrem ganzen Körper an mich presste, war die Sache entschieden.

„Das klingt jetzt wahrscheinlich ziemlich platt", stieß ich zwischen zwei Küssen atemlos hervor. „Aber meine Wohnung ist nur drei Straßen von hier entfernt."

Ihre knappe Antwort lautete: „Okay." Dann fing sie plötzlich an zu kichern. „Das klingt wirklich nach einer Masche. Hast du das schon oft zu jemandem gesagt?"

Ich umschloss ihren Kopf mit meinen Händen und schaute ihr tief in die Augen. „Nein. Bis jetzt noch nie."

Und das war nichts als die Wahrheit. Julia hatte ich woanders kennengelernt. Davor war ich eine Weile Single gewesen. Und davor hatte ich noch am anderen Ende der Stadt gewohnt. Ich wollte, dass sie das wusste. Ich wollte, dass sie mich nicht für einen Frauenhelden hielt. Ich wollte, dass sie genau wie ich spürte, dass das hier gerade etwas ganz Besonderes war.

„Na dann“, sagte sie leise, mit einem Blick, bei dem mir ganz schwindelig wurde. Ihre Augen glänzten und waren viel dunkler als sonst. Darin lag wieder ein tosender Sturm an Gefühlen, die diesmal jedoch alle in eine Richtung deuteten, die mir gefiel.

Ich küsste sie, und als dabei zum ersten Mal unsere Zungenspitzen zusammenstießen und anfingen sich zu umkreisen, verabschiedete sich auch der Rest meines Verstands und überließ diesem unfassbaren Verlangen in mir das Feld.

Sophie

Der Weg zu Moritz' Wohnung war wirklich nicht weit, und doch brauchten wir eine halbe Ewigkeit, um dort anzukommen, weil wir unterwegs immer wieder stehen blieben, um uns zu küssen. Ich war wie betrunken und fragte mich, ob ich vielleicht doch schon mehr als zwei Hugo intus hatte. Hatte ich aber nicht, also musste er es sein, von dem ich so berauscht war. Seine Küsse waren einfach unglaublich und hatten meinen Verstand längst lahmgelegt. Es gab kein gestern und kein morgen mehr, sondern nur uns beide und diesen Moment hier und diese irren Gefühle in mir, die ich vorher noch nie so stark gespürt hatte. Er roch so gut. Er schmeckte so gut. Er fühlte sich so gut an. Und mein Körper und mein Herz verlangten nach etwas, gegen das mein Kopf keine Chance mehr hatte. Mit seinen Worten und Blicken hatte Moritz mich in den letzten Wochen schon so sehr bis in mein tiefstes Inneres berührt, und genau da wollte ich ihn jetzt auch auf andere Weise spüren.

Wir stolperten küssend ein Treppenhaus hinauf, bevor er im weiß-nicht-wievielten Stock vor einer Tür stehen blieb, ungeduldig mit seinem Schlüssel daran herumnestelte und mich schließlich hinter sich her in seine Wohnung zog. Unter anderen Umständen wäre ich sicher neugierig gewesen zu sehen, wie er wohnte, doch dafür hatte ich jetzt keinen einzigen Blick übrig und konzentrierte mich nur auf diesen wahnsinnig heißen Mann vor mir, der es offensichtlich genauso wenig wie ich erwarten konnte, dass wir endlich alleine waren.

Kaum, dass die Tür hinter uns zu war, hielt Moritz jedoch inne und sah mich an. Seine Augen waren fast schwarz vor Erregung, und doch nahm er von irgendwoher die Kraft, sich zurückzuhalten und mich wortlos zu fragen, ob das hier wirklich okay für mich war und weitergehen konnte, oder ob ich doch die Notbremse ziehen wollte. Aber genau das ließ meine Gefühle für ihn nur stärker werden. Er war so unglaublich rücksichtsvoll und ich wusste, dass er mich niemals verletzen oder etwas tun würde, was ich nicht wollte. Sehnsüchtig drängte ich mich an ihn und schnappte nach Luft, als ich spürte, wie sehr er mich ebenfalls wollte.

„Sophie", stöhnte er, und ich war mir sicher, dass mein Name noch nie auf so wundervolle Weise ausgesprochen worden war, wie hier und jetzt.

Ich küsste ihn, so leidenschaftlich, wie ich noch nie jemanden vorher geküsst hatte, und als im selben Moment seine Hand sanft durch das Shirt über meine Brustwarze strich, war es restlos um mich geschehen.

Moritz

Ich verliebter Volltrottel hatte in den letzten Tagen immer öfter von Sophie geträumt und dabei natürlich auch mal einen winzig kleinen Gedanken in die Richtung gewagt, wie es wohl wäre, sie zu küssen, wie sie sich anfühlen würde und ob sie wohl eher zärtlich oder leidenschaftlich wäre. Aber dieser Traum hier toppte alles, denn wie in allen Dingen war sie nicht nur das eine oder das andere, sondern eine faszinierende Mischung von allem. Sie war im einen Moment sanft und anschmiegsam, und im nächsten wild und leidenschaftlich. Sie ließ sich von mir führen, und dirigierte mich dabei doch ganz unauffällig dahin, wo sie mich hinhaben wollte. Sie hatte Erfahrung beim Sex, und doch sah sie mich an, als wäre ich der Einzige, der dieses Privileg jemals genießen durfte. Und das Schönste daran war: Das alles war kein Traum. Sophie war wirklich hier, lag nackt in meinen Armen und versuchte wahrscheinlich genau wie ich, ihren rasenden Herzschlag wieder unter Kontrolle zu bekommen und zu kapieren, was da gerade mit uns passiert war. Denn eins war mal ganz klar: Selbst in meinen kühnsten Träumen hätte ich nicht gedacht, dass sie so schnell Wirklichkeit werden könnten.

Sophie lag auf der Seite und sah mich an. Dieses ungläubige Glück in ihrem Blick war Gold wert, und ich betete im Stillen, dass nicht jeden Moment ein Hammer der Erkenntnis dazwischenhauen und sie reuevoll aus meinem Bett vertreiben würde. Denn wenn es nach mir ging, war das hier keine einmalige Sache, die einfach so im Rausch passiert war, sondern der Anfang von etwas Großem und einfach nur Wunderbarem.

Liebevoll strich ich ihr eine Locke von der verschwitzten Wange, streckte mich, um ihr einen Kuss auf die Lippen zu drücken, und flüsterte: „Was machst du nur mit mir, bezaubernde Sophie?"

Sie lachte leise und erwiderte: „Was machst du mit mir?"

Wir lächelten uns an, die Blicke eng miteinander verschlungen, während meine Finger sanft über die Haut ihrer Schulter und Taille nach unten wanderten und ihr Körper unter meinen Berührungen erschauerte.

„Wenn mir am Anfang des Abends jemand gesagt hätte, dass das so endet, hätte ich ihn für völlig übergeschnappt erklärt", murmelte ich.

Sophies Antwort war nur ein stilles, aber glückliches Lächeln.

Ich zog sie an mich und küsste sie zärtlich. „Bleibst du heute Nacht bei mir?"

Es war eine gefährliche Frage, schließlich könnte ich sie damit aus diesem Traum aufwecken und daran erinnern, dass es noch etwas anderes gab als mich und dieses Bett. Doch zu meiner Überraschung zögerte sie nicht einen Moment und wisperte an meinen Lippen: „Wenn du das möchtest."

„Es gibt gerade nichts, was ich lieber möchte", gab ich mit einem seligen Grinsen zurück.

„Na dann." Sie kuschelte ihren Kopf in meine Armbeuge und malte eine Weile schweigend mit ihrem Finger auf meiner Brust herum. Ich konnte mein Glück kaum fassen und ließ sie nur äußert widerwillig los, als sie mich kurz darauf nach dem Weg zur Toilette fragte.

„Ich komme ja wieder", erklärte sie mit einem verheißungsvollen Kuss, schlüpfte in ihr Höschen und Shirt und verschwand Richtung Bad.

Sehnsüchtig schaute ich ihr hinterher und konnte es kaum erwarten, sie wieder in meinen Armen zu spüren. Chris hatte wohl doch von Anfang an recht gehabt – ich hatte mich in sie verliebt. Und zwar so was von.

Ich rollte mich auf den Rücken, schloss die Augen und dachte mit einem Lächeln auf den Lippen daran, was für ein unglaublicher Glückspilz ich war, diese wundervolle Frau getroffen zu haben. Unter welchen Umständen auch immer.

Sophie

Als ich aus Moritz' Bett schlüpfte, um zur Toilette zu gehen, war mir immer noch ganz schwindelig von dem, was ich gerade erlebt hatte. Hätte ich mir den Gedanken an Sex mit ihm vorher erlaubt und Erwartungen gehabt, wären diese sicher bei Weitem übertroffen worden. Immer noch spürte ich seine zärtlichen Berührungen überall, und das Pochen zwischen meinen Beinen wollte gar nicht wieder aufhören. Keine Ahnung, wie das so mit dem Pinkeln funktionieren sollte.

Ich folgte seiner Wegbeschreibung durch den Flur ins Bad, und nahm zum ersten Mal meine Umgebung wahr. Im Gang standen noch zwei Reisetaschen voller Schmutzwäsche, die gewaschen werden wollte, sonst wirkte alles ziemlich ordentlich und aufgeräumt. Aber so aussagekräftig waren ein Flur und ein Bad ja nun auch nicht, deshalb linste ich auf dem Rückweg noch durch die offene Tür in einen großen Wohn- und Essbereich. Der Raum wurde nur durch das Flurlicht und ein wenig Straßenbeleuchtung von außen erhellt, sodass man nicht viel erkennen konnte, aber es sah recht gemütlich darin aus. Als ich gleich neben der Tür einen Stapel Bücher auf der Kommode entdeckte, musste ich lächeln, denn die Titel kamen mir verdächtig bekannt vor. Kiki hatte mir erzählt, wie enttäuscht Moritz ausgesehen hatte, als sie meine Banderolen mit den

Empfehlungen abgemacht hatte, und beim Gedanken daran wurde mir ganz warm ums Herz.

Dieser Mann war einfach ein fleischgewordener Traum, anders konnte es nicht sein. Er las genauso gerne Bücher wie ich. Er konnte sich hundertprozentig in ein ernstes Thema wie seinen Job oder die Facebook-Seite hineinknien und hatte andererseits einen Humor und eine Leichtigkeit an sich, bei denen man sich sofort wohlfühlte. Er war unglaublich rücksichtsvoll, liebevoll, zärtlich, mitfühlend, selbstbewusst, stark und tausend Dinge mehr. Und der Sex mit ihm war …

Bevor ich nach dem passenden Wort dafür suchen konnte, hörte ich hinter mir im Flur eine Melodie erklingen, die von einem Vibrieren begleitet wurde. Reflexartig drehte ich mich danach um und sah Moritz' Handy auf der Kommode liegen. Das Display zeigte einen eingehenden Anruf an, von wem konnte ich auf die Entfernung nicht erkennen. Ich schaute rüber ins Schlafzimmer, doch Moritz rührte sich nicht. War er etwa eingeschlafen? Männer! Letztendlich waren sie doch alle gleich.

Hin und her gerissen wandte ich mich wieder dem Handy zu, das immer noch klingelte und vibrierte. Schien ja wichtig zu sein. Vor allem um diese Uhrzeit. Ich ging zur Kommode, um ihm das Smartphone mit ins Schlafzimmer zu nehmen, damit er gleich nachschauen konnte, wer so dringend etwas von ihm wollte, und zurückrufen konnte. In dem Moment, in dem ich dort ankam, verstummte es und zeigte auf dem Display einen Anruf in Abwesenheit an – von Julia. Wie vom Blitz getroffen blieb ich stehen und starrte das Gerät an wie ein gefährliches Tier, das sich jeden Moment auf mich stürzen könnte. Natürlich tat es das nicht. Stattdessen tauchte auf dem Bildschirm mit einem kurzen Vibrieren die Vorschau auf eine WhatsApp-Nachricht auf, ebenfalls von Julia. *Du fehlst mir, Mo! Die Mädels* … Dazu im Kleinformat das Profilbild von ihr mit diesem kleinen blonden Lockenkopf im Arm.

Entsetzt schnappte ich nach Luft. Scheiße! Scheiße, scheiße, scheiße, scheiße! Was hatte ich getan? Wie hatte ich dumme Nuss nur vergessen können, dass Moritz eine Freundin und sogar ein Kind hatte? Wo auch immer sie waren, aber es gab sie. Wie hatte er es vergessen können? Wie hatte er mich nur hierherbringen können, in genau das Bett, in dem normalerweise er und sie … Oh Gott!

Verzweifelt klammerte ich mich an der Kommode fest und versuchte trotz dieses faustdicken Kloßes in meiner Kehle irgendwie weiterzuatmen. Innerhalb von Sekundenbruchteilen war aus diesem wahrgewordenen Traum ein Albtraum geworden. Wie konnte das sein? So, wie Moritz mich heute Nacht angesehen und berührt hatte, hatte es sich angefühlt, als wäre ich die wahrhaft Einzige für ihn, nach der er sich schon immer gesehnt hatte. Aber in Wirklichkeit war da noch Julia, mit der er seit fast vier Jahren zusammen war und ein Kind hatte. Und die er gerade eben betrogen hatte. Mit mir.

Du fehlst mir, Mo!, hämmerten ihre Worte anklagend durch meinen Schädel. Noch nie hatte ich mich so elend gefühlt. Sie schrieb irgendwas über die Mädels und war anscheinend gerade mit der Braut auf Junggesellinnenabschied, so wie Moritz es mit dem Bräutigam gewesen war. Nur dass sie ihn vermisste, während er …

Ich musste echt betrunken gewesen sein, um überhaupt mit Moritz mitzugehen. Nicht vom Alkohol, denn so viel hatte ich ja nicht getrunken, sondern eher von den Gefühlen, die er in mir ausgelöst hatte. Doch jetzt war ich schlagartig nüchtern und musste unbedingt hier weg. Sofort! Weil ich wusste, dass ich es nicht schaffen würde, ihm noch einmal in die Augen zu schauen.

Vorsichtig schlich ich zur Schlafzimmertür und war erleichtert, als ich sah, dass Moritz tief und fest schlief. Wie eine Einbrecherin klaubte ich meine Sachen vom Boden auf, zog mich im Flur leise an und musste dabei unmenschliche Kräfte aufbringen, um ein lautes Schluchzen zu unterdrücken. Aus. Ende. Vorbei. Was auch immer das heute Nacht zwischen uns gewesen war, es war genauso schnell und heftig wieder zu Ende, wie es angefangen hatte. Ein Strohfeuer, von dem wir uns mitreißen lassen hatten, nicht mehr und nicht weniger. Dumm nur, dass man sich an Feuer so leicht verbrennen konnte. Und in diesem Fall würde mir auch kein Sanitäter mehr helfen können. Erst recht nicht dieser eine. Vielleicht hatte Moritz doch mehr getrunken, als ich geglaubt hatte, und würde morgen früh in nüchternem Zustand alles ganz furchtbar bereuen. Aber selbst wenn nicht, war ich ein Ausrutscher, der niemals hätte passieren dürfen.

So leise wie möglich zog ich die Wohnungstür hinter mir ins Schloss und lief die Treppen hinunter und raus auf die Straße. Ich wollte so schnell wie möglich Abstand zwischen uns bringen, und zwar dieses Mal für immer. Nur eine einzige Nachricht würde ich ihm noch schicken, und dann musste das Kapitel Moritz zu Ende sein. Auch wenn es mich innerlich zerriss.

Weinend kauerte ich mich zwei Straßen weiter in ein Bushaltestellenhäuschen und zog mit zitternden Fingern mein Handy hervor, das im selben Moment anfing zu klingeln. Moritz war offensichtlich aufgewacht und hatte gemerkt, dass ich verschwunden war. Ich drückte den Anruf weg und schrieb ihm diese allerletzte Nachricht.

Lieber Moritz! Das hätte nie passieren dürfen und wird auch nie wieder passieren. Ich habe einen riesengroßen Fehler gemacht. Ich wollte nie eine Betrügerin sein, und jetzt bin ich es doch. Das mit uns muss jetzt definitiv zu Ende sein, also ruf mich bitte nicht an und schreib mir nicht mehr, denn ich werde eh nicht darauf antworten. Es ist besser so. Mach's gut. Sophie.

Ich tippte auf Senden und brach in ein haltloses Schluchzen aus. Es tat so verdammt weh. Wie hatte ich nur so unglaublich blöd sein können, für diese eine, zugegeben umwerfende Nacht, unsere ganze Freundschaft aufs Spiel zu setzen? Hatte ich mir denn ernsthaft eingebildet, dass das mehr sein könnte als nur eine Nacht? Vielleicht hatte ich ja auch mehr getrunken, als ich gedacht hatte. Anders ließ sich das eigentlich nicht erklären.

Wieder fing mein Handy an zu klingeln. Wieder drückte ich den Anruf weg. Dann kam eine Nachricht. *Wo bist du, Sophie? Bitte lass uns in Ruhe darüber reden!!!*

Was gab es denn da noch zu reden? Ich wollte nichts davon hören, dass die Gefühle mit ihm durchgegangen waren und er eigentlich aber doch Julia liebte und so weiter. Ich wollte einfach nur meine Wunden lecken und ihn nie wieder sehen, denn alles andere hätte nur noch mehr weh getan.

Die nächste Nachricht: *Sophie! Bitte! Ich hätte wissen müssen, dass es noch zu früh war! Aber du hast mir so sehr den Kopf verdreht, und im Eifer des Gefechts hab ich es verdrängt. Es tut mir unendlich leid! Bitte sag mir, wo du bist! Ich will nicht, dass du alleine da draußen auf der Straße rumläufst.*

Da war er wieder, der fürsorgliche Moritz. Der Retter. Der Tröster. Der Freund, dem es so unendlich leid tat, dass er mit mir geschlafen hatte. Aber das half mir jetzt auch nichts mehr. Ich hob schniefend den Blick vom Display und sah den Nachtbus auf die Haltestelle zukommen. Keine Ahnung, wo ich gerade war oder wo er hinfuhr, aber irgendwann würde er am Bahnhof vorbeikommen, und von da aus gab es auf jeden Fall eine Verbindung zu mir nach Hause. In diesem früheren Leben vor dem Unfall hätte ich jetzt Alex angerufen, und wenn er nicht gerade selbst getrunken hätte, wäre er sofort losgefahren, um mich abzuholen. Aber da war kein Alex mehr. Kein Alex, der mich abholte. Und kein Alex, der mich heute Nacht vor dieser Riesen-Dummheit bewahrt hatte. Schlimmer noch: Wenn Alex noch da wäre, wäre es mit Moritz erst gar nicht so weit gekommen, oder?

Im letzten Moment sprang ich auf, damit der Busfahrer mich sehen konnte, steckte das Handy ein, wischte mir die Tränen von den Wangen und holte mein Geld hervor. Ich wollte nur noch nach Hause.

Unterwegs vibrierte mein Handy erneut, und ich zog es wütend wieder hervor, um es komplett auszuschalten, als ich sah, dass die letzte Nachricht von Kiki kam.

Hey, Süße! Wollte nur kurz hören, ob bei dir alles okay ist, weil du so plötzlich verschwunden warst. Aber bei der Gesellschaft muss ich mir wohl keine Sorgen machen. Hab übrigens deine Jacke mit zu mir nach Hause genommen. Wünsche dir eine wunderschöne Nacht! Dahinter ein Zwinker-Emoji. Wenn die wüsste!

Ich unterdrückte ein Schluchzen, um nicht die ganze Aufmerksamkeit im Bus auf mich zu ziehen und tippte ihre Nummer an. Mittlerweile wusste ich auch wieder, wo ich war, und keine fünf Minuten später stieg ich fast direkt vor Kikis Haustür aus dem Bus, saß kurz darauf bei ihr in der Küche und heulte, heulte, heulte.

„Ach, Süße", sagte meine Freundin hilflos, reichte mir das gefühlt hundertste Taschentuch und strich mir immer wieder beruhigend über den Rücken. „Jetzt mach dich doch nicht so fertig deswegen. Zum Sex gehören immer noch zwei, und dass er eine Freundin hat, ist wohl grad eher sein Problem als deins, oder?"

Ich stieß ein verzweifeltes Schluchzen aus und schüttelte so entschieden den Kopf, dass ein paar Locken an meinen tränennassen Wangen kleben blieben. „Nein, Kiki. Ist es nicht. Wenn es einfach nur Sex gewesen wäre vielleicht, aber das war es nicht."

„Was war es denn dann?", fragte sie vorsichtig. Ausgerechnet sie, die doch schon die ganze Zeit rumgeunkt hatte, dass wir füreinander bestimmt waren und so weiter, bla bla. Doch statt sie darauf aufmerksam zu machen, starrte ich nur geistesabwesend auf das zerknüllte Taschentuch in meinen Händen.

„Ich weiß es nicht. Ich … Wahrscheinlich hattest du die ganze Zeit schon recht damit, dass das mehr zwischen uns war, als nur so eine Retter-Opfer-Geschichte. Aber ich wollte einfach nicht wahrhaben, wie viel er mir bedeutet, eben weil er eine feste Freundin und ein Kind hat. Und dann war da immer noch die Erinnerung an den Unfall, und dass Moritz für mich nie einfach nur Moritz sein kann, ohne gleichzeitig auch der Sani zu sein. Jedenfalls war das bis heute so.“ Schniefend wischte ich mir mit der Hand über die Augen.

Kiki schwieg einen Moment und bemerkte dann mit sanfter Stimme: „Und wenn du für ihn auch mehr bist?“

Ich stieß ein bitteres Lachen aus. „Mehr als was? Als ein Unfallopfer, das ihn in ihrer Panik verprügelt hat? Mehr als eine Heulsuse, die sich von ihm auffangen lässt? Oder mehr als ein Groupie, das auf seine Facebook-Seite steht? Anders kennt er mich doch gar nicht.“

„Und doch scheint er dich zu mögen“, konterte sie. „Ich behaupte sogar mal, mehr als das. Ihr hättet euch vorhin beim Tanzen mal sehen sollen, Süße. Das hat so sehr zwischen euch geknistert, dass selbst Helene Fischer atemlos die Luft angehalten hätte.“

„Und wenn schon“, murmelte ich traurig. „Das war einfach nur diese Atmosphäre, und vielleicht hatten wir beide schon einen Schwips, oder was weiß ich was. Wenn Julias Anruf nicht dazwischengekommen wäre, wäre morgen früh wahrscheinlich das böse Erwachen gekommen, und dann wäre es auch noch peinlich zwischen uns geworden.“

„Also haust du lieber ab und leidest vor dich hin, statt ihm die Chance zu geben, irgendwas zu erklären“, fasste Kiki die Situation zusammen.

Ich zuckte hilflos mit den Schultern und erwartete ein Donnerwetter von ihr, doch meine Freundin schwieg.

„War es wenigstens gut?“, wollte sie schließlich wissen.

Ich blickte überrascht zu ihr auf. „Was?“

„Na, der Sex.“

Schlagartig bekam ich warme und wahrscheinlich ziemlich rote Wangen und senkte verlegen den Kopf. Allein die Erinnerung daran brachte mein Blut wieder in Wallung, und das konnte ich nun gerade überhaupt nicht brauchen.

„Darf ich das als ein Ja interpretieren?“

„Ja, verdammt“, blaffte ich Kiki an. „Wenn du es genau wissen willst, war es der phänomenalste Sex, den ich jemals hatte, und das lag bestimmt nicht nur daran, dass ich über ein Jahr lang gar keinen mehr hatte. Bist du jetzt zufrieden?“

„Ein paar Details wären nicht schlecht“, erklang plötzlich eine Stimme hinter uns. Wir wirbelten erschrocken herum. Kikis Freund stand im Türrahmen und grinste uns frech an.

„Ben!“, schimpfte meine Freundin, während ich am liebsten im Erdboden versunken wäre. „Was fällt dir ein, uns zu belauschen? Raus mit dir!“

„Ich wollte nur eine Flasche Wasser und ein paar Aspirin“, erklärte er mit einer Mischung aus Unschulds- und Leidensmiene.

Kiki stand auf, drückte ihm beides in die Hand, scheuchte ihn zurück in ihr Schlafzimmer und schloss demonstrativ die Küchentür. „Sorry“, sagte sie kleinlaut. „Ich dachte, der schnarcht tief und fest, nachdem er vorhin ein Date mit der Kloschüssel hatte. So viel übrigens zum Thema phänomenaler Sex, wenn man zu viel gebechert hat. Glaubst du ernsthaft, so was ist möglich? Und das auch noch zwischen zwei Fremden?“ Beim letzten Wort malte sie mit den Fingern Gänsefüßchen in die Luft. „Mal ganz abgesehen davon, dass wir hier gerade über zwei Hugo sprechen. Oder hattest du ohne mein Wissen etwa noch mehr?“

Ich schüttelte den Kopf und zog grimmig die Stirn in Falten.

„Hey.“ Sie knuffte mich freundschaftlich in die Seite. „Jetzt mach nicht so ein Gesicht! Vielleicht ist ja auch alles ganz anders, und er wartet nur auf ein Zeichen von dir, um seiner Freundin den Laufpass zu geben.“

„Schon klar“, schnaubte ich spöttisch. „Das ist hier keine von deinen Liebesschnulzen, Kiki! Und im echten Leben ist das leider etwas schwieriger mit dem plötzlichen Happy End.“

„Ganz ehrlich?“, grummelte sie. „Sei froh, dass das keine Liebesschnulze ist, denn sonst hätte ich dich vor lauter Frust schon längst an die Wand geworfen. Du bist nämlich genauso störrisch wie meine Schnulzen-Heldinnen.“

Ich sah sie ungläubig an und wusste nicht, ob ich lachen oder weinen sollte. „Was soll ich denn deiner Meinung nach tun?“

„Rede mit ihm, Süße!“, beschwor sie mich mit eindringlicher Stimme. „Hör dir an, was er dazu zu sagen hat. Und danach kannst du ihn im Zweifelsfall immer noch in den Wind schießen, okay?“

Ich presste die Lippen aufeinander, die vom vielen Küssen arg ramponiert waren, schmeckte das Salz der Tränen darauf und lauschte in mich hinein. Kikis Vorschlag klang vernünftig. Aber wollte ich das? Konnte ich das? Allein beim Gedanken an seine liebevollen Augen und seine sanfte Stimme wurde ich schon wieder schwach. Aber das durfte nicht sein. Nicht, solange er nicht wirklich sagte, dass er frei war und nur mit mir zusammen sein wollte, doch das hielt ich für wenig denkbar. Also wäre eine klare Ansage, dass er einen Fehler gemacht hatte und für immer bei Julia und seiner Tochter bleiben würde, wahrscheinlich die bessere Alternative. Ein klarer Schnitt ohne hätte, wäre, könnte. Auch wenn es mein Herz in tausend Fetzen zerreißen würde.

„Sophie?"

Ich blickte auf und direkt hinein in Kikis sorgenvolles Gesicht.

„Ich mach dir jetzt die Schlafcouch fertig. Du musst ja nicht sofort mit ihm reden. Aber gib ihm wenigstens Bescheid, wo du bist, bevor er noch seinen kompletten Rettungs-Trupp losschickt, um dich zu suchen, okay?"

Wie von selbst verzogen sich meine Lippen zu einem traurigen Lächeln. Oh ja, das würde er möglicherweise wirklich tun. Wenn ich sicher sein könnte, dass Liebe der Grund dafür wäre, würde mir beim Gedanken daran das Herz aufgehen vor lauter Glück. Der Schutzengel-Moritz, mit dem ich aus Versehen im Bett gelandet war, sollte dagegen besser ausgebremst werden.

Kiki verschwand nach nebenan ins Wohnzimmer, und ich zog schwermütig mein Handy aus der Tasche und schaltete es wieder ein. Nach dem Anruf bei Kiki hatte ich es ausgemacht, weil immer noch weitere Nachrichten von Moritz gekommen waren, die ich nicht lesen wollte. Mittlerweile waren es zwölf und drei Anrufe in Abwesenheit. Der letzte vor zehn Minuten.

Ich schloss kurz die Augen und atmete tief durch. Dann tippte ich in das Nachrichtenfeld und schrieb: *Mach dir keine Sorgen, bin bei Kiki. Ich kann jetzt nicht reden und muss selbst erst mal damit klarkommen, was passiert ist, also lass mich bitte in Ruhe. Du machst es nur noch schlimmer.*

Das war hoffentlich eine Ansage, die wirkte, denn Moritz würde nie irgendetwas tun, was es für mich noch schlimmer machte. Und genau so war es. Er antwortete zwar sofort, drängte mich aber zu nichts mehr, sondern schrieb: *Du weißt, wie schwer mir das fällt. Aber ich bin froh, dass du nicht alleine bist. Ruf mich an, wenn du dazu bereit bist, okay? Jederzeit! Aber verschwinde bitte nicht einfach so aus meinem Leben.*

Sein letzter Satz hämmerte wieder und wieder durch meinen Kopf und stürzte mich in die nächste Heulattacke. So was sagte doch niemand, dem ich nichts bedeutete und für den ich nur ein Ausrutscher gewesen war, oder? Trotzdem hatte ich keine Ahnung, wie das mit uns weitergehen sollte. Was wollte er? Dass wir diese Nacht vergaßen und so freundschaftlich weitermachten wie vorher? Nein, das war absolut unmöglich! Es gab nur alles oder nichts. Auf Alles wagte ich nicht zu hoffen. Und vor dem Nichts hatte ich die allergrößte Angst.

Mit tränenblinden Augen starrte ich auf mein Handy und war hin und her gerissen, ob ich die vorherigen zwölf

Nachrichten noch lesen sollte oder nicht. Wahrscheinlich waren es eh nur weitere sorgenvolle Aufforderungen mich zu melden, drängende Bitten mit ihm zu reden und reumütige Entschuldigungen. Die Neugier war allerdings stärker, und tatsächlich fand ich noch eine Nachricht dazwischen, in der etwas anderes stand, als vermutet.

Wir haben niemanden betrogen, Sophie! Wir betrügen uns höchstens selbst, wenn wir nicht zugeben, dass das zwischen uns mehr ist, als wir bisher geglaubt haben. Es sei denn, für dich war das wirklich nur ein Abenteuer. Aber dann sag es mir bitte wenigstens!

Oh … Mein Herz machte einen hoffnungsvollen Hüpfer, doch bevor es völlig durchdrehen konnte, schob sich eine andere Nachricht vor mein inneres Auge.

Du fehlst mir, Mo!

Und um das Chaos komplett zu machen, mischte sich auch noch die Erinnerung an Alex dazwischen, wie er fluchend und tobend in meiner Wohnung auf und ab gelaufen war, nachdem er festgestellt hatte, dass Isabelle ihn schon monatelang zum Narren gehalten hatte. Ich hatte diesen Typen gehasst, der sich einfach an die Freundin meines besten Freundes rangemacht hatte. Und jetzt war ich selbst kein Stück besser.

Konnte mal bitte jemand die Uhr zurückdrehen? Ich wäre jetzt gerne noch mal auf der Party von Bens Bruder und würde mir die Hucke vollsaufen. Dann ginge es mir morgen früh zwar kotzübelschlecht, aber gegen diese Art von Malheur könnte ich wenigstens eine Aspirin nehmen und in ein paar Stunden wäre die Sache erledigt. In meinem Fall allerdings blieb tatsächlich nur ein Ausweg: Ich musste den Rettungsdienst rufen und es dem besten Sani der Stadt überlassen darüber zu entscheiden, ob mein Herz noch zu retten war oder nicht.

Moritz

Ich wachte davon auf, dass irgendwo etwas klackte und brauchte einen Moment, um mich zu orientieren. Ich lag nackt in meinem Bett und fühlte mich so unbeschreiblich gut, wie schon lange nicht mehr.

Ich drehte den Kopf zur Seite, sah das zerwühlte Kissen neben mir und nahm einen leichten Duft von etwas wahr, das es hier bisher noch nicht gegeben hatte. Dann fiel mir schlagartig alles wieder ein. Sophie. Wir beide im *Maxx*. Ihre Küsse. Der großartige Sex mit ihr. Dieses glückliche Strahlen in ihren Augen.

Mit einem Ruck saß ich senkrecht im Bett und schaute mich suchend um. Sie war nicht hier und auch ihre Klamotten waren verschwunden. Mir dämmerte, dass sie ins Bad wollte, aber dafür hatte sie sich nicht komplett angezogen. Ich lauschte in die unerträgliche Stille der Wohnung hinein und wusste, dass sie weg war. Oh nein, bitte nicht! Warum war ich Idiot nur eingeschlafen?!

Hektisch sprang ich aus dem Bett, schlüpfte in meine Boxershorts und rannte zur Wohnungstür. Natürlich vergeblich, denn das Treppenhaus lag genauso verlassen da wie meine Wohnung. Scheiße! Wo war sie hin? Und vor allem warum?

Ich griff nach meinem Handy im Flur und wollte sie anrufen. Das Display zeigte einen Anruf in Abwesenheit und drei WhatsApp-Nachrichten an, doch sie waren nicht von Sophie, sondern von Julia. Auch das noch! Sie war heute Nacht mit Philipps Verlobter und deren Freundinnen in Hamburg unterwegs und hatte anscheinend so viel getrunken, dass sie unsere Trennung vergessen und mich mit zahlreichen Liebesschwüren bombardiert hatte. Egal! Alles, was mich interessierte war Sophie!

Ich wählte ihre Nummer, doch sie drückte mich weg. Mist! Was sollte das? Es war doch so unglaublich schön mit uns gewesen. Und sie hatte versprochen, nur kurz ins Bad zu gehen und gleich zu mir ins Bett zurückzukommen. Alles war gut gewesen, um nicht zu sagen perfekt. Und jetzt? War es vielleicht doch nur ein Rausch gewesen, und sie hatte plötzlich gemerkt, dass sie etwas getan hatte, was sie nie tun wollte? Bitte nicht!

Ratlos schaute ich mein Smartphone an und überlegte, ob ich noch mal anrufen oder es lieber mit einer WhatsApp versuchen sollte. Im selben Moment fing das Ding an zu vibrieren und zeigte eine Nachricht von Sophie an. Das Vorschaufenster verhieß nichts Gutes, und ich ließ mich kraftlos auf den Hocker im Flur sinken, bevor ich den Rest der Nachricht las.

Lieber Moritz! Das hätte nie passieren dürfen und wird auch nie wieder passieren. Ich habe einen riesengroßen Fehler gemacht. Ich wollte nie eine Betrügerin sein, und jetzt bin ich es doch. Das mit uns muss jetzt definitiv zu Ende sein, also ruf mich bitte nicht an und schreib mir nicht mehr, denn ich werde eh nicht darauf antworten. Es ist besser so. Mach's gut. Sophie.

Scheiße! Ich hatte es geahnt. Aber ich schwanzgesteuerter Vollidiot hatte es einfach nicht geschafft, ihr zu widerstehen und zu erkennen, dass sie noch längst nicht dazu bereit war, auch wenn sie es selbst vielleicht geglaubt und mir so signalisiert hatte. Jetzt war es zu spät, und ich konnte in jedem ihrer Worte die Reue und den Schmerz spüren. Sie nannte sich eine Betrügerin, obwohl ihr Freund seit über drei Monaten tot war, und das zeigte doch wohl deutlich genug, wie sehr sie noch an ihm hing.

Ich spürte, wie etwas in mir zerbrach und meine Hoffnung plötzlich in Scherben am Boden lag.

Das war's, hämmerte es in meinem Kopf. Du hast es versaut, Momo! Diesmal wirst du keine weitere Chance kriegen.

Wenn du den Schwanz einziehst und hier weiter so rumjammerst bestimmt nicht!, polterte eine andere Stimme dagegen. Sophie irrt gerade irgendwo da draußen alleine im Dunkeln herum und ist wahrscheinlich zutiefst verzweifelt. Willst du sie jetzt etwa einfach im Stich lassen?

Nein! Natürlich nicht! Ich schickte ihr eine Nachricht und sprang schon Sekunden später in meine Jeans, ein Sweatshirt und Sneaker und stürmte aus dem Haus. Draußen auf dem Bürgersteig schaute ich ratlos nach rechts und links. Welche Richtung hatte sie genommen? Ich hatte keine Ahnung, ob sie sich hier in der Gegend überhaupt auskannte, oder ob sie sich an den Weg erinnerte, auf dem wir hergekommen waren. Wahrscheinlich nicht, weil wir viel zu sehr mit uns selbst beschäftigt gewesen waren. Aber für eins musste ich mich entscheiden, also lief ich nach links und zurück zum *Maxx*. Keine Sophie zu sehen.

Ich schrieb ihr noch eine Nachricht, versuchte sie anzurufen. Alles vergeblich. Ich ging sogar in den Club rein, in der Hoffnung, dort wenigstens noch auf Kiki zu treffen, aber außer ein paar hartgesottenen Nachtschwärmern war dort nicht mehr viel los.

Wo bist du? Wo bist du? Wo bist du?

Die Vorstellung, dass Sophie nachts um halb vier irgendwo ganz alleine durch die Stadt irrte, machte mich ganz krank. Sie hatte nicht einmal eine Jacke dabei gehabt, und die Nächte waren zurzeit ziemlich frisch. Dieser Sturkopf aber auch! Was auch immer in ihr vorging, sie konnte doch wohl wenigstens auf eine einzige meiner Nachrichten reagieren. Doch es dauerte fast eine Stunde, bis endlich die erlösende Meldung kam, dass sie bei ihrer Freundin war. Und die vernichtende Aussage, dass ich es nur noch schlimmer machte, wenn ich weiter versuchte, sie zu erreichen. Frustriert kickte ich eine leere Getränkedose vom Bürgersteig, schickte ihr eine letzte Nachricht, in der ich ihr klarzumachen versuchte, dass ich ihren Wunsch akzeptierte, aber jederzeit für sie da war und sie auf keinen Fall verlieren wollte, und schlich schließlich mit hängenden Schultern nach Hause. Ich hatte keine Chance und konnte nur darauf hoffen, dass sie sich irgendwann melden würde.

Die Nacht ging schlaflos zu Ende, und der Tag wurde die reinste Qual. Jedes Zucken meines Handys weckte die Hoffnung in mir und trieb meinen Puls nach oben, aber dann waren es doch nur Philipp, der eindeutig unter Restalkohol blöde Kommentare schickte, Julia, die sich mittlerweile wieder nüchtern für ihre Nachrichten entschuldigte oder meine Schwester, die wissen wollte, wie der Junggesellenabschied gewesen war. Eine Antwort bekam keiner von ihnen.

Irgendwann am frühen Nachmittag wurde ich doch vom Schlaf übermannt, und als ich fast vier Stunden später wieder aufwachte, fand ich eine Nachricht von unserem Wachleiter in der Kollegen-Gruppe.

Adrian hat einen Notfall in der Familie und fällt heute Nacht aus. Wer von euch kann einspringen?

Schlagartig war ich hellwach und wählte Rolfs Handynummer. Ich hatte zwar offiziell noch Urlaub, doch der Notruf war wie ein Wink des Schicksals, um mich für eine Weile von meinem Elend zu erlösen. Sophie hatte sich immer noch nicht gemeldet, und die Aussicht auf eine weitere Nacht voller Hoffnung und Enttäuschung war nicht gerade verlockend. Da kam mir diese Ablenkung gerade recht.

„Du hast noch Urlaub, Moritz", sagte Rolf wie erwartet, doch ich konnte an seiner Stimme hören, wie sehr er darauf hoffte, dass ich kommen würde, weil er sonst anscheinend niemanden hatte.

„Scheiß drauf", gab ich für meine Verhältnisse ungewöhnlich deutlich zurück. „Adrian hat sich sein Wochenende sicher auch anders vorgestellt. Was ist überhaupt passiert?"

„Sein Vater hatte einen Schlaganfall."

„Scheiße."

„Du sagst es." Ich hörte meinen Vorgesetzten tief Luft holen. „Also gut. André und Chris fahren auf der Eins, du übernimmst mit Hendrik die Zwei."

„Alles klar." Ich legte auf und warf einen Blick auf die Uhr. Gerade halb sechs durch. Mir blieb also noch ein wenig Zeit für eine schnelle Dusche, etwas zu essen und eine kurze Nachricht an Sophie, nur für den Fall, dass sie doch ausgerechnet in den nächsten zwölf Stunden mit mir reden wollte und mich nicht erreichen konnte, weil ich vielleicht gerade einen Einsatz hatte. Aber natürlich bekam ich auch darauf keine Antwort.

Schwermütig machte ich mich schließlich auf den Weg, raus in eine Nachtschicht, von der man wie immer nicht wusste, was sie einem bringen würde. Heute sogar im doppelten Sinne, denn auch was Sophie anging, wusste ich das nicht. Und am Ende blieb die Frage, wie alles gelaufen wäre, wenn ich mich nicht zum Dienst gemeldet hätte.

Ich hatte jedenfalls gehofft, dass mich die Schicht, die ich für Adrian übernommen hatte, für eine Weile von meinen Gedanken an Sophie ablenken und mich davon abhalten würde, stundenlang nur auf mein Smartphone zu starren. Doch in den ersten drei Stunden nach dem Fahrzeugcheck passierte erst mal gar nichts, und bei meiner derzeitigen Pechsträhne befürchtete ich schon, dass es auf eine Dornröschenwache hinauslaufen würde - eine Schicht, in der rein gar nichts los war. Statt rauszufahren und Leben zu retten, saß ich also wieder nur dumm rum und verfluchte mich dafür, dass ich es Freitagnacht so weit hatte kommen lassen.

Chris bemerkte natürlich sofort, dass etwas nicht stimmte. Eine ganze Weile schaffte ich es, ihn abzuwimmeln, weil ich einfach keine Lust auf Kommentare und gute Ratschläge hatte, aber als ich mich schließlich in einen der Schlafräume zurückzog, folgte er mir, schloss die Tür hinter sich, lehnte sich dagegen und sah mich eindringlich an.

„Na los, raus damit, Momo! Was ist los mit dir? Als wir gestern Nachmittag telefoniert haben, warst du noch total gut drauf und alles war supi, und plötzlich hängst du hier rum wie … keine Ahnung was. Ist dir der Junggesellenabschied nicht bekommen? Hast du zu viel gesoffen und etwas getan, was du nicht hättest tun sollen, oder was?"

Ich stieß ein bitteres Lachen aus, stellte mich mit verschränkten Armen vor das Fenster und starrte hinaus in die Dunkelheit. Nein, gesoffen hatte ich nicht. Der Rest passte leider trotzdem.

Ich spürte den bohrenden Blick meines Freundes auf mir und wusste, dass er mich nicht eher in Ruhe lassen würde, bis ich es ihm erklärt hatte. Das Einzige, was mich vor ihm hätte retten können, wäre einer unserer Pieper gewesen, doch wenn man die Mistdinger mal brauchte, blieben sie natürlich stumm.

„Wir haben miteinander geschlafen", erklärte ich schließlich tonlos und sagte dabei bewusst nicht ich mit ihr, sondern wir miteinander. Weil wir es in dem Moment beide gewollt hatten. Und es so unfassbar schön gewesen war.

„Wie jetzt?", hakte Chris irritiert nach. „Hattet ihr einen Rückfall, oder was? Ich dachte, Julia ist das ganze Wochenende mit den Frauen in Hamburg."

„Nicht Julia … Sophie."

„Oh … wow", murmelte er. Danach blieb es eine ganze Weile still. Ich hatte es tatsächlich geschafft, ihn sprachlos zu machen, und das wollte bei Chris etwas heißen.

Stöhnend ließ ich mich aufs Bett fallen und stützte den Kopf in die Hände. „Wir haben uns zufällig im *Maxx* getroffen. Wir haben geredet und gelacht und getanzt und sind uns immer nähergekommen, und es war so verdammt perfekt, dass ich wirklich gedacht hatte, es wäre alles gut, und dass sie genauso bereit dafür war wie ich."

„War sie aber nicht", vermutete mein Freund.

„Nein. Als ich eingeschlafen bin, ist sie weg, und seitdem kann ich sie nicht mehr erreichen. Ich … Scheiße, Chris, ich hätte das nicht tun dürfen und wissen müssen, dass es zu früh war."

„Zu früh?" Er lachte überrascht auf. „Ihr schleicht doch schon eine gefühlte Ewigkeit umeinander herum."

Ich ignorierte seine Bemerkung und sagte: „Ja, aber für sie war es zu früh. Ihr Freund ist gerade mal drei Monate unter der Erde, und keine Stunde vorher ist sie noch fast zusammengebrochen, weil sie irgendetwas an so einem bekloppten Udo-Jürgens-Lied an ihn erinnert hat. Ich bin echt so ein Vollidiot!"

„Nun mal langsam", versuchte Chris mich zu beruhigen. „Hatte sie getrunken?"

Ich blickte überrascht zu ihm auf. „Soweit ich weiß nicht. Jedenfalls nicht so viel, dass sie nicht gemerkt hätte, was sie da tut."

„Na also", meinte er. „Es war ihre Entscheidung, Momo. Und wenn sie die jetzt bereut, dann bist du deshalb noch lange nicht das Arschloch."

„Aber warum redet sie dann nicht wenigstens mit mir?"

Mein Freund sah mich an und seufzte. „Weil sie eine Frau ist, und Frauen gerne alles dramatisieren. Hast du denn überhaupt gar nichts von ihr gehört?"

„Doch. Sie hat mir geschrieben, dass sie nie eine Betrügerin sein wollte und es jetzt doch geworden ist. Und dass ich sie in Ruhe lassen soll, weil ich sonst alles nur noch schlimmer mache."

„Eine Betrügerin?", wiederholte er mit gerunzelter Stirn. „Das ist aber schon ein bisschen sehr dramatisch. Ich meine, ihr Freund ist immerhin tot. Oder kann es vielleicht sein, dass … Du hast ihr doch erzählt, dass das mit dir und Julia vorbei ist, oder?"

Bei seiner Frage blieb mir vor Schreck fast das Herz stehen. Nein. Das hatte ich nicht. Erst, weil ich es nicht wollte, und gestern dann hatte ich im Rausch der Gefühle überhaupt nicht mehr daran gedacht. Aber so gut kannte Sophie mich doch wohl in der Zwischenzeit, dass sie wusste, dass ich nichts mit ihr anfangen würde, solange ich noch eine Freundin hatte, oder?

Chris, dem es als Antwort gereicht hatte mich zu beobachten, bemerkte kopfschüttelnd: „Du hast recht, Momo, du bist ein Vollidiot."

„Vielen Dank auch." Ich warf ihm einen ärgerlichen Blick zu, doch je länger ich darüber nachdachte, desto unsicherer wurde ich. „Da waren ein Anruf und ein paar Nachrichten von Julia auf meinem Handy. Was, wenn sie die gesehen hat und deshalb weggelaufen ist?"

Mein Freund zuckte mit den Schultern. „Schon möglich, oder?"

Ja. Allerdings. Aber warum sagte sie es dann nicht einfach?

Hat sie doch, wisperte eine Stimme in mir. Du hast das mit der Betrügerin nur falsch interpretiert. Vielleicht spielt Alex ja tatsächlich gar keine Rolle dabei.

Oh Mann! Irgendetwas lief hier gerade unglaublich schief. Und ich hatte immer noch keine Möglichkeit, Sophie zu erreichen, solange sie nicht mit mir reden wollte. Natürlich hätte ich ihr eine Nachricht schicken können, nach dem Motto: Vergiss Julia, das ist vorbei, ich will nur noch dich. Aber auch das konnte ganz schnell nach hinten losgehen.

„Gib ihr Zeit, Momo“, sagte Chris in meine Gedanken hinein. „Wenn sie sich bis Montag nicht bei dir gemeldet hat, kannst du immer noch zu ihr in den Laden gehen und sie nach dem Buch *Kommunikation mit der Angebeteten für Dummies* oder so ähnlich fragen. Das wird sie dann schon verstehen.“

Gegen meinen Willen musste ich lachen. „Du hast echt 'ne Macke, Chris.“

„He!“, protestierte er empört. „Ich versuche nur, dir zu helfen.“

„Ich weiß.“

Wir sahen uns an, und Chris zwinkerte mir aufmunternd zu. „Das wird schon, Kumpel. Und jetzt hör auf, Trübsal zu blasen und halt deine dreieinhalb Hirnzellen bereit, falls wir doch noch einen Einsatz kriegen heute Nacht.“

„Wir ist gut“, konterte ich. „Du bist heute nicht auf demselben Pferdchen unterwegs wie ich, schon vergessen?“

Er lachte. „Nee. Aber glaub bloß nicht, dass ich deshalb mit André die ganze Arbeit übernehme und du hier weiter vor dich hinbrüten kannst.“

Ich zog eine Grimasse. „Bestimmt nicht. Und ehrlich gesagt wäre es mir viel lieber, mit dir zusammen rauszufahren. Nichts gegen Hendrik, aber … keine Ahnung. Gerade heute fände ich es besser."

„Dann beweg deinen Hintern nach unten und sag Rolf, er soll die Besetzung tauschen", meinte Chris. „André und Hendrik ist es doch eh völlig wurscht, mit wem sie eingeteilt sind. Und ich werde dich grad noch so ertragen können", fügte er mit einem frechen Grinsen hinzu.

„Blödmann", knurrte ich, doch mein Freund kannte mich viel zu gut, um das ernst zu nehmen. Stattdessen schlug er mir freundschaftlich auf die Schulter und sagte: „Kopf hoch, Momo! Ich hau mich jetzt erst mal aufs Ohr. Die Nacht ist noch lang."

„Hmhmm." Ich schaute ihm hinterher, blieb anschließend noch eine ganze Weile reglos sitzen und betrachtete nachdenklich mein stummes Handy-Display. Bis Montag, hatte Chris gesagt. Dummerweise lagen zwischen jetzt und Montag aber noch mindestens 26 Stunden. Bis zur Ladenöffnung 35,5. Und selbst das brachte mir nichts, weil ich am Montag Tagschicht hatte und von sieben bis sieben arbeiten musste. Ich würde also frühestens abends um kurz vor acht mit hängender Zunge bei Sophie im Laden sein können, und musste dann auch noch Glück haben, dass sie Spätschicht hatte. Das hielt ich nicht durch. Auf gar keinen Fall. Denn schon jetzt sehnte sich jede einzelne Faser meines Körpers nach ihr und machte mir das auch nur allzu schmerzhaft deutlich.

Ich stöhnte gequält auf und brütete gerade über der Idee, Rolf ein Messer an den Hals zu halten und ihn zu zwingen, mir Sophies Adresse aus dem Unfallprotokoll herauszugeben, als draußen ein Rettungswagen vom Hof fuhr. So viel zum Thema Besetzung tauschen. Das hatte ich dann wohl verpasst, und Chris war weg zu seinem ersten Einsatz in dieser Nacht.

Umso überraschter war ich, als etwa zwanzig Minuten später auch mein Pieper losging und ich unten in der Fahrzeughalle auf meinen Freund traf.

„Was machst du denn hier? Bist du nicht gerade …"

„Quatsch nicht rum, sondern steig ein", unterbrach er mich mit einem gespielt strengen, in Wirklichkeit aber eher freundschaftlichen Brummeln. „Irgendwer musste Rolf ja Bescheid sagen, dass du heute Nacht einen Babysitter brauchst."

„Sehr witzig", knurrte ich, konnte damit aber wahrscheinlich nicht darüber hinwegtäuschen, wie sehr ich mich darüber freute, Chris heute an meiner Seite zu haben. Vor allem, als sich zeigte, dass die ersten Stunden wieder nur die Ruhe vor dem Sturm gewesen waren, und sich diese Nacht noch ganz anders entwickeln würde, als wir gedacht hatten.

Sophie

Nach einer ziemlich schlaflosen Nacht blieb ich noch den halben Samstag bei Kiki, bis sie am Nachmittag weg musste zum Geburtstag ihrer Oma. Sie hatte Ben gleich am Morgen nach Hause geschickt, um sich voll darauf konzentrieren zu können, mir etwas zu essen aufzudrängen und auf mich einzureden, dass ich Moritz anrufen sollte. Doch ich stellte ihre Geduld auf eine harte Probe, denn ich schaffte es weder, einen Bissen runterzubringen noch seine Nummer zu wählen. Zu groß war meine Angst davor, dass ich für Moritz tatsächlich nur ein Ausrutscher gewesen war, und auch wenn ich es mir selbst weiterhin nicht eingestehen wollte, welche Dimensionen meine Gefühle für ihn mittlerweile angenommen hatten, waren die Anzeichen eindeutig: Ich hatte mich hoffnungslos in ihn verliebt. Mit der Betonung auf hoffnungslos, denn da waren immer noch Julia und dieser kleine blonde Engel, mit denen er vielleicht gerade wieder zu Hause vereint zusammen war. Da konnte ich ja wohl schlecht anrufen und sagen: „Hey, Moritz, die Nacht mit dir war so wunderschön. Schick doch bitte deine Familie in die Wüste, damit wir das noch mal machen können.“ Mal ganz abgesehen davon, dass es mir nicht nur um den Sex ging.

Kiki dagegen beharrte weiterhin darauf, dass die Situation vielleicht eine ganz andere war und ich das nie erfahren würde, wenn ich mich weiter so stur stellte. Aber sie war es ja auch nicht, die ihr Herz bei der Geschichte verlieren würde. Also nahm ich zum gefühlt hunderttausendsten Mal an diesem Tag mein Handy in die Hand und legte es dann doch unverrichteter Dinge wieder zur Seite. Ich hatte einfach keine Ahnung, was ich ihm sagen oder schreiben sollte. Dazu hätte ich ja selbst erst mal wissen müssen, was ich eigentlich wollte. Mein Körper und mein Herz hatten eigentlich eine ziemlich klare Vorstellung davon. Aber diese blöde Vernunft haute immer wieder dazwischen.

„Irgendwann klatsch ich dich doch noch an die Wand", grummelte meine Freundin frustriert und war drauf und dran, ihrer Oma abzusagen, weil sie mich nicht alleine lassen wollte. Doch das ließ ich nicht zu. Kiki liebte ihre Oma, bei der sie in der Kindheit mehr Zeit verbracht hatte als bei ihren Eltern, und das Schlimmste für sie war die Vorstellung, dass ihre Großmutter in einem Alter war, in dem jeder Geburtstag möglicherweise der letzte sein könnte. Deshalb riss ich mich zusammen, setzte ein tapferes Lächeln auf und versprach Kiki hoch und heilig, ihr jede Stunde eine Nachricht zu schicken, wie es mir ging.

„Du bist aber auch eine Drama-Queen", stöhnte ich in komischer Verzweiflung. „Ich werde schon nicht an Liebeskummer sterben. Oder hast du so was schon mal gehört?"

Statt einer Antwort gluckste Kiki nur vergnügt vor sich hin.

„Was?", fragte ich genervt.

„Nichts", beteuerte sie mit unschuldiger Miene, konnte sich das Lachen dabei aber nicht verkneifen. „Ich frage mich nur, ob dir bewusst ist, was du da gerade gesagt hast?"

Ich überlegte kurz, zog dann eine Grimasse und knurrte: „Sehr witzig, du olle Besserwisserin."

Sie machte einen Kussmund und sagte: „Hab dich auch lieb, Süße. Und jetzt ab mit dir, bevor ich nichts mehr von Omas leckerem Kirschkuchen abkriege."

Kiki brachte mich noch nach Hause und fuhr dann weiter, um Ben abzuholen und mit ihm zusammen zu ihrer Oma zu fahren. Mit einem tapferen Lächeln verabschiedete ich mich von ihr und winkte ihr hinterher, bevor ich seufzend die Haustür aufschloss. Am liebsten hätte ich mich auch ins Auto gesetzt und wäre zu meiner Familie gefahren, aber meine Eltern waren ausgerechnet an diesem Wochenende mit ihrer Kegelgruppe in der Eifel unterwegs. Murphys Gesetz mal wieder.

Alleine zurück in meiner Wohnung starrte ich in der Küche eine ganze Weile die Fotos von Alex an und versuchte mir vorzustellen, was mein bester Freund jetzt zu mir sagen würde. Ich konnte direkt diesen prüfenden Blick auf mir spüren, mit dem er mich immer angesehen hatte, wenn er herausfinden wollte, wie wichtig es mir mit einem Jungen bzw. Mann gewesen war. Doch mir fehlte einfach die Vorstellungskraft dafür, wie seine Reaktion bei Moritz ausfallen würde – eben weil es mir noch nie so wichtig gewesen war. Und als ich daran dachte, dass Alex ohne den Unfall noch hier wäre, ich dafür Moritz aber wahrscheinlich nie getroffen hätte, musste ich wieder weinen. Ich wollte dieses Entweder-oder nicht. Ich wollte beide. Und zwar ganz.

Gedankenverloren schaute ich aus dem Fenster in diesen schönen Spätsommertag, und spürte, wie ich innerlich immer unruhiger wurde. Ich musste etwas tun, sonst würde mir hier zu Hause bei der ganzen Grübelei die Decke auf den Kopf fallen. Ich wollte mich bewegen, laufen, mich auspowern und den Kopf frei kriegen. Also schnappte ich mir meine Inlineskater und machte mich auf den Weg durch die Auen, am See entlang, und immer weiter durch die Wiesen und Felder und wieder zurück. Rechter Fuß, linker Fuß. Einatmen, ausatmen. Und sonst gar nichts.

Als ich knappe anderthalb Stunden später wieder zurückkam, war ich komplett durchgeschwitzt und ausgehungert, fühlte mich aber so gut wie lange nicht mehr. Die Endorphine rauschten nur so durch meinen Körper und hatten mir unterwegs plötzlich zugeflüstert, dass ich Moritz noch heute anrufen sollte. Egal, was passierte, aber so wie jetzt konnte es auch nicht weitergehen. Dann wusste ich zumindest, woran ich war, und entweder sollte es so sein, dass ich mehr für ihn war als ein einmaliger Ausrutscher oder eben nicht. Natürlich würde es wehtun. Aber das tat es so oder so, und letztendlich war es doch wie beim Pflaster-Abreißen, oder? Lieber einmal kurz und heftig, als lang und qualvoll.

Mit diesem Entschluss sprang ich noch schnell unter die Dusche und aß anschließend eine Kleinigkeit, bevor ich mich wie neugeboren aufs Sofa fallen ließ und nach meinem Handy griff. Das Display zeigte mir eine neue

WhatsApp-Nachricht an, und ich schüttelte amüsiert den Kopf. Kiki, jede Wette! Dabei hatte ich ihr doch geschrieben, dass ich mit den Inlinern raus war und wahrscheinlich länger als eine Stunde unterwegs sein würde. Seufzend öffnete ich die App und spürte, wie mein Herzschlag einen Gang zulegte, als ich entdeckte, dass die Nachricht von Moritz kam. Ich hatte ihm zwar geschrieben, dass er mich in Ruhe lassen sollte, und er hatte es mehr oder weniger versprochen. Aber tief in mir hatte wohl doch noch ein Fünkchen Hoffnung darauf gelauert, dass er es nicht durchhalten würde. Und hier war er also.

Ich habe heute Nacht die …, konnte ich in der Vorschau lesen und tippte mit zitternden Fingern den Chat an, um auch den Rest sehen zu können.

Ich habe heute Nacht die Schicht für einen Kollegen übernommen. Nur für den Fall, dass du mich anrufst und nicht erreichen kannst. Denn so schnell gebe ich die Hoffnung nicht auf. Du fehlst mir, Sophie!

Du fehlst mir. Immer wieder dieses Du-fehlst-mir. Aber diesmal hatte er es geschrieben – an mich. Mein Herz schlug einen Purzelbaum. Gleichzeitig wurde mir bewusst, was er noch geschrieben hatte: Dass er heute in der Nachtschicht arbeitete. Ich warf einen Blick auf die Uhr. Zwanzig nach sieben. Mist! Das hieß, er war schon im Dienst, und damit hatte es sich für die nächsten zwölf Stunden erledigt, in Ruhe mit ihm reden zu können. Ausgerechnet jetzt, wo ich mich endlich dazu durchgerungen hatte. Aber es machte absolut keinen Sinn, ihn trotzdem anzurufen, wenn uns jeden Moment ein Notfall dazwischenfunken konnte. Dafür war dieses Gespräch zu wichtig.

Mit einem frustrierten Stöhnen ließ ich mich in die Sofakissen zurückfallen und überlegte, ob ich ihm zumindest eine kurze Nachricht schicken sollte. Und überlegte und überlegte … und bevor ich auch nur einen Buchstaben getippt hatte, schlief ich ein.

Das Klingeln meines Handys weckte mich wieder. Ich schreckte vom Sofa hoch und versuchte in der Dunkelheit herauszufinden, wo das Geräusch herkam. Das Smartphone musste mir im Schlaf aus der Hand gerutscht und zwischen mir und der Rückenlehne gelandet sein, denn dort fand ich es schließlich, während es gnadenlos immer weiterklingelte, kurz aufhörte, wenn die Mailbox ansprang, und sofort wieder von vorne anfing. Da schien ja jemand unbedingt mit mir sprechen zu wollen, und mir war auch schon klar, wer das war.

„Ich lebe noch, Kiki“, sagte ich statt einer Begrüßung. „Es geht mir gut. Ich bin nur auf dem Sofa eingeschlafen, und nein, ich habe noch nicht mit Moritz gesprochen. Wie spät ist es überhaupt?“

„Gleich halb eins“, gab sie zurück, und nicht nur die Uhrzeit, sondern auch der Klang in ihrer Stimme weckten in mir das merkwürdige Gefühl, dass das hier nicht nur einfach einer ihrer Kontrollanrufe war. Ich war allerdings noch zu verschlafen, um darauf reagieren zu können, als sie auch schon hinzufügte: „Tut mir leid, wenn ich dich geweckt habe, aber … ich muss dich was fragen, Sophie.“

„Muss ja wirklich wichtig sein um die Zeit“, murmelte ich und fragte mich, warum sie so zögerlich dabei klang.

Für einen Moment blieb es still, dann fragte Kiki: „Weißt du, wann Moritz wieder anfängt zu arbeiten? Das Wochenende hat er doch noch frei, oder?"

Sofort war ich wach. „Warum willst du das wissen?"

„Hat er oder hat er nicht?", wiederholte sie, und die Dringlichkeit in ihren Worten ließ in mir die Alarmglocken läuten.

„Ja", antwortete ich ziemlich durcheinander. „Das heißt, nein. Er hat mir geschrieben, dass er die Schicht für einen Kollegen übernommen hat, deshalb konnte ich ihn ja auch nicht mehr anrufen, als ich es endlich wollte."

„O-kay", sagte meine sonst so wortgewaltige Freundin gedehnt. Irgendetwas war hier im Busch, aber wie es aussah, musste ich ihr jedes Wort einzeln aus der Nase ziehen.

„Was ist denn los?"

Am anderen Ende blieb es still, was mir eine schaurige Gänsehaut über die Arme trieb.

„Kiki?! Was? Ist? Los?", drängte ich sie. Ich ahnte, dass etwas passiert sein musste und dass es mit Moritz zu tun hatte, und schlagartig machte sich ein mulmiges Gefühl in mir breit.

„Sophie, ich … Versprichst du mir, dass du dich nicht gleich verrückt machst, wenn ich es dir erzähle?"

„Wenn du mir was erzählst? Was ist passiert, Kiki?"

Ich hörte sie tief durchatmen. „Ben hat vorhin eine Nachricht von einem Freund bekommen", erklärte sie schließlich zögernd. „Bei ihm in der Straße gab es heute Abend einen Angriff auf einen Sanitäter."

„Was?!", rief ich erschrocken. „Was für ein Angriff?"

„Irgendwas mit einem Drogenjunkie. Patrick, also Bens Kumpel, meinte, dass sich seine Freundin wohl eine Überdosis verpasst hat. Der Typ hat deshalb den Rettungsdienst gerufen, aber als die Sanis schließlich da waren, ist er durchgedreht." Kiki stockte kurz, doch bevor ich etwas sagen konnte, fügte sie mit fester Stimme hinzu: „Hör zu, Süße, das muss alles überhaupt nichts mit deinem Moritz zu tun haben. Ich hatte einfach gehofft, dass du sagst, dass er definitiv nicht arbeitet heute Nacht und alles wäre gut gewesen, aber … Es gibt zig Sanis in der Stadt, die gerade im Dienst sind, und das war auch eher so südlich vom Zentrum, statt im Norden, also … vergiss es einfach, okay?"

„Das heißt nichts", widersprach ich alles andere als beruhigt. „Wenn die Sanis von der Süd schon im Einsatz sind, müssen die von der Wache Nord überall hin."

„Ja, schon klar. Aber so viel Zufall wird es ja wohl kaum geben, dass es nun ausgerechnet ihn erwischt hat."

Und wenn doch? Und was war überhaupt passiert?

Als ich Kiki danach fragte, war da wieder dieses Zögern, das so untypisch für sie war, dass es mich erst recht nervös machte.

„Ruf ihn an, Sophie!", sagte sie, statt auf meine Frage zu antworten. „Wozu willst du dir Horrorszenarien ausmalen, wenn er vielleicht quicklebendig in seiner Wache sitzt und nur darauf wartet, dass du dich meldest?"

Ich stieß ein kleines, bitteres Lachen aus. Schön wär's. Aber ein dumpfes Bauchgefühl sagte mir, dass es nicht so war. Trotzdem war Kikis Vorschlag vernünftig, also verabschiedeten wir uns voneinander mit dem Versprechen, dass ich sie sofort anrufen würde, wenn ich Moritz erreicht hatte. Mittlerweile war es mir auch völlig egal, was da zwischen uns stand und wie oder ob es mit uns weitergehen würde. Hauptsache, ihm war nichts passiert.

Mit zitternden Fingern tippte ich seine Nummer an und lauschte auf das monotone Tuten. Einmal, zweimal, dreimal, viermal, fünfmal.

„Der angerufene Teilnehmer ist momentan nicht erreichbar. Wenn Sie eine Rückrufbenachrichtigung per SMS senden wollen, drücken Sie bitte …“

Nein! Nein, nein, nein, nein, nein! Wieso war er denn ausgerechnet jetzt nicht erreichbar?! Das konnte doch jetzt nicht wahr sein. Aus lauter Frust hätte ich beinah mein Handy an die Wand geschmissen, doch damit hätte ich erst recht unsere einzige Verbindungsmöglichkeit gekappt. Also beherrschte ich mich lieber und hoffte darauf, dass er meinen Anruf sehen und sich melden würde. Vielleicht hatte er ja wirklich gerade einen völlig banalen Einsatz weit weg vom Ort des Angriffs und deshalb keine Zeit.

Und wenn nicht?, wisperte eine teuflische Stimme in mir.

Die Gedanken in meinem Kopf fingen an sich zu überschlagen und schwankten zwischen Verzweiflung und Verleugnung. Moritz hatte mir mal von Gewalt gegenüber Rettungskräften erzählt, die anscheinend auch immer mehr zunahm und ein neues Kapitel für seine Facebook-Seite sein könnte. Aber so etwas gab es doch nicht hier bei uns!

Und warum nicht?, meldete sich wieder das Teufelchen. Es kann alles immer und überall passieren. Denk nur an euren Unfall und die blockierte Rettungsgasse. Das war auch hier und nicht nur eine ferne Google-Meldung.

Ruf an!, flehte ich Moritz im Stillen an, doch mein Handy blieb stumm.

Vielleicht war ja auch nur besetzt gewesen. Also wartete ich einen Moment und versuchte es dann noch mal. Wieder ging nur die Bandansage dran. Mist!

Ratlos starrte ich mein Handy an und bevor ich wusste, was ich tat, tippte ich Google an und schaute nach, ob es schon aktuelle Meldungen zu dem Vorfall gab. Kiki hatte mir irgendetwas verschweigen wollen. Ich wusste, dass sie mich nur schonen wollte, aber ich musste es einfach wissen. Tatsächlich gab es einen ersten Bericht über den Angriff, und schon allein die Schlagzeile ließ mich entsetzt nach Luft schnappen. *Notfallsanitäter bei Einsatz lebensgefährlich verletzt – mit dem Rettungshubschrauber in die Uni-Klinik.* Es gab auch ein Foto, auf dem ein Polizeiauto und zwei Rettungswagen zu sehen waren, wo um den einen davon gerade eine ganze Truppe von Rettungskräften zugange war. Man konnte allerdings nur ihre leuchtend rote Dienstkleidung von hinten erkennen, sonst nichts. Das Herz schlug mir bis zum Hals, und ich musste all meinen Mut zusammenkratzen, um auch noch den Text zu lesen. In dem Artikel stand in etwa das Gleiche, das mir auch Kiki schon erzählt hatte, nur dass hier etwas konkreter von einem 30-jährigen Notfallsanitäter die Rede war, der im Einsatz von einem 24-jährigen drogenabhängigen Mann angegriffen worden war und dabei so unglücklich gestürzt war, dass er sich eine schwere Kopfverletzung zugezogen hatte.

Für einen kurzen Moment verschwamm der Text vor meinen Augen. Moritz war im März dreißig geworden. Dann beruhigte ich mich damit, dass es um einen Notfallsanitäter ging, nicht um einen Rettungsassistenten. Nur um mich Sekundenbruchteile später wieder daran zu erinnern, dass Moritz gesagt hatte, die Leute würden das ständig alle durcheinanderbringen.

Ich fuhr mir mit der freien Hand durch die Haare und versuchte dieses elende Was-wäre-wenn-Karussell in mir aufzuhalten, doch es ratterte los und ließ sich nicht mehr aufhalten. Was, wenn es Moritz war? Was, wenn ich ihn vielleicht nie wiedersehen würde? Was, wenn ich ihm nicht mehr sagen konnte, wie viel er mir bedeutete und wie blöd ich gewesen war, ihm das nicht zu gestehen, sondern einfach wegzulaufen? Bitte, bitte nicht!

„Geh ran!", flüsterte ich verzweifelt, als ich ein weiteres Mal probierte ihn anzurufen. „Bitte, bitte, geh ran!" Doch wieder meldete sich nur die Frau mit ihrer blöden Rückrufbenachrichtigung.

„Ich kann ihn nicht erreichen, Kiki", erklärte ich meiner Freundin schließlich den Tränen nah. „Was, wenn er es doch ist? Was, wenn …"

„Halt! Stopp!", unterbrach sie mich energisch. „Ganz ruhig, Süße. Wir werden das herausfinden, okay? Aber jetzt mach dich nicht schon vorher verrückt, hörst du? Vielleicht hat er einfach sein Handy im Dienst auf lautlos und kriegt gar nicht mit, dass du ihn anrufst."

„Aber er wartet doch darauf, dass ich mich bei ihm melde. Und er weiß bestimmt auch, dass ich mir wahnsinnige Sorgen mache."

„Woher soll er denn wissen, dass du schon von dem Vorfall gehört hast? Ohne Bens Kumpel würden wir beide schließlich friedlich schlummern und nix Böses ahnen."

„Aber …"

„Kein Aber, Sophie! Hör zu, ich komme jetzt zu dir, okay? Und dann gucken wir weiter."

„Nein, lass!", wehrte ich ab. „Ich fahre jetzt zur Rettungswache. Ich muss wissen, was mit Moritz ist, und wenn er selbst nicht da ist, wird mir ja wohl wenigstens jemand sagen können, wie es ihm geht."

Kiki stöhnte auf. „Süße, jetzt beruhig dich erst mal. In deinem Zustand baust du sonst noch einen Unfall und bist selbst die Nächste, die einen Rettungswagen braucht. Verdammt, ich hätte dir das gar nicht erzählen dürfen!" Ich hörte sie geräuschvoll die Luft ausstoßen. „Also gut, hör zu! Ich versuche jetzt, ob ich hier noch irgendetwas rausfinden kann und du rührst dich nicht vom Fleck, bevor ich mich wieder gemeldet habe, alles klar?"

Ich presste die Lippen aufeinander und schwieg, weil ich wusste, dass ich sie sonst nur anlügen würde.

„Hast du mich verstanden, Sophie Wattenberg?", bohrte Kiki gnadenlos nach und klang dabei so streng wie eine meiner Grundschullehrerinnen, vor der ich einen Höllenrespekt gehabt hatte.

„Ja", sagte ich kleinlaut.

„Gut", knurrte sie. „Ich lege jetzt auf. Und du bleibst, wo du bist. Ich melde mich gleich wieder."

„Hmhmm", murmelte ich widerwillig, und das Einzige, was mich wirklich daran hinderte, trotzdem sofort in mein Auto zu springen und loszufahren, war der Gedanke daran, dass Moritz gerade genau dasselbe zu mir sagen würde.

Beim Gedanken an seine tiefbraunen Augen und das liebevolle Funkeln darin, zog sich alles in mir sehnsüchtig zusammen, während mein kleines, dummes Herz schon mal vorauseilte und gegen meinen Brustkorb pochte, als wäre es die Tür der Rettungswache.

Bitte, bitte, lass ihm nichts passiert sein!, betete ich im Stillen, doch die Angst hatte mich weiterhin fest im Griff. Und es verging eine gefühlte Ewigkeit, bis Kiki sich endlich meldete.

„Konntest du was erreichen?", fragte ich atemlos.

„Nein", knurrte sie ärgerlich. „Dieser Blödmann in der Rettungswache hatte anscheinend überhaupt keinen Durchblick und hat mich sofort wieder abgewürgt und was davon gefaselt, dass er keine Zeit hätte, weil er erst mal dringend Ersatz für einen Kollegen organisieren müsste. Er meinte, ich sollte es bei Moritz auf dem Handy versuchen. Sehr witzig!"

„Oh nein", flüsterte ich niedergeschlagen, denn im Gegensatz zu meiner Freundin wusste ich sofort, was das zu bedeuten hatte: Es waren die Rettungskräfte aus der Wache Nord gewesen, die in den Einsatz verwickelt waren. Und weil mindestens einer von ihnen ausgefallen war, musste jetzt eine neue Besetzung für den Rettungswagen her, um mögliche weitere Notfälle in dieser Nacht versorgen zu können. Moritz hatte mir mal erzählt, dass das öfter vorkam, wenn ein Einsatz zum Beispiel nach einem grausamen Unfall so heftig gewesen war, dass die Sanis danach psychisch total am Ende waren.

Genau das erklärte ich jetzt Kiki, woraufhin sie meinte: „Das könnte natürlich auch ein Grund sein. Was, wenn Moritz total neben der Spur ist und deshalb nicht in der Lage ist, auf deine Anrufe zu antworten?"

„Ja, vielleicht", murmelte ich halbherzig.

„Es ist bestimmt alles in Ordnung, Sophie", redete sie sanft auf mich ein. „Du darfst dich nicht so verrückt machen, okay? Hatte Alex da nicht immer so einen Spruch, wenn du mal wieder deine Was-wäre-wenn-Anfälle gekriegt hast?"

„Hmhmm."

Wenn das Wörtchen wenn nicht wär, hätt' Sophie es halb so schwer.

An Alex hatte ich die ganze Zeit noch gar nicht gedacht, und als mir das jetzt bewusst wurde, ließen sich die Tränen nicht länger zurückhalten. Er hätte mich tatsächlich schon längst zusammengestaucht und mir den Kopf gewaschen, dass ich mit dieser elenden Schwarzmalerei aufhören sollte. Und dann hätte er mich höchstpersönlich zu Moritz gefahren, damit ich ihm endlich sagte, warum ich beim Gedanken daran, ihn eventuell verlieren zu können, so dermaßen durchdrehte. Also worauf wartete ich eigentlich noch?

„Ich fahre da jetzt hin", erklärte ich meiner Freundin. „Diesmal wirst du mich nicht aufhalten, Kiki. Und ich werde auch keinen Unfall bauen, weil ich vorher noch was zu erledigen habe."

„Ich hab's geahnt", seufzte sie. „Aber glaub bloß nicht, dass ich dich dabei alleine lasse. Wir treffen uns an der Wache. Du wirst ja wahrscheinlich eh nicht drauf warten, dass ich dich abhole, also fahr vorsichtig."

„Okay. Bis gleich."

Damit legte ich auf, schnappte mir meinen Autoschlüssel und mein Handy und machte mich auf den Weg. Unterwegs die Treppe runter wählte ich noch mal Moritz' Nummer, aber wieder vergeblich. Also sprang ich in mein Auto und wünschte, ich hätte ein Blaulicht auf dem Dach, um schneller vorwärtszukommen.

Als ich an der Wache ankam, war Kiki noch nicht da. Ich schaute mich um und sah, dass die Rettungswagen nicht in der Fahrzeughalle standen und demnach im Einsatz sein mussten. Ungeduldig blickte ich zurück zur Straße, wo um diese Zeit keine Menschenseele unterwegs war. Auch von dem knallroten Twingo meiner Freundin war noch nichts zu sehen. Egal! Ich konnte nicht länger warten und ging auf den Eingang der Rettungswache zu. Das Büro vom Wachleiter lag irgendwo auf der linken Seite, wenn ich mich richtig erinnerte. Er würde mir ja wohl sagen können, was mit Moritz war, und ich hatte auf keinen Fall vor, mich so abwimmeln zu lassen wie Kiki am Telefon. Meine wilde Entschlossenheit half mir jedoch auch nicht weiter, denn das Büro war verlassen und weit und breit niemand zu sehen.

„Hallo?!", rief ich zögernd, aber nichts rührte sich.

Mit hängenden Schultern schlich ich zurück Richtung Ausgang, als ich dort doch noch auf einen jungen Mann traf, der gerade die Treppe herunterkam. Meine Stimme zitterte, als ich ihn nach Moritz fragte.

„Tut mir leid", sagte er. „Ich bin von der Feuerwehr und hab grad nicht so den Plan, was bei den Sanis los ist. Die haben sich hier lange nicht blicken lassen. Sind wahrscheinlich von einem Einsatz zum nächsten unterwegs, die armen Schweine. Es gibt so Nächte, die kannst du echt in die Tonne hauen."

Er zuckte unbekümmert mit den Schultern, während ich tapfer meine Enttäuschung runterschluckte und ihn nach dem Wachleiter fragte. Doch auch die Antwort darauf war alles andere als befriedigend: „Der musste vorhin ganz plötzlich weg. Keine Ahnung wohin. Aber sein Stellvertreter müsste eigentlich bald hier sein."

„Okay … trotzdem danke", murmelte ich leise und wandte mich schnell zur Tür, bevor er meine Tränen sehen konnte. Es konnte doch wohl nicht sein, dass es hier wirklich gerade niemanden gab, der wusste, wo Moritz war und wie es ihm ging! Und die Andeutungen des Feuerwehrmanns ließen meine Angst nur noch größer werden, denn vielleicht hatten sich die Sanis ja auch deshalb nicht mehr in der Wache blicken lassen, weil einer von ihnen das Opfer war. Und warum sonst sollte der Wachleiter so plötzlich weg müssen, wenn es nicht um einen seiner Männer ging?

Ich wischte mir über die Augen und schlich zurück nach draußen, hoffnungslos und der festen Überzeugung, dass Moritz etwas Schlimmes passiert war und ich ihn vielleicht nie wiedersehen würde. Ich hatte ihn verloren, bevor das mit uns überhaupt angefangen hatte. Nur eine einzige Nacht hatten wir gehabt, und selbst die hatte ich durch meine überstürzte Flucht versaut, statt zu meinen Gefühlen zu stehen und ihn zur Rede zu stellen, ob es überhaupt eine Chance für uns gab. Doch jetzt war es zu spät.

Vor dem Eingang der Rettungswache schaute ich über den Hof und hatte keine Ahnung, was ich als Nächstes tun oder wo ich hingehen sollte. Dann fiel mir ein, dass Kiki doch eigentlich auch herkommen wollte, aber von meiner Freundin war immer noch nichts zu sehen. Irritiert zog ich mein Handy aus der Tasche und sah, dass sie mir eine Nachricht geschickt hatte.

Sorry, Süße, wurde eingeparkt und musste erst den bescheuerten Freund meiner Nachbarin aus dem Bett klingeln. Bin gleich da!

Trotz meines Kummers musste ich lachen bei der Vorstellung, wie Kiki dem armen Kerl mitten in der Nacht die Hölle heiß machte, um zu mir zu kommen. Allerdings nur ganz kurz, dann wurde mir bewusst, dass auch das einfach typisch für dieses Wochenende war. Murphys Gesetz. Was schiefgehen konnte, ging schief. Wie oft hatte Moritz mir davon erzählt? Und jetzt steckte ich mittendrin.

Verzweifelt starrte ich mein Handy an und war drauf und dran, ihn noch einmal anzurufen, weil ein Teil von mir sich an die Hoffnung klammerte, dass ja vielleicht doch alles ganz anders war. Aber bevor ich wirklich seine Nummer antippen konnte, wurde ich von einem Motorengeräusch ganz in meiner Nähe abgelenkt. Als ich hochschaute, sah ich einen Rettungswagen, der in einer weiten Kurve auf den Hof gefahren war und gerade rückwärts in die Fahrzeughalle zurücksetzte. Das Herz schlug mir bis zum Hals, als ich versuchte, einen Blick in die Fahrerkabine zu erhaschen. Von meiner Position aus konnte ich allerdings nur den Beifahrer erkennen, der definitiv nicht Moritz war und mir dummerweise die Sicht auf den zweiten Sani versperrte. Er guckte zu mir rüber, und ich sah, dass er etwas sagte. Der Rettungswagen kam ruckartig zum Stehen und der Fahrer beugte sich vor, um an seinem Kollegen vorbei zu mir rüberzuschauen. Es war Moritz! Er war wirklich hier, lebensgroß und unverletzt, soweit ich das aus meinem Blickwinkel beurteilen konnte. Mit weit aufgerissenen Augen blickte er mich an, ließ den Rettungswagen stehen, wo er war und sprang raus auf den Hof.

„Moritz", flüsterte ich fassungslos. Ich hatte mich so sehr darauf versteift, dass er der angegriffene Sani sein musste, dass mein armes Hirn Mühe hatte, auf die Realität umzuschalten und zu erkennen, dass es nicht so war. Wie in Zeitlupe setzte ich einen Fuß vor den anderen, während Moritz mir wesentlich schneller entgegenkam und ungläubig „Sophie" sagte.

„Was machst du denn hier um diese Zeit?", fragte er. „Ich meine … Ich hab die ganze Zeit auf eine Nachricht von dir gewartet, aber damit hatte ich jetzt nicht gerechnet."

Ich war immer noch wie betäubt und konnte nicht darauf antworten, sondern musterte ihn stattdessen von Kopf bis Fuß, um sicherzugehen, dass er tatsächlich echt war. Es waren ganze Wagenladungen voll Felsbrocken, die mir von der Seele purzelten, als ich ihn so lebendig hier vor mir stehen sah, aber es dauerte einen Moment, bis ich wirklich begriff, was eigentlich geschehen war – beziehungsweise nicht geschehen war.

„Sophie?", sagte Moritz sanft. „Alles okay mit dir? Ist irgendwas passiert?"

Er streckte eine Hand nach mir aus, doch bevor er mich berühren konnte, fing ich hysterisch an zu lachen. Und zu weinen. „Ob etwas passiert ist?", brach es aus mir heraus. „Ich hab tausendmal versucht dich zu erreichen, aber du bist einfach nicht an dein Handy gegangen. Deshalb dachte ich, dass du das warst bei dem Einsatz und ich dich nie wiedersehen würde, und …"

Ich konnte die aufgestaute Verzweiflung der letzten Stunde einfach nicht mehr unter Kontrolle halten und schleuderte sie ihm mit aller Macht entgegen. Nicht nur mit Worten, sondern auch mit meinen Fäusten, mit denen ich aufgewühlt auf seinen Brustkorb einhämmerte – genauso wie in der Unfallnacht, doch das war mir in diesem Moment zum Glück nicht bewusst, sonst hätte es das Ganze sicher nur noch schlimmer gemacht. Außerdem wäre mir dann vielleicht aufgefallen, dass das hier ja irgendwie auch eine Art von Gewalt gegen einen Sanitäter war.

„Hey!", unterbrach Moritz mich, fing meine Hände ein und zog mich fest an seine Brust. „Sophie, ich … Bitte … Hör zu. Ich hab mein Handy im Dienst auf lautlos und sehe nur, wenn mich jemand angerufen hat. Aber wir waren die letzten drei Stunden ununterbrochen bei verschiedenen Einsätzen, und ich hab es nicht geschafft, danach zu gucken. Was ist denn los? Von welchem Einsatz redest du?"

Wie jetzt? Hatte er etwa überhaupt noch nichts davon gehört? Offensichtlich nicht. Ich wollte es ihm erklären, wurde aber von so heftigen Schluchzern geschüttelt, dass ich kein Wort herausbrachte und froh war, als ich plötzlich Kikis Stimme hinter mir hörte.

„Sie meint den Angriff auf einen eurer Kollegen in der Schumannstraße", erklärte sie, wobei ein leichtes Zögern in ihrer Stimme mitschwang. „Er musste schwerverletzt in die Uni-Klinik gebracht werden, nachdem ein Drogenjunkie auf ihn losgegangen ist, und wir dachten … Na ja, wir hatten halt einfach Schiss, dass du das sein könntest."

„Was?!", rief Moritz entsetzt. Ich war nicht sicher, ob sich das mehr auf den Angriff an sich oder auf unsere Angst bezog oder auf beides. Er nahm meinen Kopf in seine Hände, hob ihn an, damit er mir in die Augen schauen konnte, und sagte: „Oh Gott, Sophie. Es tut mir so leid. Hätte ich gewusst, was passiert ist, hätte ich dir doch sofort Bescheid gegeben, dass ich okay bin. Aber wir haben nichts davon mitgekriegt." Er geriet kurz ins Stocken und atmete tief durch. „So eine verdammte Scheiße. Aber irgendwann musste hier wohl auch mal so was vorfallen. Das erklärt jedenfalls, warum wir die ganze Zeit in der kompletten Stadt unterwegs waren, wenn in der Süd mindestens ein Team ausgefallen ist."

„In der Süd?", hakte ich mit zitternder Stimme nach. „Also niemand von euch?"

Er schüttelte den Kopf. „Nein. André und Hendrik sind genau wie Chris und ich schon die ganze Zeit im Dauereinsatz."

Ich sah ihn an und erkannte, dass es für Moritz keinen Unterschied machte, ob es einen seiner direkten Kollegen erwischt hatte oder die einer anderen Wache. Er wirkte völlig erschüttert und drehte sich zur Fahrzeughalle um, wo sein Kollege in der Zwischenzeit den Rettungswagen zu Ende eingeparkt hatte, am Tor stand und über sein Handy hinweg ebenfalls ziemlich mitgenommen zu uns herüberschaute. Das war also Chris, von dem Moritz mir schon so viel erzählt hatte, und der nicht nur ein Kollege, sondern auch einer seiner besten Freunde war. Und außerdem der zweite Sani aus der Unfallnacht, wie mir in diesem Moment auffiel.

Er kam zu uns rüber, hielt Moritz sein Smartphone hin und sagte leise: „Rolf hat eine Nachricht rundgeschickt. Es ist Tobi."

„Ach du Scheiße."

„Hmhmm."

Ich blickte zwischen den beiden hin und her und spürte, dass sie den angegriffenen Kollegen anscheinend sehr gut kannten.

„Es ist der Sohn unseres Wachleiters", erklärte Moritz, als hätte er meine Gedanken erraten. „Bei denen liegt das Retten in der Familie und wenn irgendjemand von uns auf alle Eventualitäten vorbereitet worden ist, dann Tobi. Deshalb kapier ich noch viel weniger, wie das passieren konnte."

Chris stieß ein bitteres Lachen aus. „Wenn so ein Drogensüchtiger urplötzlich durchknallt, nützt dir deine Theorie auch nichts mehr."

Die beiden wechselten schweigend einen bedeutungsvollen Blick miteinander.

„Das ist echt heftig", bemerkte Kiki neben uns.

„Das kannst du laut sagen", stimmte Chris ihr zu.

Moritz hatte sich währenddessen wieder mir zugewandt und schaute mich einfach nur an. In seinen Augen konnte ich deutlich das Entsetzen über den Angriff auf seinen Kollegen und die Sorge um ihn erkennen, aber auch noch etwas anderes, das mit uns zu tun hatte, und plötzlich wusste ich wieder, warum ich überhaupt hier war. Doch wir konnten jetzt ja wohl kaum über unsere vermurkste Beziehung reden, während es bei diesem Tobi um Leben und Tod ging.

Ich spürte eine Hand, die nach meiner griff, und einen Daumen, der sanft über meinen Handrücken strich.

„Ich weiß, dass es ein ziemlich schlechter Anlass ist", sagte Moritz leise. „Aber … ich bin so froh, dass du hier bist. Ich hab seit letzter Nacht mein Handy keine zwei Minuten aus den Augen gelassen, weil ich immer darauf gehofft habe, dass du dich meldest. Aber als der erste Alarm kam, ging der Stress los und ich hab es nicht mehr geschafft."

In meinem Hals bildete sich ein dicker Kloß. Seine Worte und Berührungen waren so sanft und liebevoll, dass sich plötzlich alles so einfach und klar anfühlte. Aber war es das wirklich?

Ich schloss kurz die Augen und schluckte. „Ist schon okay", gab ich schließlich mit brüchiger Stimme zurück. „Mir tut es leid. Ich hätte nicht einfach so weglaufen dürfen. Aber … du hast eine Freundin, und das mit uns hätte nie …"

„Nein!" Er schüttelte den Kopf, nahm mein Gesicht wieder in seine Hände und schaute mir fest in die Augen.

„Ich habe keine Freundin mehr, Sophie! Das mit Julia ist vorbei. Wir haben uns schon vor dem Urlaub getrennt."

„Was?", flüsterte ich ungläubig, während mir tausend Gedanken gleichzeitig durch den Kopf wirbelten. Er war nicht mehr mit Julia zusammen? War es auch schon nicht gewesen, als ich mit ihm geschlafen hatte? Warum hatte er denn nichts gesagt? Und was war mit dem Kind? Und was bedeutete das für uns? War das etwa vielleicht doch mehr gewesen als nur ein Ausrutscher?

Hinter mir hörte ich ein nur schlecht unterdrücktes und ziemlich amüsiertes Glucksen, das nur von Kiki stammen konnte. Sie hatte also natürlich mal wieder recht gehabt. Gleichzeitig wurde mir bewusst, dass wir nicht alleine waren, doch das war mir jetzt egal, denn alle meine Sinne waren nur noch auf eins konzentriert, und zwar auf diesen Mann vor mir, der keine Freundin mehr hatte.

Mein Herz schlug übermütig ein paar Purzelbäume, doch ich ermahnte es im Stillen, ruhig zu bleiben. Da waren noch zu viele Zweifel und offene Fragen, die ich Moritz am liebsten alle auf einmal gestellt hätte, doch bevor ich damit anfangen konnte, strich er mir sanft mit dem Finger über die Wange und sagte: „Es gibt so vieles, was ich dir sagen und erklären muss. Aber nicht jetzt. Wir können jeden Moment zum nächsten Notfall gerufen werden, und das ist mir zu wichtig, um es hier so zwischen Tür und Angel zu besprechen. Also … gib mir bitte nur ein paar Stunden, bis die Schicht zu Ende ist, und dann reden wir, okay?"

„Okay." Ich lehnte meinen Kopf an seine Brust, und für einen Moment blieben wir einfach ganz still so stehen. Der Reißverschluss seiner Rettungsjacke kratzte an meiner Wange, doch das war mir egal. Auch Kiki und Chris waren in weite Ferne gerückt, obwohl sie neben uns standen. Es gab nur uns und die entscheidende Tatsache, dass Moritz nichts passiert war. Selbst seine Aussage, dass er keine Freundin mehr hatte, rückte dabei in den Hintergrund. Allerdings nur ein ganz kleines bisschen. Und plötzlich konnte ich es kaum erwarten, dass seine Schicht zu Ende war.

Moritz

Nach dem ersten Alarm war es vorbei mit einer ruhigen Nachtschicht und meiner Grübelei wegen Sophie. Eigentlich genau das, was ich gewollt hatte, doch nach dem dritten Einsatz ohne Pause wurde es langsam anstrengend. Die Wache Süd musste einen Großeinsatz haben oder irgendein anderes Problem, denn plötzlich wurden wir und auch unser RTW 2 in alle Richtungen quer durch die Stadt geschickt. Zum Glück waren es nur Standardfälle wie ein Herzinfarkt, ein Oberschenkelhalsbruch und ein paar Platzwunden nach einer Schlägerei, sowie natürlich auch mal wieder einer jener Schlaumeier, der wegen einer Lappalie wie Rückenschmerzen mitten in der Nacht den Rettungsdienst rief, damit er tagsüber nicht stundenlang beim Arzt im Wartezimmer sitzen musste. Trotzdem war ich froh, als wir gegen halb zwei endlich zur Wache zurückfahren konnten und hoffentlich ein paar Minuten Zeit haben würden, durchzuatmen.

Chris und ich hatten uns in den letzten Stunden abgewechselt mit dem Fahren, nachdem ich meinen Freund davon überzeugt hatte, dass ich trotz Sophie alle meine Sinne bei mir hatte, und so war ich es, der am Steuer saß, als wir dort ankamen. Die Kurve über den Hof und das Einparken in der Fahrzeughalle hatte ich schon dermaßen oft gemacht, dass ich es wahrscheinlich selbst im Schlaf gekonnt hätte. In Gedanken streckte ich mich schon mit einer Tasse Kaffee auf dem Sofa aus, als Chris plötzlich meinte: „Sag mal, ist das nicht deine Sophie da vor der Tür?"

Ein Adrenalinstoß schoss durch mich hindurch, als ich mich vorbeugte und sie tatsächlich keine zwanzig Meter entfernt vor der Wache stehen sah. Unwillkürlich trat ich auf die Bremse, ließ den Rettungswagen halb in der Halle, halb noch draußen einfach stehen und sprang raus.

Ich sah sofort, dass Sophie völlig fertig war. Sie war kreidebleich und in ihren Augen kämpften wieder die extremsten Gefühle miteinander, sodass ich sie am liebsten direkt in meine Arme gezogen hätte. Aber ich dachte, dass es dabei immer noch um uns ging und ihre überstürzte Flucht letzte Nacht, also tastete ich mich lieber vorsichtig heran. Bis sie plötzlich schluchzend auf meinen Brustkorb einhämmerte und irgendetwas von einem Einsatz redete und dass sie dachte, mich nie wiederzusehen. Vollkommen verwirrt hielt ich sie fest, versuchte sie zu beruhigen und herauszufinden, was passiert war, aber Sophie war so aufgelöst, dass sie nur noch weinen konnte.

In dem Moment kam ihre Freundin dazu und erzählte etwas von einem Kollegen, der bei einem Einsatz angegriffen und schwer verletzt worden war. Und dass sie und Sophie befürchtet hatten, dass ich das gewesen sein könnte. Schlagartig bildete sich in meinem Magen ein bleischwerer Klumpen. Nicht nur, weil ich ahnte, was für Qualen Sophie wegen mir ausgestanden hatte, sondern auch, weil jetzt also ein weiteres dunkles Kapitel im Rettungsdienst bei uns angekommen war. Seit ich das mit der Facebook-Seite angefangen hatte, hatte ich immer wieder Nachrichten von Kollegen aus dem ganzen Land bekommen, die von Gewalt und Pöbeleien erzählten und meinten, dass ich auch darüber mal einen Beitrag machen sollte. Tatsächlich hatte ich schon angefangen, in diese Richtung zu recherchieren, und entsetzt feststellen müssen, dass es mit dem Respekt und der Dankbarkeit uns Rettern gegenüber anscheinend auch gerade ziemlich den Bach runterging. Waren die Leute eigentlich zu blöd, um zu erkennen, dass wir die Guten waren und ihnen nur helfen wollten? Stattdessen wurden Sanitäter angepöbelt, weil den Angehörigen alles nicht schnell genug ging. Rettungswagen wurden demoliert, weil sie irgendwem im Weg standen und die Sanis sich weigerten, die Reanimation eines Kleinkindes zu unterbrechen, um wegzufahren. Und so weiter.

Und jetzt also Tobi, der Sohn unseres Wachleiters, wie Chris gleichzeitig beim Blick auf sein Handy erfahren hatte. Rolfs Nachricht war kurz, aber ziemlich eindeutig: *Musste dringend weg. Frank übernimmt. Tobi wurde im Einsatz angegriffen, Verdacht auf schweres Schädel-Hirn-Trauma. Melde mich. Passt auf euch auf!*

Das klang extrem ernst und bei der Vorstellung, dass Tobi wirklich lebensgefährlich verletzt war und vielleicht gerade um sein Leben kämpfte, wurde mir schlecht. Ich hatte nie mit ihm zusammengearbeitet, weil er bewusst in der Wache Süd geblieben war, als sein Vater die Wachleitung bei uns in der Nord übernommen hatte, doch er war oft genug hier gewesen, um Rolf zu besuchen, wenn er selbst keinen Dienst hatte, sodass er auch mehr oder weniger zu uns gehörte. Alles in mir drängte danach herauszufinden, was genau passiert war und mich an irgendetwas abzureagieren, aber da war auch noch Sophie. Meine liebe, süße Sophie, die immer noch ein bisschen unter Schock stand, und in deren Augen ich alles sehen konnte, was ich wissen musste, um daran glauben zu können, dass ich vielleicht doch eine Chance bei ihr hatte. Wir mussten dringend miteinander reden und all das klären, was zwischen uns stand. Aber hier und jetzt konnte jeden Augenblick der nächste Alarm losgehen, also vertröstete ich sie auf später und war unglaublich erleichtert, als sie einfach so: „Okay", sagte.

Einen Moment lang hielten wir uns einfach nur fest umschlungen. Ich spürte ihre Wärme, roch den Duft ihres Haarshampoos und fühlte in dieser ganzen elenden Lage so etwas wie Glück in mir aufsteigen. Für einen Sekundenbruchteil durchzuckte mich der Gedanke, ob Julia wohl auch hier aufgetaucht wäre, wenn sie von einem verunglückten Sani gehört hätte, ohne zu wissen, wer es war. Doch er ging genauso schnell wieder, wie er gekommen war. Es war einfach egal, denn alles, was ich brauchte und wollte war Sophie. Und hier war sie, mit all ihrer Verzweiflung und Erleichterung und diesem unbezahlbaren Blick, als ich ihr sagte, dass das mit Julia und mir vorbei war.

„Was?"

Ich konnte sehen, wie es hinter ihrer Stirn arbeitete, und schimpfte mich erneut einen Vollidioten. Chris hatte so recht gehabt mit seiner Vermutung, und ich durfte gar nicht darüber nachdenken, dass ich damit beinah alles kaputt gemacht hätte. Aber ich würde es wiedergutmachen, würde einen kompletten Seelenstriptease vor ihr hinlegen und ihr bis zum Sankt-Nimmerleins-Tag die Zeit geben, die sie wegen Alex vielleicht noch brauchte, wenn ich nur in ihrer Nähe bleiben durfte. Vorher musste ich allerdings erst diese restlichen fünf Stunden Schicht hinter mich bringen.

„Du hast keine Ahnung, wie gerne ich hier jetzt sofort Feierabend machen und bei dir bleiben würde", sagte ich leise und strich ihr dabei liebevoll eine Haarsträhne aus dem Gesicht. „Aber das geht leider nicht. Schon gar nicht, wenn die Schicht so weitergeht wie bisher."

Sophie hob den Kopf, sah mich mit ihren wunderschönen blauen Augen einen Moment schweigend an und erwiderte dann mit einer kuriosen Mischung aus Erwartung und Schüchternheit: „Kommst du danach zu mir?"

Oh. Wow. Damit hatte ich nicht gerechnet, und mein Herz führte ein Freudentänzchen auf, als ich sie noch etwas fester an mich zog und lächelnd antwortete: „Auf jeden Fall. Wenn du mir verrätst, wo du wohnst?"

Ihre Mundwinkel zuckten leicht nach oben. „Goethestraße 42."

„Wie passend für eine Buchhändlerin", entfuhr es mir, woraufhin sie leise lachte.

„Das hat Alex auch gesagt."

Autsch! Da war er wieder, der allgegenwärtige Alex. Aber ich schluckte meine alberne Eifersucht tapfer hinunter und lächelte sie an. „Ich weiß nicht, ob ich hier pünktlich um sieben wegkomme, aber ich mache mich dann sofort auf den Weg zu dir, okay?"

Sie nickte und kuschelte sich mit dem Kopf zurück an meine Brust. Ich war mir ziemlich sicher, dass sie selbst durch die Rettungsjacke hindurch hören musste, wie mein Herz gegen die Rippen hämmerte und da rauswollte, hin zu ihr. Aber dummerweise wurde das Hämmern im selben Moment von einem wohlbekannten Piepen übertönt.

Ich stöhnte frustriert auf. Das war's dann wohl mit durchatmen und Pipi-Pause. Anderseits hätte ich die letzten Minuten zwischen den Einsätzen kaum schöner verbringen können.

Widerwillig löste ich mich von Sophie und sagte: „Ich muss wieder los. Wir sehen uns dann später."

„Pass auf dich auf!", rief sie mir im Weggehen hinterher, und schlagartig bekam ich eine Gänsehaut, weil mir plötzlich bewusst wurde, dass die Gefahr tatsächlich bei jedem Einsatz lauerte und jeden von uns genauso schnell treffen konnte wie Tobi. Ich schob den Gedanken daran allerdings schnell beiseite, denn sonst hätte ich meinen Job gleich an den Nagel hängen können. Stattdessen drehte ich mich noch einmal schnell zu Sophie um, die jetzt ganz dicht neben ihrer Freundin stand und von ihr festgehalten wurde, lächelte sie beruhigend an und sprang zu Chris in den Rettungswagen.

Unterwegs warf mir mein Freund einen nachdenklichen Blick zu und meinte: „Ich hab keine Ahnung, ob ich mich jetzt für dich freuen soll oder dich lieber weiter leiden sehen würde, wenn Tobi dafür nichts passiert wäre."

Ich stieß ein bitteres Schnauben aus. „Du wirst es wahrscheinlich nicht glauben, aber mir geht es genauso."

„Schon klar", bemerkte er schmunzelnd.

„Nein, wirklich", versicherte ich ihm. „Wegen Tobi, aber auch wegen Sophie. Wenn ich mir nur vorstelle, dass sie die letzte Stunde fast wahnsinnig vor Angst gewesen sein muss, und das nur, weil ich nicht auf mein Handy geguckt habe …" Ich brach hilflos ab und starrte in die Nacht.

„Wie hat sie überhaupt so schnell davon erfahren?", wollte Chris wissen.

Ich zuckte mit den Schultern. „Keine Ahnung."

„Na ja. Wen wundert's eigentlich? War YouTube wohl mal wieder schneller. Vielleicht sollten wir direkt eine Statusmeldung bei WhatsApp reinsetzen, dass wir noch leben, bevor sich noch mehr Leute verrückt machen deswegen."

„Ja klar", erwiderte ich zynisch. „Und wenn das so weitergeht mit diesen ganzen Bekloppten, kannst du die Meldung dann nach jedem Einsatz aktualisieren, nach dem Motto: Juhu, wieder einen überlebt."

Mein Freund warf mir einen Blick von der Seite zu und runzelte wenig amüsiert die Stirn. Ich sah, dass er etwas sagen wollte, aber er tat es nicht. Weil er wusste, dass ich natürlich nur übertrieben, aber im Kern der Sache doch irgendwie recht hatte.

Den Rest der Strecke schwiegen wir beide still vor uns hin. Genau wie das Martinshorn, das bei diesem Einsatz nicht erforderlich war, denn wir sollten einfach nur eine Schwangere mit plötzlichen starken Wehen zur Geburt ins Krankenhaus bringen. Wahrscheinlich hatte ihr Mann Angst, dass sie das Kind sonst bei ihm im Auto kriegen würde.

Unwillkürlich musste ich an meine Schwester denken, zog mein Handy aus der Tasche und schrieb ihr und anschließend auch meinen Eltern eine Nachricht, dass bei mir alles in Ordnung war. Man konnte ja nie wissen.

Ich sah wieder Sophie vor mir, wie sie mich angeschaut hatte, als ich über den Hof auf sie zugegangen war. Sie hatte wirklich geglaubt, dass ich der schwerverletzte Sani war und sie mich möglicherweise verloren hatte. Und ich konnte mich nicht einmal darüber freuen, dass da offensichtlich Gefühle im Spiel waren, auf die ich nicht zu hoffen gewagt hatte, weil ich ahnte, wie schlimm das für sie gewesen sein musste, wo sie doch auch schon Alex verloren hatte.

Ich atmete tief durch und konzentrierte mich auf den Einsatz, der vor uns lag. Wenn es gut lief, noch viereinhalb Stunden, dann konnte ich zu Sophie und es würde hoffentlich endlich alles gut werden.

Wie erwartet wurde es dann allerdings doch wieder etwas später, und es war schon nach halb acht, als Chris und ich den Rettungswagen an die Tagschicht übergeben hatten. Ich schickte Sophie eine Nachricht, damit sie sich keine Sorgen machte, sprang schnell unter die Dusche und ging dann zusammen mit André, Hendrik und Chris noch rüber ins Büro zu unserem zweiten Wachleiter Frank, um zu hören, ob es etwas Neues von Tobi gab.

„Ich hab vorhin mit Jörg von der Süd telefoniert", antwortete er. „Tobi ist wohl erfolgreich operiert worden, aber die Lage ist ernst, und es kann noch niemand sagen, ob er vielleicht bleibende Schäden davongetragen hat. Er hatte jedenfalls richtig Glück, dass sein Kollege trotz des Schocks noch voll da war und sofort reagiert hat."

„Was ist denn überhaupt genau passiert?", fragte Chris.

Ich war nicht sicher, ob ich das wirklich hören wollte, aber bei all den Fällen, von denen ich mittlerweile erfahren hatte, konnte mich das wahrscheinlich auch nicht viel mehr schockieren. Allerdings mit dem Unterschied, dass ich das Opfer diesmal persönlich kannte.

Frank erzählte, dass Tobi und sein Kollege zu einem Drogenpärchen gerufen worden waren, bei dem die Frau sich eine Überdosis verpasst hatte. Als die beiden ankamen, hatte die Patientin noch geatmet, sodass sie, als schon fortgebildete Notfallsanitäter, das mit der Verabreichung einer ordentlichen Dosis an Medikamenten eigentlich ganz gut in den Griff bekommen hätten. Doch dem vollgedröhnten Junkie war wohl alles nicht schnell genug gegangen und er hatte alles besser gewusst, sodass Tobi versucht hatte, ihn auf den Flur rauszulocken, damit wenigstens einer von ihnen sich noch in Ruhe um die Patientin kümmern konnte. Aber dann hatte der Typ Tobi plötzlich angegriffen und ihn so heftig von sich gestoßen, dass er mit dem Kopf auf die Ecke einer Kommode geknallt war, woraufhin der junge Mann in Panik die Flucht ergriffen hatte. Zum Glück für Tobi, denn so konnte ihm sein Kollege sofort zu Hilfe eilen, ohne Angst haben zu müssen, selbst noch etwas abzubekommen. Die Drogensüchtige hatte in dem Fall das Nachsehen, aber durch die ganze Verzögerung standen ihre Chancen ohnehin mehr als schlecht. Ihr Freund wurde kurz darauf von der Polizei gefasst, während Tobis Kollege, zwei weitere Rettungsteams und der Notarzt alles gaben, um ihn möglichst schnell zum Krankenhaus und von dort mit dem Rettungshubschrauber ins Uni-Klinikum zu bringen.

Die Vorstellung, meinen eigenen Kollegen unter solchen Umständen auf Leben und Tod versorgen zu müssen, war der absolute Horror. Von daher wunderte es mich auch gar nicht, als Frank erklärte, dass die komplette Nachtschicht der Wache Süd vorzeitig abgelöst werden musste. Und als mein Blick auf den von Chris traf, wusste ich, dass es meinem Freund ganz genauso ging.

Vollkommen erledigt von der anstrengenden Schicht und dem, was wir erfahren hatten, schlichen wir schließlich aus der Wache und gingen zu unseren Autos. Zum Glück hatte ich mich gestern Abend gegen das Fahrrad entschieden, denn so würde ich wesentlich schneller in der Goethestraße und damit bei Sophie sein können.

Chris schlug mir zum Abschied freundschaftlich auf die Schulter. „Ich wünsch dir was, Kumpel. So langsam ist es mal gut mit So, Mo und Gomorrha, also versau's nicht wieder, okay?"

„Hab ich nicht vor", knurrte ich und warf meinen Rucksack in den Kofferraum.

Chris lachte. Allerdings nur ganz kurz, denn uns war nicht zum Spaßen zumute. Wir sahen uns an und stiegen nach einem: „Wir sehen uns dann Montagmorgen", in unsere Wagen.

Bevor ich den Motor startete, zog ich noch einmal mein Handy aus der Tasche. Sophie hatte schon vor einer ganzen Weile auf meine Nachricht geantwortet und geschrieben: *Alles klar. Ich bin hier und warte auf dich.*

Mein Herzschlag legte einen Gang zu. Ohne weitere Verzögerung fuhr ich los und fluchte, als ich noch eine Extrarunde drehen musste, um einen Parkplatz in ihrer Straße zu finden. Schließlich stand ich vor der Goethestraße 42 und suchte gerade nach der richtigen Klingel, als von innen die Tür aufging und eine junge Frau mit Kinderwagen herauskam. Ich half ihr mit dem Buggy die Stufen hinunter, woraufhin sie sich mit einem netten Lächeln bedankte und mir die Haustür aufhielt. Für einen Sekundenbruchteil war ich etwas überfordert damit, so plötzlich schon im Haus zu sein, dann erinnerte ich mich daran, dass Sophie gesagt hatte, sie wohne ganz oben im dritten Stock, und lief die Treppe rauf. Oder besser gesagt ich flog sie hinauf, weil ich es kaum erwarten konnte, endlich bei ihr zu sein, zu sehen wie sie wohnte und lebte und noch so viel mehr von ihr zu erfahren, als ich bisher wusste. Doch oben angekommen zögerte ich plötzlich. Sophie hatte nie davon gesprochen, dass sie umgezogen war, also war das hier immer noch die Wohnung, in der auch Alex ein- und ausgegangen war. Mit dem sie hier wahrscheinlich sogar zusammen gewohnt hatte, sodass jeder einzelne Quadratzentimeter davon voller Erinnerungen an ihn steckte. Und mittendrin ich mit meiner dummen Hoffnung, dass ich auch nur irgendeine Chance gegen ihn haben könnte. Es war ein verdammtes Minenfeld, das mich hinter ihrer Wohnungstür erwartete, und wenn ich nicht aufpasste, würde mir die ganze Situation wieder um die Ohren fliegen.

Ich schluckte schwer und atmete noch einmal tief durch, bevor ich auf den Klingelknopf drückte, um mich der Herausforderung zu stellen. Denn der Preis, den es zu gewinnen gab, war größer als jedes Risiko, da war ich mir absolut sicher.

SOPHIE

Ich habe keine Freundin mehr.

Immer und immer wieder spukte dieser Satz durch meinen Kopf, als ich mit Kiki im Schlepptau von der Rettungswache zu mir nach Hause fuhr, wir stundenlang bei mir in der Küche zusammensaßen und redeten und ich immer noch nicht ganz begreifen konnte, was eigentlich passiert war. Gerade eben hatte ich noch gedacht, Moritz durch so einen schrecklichen Angriff verloren zu haben, und im nächsten Moment hatte ich mehr gewonnen, als gedacht – er lebte, und zwar alleine, ohne Freundin. Ich hatte keine Ahnung, warum und ob das irgendetwas mit uns zu tun hatte, aber es bedeutete zumindest eine Chance.

„Hab ich's dir nicht gesagt", meinte Kiki zufrieden. „Und ich sag dir noch was, Süße: Der steht total auf dich. Aber so was von. Und wenn ihr das nachher mit euch immer noch nicht auf die Reihe kriegt, dann klatsch ich euch beide an die Wand, das schwör ich dir."

„Ehrlich gesagt wär's mir lieber, wenn du nachher gar nicht mehr da bist", knurrte ich.

„He!", protestierte sie empört. „Ist das etwa der Dank dafür, dass ich mitten in der Nacht dein Händchen halte, statt meinen Schönheitsschlaf zu genießen? Aber keine Sorge, ich geh schon freiwillig. Nicht, dass ich einer phänomenalen Versöhnung im Weg stehe." Sie zwinkerte mir ziemlich unzweideutig zu und grinste.

„Du bist blöd. Erstens gibt es da nichts zu versöhnen, weil wir uns ja nicht gestritten haben. Und zweitens hat Moritz nach so einer Nacht vielleicht nicht unbedingt als Erstes Sex im Kopf."

„Seit wann brauchen Männer dafür den Kopf?", konterte sie.

Ich lachte und genoss es, einfach nur mit ihr herumzualbern. Die Erleichterung, dass Moritz nichts passiert war, war so übermächtig groß, dass mir nach singen und tanzen und Bäume ausreißen zumute war, und ich konnte es kaum erwarten, dass seine Schicht endlich zu Ende war. Was auch immer er mir noch sagen und erklären wollte, konnte nichts sein im Vergleich zu einem Moritz, der lebensgefährlich verletzt war oder seiner Freundin ewige Treue schwor. Und beides war nicht der Fall. Nur eine Sache trübte die Freude, und das war der Angriff auf diesen Tobi. Ich hatte genau gesehen, wie schwer diese Nachricht Moritz getroffen hatte. Und wie er einen winzigen Moment gezögert hatte, bevor er wieder mit dem Rettungswagen davongefahren war. Aber was musste das auch für ein beschissenes Gefühl sein, zu wissen, dass man selbst jederzeit der Nächste sein könnte?

Ich spürte ein erstes kleines Was-wäre-wenn in mir aufmucken und brachte es entschieden zum Schweigen. Nein! Wenn ich diesen Gedanken erst zuließ, würde ich nie, nie wieder eine einzige ruhige Minute haben, wenn Moritz im Dienst war.

„Es kommt sowieso, wie es kommt", hatte Alex immer gesagt. „Und wenn nicht, dann nicht. Also lass es doch einfach auf dich zukommen und mach dich nicht vorher schon verrückt!"

Mein allerliebster Alex. Er hatte ja recht. Und noch etwas wurde mir in diesem Moment klar: Alex musste nicht sterben, damit ich Moritz kennenlernen konnte. Alex wäre sowieso gestorben. Und ich … ich konnte einfach nur froh sein, dass ich dabei Moritz getroffen hatte. Als hätten die beiden das genau so eingefädelt und sich zwischendrin abgeklatscht, so von wegen: Ab jetzt passt du auf sie auf! Beim Gedanken daran musste ich lächeln und mir wurde ganz warm in der Brust.

„Du bist echt süß, wenn du solche Herzchen in den Augen hast", bemerkte Kiki, die mich die ganze Zeit still beobachtet hatte.

Ich streckte ihr die Zunge raus, doch sie lächelte nur und gähnte. Kein Wunder nachts um halb vier, nachdem wir gestern auch schon kaum geschlafen hatten. Ich würde bestimmt aussehen wie ein Zombie, wenn Moritz nachher kam. Vielleicht sollte ich also mal sehen, dass ich mich wenigstens noch ein paar Stunden aufs Ohr legte, auch wenn ich mir nicht wirklich vorstellen konnte, jetzt schlafen zu können.

Kiki gähnte erneut und sah mittlerweile so fertig aus, dass ich sie unmöglich in diesem Zustand nach Hause schicken konnte und sie daher kurzerhand mit in mein Bett scheuchte, bzw. auf meine große Schlafcouch, die in meinem kleinen aber feinen Appartement mit ein paar Handgriffen aus dem Wohnzimmer ein Schlafzimmer werden ließ. Das Ding hatte mich arbeitslose Buchhändlerin vor vier Jahren ein halbes Vermögen gekostet, war dafür aber total praktisch, groß genug für zwei und dabei auch noch richtig bequem. Als sie das erste Mal bei mir übernachtet hatte, war Kiki noch äußerst skeptisch gewesen und anschließend ziemlich überrascht, wie gut man darauf schlafen konnte. Doch heute hätte ihr wahrscheinlich auch eine einfache Matratze gereicht, denn ohne zu zögern folgte sie mir in mein Wohn-Schlafzimmer. Und darüber war ich wirklich froh. Nicht, dass Kiki meinen Lieblings-Sani eher wiedersah als ich, weil sie am Steuer eingeschlafen war und einen Unfall gebaut hatte. Noch einen Notfall konnte ich wirklich nicht gebrauchen.

„Du gönnst mir aber auch gar nichts", murmelte meine Freundin schon im Halbschlaf, und im nächsten Moment war sie tief und fest eingeschlummert.

Lächelnd drehte ich mich ebenfalls um, zog eins meiner Sofakissen fest an meine Brust und dachte sehnsüchtig an ein Paar wunderschöne, funkelnde braune Augen.

Als ich vom Ping meines Handys wieder geweckt wurde, fühlte es sich an, als wäre ich gerade erst eingeschlafen. Trotzdem war ich sofort hellwach. Moritz! Ich angelte nach meinem Smartphone und stürzte mich wie eine Ertrinkende auf seine Nachricht, mit der er Bescheid gab, dass er etwas später dran war und noch beim Wachleiter nach Neuigkeiten wegen Tobi fragen wollte. Etwas orientierungslos warf ich einen Blick auf die Uhrzeit. Schon halb acht durch. Eine halbe Stunde bräuchte er bestimmt noch, aber dann würde er hier sein. Hier, bei mir. Und schlagartig erwachten auch die Schmetterlinge in meinem Bauch zum Leben.

„Kiki?", sagte ich vorsichtig und überlegte, wie ich meine Freundin am schonendsten wecken und nach Hause komplimentieren könnte.

„Bin schon weg", murmelte sie verschlafen, rührte sich aber keinen Millimeter von der Stelle.

Ich stupste sie freundschaftlich in die Seite. „Tut mir leid, dass du dir im Moment wegen mir die Nächte um die Ohren schlagen musst."

„Hmhmm." Gähnend kroch sie unter der Bettdecke hervor. „Aber damit ist es jetzt vorbei. Ab sofort kannst du jemand anders nachts um den Schlaf bringen ... Auf welche Art auch immer", fügte sie kichernd hinzu.

„Sehr witzig", grummelte ich gespielt beleidigt.

„Ach, Süße." Kiki rappelte sich auf und umarmte mich. „Ich wünsche dir so sehr ein Happy End, du komplizierte Schnulzenheldin. Und wenn der Prinz auf seinem Gaul nicht mitmacht, sag ihm, dass er es mit mir zu tun kriegt, okay?"

Ich sah sie an und musste lachen. „Okay, du Märchentante. Und danke. Für alles. Du bist die beste Freundin, die man sich wünschen kann."

„Dito ... Auch wenn du manchmal etwas anstrengend bist." Sie grinste, machte einen Kussmund und stand auf. Nach einem kurzen Abstecher ins Bad schnappte sie sich schließlich ihre Sachen, umarmte mich noch einmal fest und ging.

Keine zwei Minuten später kam eine Nachricht: *Ruf mich an, wenn er wieder weg ist.*

Und sofort hinterher eine zweite: *Vergiss es! Der geht eh nicht wieder. Wir sehen uns also spätestens morgen Mittag im Laden.* Dahinter ein Zwinker-Emoji.

Ach, Kiki!

Seufzend ließ ich mich rückwärts auf mein Schlafsofa fallen und dachte daran, dass sich auch die Beziehung zu meiner Freundin seit dem Unfall verändert hatte. Unsere Freundschaft war noch tiefer und inniger geworden und hatte ganz unbemerkt und vollkommen selbstverständlich genau die Lücke ausgefüllt, die Alex hinterlassen hatte, ohne dass einer von uns deswegen ein schlechtes Gewissen haben müsste. Das Leben ging tatsächlich weiter ohne ihn. Beziehungsweise nein, nicht ohne ihn! Mit ihm, denn er war immer noch da. Ganz tief in mir hockte er in einer Ecke meines Herzens und wartete darauf, dass sich endlich jemand zu ihm gesellte. Und zwar ein ganz bestimmter Jemand.

Zufrieden kuschelte ich mich zurück in meine Decke und wollte nur einen kleinen Moment von Moritz träumen, bevor es Zeit wurde, mich frisch zu machen und uns schon mal Kaffee zu kochen. Doch als es an der Tür klingelte, wusste ich schlagartig, dass aus der kleinen Träumerei ein tiefer Schlaf geworden war. Oh nein!

Ich sprang so hektisch auf, dass mir für einen Augenblick schwindelig wurde. Dann warf ich einen Blick in die Runde und stöhnte innerlich auf. Nicht sehr besuchertauglich mit der ausgezogenen Schlafcouch samt Bettzeug und den Teetassen von Kiki und mir auf dem Tisch, aber alles wegzuräumen hätte zu lange gedauert.

Also lief ich in den Flur, band mir unterwegs die Haare zu einem lockeren Pferdeschwanz zusammen und ignorierte lieber mein Spiegelbild. Ich wusste, wie ich aussah, wenn ich aus dem Tiefschlaf hochgeschreckt war, und eigentlich war das nicht der Anblick, den ich Moritz bieten wollte. Aber ich konnte ihn ja kaum so lange vor der Tür stehen lassen, bis ich mich geduscht, umgezogen und einen Kaffee getrunken hatte. Egal! Er hatte mich schon wesentlich schlimmer gesehen, und trotzdem war er hier. Da würde er das auch überstehen.

Ich atmete tief durch, drückte auf den Türöffner und überlegte, ob ich es wohl noch schnell ins Bad schaffen würde, um mir wenigstens eine Ladung kaltes Wasser ins Gesicht zu klatschen, als es an der Wohnungstür klopfte. Mein Herz machte einen Satz. Er war schon hier. Stand direkt auf der anderen Seite der Tür, nur ein paar Zentimeter von mir entfernt. Und schlagartig drehten die Schmetterlinge in meinem Bauch komplett durch. Mit aufgeregt zitternden Fingern streckte ich die Hand aus und öffnete die Tür. Da war er. Moritz. Hier bei mir. Jetzt wieder zivil in Jeans und Sweatshirt und unverletzt. Allerdings wirkte er plötzlich so schüchtern und befangen, wie ich ihn noch nie erlebt hatte.

„Hey“, sagte er leise. „Da bin ich.“

„Das ist schön.“ Ich lächelte ihn an und wusste augenblicklich selbst nicht mehr, was ich sagen oder tun sollte. Ein Teil von mir hätte sich am liebsten sofort in seine Arme gestürzt und an ihn gekuschelt, aber da war auf einmal irgendeine unsichtbare Barriere zwischen uns, die mich davon abhielt.

Ich hatte keine Ahnung, wie lange wir einfach nur so dagestanden und uns angeschaut hatten, als Moritz fragte: „Darf ich reinkommen?“

„Oh… Ähm … Ja, na klar“, stammelte ich peinlich berührt, hielt einladend die Tür auf und trat einen Schritt zur Seite. „Einfach geradeaus. Und sorry für das Chaos. Ich muss wieder eingeschlafen sein, nachdem du die Nachricht geschickt hast, und bin noch gar nicht richtig wach.“

Er lachte leise, folgte mir in mein Wohn- und Schlafzimmer und betrachtete das ausgeklappte Sofa mit dem zerwühlten Bettzeug drauf. „Kein Problem“, meinte er. „Du hast ja keine Vorstellung, was ich so tagtäglich zu sehen kriege in manchen Wohnungen. Und falls es dich beruhigt: Dagegen ist das hier eine wundervolle Ordnung.“

Wir sahen uns an und lächelten.

„Das ist wahrscheinlich wie dieser Mama-Spruch mit Trag-immer-eine-saubere-Unterhose, oder?“, überlegte ich laut. „Man weiß ja nie, was passiert, und mit Herzinfarkt oder so was noch schnell für die Sanis aufräumen wird dann schwierig.“

Wieder lachte er und meinte: „Genau so.“

Ich griff nach dem Bettzeug und zog es vom Sofa. „Ich klapp das schnell zusammen, dann kannst du dich setzen.“

„Nein, lass ruhig.“ Moritz legte eine Hand auf meinen Arm, um mich davon abzuhalten. „Das geht doch auch so.“

Seine Berührung verursachte ein angenehmes Kribbeln auf meiner Haut, doch ich versuchte es zu ignorieren und konzentrierte mich auf sein Gesicht, in dem die anstrengende Nachtschicht und die schlimmen Nachrichten von dem Angriff auf Tobi ihre Spuren hinterlassen hatten. Er war viel blasser als sonst, und unter seinen Augen lagen tiefe Schatten.

„Ehrlich gesagt siehst du aus, als wenn du auch etwas Schlaf brauchen kannst“, sagte ich leise.

Moritz verzog den Mund zu einem schiefen Lächeln, so scheu und liebenswert und erschöpft, dass ich ihn gerne eigenhändig hingelegt, zugedeckt und nach einem Gute-Nacht-Kuss in den Schlaf gesungen hätte.

„Ich bin eigentlich nicht hergekommen, um ein Nickerchen zu machen“, erwiderte er, und in seinen Augen lag dabei etwas, das mir für einen kurzen Moment den Atem raubte. Nicht so etwas Erregendes wie Freitagnacht im *Maxx*, sondern etwas, das viel tiefer ging und mein Herz dazu brachte, einen doppelten Salto zu schlagen. Ich hielt seinen Blick fest, ließ zögernd das Bettzeug wieder fallen und fand mich plötzlich in einer Umarmung wieder, die gleichzeitig sanft und fest, schüchtern und entschlossen und freundschaftlich und leidenschaftlich war. Keine Ahnung, wer von uns den ersten Schritt dahin gemacht hatte, aber es war perfekt, so wie es war und genau das, was wir beide gerade brauchten – keine großen Worte, sondern einfach nur dieses stille Aneinander-Festhalten.

„Ich hatte mir unser Wiedersehen eigentlich etwas anders vorgestellt“, flüsterte Moritz nach einer gefühlten Ewigkeit an meinem Ohr, und klang dabei so wehmütig, dass mir auch ganz schwer ums Herz wurde. „Sophie, ich … Ach, verdammt. Ich hab keine Ahnung, wo ich anfangen soll. Seit gestern Nacht hab ich tausendmal im Kopf durchgespielt, was ich dir alles sagen will, aber jetzt kann ich grad nur noch an Tobi denken und alles andere ist irgendwie weg. Ich …"

„Pssst", machte ich sanft und strich ihm mit der Hand beruhigend durch die Haare. „Es ist alles okay. Hauptsache, du bist hier und dir ist nichts passiert. Alles andere hat Zeit."

Er stieß ein kleines trauriges Lachen aus und zog mich noch ein wenig fester an sich. „Ich darf gar nicht darüber nachdenken, was du heute Nacht wegen mir durchgemacht hast."

Ich auch nicht, dachte ich im Stillen. Plötzlich kam mir meine Angst vollkommen übertrieben vor. Aber es hätte ja schließlich auch anders sein können.

„Es ist ja zum Glück gut ausgegangen", murmelte ich an seiner Brust.

„Ja. Wenigstens für mich", gab er zurück und klang dabei so niedergeschlagen, dass mir plötzlich bewusst wurde, dass ich noch gar nicht wusste, wie es um diesen Tobi stand und was Moritz in der Zwischenzeit vielleicht erfahren hatte.

Zögernd löste ich mich ein Stück von ihm und sah ihn an. „Hast du noch etwas von deinem Kollegen gehört?", fragte ich vorsichtig. „Er ist doch nicht …" Ich verstummte, weil das, was ich eigentlich sagen wollte, zu brutal war.

„Nein." Sein Blick wurde sanft. „Er lebt und ist in der Uni-Klinik in den besten Händen. Aber … bei der Art von Verletzung kann es sein, dass er nicht mehr laufen kann oder nicht mehr sprechen oder beides oder keine Ahnung was. Das wird sich erst zeigen, wenn er aus dem Koma aufgewacht ist."

„Oh Mann", flüsterte ich erschüttert.

„Hmhmm." Moritz senkte den Kopf und versank in einem gedankenverlorenen Schweigen.

„Erzählst du mir, was passiert ist?", sagte ich leise.

Er schaute wieder zu mir auf und schien mit sich zu ringen. Ich spürte, dass er mir diese grausame Geschichte ersparen wollte und dass doch gleichzeitig alles in ihm danach drängte, mit jemandem darüber zu reden. Also setzte ich mich auf die Kante meines Schlafsofas und zog ihn auffordernd an der Hand zu mir herunter. Moritz zögerte noch einen winzigen Moment, dann zog er seine Schuhe aus und rutschte mit mir zusammen ein Stück zurück, bis wir uns mit dem Rücken am Kopfteil anlehnen konnten.

„Lass es raus", drängte ich ihn sanft, als er immer weiter schwieg. „Ich hab mal vom besten Sani der Stadt gelernt, dass das hilft."

Er lachte leise, griff nach meiner Hand und fing schließlich an zu erzählen. Von dem Drogenjunkie und seiner Freundin. Von Tobi und seinem Versuch, den Typen davon abzuhalten, ihn und seinen Kollegen bei der Arbeit zu behindern. Von dem Angriff, seinen schweren Verletzungen und dem glücklichen Umstand, dass er einen der erfahrensten Kollegen an seiner Seite gehabt hatte, der trotz des Schocks sofort richtig reagiert hatte.

„Das muss ein absoluter Albtraum sein", erklärte Moritz gedankenverloren. „Wenn dein eigener Kollege so schwer verletzt wird und es alleine an dir liegt, ob er überlebt oder nicht. Ich meine, klar haben wir im Einsatz schon mal was abgekriegt und uns gegenseitig verarzten müssen, aber doch nicht so." Er starrte dabei auf unsere Hände und ließ wie in Trance seinen Daumen immer wieder sanft über die Mulde zwischen meinem Daumen und Zeigefinger kreisen.

Ich beobachtete ihn dabei und musste daran denken, wie dieselben Finger mich nach dem Unfall versorgt hatten. Wie sie immer wieder Menschen halfen und Leben retteten. Wie sie mich letzte Nacht berührt hatten – überall. Doch den letzten Gedanken verbot ich mir ganz schnell wieder, denn dafür war jetzt wirklich nicht der richtige Zeitpunkt. Moritz war nämlich noch nicht fertig und sagte: „Du hattest so recht damit, dass irgendwas mit dieser Welt nicht mehr stimmen kann. Ich meine … wer ist denn so blöd, und prügelt auf jemanden ein, der ihm oder seiner Freundin nur helfen will? Und das ist ganz bestimmt kein Einzelfall, bei allem, was ich seit meiner Facebook-Seite so von Kollegen gehört habe. Das macht mich so wütend, und am liebsten würde ich jetzt sofort einen neuen Beitrag schreiben und das alles in die Welt rausschreien. Aber Tobi hilft das leider auch nicht mehr."

Anschließend versank er wieder in ein dumpfes Brüten. Ich spürte seine Wut und seinen Frust und seine Hilflosigkeit und hätte ihm so gerne geholfen, aber ich wusste nicht wie. Mir fielen ja nicht mal die richtigen Worte ein, um irgendetwas Schlaues darauf zu sagen. Stattdessen drückte ich nur seine Hand und hoffte, dass er verstand, was ich damit sagen wollte. So was wie: Ich weiß zwar nicht, was ich tun kann, aber ich bin für dich da.

Moritz erwiderte den Händedruck und sagte dann leise: „Weißt du noch, wie du mich mal gefragt hast, ob ich je daran gedacht habe, alles hinzuschmeißen? Heute Nacht hatte ich so einen Moment, wo ich überlegt habe, warum ich mir das eigentlich alles antue. Diese beschissenen Arbeitszeiten. Diese vielen Überstunden. Dieser lächerliche Lohn für das, was wir an Verantwortung haben. Und dafür dürfen wir uns dann noch behindern, begaffen, anpöbeln und verprügeln lassen. Das ist ganz schön bescheuert, oder?"

Er sah mich an, und sein Blick spiegelte so viele Zweifel und Enttäuschungen wider, dass es mir fast das Herz zerriss. Ich erinnerte mich an all die Geschichten, die er mir von seinen Einsätzen erzählt hatte, und die Freude an seinem Job, die ich darin gespürt hatte. An den Grund dafür, warum er Rettungsassistent geworden war und seine Aussage, dass er viel lieber selbst Leben rettete, statt ein Lehrer für andere zu sein. Moritz lebte dafür, anderen zu helfen, aber in diesem Moment war klar, dass er eine Grenze erreicht hatte. Ich war mir allerdings ziemlich sicher, dass gerade mehr die Erschöpfung und Sorge um Tobi aus ihm sprachen, als dass er ernsthaft darüber nachdachte, alles aufzugeben.

Ich streckte die Hand aus und legte sie ihm an die Wange. „Aber du wirst es trotzdem nicht hinschmeißen, oder?", hakte ich sanft nach und gab ihm mit einem Lächeln zu verstehen, dass ich die Antwort schon kannte und vollkommen unterstützte.

„Nein." Moritz lächelte matt und schüttelte den Kopf. „Weil da immer noch all die Patienten und Unfallopfer sind, die doch nichts dafür können, und die ein ziemliches Problem hätten, wenn es nicht solche Idioten wie mich geben würde."

„Ein Idiot bist du bestimmt nicht", erklärte ich ihm liebevoll. „Und ich denke, du kannst gar nicht anders, als weiterzumachen. Du liebst deinen Job. Du lebst für ihn. Also lass dir das nicht von den paar echten Idioten kaputt machen. Guck dir allein die Kommentare auf deiner Seite an. Da gibt es so viele Leute, die Gutes schreiben und euch Sanis unglaublich dankbar sind. Daneben verschwinden die paar Stänkerer doch unter ferner liefen. Und du musst einfach daran glauben, dass es bei deinen Einsätzen genauso ist."

Ich schaute ihn an und bemerkte, dass er wie gebannt an meinen Lippen hing. Er wollte offensichtlich etwas sagen, brachte aber keinen Ton heraus und tastete mit den Augen sanft mein Gesicht ab. Es fühlte sich an wie ein zärtliches Streicheln, und prompt ging mein Puls steil nach oben. Wie gerne hätte ich Moritz jetzt einfach geküsst und mich an ihn geschmiegt, um ihn auf andere, schönere Gedanken zu bringen. Doch da war wieder dieses unerträgliche Zögern an ihm.

„Du bist einfach nur großartig, weißt du das?", flüsterte er nach einer gefühlten Ewigkeit, und ich hätte zu gerne gewusst, wie ich diesen unglaublich liebevollen Blick dabei einzuordnen hatte. Seine Worte dagegen riefen in mir ein kleines, bitteres Lachen hervor.

„Nein", erwiderte ich traurig. „Ich bin nur die, die diesen ganzen Mist vereint und überhaupt erst damit angefangen hat, deine heile Welt durcheinanderzubringen.

Die, die am Ende der blockierten Rettungsgasse gewartet hat und dich deshalb zur Schnecke gemacht hat. Die, die gewalttätig auf dich eingeprügelt hat, obwohl du gar nichts dafür konntest. Die, die keine Ahnung von Erster Hilfe hat. Und die, die wegen der Meldung eines Gaffers heute Nacht für so viel Wirbel gesorgt hat. Das nenn ich alles andere als großartig."

„Nein!" Moritz streckte sich, nahm mein Gesicht in seine Hände und sah mich eindringlich an. „Nein, Sophie! Das darfst du nicht denken. Denn es ist genau andersrum. Du bist die, die sich für all das interessiert, die lernen will und helfen will. Schon allein deshalb bist du vielen Menschen einiges voraus. Und du hast recht, du hast meine Welt komplett durcheinandergebracht. Aber … auf eine gute Art und Weise."

Er brach ab, dabei spürte ich deutlich, dass er eigentlich noch viel mehr sagen wollte. Warum tat er es dann nicht?! Warum war er plötzlich so zögernd und zurückhaltend? Seine Freundin war ja nun nicht mehr der Grund dafür. Also was dann?

Ich hatte gerade all meinen Mut zusammengerauft und wollte den Mund aufmachen, um ihn zu fragen, was das zwischen uns eigentlich war, als sein Handy klingelte. Ich stöhnte innerlich auf, doch als ich sah, wie Moritz wenn möglich noch eine Spur blasser wurde, rückte unsere komplizierte Beziehung ganz schnell wieder in den Hintergrund.

Er ließ mich los und zog sein Smartphone aus der Hosentasche. Ich spürte genau, wie viel Angst er vor diesem Anruf hatte, weil er wahrscheinlich vermutete, dass es schlechte Nachrichten aus der Uni-Klinik waren. Deshalb atmete ich erleichtert auf, als er sagte: „Meine Schwester." Statt das Gespräch anzunehmen, starrte er jedoch nur weiter nachdenklich auf das Display.

„Willst du nicht rangehen?", fragte ich leise, auch wenn ich die Störung eigentlich verfluchte, wo wir doch gerade an so einem entscheidenden Punkt angekommen waren. Aber es sollte wohl wieder mal nicht sein.

Moritz blickte zu mir auf und schien hin und her gerissen zu sein, was er tun sollte. Ich lächelte ihm ermutigend zu. „Nun sprich schon mit ihr, bevor sich noch jemand verrückt macht vor Sorge um dich. Ich mach uns solange mal Frühstück, okay?"

Er nickte zögernd und schaute mir hinterher, als ich aufstand und in der Küche verschwand. Das Klingeln hatte in der Zwischenzeit schon wieder aufgehört, aber während ich den Tisch deckte, hörte ich ihn reden, also musste er seine Schwester wohl zurückgerufen haben.

Ich stellte die Tassen ab, die ich gerade aus dem Schrank geholt hatte, und hielt einen Moment inne. In meinem Kopf drehte sich alles von dieser Gefühlsachterbahn in den letzten Minuten – oder besser gesagt Stunden. Nach allem, was passiert war, Moritz hier in meiner Wohnung zu haben, in meinem Bett sogar, und ihm körperlich so nah zu sein, ohne zu wissen, wo wir eigentlich gerade standen, kostete unglaublich viel Kraft. Da war etwas zwischen uns, etwas Großes, Mächtiges, das ich an ihm genauso spürte wie bei mir. Aber es war, als wäre er gerade mit angezogener Handbremse unterwegs, und ich hatte Angst davor, herauszufinden, warum das so war, weil mir einfach kein logischer Grund für seine Zurückhaltung einfallen wollte. Wenn das noch lange so weiterging, konnte er gleich wieder den Sani spielen und mich mit einem Nervenzusammenbruch irgendwo einliefern. Allerdings nicht, bevor wir nicht Tacheles geredet hatten.

Entschlossen straffte ich die Schultern, atmete tief durch und machte Kaffee, auch wenn ich ohne den eigentlich schon hibbelig genug war. Ich sah immer noch Moritz' Blick vor mir, wie er mich angesehen hatte, bevor sein Handy uns unterbrochen hatte, und in meinem Nacken breitete sich ein aufgeregtes Prickeln aus. Das musste doch etwas zu bedeuten haben!

Moritz

Als mein Handy klingelte und Miriam anrief, war ich nicht sicher, ob ich darüber froh sein oder mich ärgern sollte. Ich war so dicht davor gewesen, Sophie zu gestehen, wie viel sie mir bedeutete, aber dann hatte ich diesen einen Augenblick zu lange gezögert und meine Schwester war dazwischengefunkt. Eine letzte Gnadenfrist, bevor ich alles gewinnen oder alles verlieren würde. Dabei war ich mir eigentlich mehr als sicher, dass Sophie auch etwas für mich fühlte. Und überhaupt war sie noch viel wundervoller, als ich geglaubt hatte. Mit ein paar Sätzen hatte sie einfach so meine Zweifel beiseite gewischt und mich in dem bestätigt, was ich doch eigentlich schon wusste: Dass ich trotz dieser elenden Umstände gar nicht anders konnte, als diesen Job zu machen. Und vor allem auch nichts anderes wollte. Und ohne dass sie es gesagt hatte, wusste ich, dass sie mich verstand und immer darin unterstützen würde. Das war so sehr das Gegenteil von dem, was Julia zu mir gesagt hätte, dass ich einen Moment brauchte, bis ich es überhaupt richtig kapiert hatte. Julia hätte wahrscheinlich sofort erklärt, dass sie schon immer gesagt hatte, was für einen blöden Job ich hatte und dass ich ihn doch einfach an den Nagel hängen sollte, ohne zu fragen, wie es mir dabei ging. Sophie dagegen gab sich sogar selbst noch die Schuld dafür, dass sie mit ihren Problemen mein Leben so aufgewirbelt hatte, als wenn sie auch nur irgendetwas dafür könnte, dass ein Teil unserer Gesellschaft neuerdings am Rad drehte und sich nicht mehr dafür interessierte, was richtig und was falsch war.

Oh Mann! Ich wollte sie. Ich wollte sie so sehr. Aber da war immer noch der Geist von Alex, der zwischen uns herumwaberte – hier noch viel mehr als sonst irgendwo, auch wenn ich den Gedanken, dass sie hier zusammen gewohnt haben könnten, schnell wieder verworfen hatte, denn Sophies Wohnung war wirklich klein. Dieser Raum mit der ausgezogenen Schlafcouch war offensichtlich gleichzeitig ihr Wohn- und Schlafzimmer, und die anderen beiden Türen, die vom Flur abgingen, konnten dann ja nur eine Küche und ein Bad sein.

Während ich mit Miriam telefonierte und ihr erzählte, was passiert war, schaute ich mich neugierig um. In den Regalen an den Wänden entdeckte ich unzählige Bücher und Fotoalben, vor dem Fenster und neben der Tür ein paar prächtige Grünpflanzen, und zwischendrin immer wieder ein bisschen maritimen Deko-Schnickschnack. Da liebte wohl jemand das Meer, was ich nur allzu gut nachvollziehen konnte. Unglaublich eigentlich, dass ich selbst vor drei Tagen erst aus Göteborg zurückgekommen war. Seitdem war so viel passiert, und ich musste mich zwingen, nicht mit den Gedanken zu einer nackten Sophie in meinen Armen abzuschweifen. Ein Ständer war echt das Letzte, was ich gerade brauchen konnte.

„Mori?“, riss meine Schwester mich aus meinen Träumereien, und ich merkte, dass ich ihr gar nicht mehr richtig zugehört hatte. „Ist alles okay mit dir?“

„Ja, alles gut", beteuerte ich schnell. „Tut mir leid, ich war nur mit den Gedanken gerade woanders."

Miriam lachte leise. „Lass mich raten: Bei Sophie?"

„Hmhmm."

„Bist du bei ihr?"

„Wie kommst du denn darauf?", fragte ich verblüfft. „Kannst du hellsehen oder was?"

Wieder lachte sie. „Nein. Aber normalerweise wärst du nach der Sache mit Tobi direkt zu mir gekommen. Und da du nicht hier bist, muss es wohl jemand anderes geben, dem du dein Herz ausschütten kannst."

„Du bist so schlau, Schwesterherz", erwiderte ich liebevoll. „Aber ganz so, wie du denkst, ist es dann doch nicht."

Sie schwieg und wartete anscheinend ab, ob ich von alleine weiterredete. Dann sagte sie sanft: „Darf ich dir einen Tipp geben?"

„Hm", murmelte ich, wie immer fasziniert, dass sie wusste, was mich bedrückte, bevor ich es überhaupt selbst richtig geschnallt hatte.

„Sei einfach nur ehrlich zu ihr. Dann wird sie es auch sein, und dann wisst ihr wenigstens, wo ihr steht und was ihr daraus machen wollt."

Diesmal war ich es, der leise lachte. „Stell dir vor, ich war gerade dabei, als irgendwer meinte, mich anrufen zu müssen."

„Ups", machte sie zerknirscht. „Sorry. Bin schon weg. Hejdå. Und viel Glück."

„Danke", sagte ich und wollte mich ebenfalls mit unserem geliebten schwedischen Hejdå verabschieden, doch da hatte sie schon aufgelegt.

Ich nahm das Handy runter und lauschte auf die Geräusche aus der Küche, die einerseits vertraut waren und andererseits doch fremd, weil ich sie noch nie hier und noch nie von Sophie gehört hatte. Und prompt war da der Wunsch, dieses banale Geschirrgeklapper von ihr immer und immer wieder zu hören. Am liebsten jeden Morgen.

Es gab nur einen Weg, um herauszufinden, ob es eine Chance gab, dass dieser Wunsch jemals erfüllt würde, und diesen Weg musste ich gehen, egal wie steil er auch war. Also atmete ich tief durch und stand auf.

Als ich in die Küche kam, schob Sophie gerade ein paar Aufback-Brötchen in den Ofen und machte anschließend damit weiter, eine Paprika in Streifen zu schneiden. Ich beobachtete sie einen Moment lächelnd und ließ dann meinen Blick durch die kleine Küche wandern. Auf der rechten Seite war die Küchenzeile, an der Sophie gerade beschäftigt war, und an deren Kühlschranktür ich zahlreiche Ansichtskarten entdeckte. Unter anderem meine aus Göteborg. Genau, wie ich es vermutet hatte. Links an der Wand stand ein kleiner Tisch mit zwei Stühlen, der nicht sehr üppig, aber unglaublich liebevoll gedeckt war, und es rührte mich, dass sie sich so viel Mühe machte, obwohl sie doch gar nicht mit Besuch rechnen konnte. Auf der Fensterbank an der gegenüberliegenden Seite wuchsen ein paar frische Kräuter in steinernen Übertöpfen, auf denen in verschnörkelter Schrift Petersilie, Schnittlauch und Basilikum stand. Sophie kochte anscheinend gerne mit frischen Zutaten, was irgendwie zu ihr passte.

Ich war gerade drauf und dran, auf mich aufmerksam zu machen, als ich neben mir eine Art riesige Pinnwand entdeckte, an der zahlreiche Fotos hingen. Bunt zusammengewürfelt steckten dort Schnappschüsse von Sophie alleine oder mit anderen zusammen. Auf einigen erkannte ich sie zum Beispiel mit ihren Eltern, denn die Ähnlichkeit zu ihrer Mutter war erstaunlich. Und auf jedem Bild lächelte sie so strahlend, dass mir ganz warm ums Herz werden wollte – wenn da nicht noch Alex gewesen wäre. Ich hatte ihn bei dem Unfall nur ganz kurz und in einem ziemlich üblen Zustand gesehen, aber ich erkannte ihn trotzdem sofort wieder. Und als mir bewusst wurde, dass er auf dem Großteil der Fotos dabei war, oft als Selfie mit Sophie zusammen, meldeten sich der eifersüchtige Stachel und die Hoffnungslosigkeit zurück. Die beiden wirkten auf den Bildern so glücklich und vertraut. Bis ein einziger verhängnisvoller Moment auf der Autobahn alles zerstört hatte.

„Hey", holte Sophies Stimme mich plötzlich zurück in die Gegenwart. „Stehst du schon lange da? Ich hab dich gar nicht kommen hören."

Wie erwachend schaute ich sie an und zwang mich zu einem sorglosen Lächeln. „Lange genug, um zu wissen, dass du deine Paprika schälst, frische Kräuter magst und deiner Mutter unglaublich ähnlich siehst."

Sie sah mich überrascht an, ließ ihren Blick dann von der Paprika über die Kräutertöpfe zur Pinnwand wandern und lachte. „Gut beobachtet, Sherlock."

Ich grinste schwach, bevor mein Blick wieder an einem der Sophie-und-Alex-Fotos hängen blieb. Ein gut gelauntes Selfie von den beiden, in genau den Sachen, die sie bei dem Unfall getragen hatten. Keine Ahnung, warum ich mich überhaupt daran erinnern konnte. Anscheinend hatte Sophie schon vom ersten Moment an einen bleibenden Eindruck hinterlassen. Es musste demnach jedenfalls eins ihrer letzten gemeinsamen Bilder sein, von dem Tag, an dem sie verunglückt waren. Im Hintergrund war ein Gebäude zu sehen mit einem großen Plakat, auf dem ein Kreuzfahrtschiff und der Schriftzug *Ich war noch niemals in New York – Das Udo-Jürgens-Musical* abgebildet waren. Und schlagartig fügte sich ein Puzzleteilchen ans nächste, und ich wusste, warum Sophie Freitagnacht auf der Tanzfläche plötzlich diesen Zusammenbruch gehabt hatte.

Es ist zu früh, Momo, wisperte eine leise Stimme in mir. Sie ist noch lange nicht über ihn hinweg, also halt dich zurück!

Doch das konnte ich nicht. Ich schaffte es einfach nicht mehr, meine Gefühle für sie zu verdrängen. Ich konnte sie vielleicht zügeln und es langsam angehen lassen, aber so tun, als ob nichts wäre? Nein!

Sei einfach nur ehrlich zu ihr, hämmerten Miriams Worte durch meinen Kopf. Und plötzlich wusste ich, dass es keine Alternative gab, als ihr hier und jetzt alles zu gestehen. Was dann kam, würde sich zeigen, aber ändern konnte ich es eh nicht, indem ich weiter um sie rum schlich und mich quälte. Also schluckte ich meine Zweifel und Bedenken tapfer hinunter und ging zwei Schritte auf sie zu, bis ich direkt vor ihr stand.

„Sophie", begann ich vorsichtig. „Ich … muss dir etwas sagen. Ich weiß, dass es ziemlich früh dafür ist, und ehrlich gesagt hab ich ziemlich Bammel davor, wie du reagieren wirst, weil es noch gar nicht lange her ist, seit du Alex verloren hast. Aber wenn du mir nicht sofort alle Hoffnung vor die Füße wirfst, verspreche ich dir, dass ich dir alle Zeit der Welt lasse, die du brauchst, um über ihn hinwegzukommen, und …"

„Ähm … Moritz?", versuchte sie mich zu unterbrechen, doch einmal angefangen konnte ich mich nicht mehr bremsen.

„Warte!", bat ich sie eindringlich. „Du musst das jetzt wissen, weil ich es einfach nicht mehr schaffe, so zu tun, als wäre nichts, denn … Ich habe mich in dich verliebt, Sophie. Frag mich nicht, wie oder wann das genau passiert ist, aber es ist passiert, und seitdem fühle ich mich einfach nur noch schlecht, weil du um Alex trauerst und ich kein Recht habe, dir das zu nehmen und mich zwischen dich und deine Erinnerungen an ihn zu drängen. Deshalb tut mir das mit Freitagnacht auch unendlich leid. Du hast recht, das hätte nicht passieren dürfen, egal wie schön es war, weil es viel zu früh war, und …"

„Halt! Stopp!", rief Sophie diesmal wesentlich energischer, sodass ich tatsächlich schlagartig verstummte. Mit riesengroßen Augen schaute sie mich völlig fassungslos an, und ich befürchtete schon, dass sie mich jeden Moment hochkant aus der Wohnung werfen würde. Doch stattdessen hielt sie meinen Blick fest und schüttelte langsam den Kopf.

Sophie

Hatte Moritz wirklich gerade das gesagt, was ich verstanden hatte? Dass er sich in mich verliebt hatte? Aber dass er Angst hatte, mir das zu sagen – wegen Alex. Weil er glaubte, dass ich um Alex trauerte, wie jemand, der um seine große Liebe trauerte? Das war also der Grund dafür, warum er plötzlich so zurückhaltend war! Oder es vielleicht sogar schon die ganze Zeit gewesen war. Ich fragte mich, wer von uns beiden eigentlich gerade verwirrter war, und versuchte ihn zu bremsen, um das Missverständnis aufzuklären, aber erst beim zweiten Versuch hielt er inne und sah mich an. In seinen Augen tobten so viele unterschiedliche Gefühle, dass mir allein vom Zugucken ganz schwindelig wurde. Gleichzeitig schlug mir das Herz bis in die Fingerspitzen, Fußspitzen, Haarspitzen, überall hin. Moritz hatte sich in mich verliebt. So wie ich mich in ihn verliebt hatte. Wir hatten beide keine Ahnung, wie das in diesem ganzen Chaos seit dem Unfall passieren konnte. Aber es war passiert. Und zu wissen, dass er genauso fühlte wie ich, war das Größte und Schönste und Unbegreiflichste, was ich je erlebt hatte. Am liebsten hätte ich ihn auf der Stelle geküsst und jedes weitere Wort im Keim erstickt. Aber Moritz wirkte so verunsichert, dass ich ihn wohl wirklich lieber aufklären sollte.

„Moritz, ich glaube, du hast da etwas falsch verstanden“, sagte ich sanft und musste überrascht feststellen, dass meine Erklärung das Gegenteil von dem bewirkte, als ich damit bezweckt hatte, denn er senkte den Kopf und sackte regelrecht in sich zusammen.

Oh Gott, dieser Dummkopf! Beinah hätte ich laut lachen müssen, doch seine herzzerreißende Enttäuschung hielt mich davon ab.

„Hey.“ Ich legte ihm eine Hand an die Wange und spürte seine Bartstoppeln, die nach einer langen Nachtschicht langsam wieder zum Vorschein kamen. „Alex war nicht mein Freund“, sagte ich leise. „Also nicht so, wie du denkst jedenfalls.“

Moritz

„Was?!" Ich war so in meine trüben Gedanken vertieft, dass ich beinah überhört hätte, was Sophie gesagt hatte. Alex war gar nicht ihr Freund? Also nicht dieser eine Große-Liebe-Freund?

Irritiert schaute ich zu ihr auf, woraufhin sie mich so zauberhaft anlächelte, dass ich gar nichts mehr kapierte. Ich musste wirklich aussehen wie ein Idiot, denn plötzlich fing Sophie auch noch an zu lachen. Sie streckte die Arme aus und zog mit den Händen meinen Kopf zu sich herunter, bis meine Stirn an ihrer lag.

„Oh, Moritz", gluckste sie vergnügt. „Hast du etwa die ganze Zeit gedacht, dass Alex und ich ein Paar waren?"

Ja, natürlich! Sonst hätte ich doch schon viel eher … Ach, keine Ahnung, was ich hätte. Jedenfalls wäre dann sicher manches anders gelaufen.

Verdammt, Momo, wie kann man nur so blöd sein?!

Andererseits … Woher hätte ich es denn wissen sollen? Egal ob als Sophie oder als Marie, sie hatte immer von ihrem Freund gesprochen. Einmal hatte sie Alex sogar als ihre erste Sandkastenliebe bezeichnet. Wie hätte ich denn da ahnen sollen, dass es eine rein platonische Freundschaft zwischen den beiden war? Und wie oft wurde nach landläufiger Meinung bezweifelt, dass es so etwas doch gar nicht gab zwischen Männern und Frauen? Bei Sophie und Alex anscheinend doch. Das hieß, sie war frei. Sie trauerte zwar um Alex, aber nicht so, wie ich gedacht hatte. Und in dem Moment, in dem ich ihr in die Augen schaute und diese Erkenntnis mit all ihrer Bedeutung endlich in meinem Gehirn angekommen war, durchströmte mich ein unfassbares Glücksgefühl.

Ich lachte befreit auf und sagte: „Ja, das habe ich. Und ich kann es grad echt nicht fassen, dass du mir das jetzt erst erzählst."

„Ich konnte ja nicht ahnen, was du dir da so zusammengereimt hast", erwiderte Sophie lächelnd. „Also, vielleicht sollten wir noch mal von vorne anfangen. Alex ist … Alex war mein bester Freund. Mein allerbester, seit er mit fünf Jahren in meine Nachbarschaft gezogen ist. Aber da war nie mehr zwischen uns. Wenn du es genau wissen willst: Ich bin seit über einem Jahr Single."

Immer noch fassungslos schüttelte ich den Kopf und versank in diesem Blick, der noch so viel mehr sagte.

„Das heißt, ich hab mich hier nicht grad um Kopf und Kragen geredet?", vergewisserte ich mich leise, denn irgendwie konnte ich meinem Glück immer noch nicht so ganz trauen. Dafür hatte sie trotzdem zu oft versucht, mich von sich zu stoßen.

„Nein", erklärte sie schmunzelnd. „Warum solltest du?"

„Na ja …" Ich zögerte. „Du hast mir oft genug zu verstehen gegeben, dass du nichts mehr von mir hören und sehen willst. Und solange ich nicht weiß warum, hab ich einfach ein bisschen Angst, dass das immer wieder passieren könnte."

Ihre Miene wurde plötzlich ernst und unerträglich traurig, sodass ich schon befürchtete, genau diese bösen Geister wieder hervorgerufen zu haben. Warum hatte ich nicht einfach die Klappe gehalten?!

Mit wild pochendem Herzen beobachtete ich, wie Sophie schwer schluckte, und wartete darauf, dass sie mir doch noch das Herz brach.

Sophie

„Du hast recht“, sagte ich leise und überlegte, wie ich Moritz begreiflich machen konnte, welches Gefühlschaos er von Anfang an in mir ausgelöst hatte. Diese Verzweiflung, wenn ich mit ihm auch immer wieder den sterbenden Alex vor mir gesehen hatte. Diese Verwirrung, als ich gemerkt hatte, dass ich ihn trotzdem brauchte und nicht verlieren wollte. Und diese Qual, als mir klar wurde, dass er mir schon viel zu viel bedeutete, weil er doch eine feste Beziehung und möglicherweise sogar ein Kind hatte.

Ich atmete tief durch und lächelte ihn beruhigend an, denn diese Angst in seinem Blick war unerträglich. Aber irgendwie auch süß, weil sie so deutlich machte, was er für mich empfand, dass ich hätte platzen können vor Glück.

Liebevoll strich ich ihm mit der Hand über die Brust und erklärte: „Am Anfang hab ich es wirklich kaum ertragen, dich zu sehen, weil ich damit immer wieder sofort an den Unfallort zurückkatapultiert wurde. Zurück in dieses Autowrack zu Alex, zu dieser Angst und Verzweiflung und Trauer, als klar war, dass er es nicht schaffen würde.“ Ich stockte kurz und spürte, wie Moritz mich noch ein wenig fester an sich zog. Er schwieg jedoch und wartete einfach geduldig ab, bis ich weiterredete.

„Gleichzeitig hast du mir immer geholfen und mir Kraft gegeben und warst plötzlich einfach da, wenn ich mal wieder zusammengebrochen bin“, fuhr ich gedankenverloren fort. „Es ist irgendwie völlig verrückt, aber ich bin zum Beispiel bis heute nicht sicher, ob es wirklich Zufall war, dass du ausgerechnet an dem Tag in der Wache Süd aufgetaucht bist, als ich meinen Erste-Hilfe-Kurs versemmelt habe.“

Moritz lachte, sagte allerdings kein Wort dazu, doch als ich seine funkelnden Augen sah, wusste ich Bescheid. Ungläubig schüttelte ich den Kopf, verkniff es mir aber, ihn nach dem Warum zu fragen. Das hätte er wahrscheinlich eh genauso wenig erklären können wie ich.

„Jedenfalls hab ich immer wieder versucht, dich loszuwerden, um meinen Seelenfrieden zurückzugewinnen, aber das Schicksal war wohl anderer Meinung“, sagte ich lächelnd. „Und irgendwann waren da plötzlich ganz andere Gefühle im Spiel, gegen die ich aber auch ankämpfen musste, weil du doch eine feste Freundin hattest. Oder besser gesagt eine Familie.“

Moritz

Familie?!

„Was für eine Familie?", fragte ich und war so überrascht, dass diese kleine, indirekte Liebeserklärung noch einen Moment warten musste, bis ich sie auskosten konnte.

Sophie schaute mich mit nachdenklich gerunzelter Stirn an, dann fing sie plötzlich an zu kichern. „Okay, vergiss es. Du hast also keine Tochter. Da hab ich dann wohl was falsch verstanden."

„Allerdings", gab ich lächelnd zurück. „Aber es würde mich schon interessieren, wie du darauf kommst."

„Das kleine Mädchen, mit dem ihr im Center unterwegs wart", erklärte sie. „Sie sah deiner Freundin so ähnlich. Und ihr wart alle so vertraut miteinander. Wie eine kleine Familie halt."

„Ach, du meinst Pia", stieß ich amüsiert hervor. „Nein. Ich gebe zu, an der Kleinen hab ich echt einen Narren gefressen, aber sie ist nicht von mir. Sie ist die Tochter von Julias Schwester und ihr Patenkind."

„Oh … ach so." Sophie lächelte ein wenig zerknirscht wegen ihres Fehlers. Dann wurde sie wieder ernst und fragte zögernd: „Und … was ist mit Julia?"

Ich hatte gewusst, dass diese Frage noch kommen würde, und einmal mehr bereute ich, dass es überhaupt erst so weit gekommen war und ich ihr nicht sofort alles gestanden hatte.

„Das ist vorbei“, sagte ich leise, nahm ihr Gesicht in meine Hände und strich ihr mit den Daumen zärtlich über die Wangen. „Es tut mir leid, dass ich dir nicht sofort von unserer Trennung erzählt habe. Aber ich hatte einfach Angst, dass du denkst, dass es wegen dir ist. Na ja, du weißt schon … Wegen Alex und allem, was nicht so ist, wie ich dachte“, erklärte ich und verzog den Mund zu einem schiefen Grinsen.

„Und? War es wegen mir?“, wollte sie wissen. Ich spürte, wie sie innerlich hin und her gerissen war zwischen der freudigen Erwartung, dass ich mich für sie entschieden hatte, und dem schlechten Gewissen, dass sie für Julias Unglück verantwortlich war. Dabei hatte Julia sich genaugenommen von mir getrennt, und wenn Sophie dabei überhaupt eine Rolle gespielt hatte, dann nur in der Form, dass Julia sie zum Sündenbock gemacht hatte, um von ihren eigenen Fehlern abzulenken.

„Auch“, gestand ich deshalb vorsichtig. „Aber nur ein bisschen. Du hast mir einfach für ein paar Dinge die Augen geöffnet, und der Rest hat sich dann irgendwie so entwickelt … bis zu dem Vorfall auf dem Weinfest. Danach ging es einfach nicht mehr.“

Sophie schaute mir schweigend in die Augen, als versuchte sie irgendetwas darin zu lesen. Falls sie nach Spuren suchte, ob Julia mir trotzdem noch etwas bedeutete, konnte sie das gerne tun, denn sie würde keine finden. Das Kapitel war unwiderruflich zu Ende und hatte Platz gemacht für eine verheißungsvolle Zukunft mit ihr

– Sophie. Doch noch zögerte sie und fragte schließlich: „Und warum hat sie dich dann Freitagnacht angerufen und dir solche Nachrichten geschickt?“

Bingo! Sie hatte also wirklich Julias betrunkene Liebesschwüre mitbekommen und war deshalb mitten in der Nacht sang- und klanglos verschwunden. Vielen Dank auch!

Statt zu antworten zog ich mein Handy aus der Tasche, suchte Julias letzte Nachricht und hielt sie Sophie wortlos entgegen.

Hey, Mo. Sorry für letzte Nacht. Hatte wohl etwas viel getrunken. Hoffe, du hattest einen schönen Abend mit den Jungs. J.

Ich hatte darauf genauso wenig geantwortet wie auf die Nachrichten davor.

„Es ist vorbei, Sophie“, versicherte ich ihr noch einmal ernsthaft. „Und es war kein schönes Ende. Deshalb bin ich ehrlich gesagt froh, dass es genau so gekommen ist. Vor allem weil …“ Ich brach ab und war plötzlich unsicher, ob ich ihr auch von meinen Hochzeitsplänen erzählen sollte. Aber das war wahrscheinlich besser, als wenn sie es später durch irgendeinen dummen Zufall erfuhr, also fuhr ich fort: „Ich wollte Julia eigentlich in diesem Urlaub in Schweden einen Heiratsantrag machen. Das war schon lange geplant, bevor ich dich überhaupt kennengelernt habe, und tut jetzt auch nichts mehr zur Sache, aber … Ich will einfach, dass du die ganze Wahrheit kennst.“

„Okay“, flüsterte sie sichtlich berührt.

Anschließend schauten wir uns eine gefühlte Ewigkeit lang einfach nur an, so intensiv, als versuchten wir in die tiefsten Winkel des anderen zu gucken, um herauszufinden, ob wir jetzt endlich alle Missverständnisse beseitigt hatten.

Sophie

Moritz wollte eigentlich heiraten. Und stattdessen stand er jetzt hier vor mir, erklärte, dass alles aus und vorbei war und er sich in mich verliebt hatte. In mich, dieses verkorkste Unfallopfer, das auf ihn eingeprügelt hatte, ihm die Ohren vollgeheult hatte, ihn in zahlreichen Nachrichten zugetextet hatte und mit dem er noch nicht eine Stunde verbracht hatte, ohne dass es um irgendwelche Notfälle ging. Das konnte doch überhaupt nicht sein. Konnte mich bitte mal jemand kneifen, damit ich endlich aufwachte?

„Sophie?", hörte ich Moritz wie aus weiter Ferne sagen. „Ist alles okay?"

Ich nickte automatisch und schüttelte mich innerlich, um in die Gegenwart zurückzufinden. Doch da stand wirklich dieser unglaublich liebenswerte, umwerfend gut aussehende Rettungsassistent in Zivil vor mir und bedachte mich mit einem Blick, bei dem mir die Knie weich wurden.

Das ist kein Traum, Sophie, wisperte eine leise Stimme in mir. Er ist so was von echt, und alles, was er gesagt hat, auch.

Ich versank in seinen tiefbraunen Augen und lächelte ihn an. „Das war nur alles etwas viel auf einmal", sagte ich leise. „Und ich frage mich gerade, ob bei uns bis jetzt eigentlich überhaupt irgendetwas so war, wie wir gedacht haben."

Moritz lachte leise, schmiegte seine Wange an meine und flüsterte an meinem Ohr: „Ich habe keine Ahnung. Aber ich würde unglaublich gerne herausfinden, was daraus noch werden kann … wenn du das auch möchtest."

„Hast du etwa noch Zweifel daran?", gab ich liebevoll zurück. Ihm konnte doch unmöglich dieser Radau entgangen sein, den die Schmetterlinge in meinem Bauch gerade verursachten. Von meinem wild polternden Herz mal ganz abgesehen.

Er zog den Kopf wieder ein Stück zurück, damit er mich anschauen konnte, und erwiderte: „Nein. Nicht wirklich. Wir sind zwar vorhin wegen meiner angeblichen Familie vom Thema abgekommen, aber ich glaube, du wolltest mir da gerade irgendwas über Gefühle erzählen."

„Ach ja?", neckte ich ihn, während alles an mir kribbelte und mein Blick an seinen Lippen festhing, die mir wie in Zeitlupe immer näher kamen.

„Hmhmm", murmelte er, nur noch ganz wenige Zentimeter von mir entfernt. „Ich bin nur nicht ganz sicher, ob du wirklich weißt, worauf du dich da einlässt, wenn du mit mir zusammen sein willst."

Ich lachte leise. „Und wie ich das weiß. Immerhin kenne ich deinen Job bis jetzt sehr viel besser als den Rest von dir, falls du das meinst. Und ich hoffe nur, dass du keine halsbrecherischen Hobbys hast, denn mir reicht es schon, im Dienst Angst um dich haben zu müssen. Also …"

Weiter kam ich nicht, weil seine Lippen plötzlich auf meinen lagen und mich zum Schweigen brachten. Sein Kuss ging wie ein Stromstoß durch meinen ganzen Körper, und der erinnerte sich offensichtlich nur allzu gut an Moritz und seine Berührungen, denn er stand schlagartig in Flammen und verlangte nach mehr. Unwillkürlich drängte ich mich an ihn und erwiderte den Kuss, der ganz sanft begann und ziemlich schnell so leidenschaftlich wurde, dass wir zwischendurch beide nach Luft schnappen mussten. Wir sahen uns an und konnten anscheinend beide immer noch nicht ganz glauben, was hier gerade passierte.

Moritz lehnte atemlos seine Stirn an meine, strich mit dem Finger zärtlich über die Narbe an meiner Schläfe und sagte leise: „Ich liebe dich, Sophie. Und ich will nicht, dass du Angst um mich haben musst. Aber ich kann dir leider nicht garantieren, dass mir nie etwas passieren wird. Das kann niemand. Und was meinen Job angeht … Es wird bestimmt nicht immer einfach mit mir sein, und du wirst mich wahrscheinlich auch schon ziemlich bald dafür verfluchen, dass ich mal wieder zu spät komme oder mit dem Kopf noch ganz woanders bin oder plötzlich alles stehen und liegen lasse, weil jemand Hilfe braucht, und …“

Moritz

Ich verstummte, als Sophie mir in einer einzigen, blitzschnellen Bewegung einen Finger auf den Mund legte.

„Du musst dich nicht dafür entschuldigen", erklärte sie sanft und sah mich eindringlich an. „Ich weiß, dass Julia nicht gut damit zurechtgekommen ist und du Angst davor hast, dass es wieder so kommt. Aber das wird es nicht. Wir haben in den letzten Wochen doch schon fast alle Katastrophen einmal durch, oder? Dann kann es doch eigentlich nur noch besser werden. Ich frage mich da ja eher, ob es nicht vielleicht ein bisschen langweilig mit dir wird, wenn uns mal kein Notfall dazwischenhaut."

Ihre Worte trafen mich mitten ins Herz, doch bevor es zu rührselig werden konnte, fingen ihre Augen beim letzten Satz neckisch an zu funkeln, und ich musste lachen.

„Du bist echt unglaublich."

Sophie schüttelte lächelnd den Kopf. „Nein. Unsere ganze komische Beziehung ist unglaublich. Frag mal Kiki. Die hat natürlich alles schon viel früher gewusst und ist fast dran verzweifelt, dass ich es nicht geschnallt habe."

„Da kenn ich noch einen", erwiderte ich lachend. „Weißt du, was Chris immer gesagt hat?"

„Nein. Was denn?"

„Als das mit der Facebook-Seite losging und ich ständig nur noch auf Nachrichten von dir gewartet habe, war er ziemlich schnell der Meinung, dass ich entweder immer noch ein massives Problem mit eurem Unfall habe oder in dich verknallt sein muss. Was aber ja auch nicht sein konnte oder durfte, weil ich grad kurz davor war, Julia den Antrag zu machen. Und dieses ganze Kuddelmuddel war für ihn dann So, Mo und Gomorrha. Er hielt unsere Namen ziemlich geeignet für so ein Wortspielchen und fand das auch noch furchtbar witzig."

Ich grinste sie schief an und war gespannt, was sie von dem komischen Humor meines Freundes halten würde. Hoffentlich mochte sie ihn. Denn auch das war ein wunder Punkt in meiner Beziehung mit Julia gewesen. Für sie war Chris in erster Linie mein Kollege, und sie hatte kein Interesse daran gehabt, privat etwas mit ihm und seiner Frau zusammen zu unternehmen, auch wenn wir Männer das gerne mal gemacht hätten. Jeder Versuch war an irgendetwas gescheitert, aber ich war einfach zu blöd gewesen, um zu merken, dass es oft nur Ausreden waren, weil Julia nicht wollte, dass wir auch noch in der Freizeit Gelegenheit bekamen, über unseren Job zu reden.

Sophie dagegen reagierte wie erwartet völlig gelassen, lachte und verblüffte mich sogar, als sie bemerkte: „Das trifft es gar nicht so schlecht. Was für ein Glück, dass du nicht auch noch Dominik heißt, oder?"

Diese Aussage kam mir sehr bekannt vor, und ich konnte kaum glauben, dass wir wirklich so dermaßen auf einer Wellenlänge unterwegs waren. Wie von selbst breitete sich ein Grinsen in meinem Gesicht aus. „Genau das hab ich auch gesagt."

Ich fing ihren Blick ein, versank in ihren strahlend blauen Augen und fragte mich, wie ich es nur so lange ohne sie auf diesem Planeten ausgehalten hatte. Doch damit war jetzt hoffentlich Schluss und mein Traum vom morgendlichen Geschirrgeklapper gar nicht mehr so fern. Es war makaber, aber im Stillen dankte ich diesen Rettungsgassenblockierern, ohne die wahrscheinlich alles anders gekommen wäre. Gleichzeitig meldete sich allerdings das schlechte Gewissen, weil ich damit auch auf eine gewisse Weise Alex opferte, nur um mein eigenes Glück finden zu können. Er war vielleicht nicht der, für den ich ihn gehalten hatte, aber trotzdem würde sein Tod immer als ein Schatten über Sophie und mir liegen.

Sophie

Wenn Moritz so strahlend lachte oder vergnügt grinste, war da ein Funkeln in seinen Augen, wie ich es sonst nie bei jemandem gesehen hatte. Vielleicht lag es aber auch einfach daran, dass ich bisher nie mit so dunkelbraunen Exemplaren zu tun hatte, in deren unendlichen Tiefen man sich so komplett verlieren konnte.

Während ich fasziniert diese goldenen Sprenkel darin beobachtete, verschwanden sie plötzlich, und ein Schatten huschte über Moritz' Gesicht. Er sagte nichts, aber ich sah, dass ihn etwas bedrückte.

„Moritz?", fragte ich leise. „Was ist los?"

Wie erwachend schaute er mich an und lächelte beruhigend. „Nichts. Ich musste nur gerade daran denken, was es für ein Glück war, dass ich dich getroffen habe … und wie leid es mir tut, dass du dafür so einen hohen Preis zahlen musstest", fügte er kaum hörbar hinzu. Dabei machte er so einen geknickten Eindruck, dass ihm auch noch das letzte Zipfelchen meines Herzens zuflog.

„Nein", flüsterte ich sanft und verschränkte meine Hände in seinem Nacken. „Tu das nicht. Ich weiß, was du meinst, und ich hab mich selbst viel zu lange mit diesem Gedanken gequält, aber … Es ist genau andersrum. Der Unfall wäre sowieso passiert und diese Schwachköpfe hätten keine Rettungsgasse gebildet und Alex wäre gestorben.

Nur du hättest vielleicht an einen der anderen Verletzten geraten können und hättest es seitdem wahrscheinlich wesentlich einfacher gehabt. Aber ich bin so unendlich froh, dass es nicht so war."

„Glaubst du das wirklich?", wollte er wissen und bedachte mich mit einem prüfenden Blick.

Ich musste an den langen, harten Weg denken, den ich gegangen war, bis ich zu dieser Erkenntnis gelangt war und schluckte ein paar Tränen runter, die in mir aufsteigen wollten. Dann atmete ich tief durch und sagte: „Ja, das tue ich. Ich habe lange dafür gebraucht, weil solche Was-wäre-wenn-Grübeleien normalerweise meine absolute Königsdisziplin sind. Alex habe ich damit immer in den Wahnsinn getrieben. Aber gegen zwei von euch komme ich einfach nicht an … und gegen mein Herz schon gar nicht."

Ich lächelte Moritz zaghaft an und wartete darauf, dass er etwas sagte, doch er schwieg und schaute mich einfach nur an, so liebevoll und hoffnungsvoll und immer noch ein bisschen ungläubig, dass ich ihn einfach nur küssen wollte. Und diesmal tat ich es. Ich musste mich ein bisschen strecken, um an ihn heranzukommen, doch er merkte schnell, was ich vorhatte und kam mir nur allzu bereitwillig entgegen.

Wenn möglich war dieser Kuss noch intensiver als der erste, und vor lauter Glück rollte mir jetzt doch noch ein Tränchen über die Wange. Plötzlich brachen alle diese Gefühle über mich herein, die ich in den letzten Wochen so mühsam verdrängt hatte, und ich hätte ihn am liebsten nie wieder losgelassen.

„Ich liebe dich", flüsterte ich überwältigt, als sich unsere Lippen für einen Moment voneinander lösten. „Und ich will mit dir zusammen sein. Egal was war und egal was noch kommt und selbst wenn uns doch jedes Mal irgendein Notruf dazwischenfunkt. Auch wenn das vielleicht ein bisschen verrückt ist."

Moritz lachte leise, und da wir uns so nah waren, ging das sanfte Vibrieren von seinem Brustkorb direkt in meinen über. „Genau genommen ist das das Dümmste, was ich je gehört habe", murmelte er und küsste mich wieder. „Aber du hast keine Ahnung, wie glücklich du mich damit machst. Und ich verspreche dir, dass jede Minute davor und danach nur dir gehört."

„Wirklich jede?", neckte ich ihn liebevoll. „Was ist mit deiner Facebook-Seite? Wann willst du daran weitermachen?"

„Du kannst ganz schön dumme Fragen stellen", bemerkte er, löste seinen Mund von meinem und sah mich lächelnd an. „Die gehört doch dir. Oder was glaubst du, warum ich damit angefangen habe?"

„Was?" Ich hielt überrascht inne und suchte in seinen Augen nach Spuren, dass er mich damit aufzog oder zumindest ein bisschen übertrieb. Doch da war nichts, außer dieser unfassbaren Ehrlichkeit, die mich von Anfang an so berührt hatte. Und hatte ich nicht eigentlich auch sowieso geahnt, dass diese Seite nur wegen unseres Unfalls entstanden war? Aber es jetzt so deutlich von ihm zu hören, war noch einmal eine ganz andere Hausnummer und versetzte mich in einen positiven Schock.

Moritz

Oh Gott, diese Frau brachte mich um den Verstand! Im einen Augenblick war sie sich ihrer Sache noch so sicher und machte mir die schönsten Liebeserklärungen, nur um mich im nächsten schon wieder so ungläubig und verwirrt mit ihren bezaubernden blauen Augen anzuschauen, als wäre ich der Weihnachtsmann höchstpersönlich. Und als wir jetzt über meine – oder besser gesagt ihre – Facebook-Seite sprachen, hatte ich scheinbar auch noch den Osterhasen auf der Schulter sitzen. Doch ich wollte jetzt nicht näher darauf eingehen, wie und warum ich damit angefangen hatte, sondern versuchte das Thema schnell wieder zu Ende zu bringen, um mich schöneren Dingen zu widmen.

„Du entscheidest“, erklärte ich leise. „Wenn wir damit weitermachen wollen, machen wir weiter. Und wenn nicht, dann nicht.“

In mir fing eine Stimme lauthals an zu lachen und japste: Ernsthaft? Das glaubst du doch wohl selbst nicht, dass du damit jetzt wieder aufhören könntest!

Natürlich nicht. Aber es war ein ziemlich geringes Risiko, Sophie diesen Vorschlag zu machen, weil ich die Antwort genau kannte. Trotzdem war es faszinierend zu beobachten, wie es bei dem Wort *wir* in ihren Augen aufleuchtete.

„Wir“, gab sie betont zurück, „werden nicht nur diese Seite weitermachen, sondern auch noch den Erste-Hilfe-Kurs wiederholen und diesmal zu Ende bringen. Und wenn dann noch ein wenig Zeit ist, können wir ja mal gucken, was wir damit so anstellen.“

In ihrem Blick lag ein schelmisches Blitzen und noch etwas, auf das mein Körper sofort reagierte. Mein Mund war plötzlich furchtbar trocken und meine Stimme ganz rau, als ich sagte: „Können wir an der Reihenfolge vielleicht noch mal etwas ändern?“

„Oh … natürlich.“

Ich spürte, dass sie ganz genau wusste, was ich meinte, und es schlagartig so heftig zwischen uns knisterte, dass ich meine Finger kaum noch bei mir halten konnte. Doch dieses kleine Biest konnte es einfach nicht lassen und sagte mit der allerschönsten Unschuldsmiene: „Wir wollten ja auch erst mal frühstücken, oder?“

„Hmhmm“, knurrte ich, packte zu und warf sie mir über die Schulter. „Und als Vorspeise vernasche ich am liebsten freche Mädchen wie dich.“

Sophie lachte, trommelte auf meinem Rücken herum und forderte, dass ich sie runterließ, doch ich ignorierte sie einfach und drehte mich um, um sie ins Wohn- oder momentan besser gesagt Schlafzimmer zu tragen.

„Warte!“, rief sie. „Mach wenigstens noch den Ofen aus, sonst haben wir hier gleich wirklich den nächsten Notfall.“

Wo sie recht hatte, hatte sie recht. Wahrscheinlich waren die Brötchen ohnehin schon ziemlich knusprig, nachdem wir so lange mit uns selbst beschäftigt gewesen waren. Aber wer brauchte schon Frühstück, wenn er Sophie haben konnte? Und auch meine Müdigkeit und Erschöpfung nach der anstrengenden Nachtschicht waren plötzlich wie weggeblasen.

Widerwillig ließ ich die zappelnde Sophie runter und beobachtete, wie sie am Backofenknopf drehte und die Tür aufmachte. Anschließend drehte sie sich wieder zu mir um und kam mit einem Ausdruck in den Augen auf mich zu, den ich Freitagnacht schon einmal gesehen hatte. Und den ich ab sofort hoffentlich noch sehr, sehr oft zu sehen bekommen würde.

„Gefahr gebannt", sagte sie leise, als sie ganz dicht vor mir zum Stehen kam. Sie hob die Hand und strich mir damit über die Brust. Ich spürte, dass sie noch mehr sagen wollte und dass ihr der Schalk dabei schon wieder im Nacken saß, also hielt ich mich mühsam zurück und wartete einfach ab, denn das war eine noch relativ unbekannte Seite an Sophie, die ich unbedingt entdecken wollte.

Sie versuchte es mit einer ernsten Miene, doch um ihre Mundwinkel zuckte es verdächtig, als sie mir in die Augen schaute und meinte: „Ich glaube, ich könnte vielleicht trotzdem gerade einen Sanitäter brauchen. Ich hab plötzlich so Herzrasen."

„Oh", machte ich und musste mir ebenfalls mühsam das Schmunzeln verkneifen. „Das sollte ich mir dann vielleicht mal lieber angucken und mit ein paar lebensrettenden Maßnahmen anfangen."

„Unbedingt."

Unsere Blicke versanken ineinander, und wir küssten uns, stolperten vorwärts, rückwärts, seitwärts rüber ins Wohnzimmer, zogen uns auf dem Weg dorthin schon gegenseitig aus und fielen schließlich auf die große Schlafcouch, die glücklicherweise noch nicht wieder zusammengeklappt worden war. Und spätestens ab da war Sophie nicht mehr die Einzige mit Herzrasen.

Sophie

So langsam kamen mir erste Zweifel, ob Moritz den Titel ‚*Bester Sani der Stadt*' wirklich verdient hatte, denn wenn er das unter lebensrettenden Maßnahmen verstand, fragte ich mich, warum mein Herzrasen und meine Schnappatmung während seiner Behandlung eher stärker als besser geworden waren. Andererseits hatte er mir ja in gewisser Weise wirklich das Leben gerettet. Allerdings nicht hier und jetzt, sondern schon viel früher. Ich mochte nämlich gar nicht darüber nachdenken, wie die letzten Monate ohne ihn gelaufen wären. Und das hier war im wahrsten Sinne des Wortes einfach nur der großartige Höhepunkt des Ganzen gewesen. Noch phänomenaler als Freitagnacht und so intensiv, dass mir dafür die Worte fehlten. Weil es diesmal definitiv kein Ausrutscher gewesen war. Weil es diesmal keine Missverständnisse gab. Weil wir uns liebten und es der Anfang einer verheißungsvollen Beziehung war.

Ich lag neben Moritz und betrachtete versonnen lächelnd sein friedlich schlafendes Gesicht. Er hatte sich lange dagegen gewehrt, die Augen zuzumachen, obwohl er hundemüde war, sodass ich ihn damit aufgezogen hatte, ob er Angst hätte, dass ich wieder weglaufen könnte, und dass das schon nicht passieren würde, weil es diesmal schließlich meine Wohnung war. Doch er hatte darauf gekontert, dass er die Zeit mit mir nicht verschlafen wollte, sondern genießen, und zwar jede einzelne Minute davon. Bis ihn die Müdigkeit schließlich doch übermannt hatte. Kein Wunder nach der Nacht.

Ich kuschelte meinen Kopf an seine nackte Brust und lauschte auf seinen kräftigen Herzschlag. Mein Rettungs-Sani, mein Schutzengel, mein Ein und Alles. In Gedanken ließ ich die letzten dreieinhalb Monate Revue passieren und nahm jede einzelne Situation ganz genau unter die Lupe, versuchte herauszufinden, wann genau mehr aus uns geworden war, als Retter und Opfer, und ob ich nicht schon früher irgendetwas hätte merken können. Zum Beispiel, dass Moritz sich so dermaßen auf den Holzweg verirrt und geglaubt hatte, dass Alex und ich ein Paar waren.

Ich grinste still in mich hinein und stellte mir vor, was Alex dazu sagen würde.

„Phi und ich ein Paar?“, würde er wahrscheinlich völlig entsetzt rufen. „Um Gottes willen! Weißt du, was die für eine Nervensäge sein kann? Außerdem küsst sie total schlecht.“

Nur mit Mühe konnte ich ein Kichern unterdrücken, um Moritz nicht zu wecken und schaute zu dem einzigen Foto, das nicht an meiner Pinnwand hing, sondern eingerahmt in meinem Bücherregal stand. Wir beide beim Streichen meiner Wohnung mit Zeitungshüten auf dem Kopf und Farbklecksen auf dem T-Shirt. Das erste Bild, nachdem wir nach vier Jahren Unterbrechung wieder zusammengefunden hatten.

Ach, Alex. Wenn du doch nur hier wärst und Moritz kennenlernen könntest.

Ein wohlbekanntes Zwicken machte sich in meiner Herzgegend bemerkbar. Doch diesmal fühlte es sich nicht nach Schmerz an, sondern so, als säße jemand da drin und wollte nur mal auf sich aufmerksam machen, als wollte er sagen: Ich bin hier und freue mich, dass du so glücklich bist.

Lächelnd schaute ich wieder zu Moritz, beobachtete, wie sich seine breite, durchtrainierte Brust beim Atmen hob und senkte, betrachtete die verstrubbelten dunklen Haare auf meinem Kopfkissen und das glückliche Lächeln auf seinen Lippen. Irgendwie war es immer noch unbegreiflich, wie aus diesem ganzen Chaos so etwas wie Liebe entstehen konnte. Aber es war passiert, und ich liebte diesen wundervollen Mann schon jetzt so sehr, wie ich noch nie jemanden geliebt hatte. Deshalb war ich auch mehr als bereit, dieses merkwürdige Schicksal einfach so hinzunehmen und zu gucken, wo es uns hinführen würde – mit allen Nachtschichten und Überstunden und Sinnkrisen, die dazugehörten, und der ständigen Angst, dass ihm etwas passieren könnte, im Dienst oder nach einem schönen Tag auf der Autobahn oder wo auch immer. Wir wussten nicht, wie viel Zeit wir gemeinsam haben würden. Aber eins wusste ich ganz genau: Wir würden sie nutzen. Weil nicht nur im Notfall jede Minute zählt.

Ein herzliches Dankeschön geht an …

… den ersten, besten, liebsten und hoffentlich auch letzten Mann in meinem Leben, für deine Geduld mit mir Tagträumerin, deine Hilfe bei Wortfindungsstörungen, deine Unterstützung bei der Recherche und überhaupt alles.

… meine Familie, dafür, dass ihr mich von klein auf mit Büchern versorgt habt, immer für mich da seid, mich motiviert und jahrelang mein Tastaturgeklapper, meine Geheimniskrämerei und geistige Abwesenheit ertragen habt. Und an meinen Bruder für die tolle Fotosession. Es sollte dieses Mal nicht sein mit dem Autorenfoto, aber irgendwie, irgendwo, irgendwann …

… alle Freunde, Verwandten und Bekannten, für eure herrlich überraschten Gesichter, die mir für alle Zeiten bestens im Gedächtnis bleiben werden. Und für die anschließende Freude über meine heimlichen Taten, die Mit-Aufgeregtheit und Ungeduld, wann mein Buchbaby denn nun endlich auf die Welt kommt.

… meine Testleserinnen und -leser für euer tolles Feedback, das Fehlerfinden und eure Meinungen und Anregungen bei allem, was danach noch kam. Eure Begeisterung hat mir den nötigen Schubs gegeben, den Schritt aus dem stillen Kämmerlein hinaus in die große weite Bücherwelt zu wagen.

… zwei liebe Menschen aus der Vergangenheit, dafür, dass ihr nach all den Jahren genau zum richtigen Zeitpunkt wieder in meinem Leben aufgetaucht seid. Gelobt seien die sozialen Medien! Und damit auch gleich ein Dankeschön an alle weiteren Buchblogger, Bookstagrammer und sonstige Buchmenschen für eure Leidenschaft und euren Einsatz für unsere Buchbabys.

… meine Kolleginnen und Kollegen bei Thalia in Hameln, fürs Mitfiebern, Mitträumen, Mitspinnen und jede einzelne eurer Empfehlungen. Letzteres gilt ebenso für alle anderen Mitarbeiter in den Buchhandlungen dieser Welt. Was wären wir Autoren ohne Menschen wie euch, die unsere Bücher mit ihrer Überzeugungskraft an den Mann bzw. die Frau bringen? (Auch wenn das in meiner Doppelrolle jetzt vielleicht ein bisschen komisch klingt.)

… das großartige Team der CW Niemeyer Buchverlage, dafür, dass ihr vom ersten Moment an an mich bzw. meinen Roman geglaubt habt. Für die tolle Zusammenarbeit, das wunderschöne Cover, eure Offenheit für Neues und euer beeindruckendes Engagement in allen Bereichen. Wozu in die Ferne schweifen, wenn das Gute so nah liegt?

… alle Rettungskräfte, dafür, dass ihr trotz aller Widrigkeiten rund um die Uhr für uns alle im Einsatz seid. Und besonders an einen ganz bestimmten Notfallsanitäter, dafür, dass du dich dazu bereit erklärt hast, mein Werk auf inhaltlichen Blödsinn zu überprüfen.

Und last but not least geht mein Dank an Sie, liebe Leser, dafür, dass Sie gerade dieses Buch in den Händen halten! Ich hoffe, Sie haben bzw. hatten beim Lesen genauso viel Freude wie ich beim Schreiben. Und ich würde mich sehr freuen, wenn Sie dieses Vergnügen weitersagen, posten, teilen oder sonst wie verbreiten, um noch viele andere mit Moritz, Sophie und ihrer Geschichte bekannt zu machen. Weil für ein Buch und seine Autorin nicht nur jede Minute, sondern vor allem jeder Leser zählt …

Sie möchten Kontakt zu mir aufnehmen?
Dann besuchen Sie mich bei facebook:
www.facebook.com/petra.bunte.165
oder bei instagram:
www.instagram.com/petra.bunte
Oder schauen Sie mal auf meiner Website vorbei:
www.petra-bunte.de